KB110438

너와 나
은밀하게

너와 나
은밀하게

초판 1쇄 인쇄일 2018년 10월 10일
초판 1쇄 발행일 2018년 10월 17일

지은이 | 은솜
펴낸이 | 김기선

편집장 | 김은지
편집부 | 김아름, 박신혜, 김에너벨리, 유기웅, 배영주, 신현정, 전유정
디자인 | 한주희, 노새

펴낸곳 | 와이엠북스(YMBOOKS)
출판등록 | 2012년 7월 17일 (제382-2012-000021호)
주소 | 서울시 도봉구 노해로 379, 802호(창동, 대성빌딩)
전화 | 02)906-7768 / **팩스 |** 02)906-7769
E-mail | ymbooks@nate.com

ISBN 979-11-322-4705-0 03810

값 9,000원

너와 나 은밀하게

은솜 장편소설

YMBOOKS ROMANCE STORY

차 례

제1화. 현실은 말이야

"소원 씨는 취미가 뭔가요?"

소원은 "아하하하" 하고 멋쩍은 웃음으로 질문의 대답을 대신했다. 벌써 30분째였다. 그녀가 이런 시답지 않은 질문들을 마주하고 있는 것이. 덕분에 목이 바짝 말라왔다. 아무리 물을 마셔도 줄어들지 않는 갈증 때문에 벌써 웨이터가 물 잔을 몇 번이나 채워주고 갔는지 모른다. 게다가 하도 웃고만 있어서 안면마비까지 올 정도였다. 그녀의 입술 주위의 근육들은 피부가 땅기다 못해 불안하리만치 파르르 떨렸다.

"혹시 속이 불편하신가요?"

상대방은 어딘가 모르게 불편해 보이는 소원이 걱정됐는지 그녀에게 물었다. 소원이 빠르게 손사래를 쳤다.

"네? 아뇨."

"잘 못 드시는 것 같아서요."

너 같으면 잘 먹을 수 있겠니. 소원이 목구멍까지 차오르는 말을 애써 속으로 꾹꾹 눌러 담았다. 그녀와 반대로 그는 음식이 입맛에 딱 맞는지 벌써 반 이상이나 해치운 상태였다.

소원은 이 자리를 만든 엄마를 원망했다. 그렇게 나가지 않겠다고 으름장을 놓았건만, 두 눈에 흙이 들어가도 절대 싫다고 발버둥을 쳐댔건만. 그 발악은 아무 소용도 없었다. 결국 이렇게 엄마의 성화에 못 이겨 나올 수밖에 없었으니까. 지금 사는 집에서 내쫓겠다며 협박을 하니 힘없는 자는 어쩌겠는가, 따라야지.

소원은 지금 혼자 독립해서 살고 있지만 그 집은 부모님이 해주신 거라 지분이 없다. 한다면 하는 분들이기 때문에 거절할 경우, 하루아침에 밖에 나앉을 확률이 99.9프로였다. 항상 이렇게 약한 부분을 치고 들어오니 소원으로서는 뾰족한 수가 없었다. 문제는 이런 자리가 이번 달만 들어서 벌써 세 번째라는 것이다. 이는 빨리 딸을 결혼시키고 싶어 하는 부모님의 의지가 강하다는 반증이기도 하다.

"혹시 운동 좋아하세요?"

"네, 뭐."

"하긴 요가 선생님이면 움직이는 거 좋아하시겠네요."

"네, 그렇죠."

소원은 잘나가는 요가 강사였다. 처음부터 전공이 이쪽은 아니었지만 어느 날 갑자기 요가에 빠져 전문인 자격증도 따고 본격적으로 요가 강사가 되었다. 소원은 아까부터 이렇게 대충대충 대답하며 남자 쪽에서 눈치채고 자리를 빨리 정리해주면 좋겠다고 생각했으나 애석하게도 남자의 눈치는 제로에 가까웠다. 덕분에 시간도 세월아 네월아 무척이나 느리게 흘러갔다.

"엄청 유연하시겠네요. 그럼 다리 귀까지 붙이고 막 그런 거 가능하세요?"

"네? 음……."

수도 없이 들은 질문 중 하나였다. 사람들은 요가 강사 하면 으레 그렇듯 유연할 것이라 생각한다. 물론 유연성이 동반되는 운동이긴 하지만, 나는 연체동물이 아니라고.

"잠깐 화장실 좀."

소원이 더 이상은 안 되겠는지 자리에서 일어섰다. 그녀는 화장실을 핑계로 이곳에서 벗어났다. 가는 길이 어찌나 행복한지 발걸음이 깃털처럼 가벼웠다. 최대한 시간을 끌다 들어가자, 소원은 그렇게 다짐하며 화장실 안에서 서성거렸다. 그렇게 얼마나 시간이 흘렀을까. 이쯤 되면 가야겠다 싶었는지 소원이 다시 화장실 밖으로 나왔다. 아까와는 다른 너무나도 무거운 발걸음이었다. 차마 떼어지지 않는 발을 억지로 옮기며 레스토랑 안으로 들어가려는 그때, 그녀의 눈에 익숙한 사람이 보였다.

"어?"

그 사람 역시 그녀를 알아보고는 눈을 크게 떴다.

"너 뭐야? 왜 여기에 있어?"

"아시는 분인가 봐요."

소원이 반갑게 인사하며 그에게 다가갔다. 그의 옆에 있던 여자가 당황해하며 그들을 번갈아 쳐다보았다. 소원은 그제야 그의 옆에 있는 참하고 여성미가 흘러넘치는 여자를 발견했다. 3초 만에 스캔 완료. 소원이 다 알겠다는 눈초리로 그를 바라보았다. 그의 얼굴에는 소원과 마찬가지로 지루하고 따분하며 빨리 이곳을 벗어나고 싶다는 간절함이 묻어 있었다. 마치 방금 전의 자신처럼.

"가장 친한 친구예요, 어렸을 때부터 알고 지낸."

"아아."

여자는 상관없다는 듯 반응했지만 여전히 소원을 경계했다. 여자의 눈웃음에 매서운 가시가 박혀 있었다.

"여기는."

남자가 소원에게 여자를 소개하려 하자, 그녀가 먼저 그의 말을 끊고 손을 내밀었다.

"윤지은이라고 해요."

"이소원입니다."

"두 분 얘기 잠시 나누시겠어요? 원하시면 자리 비켜드릴게요."

여자는 선심 쓴다는 듯 얘기했다. 마치 '나는 쿨한 여자니까 친구끼리 얘기 나누는 거 정도야 이해할 수 있어'라고 말하는 눈빛이었다. 혁에게 점수를 따려는 목적도 어느 정도 있었고. 하지만 소원이 딱 잘라 얘기하며 거절했다.

"아뇨, 괜찮아요. 저도 일행이 있어서 들어가 봐야 해서요. 혁아, 이따가 연락하자."

혁은 소원을 보내기가 차마 아쉬운 모양이었다. 그는 진득한 눈빛으로 소원에게 SOS를 청했지만 야속한 그녀는 연락하겠다는 말만 남기고 가버린 뒤였다.

"이번 주말에 시간 되세요?"

"개인 PT 잡힌 게 있어서요. 스케줄 조정을 해봐야 알 것 같아요."

"아, 그러시구나."

"다시 연락드릴게요."

"네, 그럼 조심히 들어가세요."

그는 상당히 신사적이었다. 자신이 소유한 차가 있었기 때문에 식사를 마치고 소원을 집 앞까지 데려다주었다. 물론 그녀는 괜찮다고 한사코 거절했지만.

그는 소원이 내리는 순간까지 그녀를 에스코트했다. 직접 내려서 문을 열어주는 자상함도 보였다. 그는 소원을 어떻게 하면 편안하게 해줄 수 있을지 고민하며 어색함을 없애고자 열심히 말을 만들어냈으며 분위기를 띄우려고 애썼다. 물론 그것이 그녀를 더욱 불편하게 만들었지만. 그 사실을 그는 꿈에도 상상하지 못할 것이다.

그만큼 남자는 소원이 썩 마음에 드는 눈치였다. 하지만 소원은 뒤도 안 돌아보고 집으로 바로 들어가 버렸다. 소원은 괜히 집 주소를 알려주었나 하는 생각으로 머릿속을 가득 채웠다. 하지만 어차피 이곳은 부모님의 집. 자신이 독립해서 사는 공간은 아니다. 한마디로 소원만 여기 오지 않는다면 혹시나 그가 다음에 찾아와도 마주칠 일이 없다는 뜻이다. 이럴 때 참 혼자 산다는 것이 큰 메리트로 작용했다.

"엄마!"

소원은 집으로 들어가자마자 소리를 꽥 질렀다. 열심히 팩을 하고 있던 미라는 깜짝 놀라 소원을 째려보았다.

"애 떨어지겠다!"

그러다 곧 미라는 자신의 딸이 선을 보고 왔다는 사실을 깨닫고 팩을 떼며 이것저것 캐묻기 시작했다. 미라의 눈이 번뜩였다.

"어땠어? 이번엔 좀 괜찮지 않았니?"

매우 신사적이었고 매우 적극적인 사람이었지. 키가 작고 나이가 많다는 걸 빼면.

"엄마는 내가 그렇게 나이 차이 많이 나는 사람이랑 결혼하면 좋겠어?"

"요즘은 띠 동갑도 많다? 얘는 나보다 더 구닥다리야."

"아무리 그래도 열 살 차이야. 그 사람 마흔 살이라고! 그리고 키는 또 왜 이렇게 작아? 키 작다는 말 안 했잖아!"

"야, 남자가 170만 넘으면 됐지 뭐가 문제야? 그리고 너 그렇게 이것저것 따지다가 결혼 못 한다니까? 그나마 지금이 이 남자 저 남자 골라갈 수라도 있지, 좀만 더 지나면 그것도 못 해, 이 지지배야."

간신히 170이 넘어 보이는 키. 그래. 그 키는 둘째 치고. 마흔 살이라니. 소원은 해도 해도 너무한다며 미라를 잔뜩 골이 난 표정으로 째려보았다.

"언제까지 이런 말도 안 되는 선 자리에 내보낼 건데?"

"너 결혼할 때까지지. 뭘 묻니, 묻기를."

"난 늙어 죽을 때까지 엄마랑 같이 살 건데."

"늙어 죽을 때까지 내 등골 빼먹으려고? 얘가 아주 끔찍한 소리를 하고 있어."

미라는 소원이 하루빨리 결혼하길 원했다. 그리고 가능하면 빨리 예쁜 손주도 보고 싶었다. 미라는 이대로 가다간 소원이 정말 결혼 적령기를 놓칠 것 같은 불안감이 컸다. 요가 강사를 한답시고 여기저기 싸돌아다니기나 하고. 독립해서는 뭘 하는지, 무슨 생각을 가지고 사는지 제대로 지켜볼 수도 없으니 점점 조급해졌다. 무엇보다 결혼 생각이 전혀 없어 보이니 이렇게 닦달할 수밖에 없었다.

하지만 소원은 소원대로 스트레스가 이만저만이 아니었다. 무엇보다 소원은 결혼 생각이 전혀 없다. 소원은 거의 독신주의자에 가까웠다. 창창한 앞날에 걸리적거리는 것은 딱 질색이다. 그래서 빨리 돈을 벌어 성공하고 싶은 욕망이 강했다. 그래야 이런 금전적인 문제를 놓고 협박하는 부모님을 보지 않을 테니까. 소원은 다시 팩을 붙이며 피부 관리에 집중하는 미라를 보며 한숨을 푹 내쉬었다.

"어디 가?"

소원이 자리에서 벌떡 일어서서 현관으로 향하자 미라가 물었다.

"어디긴 어디야. 집에 가지."

"안 자고 가?"

"내 집 놔두고 왜 여기서 자."

"쟤 봐라, 웃기지도 않아. 여기는 그럼 남의 집이니?"

소원은 큰소리 치는 미라를 뒤로한 채 문밖으로 나왔다.

"아무튼 너 제대로 남자 만나서 결혼하기 전까지 계속 선 자리 마련할 거니까 그렇게 알아!"

현관을 타고 무시무시하고 끔찍한 말을 내뱉는 미라의 엄포는 들은 체 만 체하며 밖을 터덜터덜 걷던 소원은 문득 혁이 생각이 났다. 전화해야지, 참. 소원이 주섬주섬 휴대전화를 꺼내 그에게 전화를 걸었다.

"안녕? 동병상련."

-왜 이제야 전화하냐.

"내 전화 기다렸구나?"

-몰라서 묻는 거야?

"선은 어땠어."

-하아.

혁은 대답 대신 깊은 한숨을 쉬었다. 거기서부터 모든 것이 느껴졌는지 소원은 다 이해한다는 듯 그를 위로했다.

-넌?

"나 뭐."

-어땠어?

"뭘 물어, 묻기를."

-…….

"그래도 넌 나은 거야. 남자 나이 30이면 여유 있다, 뭐."

-그걸 지금 말이라고 하는 거냐.

"야, 여자 나이 30이면!"

-우리 부모님을 알고도 그런 소리가 나와?

혁이 기가 차다는 듯 소원의 말을 단번에 잘라먹고는 얘기했다.

"미안."

"어쩌다 우리는 이런 처지가 되었을까."

결국 소원과 혁은 신세한탄으로 이어지며 자신들의 처지를 비관하기에 이르렀다.

"그래서 지금 어디야?"

소원은 술 한잔 할까 싶어 혁의 위치를 물었다. 누구보다도 술

친구가 필요한 두 사람이었다. 혁은 소원이 있는 곳으로 데리러 가겠다는 말을 남겼고 얼마 지나지 않아 그의 차가 소원 앞에 도착했다. 서로의 눈빛만 봐도 오늘 하루가 얼마나 힘들었는지 알 수 있었다. 혁은 그녀를 분위기 좋은 바(bar)로 데려가려고 했다. 하지만 소원이 먼저 입을 열어 장소를 제안했다.

"한강 가자."

"드라이브하고 싶어?"

"응. 덤으로 탁 트인 전경에 맥주 한잔이 고프다."

혁이 알겠다며 내비게이션에 장소를 입력했다. 차가 출발하자 소원이 가장 먼저 한 일은 창문을 열고 바람을 쐬는 일이었다. 달리는 차 안에서 맞는 바람은 시원하고 달콤했다. 기분 전환이 조금은 되는 것 같았다. 소원은 눈을 감고 창문에 기대어 얼굴을 간질이는 바람을 만끽했다. 얼마나 시간이 지났을까. 브레이크 소리와 함께 차가 멈췄다.

"잠깐 기다려."

혁이 안전벨트를 풀고 밖으로 나갔다. 몇 분 지나지 않아 혁이 돌아왔다. 근처 편의점에서 맥주 두 캔과 간단한 안주거리를 사들고 말이다.

"왜 두 개야?"

자신에게 맥주 캔을 건네는 혁을 보며 소원이 물었다.

"아아, 두 개 다 내 거구나?"

소원이 알았다는 듯 무릎을 탁 치며 말했다. 물론 그럴 리가 없다는 걸 잘 알고 있었지만.

"뭔 헛소리."

혁이 너만 마시냐며 따지자 재빨리 그의 맥주를 뺏는 소원이었다.

"야, 넌 운전해야지. 이 누나가 네 몫까지 맛있게 마셔줄게."

"웃기는 소리 하네."

혁이 말이 되는 소리를 하라며 다시 소원에게서 맥주를 뺏었다. 소원이 맘대로 하라며 어깨를 으쓱였다. 딸칵하고 맥주 캔 따는 소리가 시원하게 울렸다. 소원은 맥주를 단숨에 들이켜며 벌컥벌컥 넘겼다. 메뉴 선택을 참 잘했다며 혁을 칭찬하는 것도 잊지 않으며 말이다.

"캬, 역시 맥주는 해외 맥주지."

국내산 맥주는 뭔가 2프로 빠진 맛이라며 외국 맥주를 즐겨 마시던 그녀였다. 소원과 벌써 20년 넘게 알고 지낸 혁이다. 그녀의 취향을 모를 리 없다. 물론 소원 역시 혁의 모든 것을 알고 있었다.

처음 그들이 만난 것은 다섯 살 때였다. 쾌활한 소원은 동네를 누비고 다니면서 뛰어다니기 바쁜 아이였다. 또래 여자애들처럼 소꿉장난을 하고 인형을 가지고 놀기보다는 밖에서 남자아이들과 매미를 잡고 잠자리를 잡으러 다녔다. 남자아이들과 어울려 놀다 보니 다쳐서 돌아오는 경우도 허다했다. 반대로 혁은 조용하고 내성적이었다. 조심성이 많은 탓에 항상 혼자서 모래를 쌓고 놀거나 여자아이들과 놀이터에서 소꿉장난을 하는 게 다였다.

그런 두 사람이 친해지게 된 건 순전히 부모님의 영향이 컸다. 혁의 엄마와 소원의 엄마는 고등학교 단짝이었다. 가끔씩 서로의 동네에 놀러가며 시간을 보냈으니 아이들도 자연스레 친해지게 되었다. 그러다가 소원이 여덟 살 때 먼 지방으로 이사를 가는 바람에 둘은 헤어졌다. 서로의 부모님이야 전화로 안부를 주고받으며 연락을 꾸준히 했기 때문에 상관없었지만 혁과 소원은 이렇다 할 연락이 없으니 자연스레 멀어졌다.

그런 그들이 다시 만난 건 중학생 때였다. 혁의 동네 근처로 소원이 이사를 오면서 같은 학교를 다니게 되었다. 소원은 전학생이었고 혁은 그 학교를 주름잡고 있던, 소위 말해서 노는 무리 중의 한 명으로 그중에서 가장 톱이었다.

"이소원입니다."

소원은 어릴 때 모습 그대로였다. 성격도 그때처럼 털털하고 시원시원했다. 상당히 직설적이고 불의를 보면 참지 못하는 성격은 예나 지금이나 다를 바가 없었다. 그래서 또래 친구들에게 인기가 많았다. 흔히 말해서 걸크러시. 남자들보단 여자들에게 더욱 인기가 많았다.

"야, 조용히 좀 해."

혁도 어릴 때의 성격이 많이 남아 있었지만 조금 다른 양상을 보였다. 어릴 때처럼 조용했으나 심하게 과묵했고 차가워졌다. 좋게 말해서 차갑다는 단어를 쓴 거지, 한마디로 싸가지가 없었다. 그것도 매우 말이다.

혁은 귀찮은 건 딱 질색이었고 시끄러운 것 역시 싫어했다. 자신을 건드리면 욱하는 화산과도 같은 성격이어서 아무도 그에게 쉽게 다가가지 못했다. 자고 싶을 때 자고 놀고 싶을 때 노는 학교에서 제멋대로 지내는 불량한 아이였지만 학교만은 꼬박꼬박 빠지지 않고 나왔다.

지각도 하지 않았으며 아이들을 괴롭히며 소란을 피우지도 않았다. 자신의 시간만 방해하지 않으면 남에게 피해를 주지 않았다. 수업 시간 대부분을 잠으로 보내거나, 노는 것도 음악을 듣거나 책을 읽거나 하는 등 자기만의 시간을 보내는 데 썼다. 그래서 좀 괴짜 같았으나 이런 모습에 더욱 매력을 느낀 여자아이들은 그를 많이 짝사랑했다. 물론 반반한 얼굴도 한몫했고.

"학교 네가 전세 냈냐? 시끄러우면 네가 자리 옮겨라?"

혁을 유일하게 막 대할 수 있는 사람이 소원이었다. 처음에 반 아이들은 경악했다. 혁의 성질을 돋우기도 하면서 장난도 치고 하니까. 그런데 문제는 혁 역시 아무렇지도 않게 반응하고 넘긴다는 것이었다. 그렇게 학창 시절의 대부분을 혁과 소원은 함께했다. 물론 성인이 되어서도 말이다.

"그나저나 넌 왜 갑자기 선이야?"

"쉽게 말하면 정략결혼, 나쁘게 말하면 부모님의 사업 파트너."

소원이 이해했다는 듯 고개를 끄덕였다.

"그럼 아까 그 여자는 유명한 기업 딸?"

"윤성그룹 막내딸."

"너도 이제 고생길이 열리는구나. 지옥 시작!"

"지옥은 이미 시작됐어. 저번 주부터 오늘까지 합치면 벌써 세 번째니까."

"뭐? 벌써 세 번째라고? 근데 왜 얘기 안 했어?"

"한두 번 하다 말 줄 알았지."

"너희 집안이 퍽이나."

소원이 그것도 몰랐냐면서 혁을 끌끌 찼다. 혁의 집은 부자였다. 부모님이 시작한 뷰티 사업은 승승장구를 하여 이제는 열 손가락

안에 꼽을 만큼 성장했다. 지금 혁이네 부모님의 사업은 다른 업체들과 격차를 줄이기 위한 중요한 기로에 서 있기 때문에 투자자를 모으고 협력할 곳을 찾고 있었다. 그래서 혁에게 선 자리가 마구 들어오기 시작했다.

"팁 좀 줘봐. 벌써부터 도망가고 싶어지는데 앞으로 어쩌냐."

"팁이 있으면 내가 이러고 있겠어? 없으니까 들들 볶이고 있잖아."

소원은 답답하다는 듯 또다시 맥주를 벌컥벌컥 들이켰다. 맥주 캔은 어느새 바닥을 드러내고 빈 캔이 되었다.

"현실은 말이야, 그렇게 호락호락하지가 않아."

소원은 500㎖로는 성에 안 차는지 혁의 맥주를 뺏어서 쭉 마셨다. 그러다가 갑자기 소원이 무릎을 탁 치며 뭔가 떠올랐다는 듯 쾌활한 목소리로 그를 불렀다.

"혁아."

"왜?"

"대박이야!"

"뭐가."

소원이 갑자기 자리에서 일어서더니 포효했다. 혁은 혼자만 알기 있냐며 소원을 이상한 눈초리로 쳐다보았다.

"생각해보니 어디서 들은 것도 같아. 연예인들이 많이 한다던데. 우리라고 못 할 거 없잖아?"

"뭐를?"

"위장 결혼."

"뭐?"

혁은 장난하지 말라며 엉뚱한 소리를 해대는 소원을 나무랐다. 하지만 소원의 눈빛은 진지했고 상당히 의지에 불타올랐다.

"그러니까 너랑, 나랑 뭘 하자고?"

"결혼!"

"결혼?"

또 시작했다, 또. 휘황찬란한 몹쓸 상상. 철없는 어린아이 같은 상상력이 또 발동된 것이었다.

"그래. 결혼! 하지만 위장이지."

"벌써 취했냐?"

아우, 저 싸가지. 요즘은 어째 잠잠하다 했어. 소원은 냉담하게 반응하는 그를 보며 입술을 빼쭉 내밀었다. 더 들을 것도 없었다. 하지만 그와는 다르게 소원은 너무도 진지했다. 혁은 말없이 자신을 빤히 쳐다보는 소원을 제정신이 아닌 여자를 쳐다보듯 하며 말했다.

"지금 그게 말이 된다고 생각해?"

소원은 세차게 고개를 끄덕였다. 이 여자를 어찌하면 좋을까. 결혼이라는 게 그렇게 쉬운 문제가 아니라고. 혁이 벙 찐 표정으로 소원을 바라보았다.

"그러니까 그건."

"……"

"너와 나, 은밀하게."

"……"

"우리 둘만 아는 시크릿(secret)인 거지."

소원의 눈은 번뜩거렸고 입가엔 씰룩씰룩 음흉한 미소가 담겨 있었다. 혁은 누굴 말리겠냐며 소원의 어처구니없는 꿍꿍이에 더이상 말을 잇지 못했다.

"아주, 은밀한."

"……."

"비밀."

소원은 남은 맥주를 들이켜며 머리를 굴리기 시작했다. 어찌나 빠르게 두뇌 회전을 시키는지 그 소리가 혁의 귀에까지 크게 울릴 정도였다. 은밀한 비밀? 뭘를, 위장 결혼이? 혁은 소원의 얘기를 더는 들을 것도 없다며 자리를 박차고 일어섰다. 소원이 어딜 가냐며 혁의 뒤를 바짝 따라갔다. 그는 시동을 걸었고 소원에게 안전벨트를 강제로 매주었다. 그러다가 소원이 운전석으로 확 튀어나오며 혁에게 얼굴을 들이밀었다.

"나 진짜 진심이야. 200퍼센트 진지하다고!"

"그래. 일단 운전 좀 하자."

지금 이거 나 무시하는 거 맞지? 백 퍼센트네. 와, 이 좋은 아이디어를 이렇게 찬밥 취급하다니. 소원이 가자미눈으로 혁을 흘기며 입술을 삐쭉 내밀었다.

"너 말이야. 사람이 그러면 안 돼."

"뭐가."

"앞뒤 꽉 막혀서는. 건설적인 생각을 하며 살아야지."

"퍽이나 건설적이다."

"발상의 전환 몰라? 사람이 좀……."

혁이 갑자기 라디오 볼륨을 크게 틀었다. 더는 얘기를 꺼내지 말라는 으름장과도 같았다. 소원이 혁의 등짝을 퍽 치고는 라디오를 아예 꺼버렸다.

"죽을래?"

"살려고 이러는 거야."

"살려면 우리가 뭉쳐야지."

그렇게 소원은 헤어지기 직전까지 위장 결혼에 대해 운운했다. 오는 내내 하도 그 얘기만 재잘재잘 떠들어서 그의 귀에 딱지가 앉을 정도였다.

"잘 생각해봐. 이건 진짜 우리가 살아남을 수 있는 방법이라고."

"후, 알겠으니까 얼른 들어가."

하도 소원이 왈가왈부한 탓에 거기에 학을 뗐는지 혁이 한숨을 푹 내쉬며 소원을 집으로 들여보냈다. 혁은 그녀를 데려다준 뒤 집으로 가면서 소원의 제안을 진지하게 생각하다가도 고개를 절레절레 흔들며 말도 안 되는 허무맹랑한 이야기라고 치부해버렸다.

* * *

"이제 오니?"

"네. 아직 안 주무셨어요?"

집에 들어오자마자 혁을 반기는 것은 그의 부모님이었다. 지연은 그의 옆에 슬그머니 다가가 어설픈 변명을 늘어놓기 시작했다.

"내가 그렇게 자자고 졸랐는데도 너희 아빠가 꼭 네 얼굴 보고 자야겠다고 떼를 쓰지 뭐야."

"어땠니?"

"그래. 얘기 좀 해봐. 사실 나도 조금 궁금하기도 하고."

혁의 아빠 진석도 내심 궁금한 눈치였다. 혁은 이미 어느 정도 예상했다는 듯 둘을 바라보았다. 거실에 불이 환하게 켜져 있었기 때문이다. 12시가 다 된 시각에 거실에 불이 켜진 적은 정말 손에 꼽았다. 이것은 필시 자신을 기다리는, 더 나아가서는 오늘 있었던 선 자리에 대해 묻기 위해서임이 분명했다. 혁은 기계적으로 부모님이 원하는 대답을 나열하기 시작했다.

"착하시던데요."

"어머, 그래? 마음엔 들고?"

여기서는 혁이 말을 아꼈다. 그 모습에 상대가 마음에 들지 않는구나 싶었는지 시무룩해지는 지연이었다.

"괜찮아, 아들. 아직 자리는 많으니까. 다음 주엔 시간 언제 괜찮아? 천강전자 둘째 조카랑 얘기가 오갔거든."

"부담은 갖지 않아도 된다만, 앞으로 우리 집안에 있어서 꼭 필요한 사람들이라는 것만 알아두면 된다. 피곤할 텐데 가서 쉬어라."

"어머, 여보. 같이 가요!"

이래 놓고 어떻게 부담을 갖지 말라는 건지. 벌써 오늘만 세 번째 자리 아니던가. 조금만 잘되는 기미가 보이면 당장이라도 약혼 날짜를 잡을 기세였다. 혁이 땅이 꺼져라 한숨을 푹푹 쉬었다. 방으로 들어가는 부모님을 보면서 혁은 자꾸만 소원이 말한 헛소리가 떠오르기 시작했다. 위장 결혼이라. 위장 결혼······.

방으로 들어온 혁은 침대에 털썩 누웠다. 아무것도 생각하기 싫어 눈을 감았지만 머릿속을 헤집고 다니는 두 단어 때문에 마음이 복잡했다.

"제대로 된 계획은 세우고 말하는 건지."

혁은 잡생각들이 떠오르자 고개를 저으며 머릿속을 비우려 했다. 하지만 다시금 찾아오는 소원의 모습으로 인해 결국 그는 휴대전화를 집었다. 그러고는 한동안 소원에게 전화를 걸까 말까 고민을 했다. 소원은 항상 뒤에 올 후폭풍은 생각도 안 하고 일을 벌였지. 그래서 더욱 고민인 것이었다. 소원을 믿어도 될까. 그게 정말 최선인 것일까. 잠시 후 문자를 보내기로 결심하고 빠르게 자판을 쳐내려갔다.

[너 뒷감당은 자신 있는 거야?]

얼마 지나지 않아 소원에게 답장이 왔다.

[올~ 생각보다 결단을 빨리 내렸는데?]

[한다는 말은 아니야.]

[야, 누나만 믿어.]

자신감에 잔뜩 찬 소원의 모습이 눈에 훤했다. 그녀는 학창 시절에도 이랬다. 하지만 일을 벌일 줄만 알지, 뒤처리는 항상 자신의 몫이었다. 물론 소원이 그것을 알 리 없지만. 혁은 문득 고등학교 때의 사건 하나가 떠오르는지 풋 하고 작게 웃음을 터뜨렸다. 참, 예나 지금이나 못 말리는 건 여전해, 이소원.

[일단 들어나 보자.]

혁은 소원이 너무 쉽게 생각한다고 여겼다. 그런 아이였다, 소원은. 어떻게든 다 되겠지 하고 여기는 그런 성격. 좋게 보면 걱정 없이 사는 긍정 마인드라 말할 수 있지만, 나쁘게 말하면 현실성이 없다고 볼 수 있다. 지독히 개인주의적이고 현실적인 자신과는 정반대였다.

[오늘은 늦었으니 내일 싹 정리해서 길게 토의 좀 해봅시다.]

토의라니, 벌써부터 무서워지는군. 또 얼마나 무시무시한 말을 꺼낼지 상상조차 가지 않았다. 그때 소원에게서 문자가 한 개 더 왔다. 그걸 확인한 후 그는 새어 나오는 웃음을 참지 못하고 터뜨리기 시작했다. 내일 만나기 전까지 나만 또 전전긍긍하겠네. 혁은 위장 결혼 사례에 대해 조사를 하려는지 인터넷을 켜고 열심히 검색하기 시작했다.

[아 참, 나 내일 개인 PT 레슨 밤 11시에 끝나니 학원으로 데리러 올 것!]

제2화. 그러니까 저질러버리자

-야, 까까오똑 좀 깔아라. 무슨 문맹인도 아니고.

"문명인인데? 그리고 하나도 안 불편해."

-우리가 불편하다, 우리가!

요가 레슨이 끝난 후의 늦은 저녁. 소원은 이마에 송골송골 맺힌 땀방울을 수건으로 닦으며 휴식을 취하고 있었다. 불을 다 끄고 은은한 초 하나에 의지하며 국화차 한잔의 여유를 즐기는 중이었다. 물론 그 휴식을 혜윤이 방해했지만.

"너도 지워봐. 하루가 달라진다. 이건 진짜야, 이 SNS에 찌들어 사는 휴대전화 노예야."

소원의 특이한 사항 중 하나가 바로 휴대전화를 잘 사용하지 않는다는 것이다. 그녀는 역으로 작은 창에 글씨가 다닥다닥 붙어 있는 걸 들여다보는 사람들을 신기하게 생각했다. 하루 종일 SNS만 바라보면 사는 게 너무 숨 막히지 않을까 싶었다. 그래서 누구나

다 하는 까똑도 하지 않았다.

-그래서 지금은 운혁 기다리고 있는 중이라고?

"응. 맞춰서 오라고 했으니까 곧 있으면 도착해. 그러니까 이제 좀 끊자."

소원이 귀찮다는 듯 심드렁히 말했다. 혜윤은 볼 장 다 봤으니 끊으려는 것이냐며 불만을 토로했다. 그러자 소원의 이마가 구겨지며 주름살이 잡혔다.

"전화한 건 그쪽이거든요."

-친구 맞니?

"핸드폰이 뜨겁다 못해 터질 지경인데, 설마 아직도 할 말이 남은 거야?"

-생긴 건 수다 100시간도 더 떨게 생겨서는. 하는 짓은 영 딴판이란 말이야.

딸랑.

그때 요가원 안에 종소리가 울려 퍼졌다. 혁이 문을 열면서 달아놓은 종이 울린 것이다. 소원은 그 어느 때보다도 반갑게 혁에게 인사했다. 이 오랜 통화의 맥을 끊어줄 구세주가 등장했기 때문이었다.

"끊는다."

-알!

소원은 혜윤의 말이 끝나기도 전에 얼른 전화를 끊고 혁을 맞이했다. 혁의 손에는 테이크아웃 잔 두 개가 들려 있었다.

"뭐야? 커피?"

"너 커피 안 마시잖아."

뚜껑을 열어보니 김이 모락모락 나는 재스민 차였다.

"올, 역시."

소원이 센스 있다는 듯 혁을 바라보자 그는 뭘 새삼스럽게 그러냐며 웃어 넘겼다.

"근데 이렇게 있어도 돼?"

"내가 마감하고 가는 거라 괜찮아. 지금 시간에 올 사람도 없고."

타이트하게 몸을 잡아주는 요가복 덕분인지 소원의 탄탄한 몸매가 드러났다. 3년간 열심히 수련하고 식단관리를 한 덕분이다. 짧은 크롭 기장의 상의는 그녀의 11자 복근을 아주 잘 보이게 해주었다.

"너무 짧은 거 아냐? 그게 옷이냐. 천 쪼가리지."

"뭘 모르시네. 일부러 짧은 거 입는 거야. 그러려고 수련하는 거고."

소원은 자신의 몸매를 과시하며 포즈를 취했다. 어느 때보다 더 당당했고 자신감이 넘쳤다. 그런데 분위기가 묘했다. 어둠 속에 향초 하나, 그리고 보일 듯 말 듯한 그녀의 살갗, 어떤 남자라도 지금 이 상황에 넋을 놓지 못할 것이다. 원래 다 보이는 것보다는 보일 듯 말 듯 아찔한 것이 사람을 더 흥분시킨다고 하지 않던가. 그건 혁 역시도 마찬가지였다.

혁은 소원을 알고 지낸 지 벌써 25년이 흘렀지만 이런 색다른 느낌은 또 처음이었다. 생각해보니 혁은 요가복을 입은 소원의 모습을 직접 본 적이 단 한 번도 없었다. 보았더라도 사진 속일 뿐이었다.

"불 켠다."

분위기의 힘 때문이라고 생각한 혁이 자리에서 일어났다. 형광등 스위치를 찾기 위해서였다. 소원이 싫다며 혁을 다시 자리에 앉혔다.

"왜! 분위기 있고 좋은데."

"어두워. 눈 아파."

"불 켜는 게 더 눈 아프지, 바보야!"

"네 얼굴도 하나도 안 보이잖아."

"오구오구, 누나 얼굴이 그렇게 보고 싶었어?"

혁이 자신도 모르게 썩소를 지었다. 시답지 않은 이야기라고 여기면 항상 나오는 일종의 버릇 같은 것이었다. 물론 사회생활로 인해 많이 고쳐지긴 했지만, 이렇게 편한 사람과 있으면 으레 과거의 습관이 더 잘 나오는 것이었다.

소원은 잠깐만 기다리라며 서랍에서 주섬주섬 무언가를 꺼냈다. 그것은 미니 향초였다. 소원은 테이블에 두 개를 더 내려놓고는 불을 붙였다. 아까보다 좀 더 환해졌다. 그 덕에 소원의 얼굴이 더욱 잘 보였다. 더불어 부각되는 몸매까지 말이다. 혁의 시선이 갑자기 방향을 잃고 방황했다. 눈을 어디에 두어야 할지 몰랐던 것이다.

"이제 됐지?"

소원이 만족스럽다는 듯 씨익 웃으며 물었다. 혁은 다른 곳을 바라보며 마지못해 고개를 끄덕였다.

"자, 그러면 우리 비즈니스에 대해 얘길 좀 해볼까?"

소원은 이 순간만을 기다렸다는 듯 본론을 꺼냈다. 혁의 눈동자가 미세하게 떨렸다. 과연 이게 옳은 것일까 걱정되었기 때문이다. 사실 어젯밤 잠도 설쳤고 오늘도 일이 하나도 손에 잡히지 않은 그였다. 소원이 제시한 것이 한순간에 쉽게 결정할 수 있는 일은 절대 아니었으니 말이다.

"솔직히 너도 너의 프라이버시가 있고, 나도 나의 프라이버시가 있잖아. 이런 건 서로를 잘 아는 사람이어야 한다고 생각…… 야, 나 누구랑 얘기하니? 나 좀 봐줄래?"

열심히 떠들던 소원이 말을 멈추고 혁에게 눈을 흘겼다. 혁이 의자에 걸려 있던 소원의 겉옷을 집어 직접 입혀주었다.

"나 하나도 안 추운데?"

"입어."

"더워!"

"시끄럽고 입어."

혁은 손수 지퍼까지 올려주었다. 크롭으로 된 요가복을 입고 있었기에 적나라하게 드러난 소원의 배와 등이 비로소 가려졌다. 소원이 입술을 빼죽 내밀며 투덜거리다가 말을 이어나갔다.

"여하튼 우리는 서로를 너무 잘 알잖아. 그래서 서로를 존중하고 잘 이해해 줄 수 있다고 생각해. 그런 점에서 나와 너는 딱인 거지. 이보다 더 좋은……"

"근데 이소원."

소원이 다시 신이 나서 재잘재잘 떠들어댔다. 그때 혁이 그녀를 불렀다. 너무나도 진지하고 그윽한 눈빛으로 말이다.

"어?"

"……"

"뭐야. 뭔데 그렇게 혼자 진지해?"

소원이 괜히 긴장해서 침을 꿀꺽 삼켰다. 혁이 빤히 그녀를 쳐다보다가 잠시 뒤 그 적막을 깼다.

"결혼이라는 거, 그렇게 쉬운 일 아니야."

"그 정도는 나도 알지."

"아니. 내가 봤을 땐 너 몰라."

"내가 나이가 몇 갠데 모르겠냐?"

"그러니까. 너 모르는 거 같아서 얘기하는 거야, 지금."

"다 알아. 그래서 위장 결혼이라는……."

"위장 결혼이기 때문에 더더욱 말하는 거야. 뒷감당, 자신 있어?"

혁은 정말 그럴싸한 이야기면 혹할 수도 있다고 생각했지만, 그게 아니라면 무조건 소원을 설득해야겠다는 생각으로 이곳에 왔다. 그리고 소원의 모습을 쭉 살펴본 혁은 결론을 내렸다. 그녀를 말려야겠다고. 이건 학창 시절처럼 무모하게 저지르고 치우고 할 수 있는 범위를 넘어섰다. 이번 건, 아니었다. 혁은 그렇게 판단했다.

"그러니까 좀 들어봐! 아직 아무 얘기도 안 들었잖아."

하지만 무조건 이건 아니라는 듯 말하는 혁의 태도에 소원은 짜증이 나기 시작했고 급기야 그에게 화를 냈다. 순식간에 싸해진 분위기 속에 타오르는 촛불 소리만이 그들의 귓가를 울렸다. 소원은 아차 싶었는지 혁의 눈치를 보다가 급기야 그의 등짝을 퍽 때렸다.

"너 이씨, 분위기 이상하게 만들래?"

"아파! 손만 매워가지고는."

"다 준비해왔다고, 이 자식아! 내가 머리를 그냥 달고 살진 않아."

그냥 달고 살진 않는다고? 아닌 것 같은데. 혁이 의심의 눈초리를 거두지 못하고 소원을 쳐다보았다. 소원은 걱정 말라며 의기양양하게 가방에서 무언가를 꺼냈다. 무슨 리스트가 적힌 종이였다. 그녀는 그것을 혁과 한 부씩 나눠 가졌다.

"이게 뭐야?"

"뭐긴 뭐야. 정리한 거지."

"정리?"

"나는 계속 결혼시키려는 엄마를 피하고 싶은 거고, 너도 앞으로 불편한 선 자리가 엄청 들어올 텐데 그걸 피하고 싶은 거잖아. 그러니까 위장 결혼을 한 뒤에 자유롭게 연애도 하고 자신만의 시간도 갖는 거지. 서로의 프라이버시를 존중해주면서. 너도 너만의 사업 구상으로 바쁘잖아. 물론 진짜 결혼하고 싶은 상대가 나타나면 계약 종료. 하지만 적어도 향후 5년 이내에 나는 결혼 생각이 절대로 없고, 너도 마찬가지 아냐?"

소원의 물음에 혁은 아니라는 대답을 할 수 없었다. 혁이 주춤거리자 소원은 회심의 미소를 지으며 그를 바라보았다.

"그러니까 저질러버리자고."

"혼인 신고는 어쩌려고."

사실 혁은 부모님께 알리지 않고 작은 사업을 시작했다. 어떻게 될지 모르는 것이기 때문에 비밀로 하기도 있지만 자신의 능력을 시험해보고 싶었다. 부모님께 알리는 때가 온다면, 그것은 사업이 어느 정도 자리를 잡고 수익을 냈을 때라고 생각했다.

그는 사업 덕분에 요즘 바쁜 나날을 보내고 있었다. 그렇기 때문에 이런 선 자리를 보러 다니면서 사람과 감정소모를 할 시간이 없었다. 시간이 너무 아까웠다. 차라리 그 시간에 흑자를 낼 사업 계획이나 더 궁리하는 편이 나았다. 그것이 허무맹랑한 소원의 제의가 머릿속에 계속 맴도는 이유였다. 혁의 처지를 잘 아는 소원은 그것을 딱 건드렸고 말이다.

"아! 그거 꼭 해야 하나? 요즘은 결혼하고 바로 신고하는 추세는 아니라고 하던데. 1~2년 있다가 하는 집도 많대."

"넌 그걸 말이라고."

혁이 그럴 줄 알았다는 눈빛으로 소원을 쳐다보았다. 소원이 겸연쩍게 웃으며 혀를 빼쭉 내밀었다.

"동거랑 다를 게 뭐야, 그럼. 양측 부모님이 퍽이나 허락하겠다."

"아, 그렇구나."

"역시……."

그럼 그렇지. 혁은 소원에게 그만두자며 말하려던 참이었다.

"그럼 까짓것 하면 되지!"

1초도 지나지 않아 소원이 결심했다며 다부진 얼굴로 말했다. 혁은 제대로 생각도 안 하고 물마시듯 술술 넘기는 소원이 답답했는지 또 한 소리 하려고 입을 열었다. 하지만 소원이 먼저 선수를 쳤다. 잔소리를 하려는 혁의 모습을 단번에 캐치했기 때문이었다.

"넌 무슨 인생을 그렇게 어렵게 살아? 인생은 저지르고 보는 거야."

"그러다 골로 가지."

혁은 고개를 절레절레 저으며 이건 아니라는 듯 소원에게 받은 종이를 돌려주려고 했다. 잠시나마 혹했던 자신이 미쳤다고 생각하면서 말이다.

"생각 다시 해봐."

"뭐를?"

"결혼은 현실적인 거야. 그렇게 함부로 막 판단하고 결정할 수 있는 문제가 아니라고. 우리가 결혼을 했다고 쳐. 너랑 나랑 부부가 되는 거야. 부부가 된다는 말이 무슨 말인지 모르겠어? 아무리 위장이라지만 이건 아냐. 게다가 혼인 신고……."

그때 소원이 불쑥, 그게 뭐 어려운 일이냐며 무릎을 탁 쳤다.

"해! 하면 되지, 뭐. 그 정도의 감수도 안 하고 일을 벌이려고 했겠어?"

"그러니까 그게 그렇게 쉬운……."

"중요한 건 우리 둘 다 이런 삶에서 벗어나고 싶은 거 아니야? 너는 네가 하고 싶은 일이 있고 나는 내가 해야 할 일이 있고. 난 엄마의 강요가 지긋지긋한 거고 넌 앞으로의 압박에 숨이 막힐 테고. 그거만 생각하면 되는 거야. 사실은 단순해, 자꾸 잡생각들이 들어와서 복잡하게 만드는 거지. 우리가 마주할 팩트는 정말 간단한 거라고."

혁은 가끔 이렇게 자신의 허를 찌르는 소원의 말에 당황할 때가 많다. 25년을 함께했지만 이런 반박 불가능한 쓴소리는 정말 적응이 되질 않는다.

"혁아, 너는 뭐든지 너무 어렵게 생각하는 경향이 있어. 가끔은 단순할 때가 좋을 때도 있는 거야."

너는 뭐든지 너무 단순하게 생각하는 경향이 있고. 제발 가끔만이라도 제대로 생각해보고 일을 벌였으면 좋겠다. 목구멍까지 차오르는 말을 차마 할 수 없어 삼키는 혁이었다.

"한 번뿐인 인생이잖아?"

그래. 한 번뿐인 인생이지. 단 한 번뿐인 내 삶. 소원은 혁에게 종이를 넘겨보라며 고갯짓했다. 혁이 어렵사리 종이 한 장을 넘겼다. 소원은 만족스러운 미소를 지으며 이 기세를 몰아 자신이 종이에 써온 문항들을 읽어 내려가기 시작했다.

"우리의 계약 사항은 다음과 같다."

첫째, 위장 결혼이 끝나는 시기는 한쪽이 정당한 이유로 파기를 신청했을 때이다. 가령 둘 중 한 명이 정말로 결혼하고 싶은 상대가 나타났다거나, 더 이상의 위장 결혼이 불가능할 때가 예시로 쓰여 있었다.

둘째, 서로의 프라이버시는 존중하고 최대한 상대에게 예의를 지키면서 생활할 것. 늦게 들어오거나 외박하는 일이 있어도 절대로 터치하지 말 것. 단, 최소한 얘기는 해줄 것. 셋째, 집 안에 남을 들이는 건 절대 불가능. 양가 부모님께 오해를 살 만한 소지는 절대 금지.

넷째, 집안일은 날짜를 정해서 번갈아 가면서 한다. 다섯째, 서로 각방을 쓰되 어쩔 수 없는 사정이 있는 날에만 같은 방을 쓴다. 그때도 한 공간에서 자는 건 금지.

여섯째, 생활비는 반반 나눠서 낸다. 일곱째, 밖에서는 부부의 모습으로 보이게끔 서로에게 최선을 다한다. 여덟째, 이 모든 것은 비밀이니 우리 두 사람 외에는 절대로 위장 결혼이라는 사실을 알아서는 안 된다 등등 이러한 룰이 적혀 있었다.

"그래도 내가 엄청나게 고심하고 또 생각하면서 만들었다고."

소원의 어깨가 잔뜩 올라가 있었다. 혁도 이러한 룰이 어느 정도는 필요하다고 생각했고, 그걸 상상 이상으로 잘 정리해 와서 살짝 놀란 눈치였다. 하지만 정말 이것만으로 괜찮은 걸까.

"더 추가하고 싶은 거나 더하고 싶은 사안 있어?"

소원은 이미 혁도 동의했다고 여기는 것 같았다. 그는 가끔은 이런 소원의 저돌적인 성격이 참 신기하기도 했다. 어떻게 저렇게 걱정이 없을 수가 있을까. 가끔은 자신이 너무 걱정이 많은 건지 헷갈릴 정도였다.

"아, 이미 나는 동의를 한 거야?"

"아냐?"

소원이 해맑게 웃으며 천진난만하게 물었다. 혁의 얼굴에 황당함을 넘어서 어처구니없음에 실소를 터뜨렸다.

"걱정 마! 이 룰은 언제든 추가, 변경할 수 있으니까. 마지막 문장에도 쓰여 있잖아. '회의를 통해 언제든 룰을 변경할 수 있다'라고. 그렇게 융통성이 없지 않아."

"그래. 우리가 잘 살게 되었다 쳐. 근데 네 말대로 만약에 이혼을 하게 된다면 넌 법적으로 오점을 남기는 거야. 그래도 괜찮아?"

혁이 깊은 한숨을 쉬며 말했다. 그제야 소원의 눈에 혁의 모습이 온전히 들어왔다. 법적으로 남겨지는 오점. 그래. 나야 상관없지만, 그래서 이런 제안을 할 수도 있는 거였지만. 너에게 남기는 오점을 생각하지 못했네.

"요즘 세상이 어떤 세상인데. 그보다 너는? 나는 괜찮기 때문에 너에게 제안을 한 거였어. 생각해보니 너무 내 생각만 했네. 네가 어떤지 물어봤어야 하는데. 쏘리."

"참 빨리도 알아챈다."

"역시 좀 그렇지?"

빨리 해방되고 싶다는 생각에 혼자만 들떠 있었구나. 이게 카드 긁듯이 함부로 사인할 수도 없는 사안이긴 하지. 너무 내 생각만 했다, 이기적이게.

"네 말대로 내 생각이 짧았나 봐."

좀 전과는 사뭇 다른 소원의 모습이었다. 소원은 여태까지 한 이야기는 다 잊으라며 혁에게서 종이를 받아내려고 했다. 혁은 한참 소원의 눈을 빤히 쳐다보았다.

역시 말도 안 되는 일이지만 이 방법이 최선인가. 정말, 최선인 것일까. 혁은 주머니에서 펜을 꺼내 말없이 사인을 했다. 그런 뒤 종이를 소원에게 건넸다.

"자신 있지?"

저 말에 모든 것이 함축되어 있다. 당장 부모님을 설득시켜서 결혼 승낙을 받아내야 하는 것부터 시작해서 앞으로 다가올 무수히 많은 시련과 고난, 그리고 위장 결혼이 종료된 그 이후까지 말이다. 소원은 대답 대신 손을 내밀어 악수를 청했다.

"잘해보자고, 남편님."

* * *

"정말 잘한 일일까?"

혁이 땅이 꺼져라 한숨을 푹 내쉬었다. 집으로 돌아온 그는 머리를 부여잡고 아까의 일을 되새김질했다. 마치 소가 여물을 먹듯이. 하지만 이미 후회를 해도 때는 너무 늦어버린 듯했다.

그래서 이제는 어떻게 들키지 않고 생활해야 하는가, 서로 더 조심하고 추가해야 할 부분은 없는지에 대해 생각하기 시작했다. 그러면서 한편으론 어찌 보면 잘된 일이라며 긍정적인 생각을 채워 넣으려고 했다. 불필요한 감정 소모를 안 해도 되고, 나중에 있을 사업 파트너와의 술자리에서도 어떠한 여지를 줄 수조차 없는 필요충분조건이기도 했다.

똑똑.

그때 혁의 방에 노크를 하며 지연이 들어왔다.

"들어가도 돼?"

"응."

"불이 켜져 있기에. 뭐 하고 있었어? 벌써 새벽 2시가 넘어가는데."

"그냥 생각할 게 좀 있어서."

"요즘 무슨 일 있어?"

혁이 고개를 저었다. 별일 아니니 걱정하지 말라는 말도 덧붙였다. 그러나 그의 얼굴엔 근심과 걱정이 가득했다.

"혹시 선, 때문이야?"

지연이 혁의 눈치를 살폈다. 반응을 보아하니 그게 어느 정도 차지하긴 하는구나. 그녀는 아들과 진지한 대화를 나누려는지 침대에 걸터앉았다.

"혁아, 항상 우리는 네 선택을 존중하지만 이번 일은 너희 아빠한테 참 중요한 시기라는 것만 알아줬으면 좋겠다."

혁도 그걸 모르는 게 아니었다. 그의 부모님은 언제나 그의 의사를 존중하는 멋진 분들이다. 어렸을 때도 아이라서 모른다고 무시하지 않았다. 그가 뭘 하든지 어떤 생각을 가지고 그런 행동을 했는지 이해하려고 했다.

다만 중요시하는 것은 그에 따른 책임이었다. 다른 건 다 유했지만 책임을 지지 않는 행동을 한다면 무척이나 혼을 냈다. 그것은 학창 시절에도 마찬가지였다.

그런 가정교육 덕분에 혁은 자기가 한 행동에는 뭐든지 책임을 지려고 했다. 그래서 이유 없이는 사고를 치지도, 만들지도 않았다. 물론 학교에서 그가 선생님들의 큰 터치 없이 자유로울 수 있었던 것은 부모님의 백그라운드가 컸지만.

"공부하는 건 어때?"

그녀는 분위기를 바꿔보고자 혁의 근황을 물었다. 그는 패션이나 디자인 쪽에 관심이 많았다. 부모님의 사업을 물려받는 쉬운 길보다는 자신의 꿈을 택했다. 특히 액세서리에 관심을 두고 있어 본격적으로 디자인 공부를 했고 지금은 그쪽으로 소규모 사업을 기획 중이다. 물론 부모님께 사업은 비밀이었고, 그들은 혁이 아직도 현장 일을 배우러 다니는 줄로만 알고 있었다.

"소원이 어때?"

혁이 그쪽으론 더 이상 언급이 안 되게끔 말을 돌렸다. 그리고 그녀와 얘길 하면서 혁은 마음을 굳게 먹은 것 같았다. 소원의 이름을 꺼냈다는 것이 그 증거였다.

"그게 무슨 말이야?"

"엄마는 어떻게 생각해? 이소원."

"가족 같은 존재지, 우리 소원이는."

"진짜 가족이 되면 어떨까?"

"소원이 같은 딸 있으면 좋지. 아니, 이미 내 친딸과도 다름없는 사이지. 근데 갑자기 소원이는 왜?"

뜬금없는 물음이었지만 그녀에게는 너무나도 익숙한 이름이었다. 그래서 자연스럽게 대화가 이어졌고 전혀 이상하게 생각하지도 않았다.

"결혼 말인데."

"응?"

"내가 어느 기업 딸과 이렇게 선을 보고 결혼하지 않으면 아버지 사업에 큰 타격이 오는 건가?"

"큰 타격이라기보다는……."

그녀는 혁이 왜 이런 말을 하는지 잠시 생각했다. 그러다 갑자기 눈을 크게 뜨며 혁에게 물었다.

"설마 너!"

"해야 할 말이 있어."

그녀는 믿을 수 없다는 듯, 거의 경악에 가까운 표정으로 혁을 쳐다보았다. 한편, 본가로 온 소원 역시 비장한 얼굴로 그녀의 엄마를 마주하고 있었다. 그녀는 왜 또 이곳으로 왔냐는 듯 소원을 바라보았다.

"엄마."

"왜?"

"혁이 참 좋은 애야, 그치?"

"뜬금없이 와서는 혁이 얘긴 왜 꺼낸대."

"오늘 혁이 잠깐 만났거든. 여기까지 데려다주고 가서 편하게 왔어."

"혁이가 참 착하긴 하지. 누구와는 다르게."

"혁이 어머님도 참 좋은 분이시고. 누구와는 다르게."

"넌 내 성질 긁으려고 왔니? 밤늦게 와서는 무슨 행패야!"

그녀는 소원에게 빨리 네 집으로 사라지라며 소리쳤다. 소원이 배시시 웃으며 그녀가 그토록 원했던 얘기, 그리고 이 밤중에 이곳에 온 이유에 대해서 본격적으로 얘기하기 시작했다.

"내가 그렇게 결혼을 빨리했으면 좋겠어?"

"그걸 말이라고 하니. 어머, 너 혹시?"

그녀가 잔뜩 기대감에 찬 눈빛으로 소원의 대답을 기다렸다. 결혼 상대가 있어서 그동안 그렇게 속을 썩인 것이냐며 소원을 나무랐다. 하지만 그 남자가 혁인지는 꿈에도 상상하지 못한 듯했다.

"결혼하고 싶은 사람이 생겼어."

"넌 그걸 왜 이제서 얘기해! 지지배가 아주 못돼 처 먹어가지고는! 그동안 내가 선 자리 마련하느라 얼마나 고생했는지 알아?"

"오늘 프러포즈 받았어. 그동안은 마음을 잘 못 정했는데 오늘 프러포즈 받고 알겠더라고."

"프러포즈? 정말? 누군데! 뭐 하는 사람이야? 나이는!"

프러포즈 받았다는 말에 격하게 흥분하며 소원에게 이것저것 묻기 시작했다. 도대체 어떤 대단한 남자이기에 결혼 생각 없다던 딸의 마음을 확 사로잡았을까. 그녀는 온통 그 남자의 정체에 대해서 관심을 쏟았다.

"엄마."

"성격은 어때? 착해? 네 성질 다 받아주려면 착하긴 하겠다. 프러포즈는 어떻게 하디? 반지는 받았어?"

"하나씩 물어보면 안 될까. 무슨 질문이 그렇게 쉴 새 없이 나와."

"내가 흥분 안 하게 생겼니? 너랑 똑같은 딸 낳아서 겪어봐라. 넌 더할 거다. 빨리 묻는 말에 대답이나 해!"

"엄마도 아는 사람이야, 자주 봤던 사람이고. 방금 전에 엄마 입으로 그 사람 성격에 대해서도 말했어."

"방금? 내가? 내가 언제? 난 혁이……."

그녀가 눈을 휘둥그레져 말도 안 된다는 듯 소원을 쳐다보았다. 소원이 씩 웃으며 고개를 끄덕였다.

"설마, 그럼 그게!"

"맞아."

"결혼하고 싶다는 사람이!"

"응. 그 사람이야."

소원과 혁, 두 사람 입에서 계획을 실천하기 위한 첫 단계가 시작되었다. 위장 결혼의 그 첫발이 말이다.

제3화. 이제 들어간다

"도대체 언제부터니?"

달그락달그락 젓가락이 접시에 부딪히는 소리만 가득하던 방 안에서 간만에 울려 퍼진 목소리였다. 그 말은 지연의 입에서 나왔다. 소원을 향해 물었으나 그녀의 아들인 혁이 대신 대답했다.

"좀 됐어."

"죄송해요. 진작 말씀드려야 했는데."

소원이 괜히 죄지은 사람처럼 고개를 푹 숙였다. 분위기가 또다시 착 가라앉았다. 옆에 앉아 있던 미라가 호호 웃으며 분위기를 풀어보려 애썼다.

"그렇게 몇십 년을 붙어 다녔는데, 이런 감정이 안 생기는 게 이상한 거지!"

지연이 미라를 잔뜩 째려보며 분위기 파악 좀 하라는 듯 눈치를 주었다. 소원과 혁이 결혼하겠다고 그들의 부모님에게 커밍아웃

한 지 하루도 채 안 돼서 만들어진 자리였다. 바로 다음 날 지연과 미라는 전화로 약속을 잡았고 이렇게 6자 대면이 완성되었다.

"소원아."

"네."

진지한 지연의 말에 소원이 대답했다.

"너희가 너무 오랫동안 함께했기 때문에 자칫 감정을 헷갈릴 수가 있어. 우정과 사랑은 달라. 아줌마 말이 무슨 뜻인지 알지?"

"그래서 저희도 신중하게 생각하고 또 생각했어요."

"그래. 애들이 한두 살 먹은 어린애도 아니고. 알아서 어련히 잘했겠지."

미라가 치고 들어오며 말했다. 그녀는 지연과 사돈이 된다는 것이 마음에 드는 눈치였다. 빵빵한 집안에 성격 좋은 시부모. 남자가 외모까지 준수하니 그야말로 금상첨화였다. 2세는 걱정하지 않아도 되겠다는 생각과 함께 적어도 자신의 딸이 시집살이로 고생하진 않을 거라고 생각했다. 하도 오랫동안 봐 온 아이이고, 그래서 그 아이의 과거가 어떠한지 다 알지만 그건 중요치 않았다. 중요한 건 현재이고, 혁은 현재 만점 중의 만점 사위이다. 그런 그에게, 그의 집안에 시집가는 건 정말이지 땡큐였다. 절대 마다할 이유가 없었고, 결혼 생각이 없던 소원의 입에서 결혼이라는 단어를 꺼내게 해준 게 눈물 나게 고마울 지경이었다.

"우린 서로가 필요해요. 너무 절실하게. 서로를 원하고 있어요."

소원의 말은 반박할 수 없는 팩트였다. 받아들이는 게 다를 뿐이지.

"혁이 너도 마찬가지니?"

아까부터 말이 없던 혁의 아버지였다. 그의 물음에 혁이 고개를 끄덕였다. 결의에 찬 그의 모습에 미라가 만족한 듯 미소를 지었다.

"남녀 사이에 결국 친구는 없다고 하잖아요. 사실 저는 그 말을 믿지 못했어요. 바로 제 옆에 혁이 있었으니까요. 우리는 10년 넘게 우정을 쌓아 온 친구인데? 그래서 우리에겐 그 말이 해당되지 않는다고 생각했어요. 근데 어느 순간 저희도 모르게 서로에게 끌리고 있었나 봐요."

청산유수처럼 또박또박 진심을 실어 말하는 소원을 보며 혁은 속으로 감탄했다. 순간 사신노 소원의 말을 믿을 뻔했으니까. 그만큼 정말 그럴싸했다. 허투루 준비하진 않았구나, 내심 안심도 되었다. 소원은 쉬지 않고 계속 말을 이어 나갔다.

"저희가 사귄다는 사실을 부모님께 밝히지 못한 건 저희도 이 감정을 착각했을 수도 있다고 생각했기 때문이에요. 그래서 좀 더 지켜보고 판단하자고 제가 혁이를 설득시켰어요. 최악의 경우엔 일생을 함께한 소중한 친구를 잃어버릴 수도 있는 거니까. 그래서 저희도 서로를 많이 의심했고 처음엔 정말 혼란스러웠어요. 감정을 부인하기도 했으니까요. 본격적으로 좋은 감정을 가지고 만난 건 우리가 친구로 지내온 시간에 비하면 정말 짧지만 이 사람이구나, 이 사람과는 평생 함께할 수 있겠구나 싶었어요."

지연과 진석에게 소원은 싹싹한 아이였다. 자식이라곤 혁이밖에 없는 그들에게 소원은 친딸 같았고, 실제로도 소원이 딸처럼 애교도 부리고 시간 될 때마다 찾아뵙기도 하면서 잘했다. 그래서 소원을 며느리로서 거절할 이유는 없지만 사업이 중요한 기로에 서 있는 지금으로서는 굳이 허락할 이유도 없었다.

그래서 오늘 이 자리가 그에겐 더욱 중요했다. 소원과 혁이 무슨 생각으로 결혼을 한다고 했는지, 얼마나 서로에게 간절한지 확인해야만 했다. 물론 이 자리에 나오기 전에 이미 혁과는 충분히 대화를 했지만.

"결혼, 하고 싶습니다."

"결혼하고 싶어요."

소원과 혁이 동시에 말했다. 허락해달라는 간절함을 담아서. 이것이 어느 정도 부모님들의 마음을 움직인 것 같았다. 처음의 분위기와는 판도가 많이 달라졌으니 말이다.

"혁이랑 소원이 잠깐 나가 있겠니?"

"어른들끼리 대화를 좀 해야겠구나."

혁과 소원이 고개를 끄덕이고는 자리에서 일어섰다. 혁이 소원의 손을 꼭 잡고 나갔다. 예상치 못한 스킨십에 움찔했으나 곧 아무렇지도 않게 그에게 기대었다. 둘의 뒷모습을 보며 만감이 교차하는 그들의 부모님이었다.

"나 좀 설렜다?"

밖으로 나온 소원은 배시시 웃으며 살짝 수줍은 듯 말했다. 혁이 뭐가 설 냐며 묻자 둘이 맞잡은 손을 들어올렸다. 그러면서 두 사람은 잡았던 손을 자연스럽게 풀었다.

"난 좀 놀랐다. 아주 막힘없이 술술 나오던데?"

"이 정도도 못 하면 어떻게 설득을 시켜. 그리고 내가 워낙 아줌마, 아저씨한테 잘했으니까."

"성공, 할까?"

"우리 엄마 아빠 반대할 이유가 없을걸! 아줌마, 아저씨는? 아니지. 이젠 어머님, 아버님인가?"

소원이 까르륵거리며 말했다. 걱정도 안 되는 모양이다. 걸어가는 소원의 발걸음이 무척 가벼워 보였으니 말이다. 혁은 그녀의 뒷모습을 보며 아까 차 안에서 진석과 나눈 대화를 떠올렸다. 이곳에 들어오기 전까지 진석은 혁의 의사를 재차 물었다. 그리고 왜 선자리를 마련해주었을 땐 알리지 않고 가만히 있었는지도 물었다.

혁은 그때마다 신중하고 싶었다는 말을 내뱉었다. 혁의 입장도 입장이지만 진석은 소원의 생각이 무척 궁금했다. 싹싹하고 착한 아이이지만 그건 혁의 친구로서 바라봤을 때의 생각이다. 결혼을 해서 그 집안의 며느리가 된다는 것. 온전히 한 식구가 된다는 것은 다른 문제이다. 결코 간단한 문제도 아니고.

"조심해!"

뭐가 그리 신이 나는지 모르겠다. 하지만 소원은 들떠 있었다. 몸과 마음이 붕 떠 있던 탓일까. 난간을 걸어가던 소원이 발을 헛디딜 뻔했다. 허공에 헛발질을 하며 중심을 잡아보았지만 결국 앞으로 고꾸라지고 말았다.

"올, 세이프."

물론 혁이 가까스로 그녀의 몸을 받쳐주며 넘어지지 않도록 도왔다. 소원이 혁을 향해 장난스럽게 브이를 해 보였다. 고등학교 때도 이런 적이 있다. 그때는 지금보다 더 높은 담벼락 같은 곳이었다. 잘못해서 떨어지기라도 하면 최소 골절인 그런 높이였다. 혁은 그때와 지금 소원의 모습이 겹쳐 보였고 그때가 떠올랐다.

"위험해. 내려와."

"어때? 나 완전 잘하지."

혁은 빨리 내려오라며 소원을 다그쳤다. 소원은 그 말은 고스란히 무시한 채 중심을 잘 잡지 않느냐고 물었다. 돌아오는 건 혁의 잔소리뿐이었지만.

"이 정도면 A 받는 거 식은 죽 먹기겠지?"

다음 주에 있을 수행평가에 대한 얘기였다. 체육 시간에 뜀틀 위에서 앞구르기를 한 뒤 평균대 위에서 중심을 잡고 걸어오는 게 중간고사였다. 소원은 평균대보다 훨씬 높은 여기서 중심을 잘 잡고 건너간다면 수행평가는 누워서 떡 먹기라는 생각이 들었다.

그래서 이 위험한 걸음을 계속하고 있었지만, 사실 가장 큰 목표는 혁의 칭찬을 듣는 것이었다. 하지만 쉽게 칭찬을 할 그가 아니었다. 혁은 오른쪽 입꼬리를 말아 올리며 그녀를 비웃듯 썩은 미소를 지었다.

"또 때려주고 싶은 표정 짓네."

"알았으니까, 그만 내려와."

"거의 다 했어. 잘하지! 잘하지?"

"빨리 내려오라니까."

"나 완전 잘하지 않아?"

"그렇게 까불다가 다쳐야 정신 차리지."

"운혁 님, 말 참 예쁘게 하셔."

잘한다는 말 한마디 듣는 게 이토록 어렵다니. 그 말 한마디 해주는 게 뭐가 그리 어렵다고! 칭찬은커녕 악담을 퍼붓자 소원이 심통이 났는지 투덜거렸다. 그것은 곧 온몸으로 드러났다. 터덜터덜 걸음걸이가 투박스러워졌다. 그리고 결국 걷다가 한쪽 발을 잘못 디뎌서 무게중심이 옆으로 쏠려버렸다.

"어, 어? 으악!"

소원이 우악스럽게 소리를 질러댔다. 혁의 말이 사실이 된 것이다. 혁은 재빨리 그녀의 몸을 받치며 그대로 추락할 뻔한 걸 막아냈다.

"올, 세이프."

소원이 안도의 한숨을 내쉬더니 혁에게 브이를 해 보이며 씩 웃었다.

"이 상황에 웃음이 나오냐?"

"그럼 우냐!"

"됐으니까 몸 좀 빨리 치워봐. 무거워 죽겠어."

담벼락은 혁의 키만큼이나 컸다. 그의 키가 180은 속히 넘었으니 어마어마한 높이였다. 그래서 지금 모습은 소원이 혁에게 온전히 기대고 있는, 아니 거의 업혀 있다고 보는 게 맞을 정도로 고스란히 그녀의 몸무게를 떠안고 있었다.

"돼지냐?"

"너 진짜 돼지를 못 봤구나?"

"지금 보고 있잖아."

"야, 내가 돼지였으면 넌 지금쯤 깔려 죽었어. 이 높이에서 돼지가 네 앞으로 떨어지면 최소 어디 한 군데 부러진다."

"빨리 내려오기나 해."

혁이 힘들다며 부들부들거렸다. 소원이 그 모습에 깔깔깔 웃더니 기다려보라며 몸을 잘 일으켜 세웠다.

"네가 고생이 많다."

"알면 됐다."

소원이 담벼락 난간에 앉아서는 혁의 어깨를 토닥였다. 혁은 어깨를 주무르며 담벼락에 기대었다. 잠시 숨을 돌리려는 것이었다.

"이왕 고생한 김에 좀 더 해라."

그때 소원이 음흉한 눈빛을 지으며 혁에게 말했다. 혁이 그게 무슨 소리냐며 소원을 쳐다보려 했으나 그 행동은 성공하지 못했다. 소원이 목말을 탔기 때문이다. 혁이 뭐 하는 짓이냐며 소리쳤다.

"이소원!"

"나 어떻게 내려가라고!"

"올라갈 땐 어떻게 올라갔는데?"

"그거랑 이거랑은 다르지! 이렇게 안 하면 내려갈 방법이 없어요."

"너, 정말!"

"이대로 좀만 있자. 너무 좋네."

소원이 혁의 머리를 헝클어뜨렸다. 혁이 누굴 말리겠냐며 단념한 듯 보였다.

"역시 위 공기는 다르구나."

소원의 키는 163센티 정도로 큰 편은 아니었다. 혁과는 20센티 정도 차이가 났다. 소원이 숨을 깊게 들이마시며 위쪽 공기를 폐에 채워나갔다. 그러다 갑자기 어디선가 담배 냄새가 그녀의 코끝을 훅 스쳤다.

"너한테서 담배 냄새 나."

"……."

"끊어, 이 자식아. 머리에 피도 안 마른 고딩이 담배라니."

"시끄러."

"이건 교무실감이다."

"헛소리하지 말고 이제 내려와."

혁은 무릎을 꿇고 소원이 내려오기 쉽게 자세를 취했다. 소원은 내려오기 아쉬운지 한참을 뜸을 들였다.

"학교까지 태워주면……."

"내려."

혁이 무슨 말도 안 되는 소리냐며 단번에 거절했다.

"그럼 정문까지만이라도."

"내리라고 했어."

"무슨 칼이야? 베이겠어!"

아오, 이 싸가지. 소원이 치사하다며 입술을 빼쭉 내밀었다. 그러던 그녀가 무슨 마음에서였는지 군말 없이 순순히 내려왔다. 소원은 발이 바닥에 닿으니 갑자기 냅다 뛰기 시작했다.

"담배는 압수!"

방금 내려오면서 혁의 바지 밖으로 삐져나온 담뱃갑을 발견하고서 단숨에 잡아채간 것이다. 소원은 혀를 날름거리고 브이를 해 보이며 열심히 학교를 향해 뛰어갔다. 하지만 소원의 포부는 얼마 가지 못했다.

"으아아악!"

너무 열심히 앞만 보고 뛴 나머지 바닥에 떨어져 있던 흰색 비닐봉지를 발견하지 못했기 때문이었다. 그 결과 소원은 괴성을 지르며 그대로 바닥에 슬라이딩했다.

"못 말린다, 진짜."

혁이 쌤통이라며 혀를 끌끌 차고 소원에게 다가왔다. 큰 키와 걸맞게 걸음도 성큼성큼 보폭이 컸고 금세 소원의 앞에 당도했다.

"아, 앗 따가워."

무릎이 바닥에 쓸려 다 까져 있었다. 피가 나는 것은 덤이었다. 체육복 바지를 입고 있었지만 더워서 오른쪽 바지를 허벅지 위까지 올려놨고, 하필 그곳을 다친 것이었다. 반대쪽 무릎도 피만 안 났다 뿐이지 마찬가지로 빨개져 있었다.

"쌤통이다, 아주."

"죽을래? 아, 겁나 아파!"

"넌 왜 이렇게 칠칠치 못하냐."

"시끄러워. 으악! 피 생각보다 많이 나잖아?"

소원이 울상을 지으며 얼굴을 붉으락푸르락 찌푸렸다. 혁이 한번 일어나보라며 손을 내밀었다. 소원은 쓰라린지 다리를 절뚝거리며 걸었다. 혁이 조금 부축을 하다가 마음에 안 드는지 별안간 소원의 머리를 한 대 쥐어박았다.

"야, 왜 때려?"

"멍청해서."

"죽는다, 진짜!"

"멍청하면 몸이 고생한다더니 딱 그 말이 맞네."

소원이 혁을 있는 힘껏 째려보며 구시렁거렸다. 그러자 혁이 그만 앵앵거리라며 소원을 나무랐고 한숨을 푹 쉬며 자리에 무릎을 꿇고 앉았다.

"타."

"뭐?"

"타라고. 태워줄 테니까."

목말을 말하는 것이었다. 혁의 뜻을 알아채고는 소원이 눈을 동그랗게 뜨며 혁에게 되물었다.

"진짜? 진짜로?"

"맘 바뀐다."

"아니, 아니. 지금 타!"

소원이 배시시 웃으며 혁의 어깨 위로 올라탔다. 아픈 건 금세 잊었는지 신난 눈초리였다.

"정문까지만이다."

결국 이렇게 해줄 거면서 튕기기는! 알겠다며 고개를 세차게 흔드는 소원이다. 그렇게 혁은 소원을 태우고 양호실로 바로 향했다.

"혁아. 운혁!"

귓가에 대고 소리를 지르는 소원 덕분에 혁은 과거에서 현실로 돌아왔다. 소원은 왜 저러느냐며 고개를 갸웃거렸다.

"들어가자니까?"

"어? 어."

"얘기 끝나셨대."

"그래."

"으, 괜히 떨리네."

어떤 결론을 냈을지 걱정이 되기는 하나 보다. 물론 반대의 의견이 나왔다면 소원은 어떻게든 그 자리에서 부모님들을 설득시키겠지만. 혁이 건물 안으로 들어가려고 하자 소원이 기다리라며 그에게 깊이 팔짱을 꼈다.

"이제 됐다. 가자."

* * *

"뭐라고?"

"대박! 진짜로?"

소원과 혁의 결혼 소식을 들은 그들의 학교 동창들은 믿을 수 없다는 듯 괴성을 질렀다. 그들은 흥분을 쉽게 가라앉힐 수 없었다.

"내가 너희 그럴 줄 알았어. 정분 안 나는 게 이상하지."

"예전엔 그런 사이 절대 아니라고, 그렇게 잡아떼더니!"

"결국 이렇게 된 거지."

하지만 이내 대부분은 이렇게 될 줄 알았다면서 금세 수긍하는 분위기였다. 학창 시절 소원과 혁은 늘 함께였다. 같은 중학교, 같은 고등학교, 같은 동네에 같은 반까지. 그들은 서로에게 바늘과 실 같은 존재였다.

물론 소원도 혁도 어울려 지내는 무리들이 있었다. 그 무리들은 처음에 소원과 혁을 엮었다. 둘이 사귀는 게 아니냐고 늘 추궁했다. 그게 일 년이 넘으니 둘을 보는 반응이 시큰둥해졌고 나중엔 그러려니 하며 넘겼다.

"아무튼 축하한다."

"누가 먼저 좋아하게 된 거야?"

"그래. 썰 좀 풀어봐."

사람들이 많으니 배가 사공으로 가는구나. 소원은 청첩장만 주기 위해 그들을 소집했으나 소원과 운혁 연애사를 자꾸 파헤치려고 하니 머리가 아파왔다. 소원은 이럴까 봐 최대한 사람들에게 알리지 않고 조촐하게 치르고 싶었다. 호화스러운 결혼식이 아닌, 가족끼리만 모여서 조용하게 넘어가고 싶었으나 그것은 혁의 부모님 쪽에서 반대했다. 그리하여 이렇게 동창들에게 결혼 소식을 전달하게 되었다.

소원과 혁의 부모님은 그들의 결혼을 허락했고 두 엄마는 친구에서 사돈이 되었다. 물론 보통 사람들이었다면 하루 만에 결정할 수는 없는 문제였다. 이렇게 일이 일사천리 진행되지도 않았을 테고. 이 모든 건 수십 년간 지내온 세월이 있기 때문에 가능한 일이었다.

"근데 너네 너무하긴 하다. 어떻게 나까지 감쪽같이 속일 수가 있어? 결혼까지 하게 된 거면 꽤 오랜 시간 만난 거 아냐?"

그녀와 가장 친한 혜윤이 볼멘소리로 투덜거렸다. 눈에는 이미 '나 삐쳤음'이라고 단단히 적혀 있었다. 며칠 전에 요가원에서 전화통화를 할 때까지만 하더라도 아무런 얘기가 없었으니 더 서운할 만했다. 귀띔이라도 해줬으면 어디가 덧나나 싶었다.

"해줄 얘기가 많지만 그건 나중에 하기로 하자. 지금 결혼 준비 때문에 정신이 없어서. 정말 미안!"

소원이 최대한 아쉽다는 표정을 지으며 그들에게 말했다. 사실이긴 했다. 허락을 받아내고 다음 날부터 결혼 준비에 눈코 뜰 새 없이 바쁜 나날을 보내고 있으니 말이다. 게다가 5월은 결혼식이 가장 많은 달이라 웬만한 예식장은 이미 다 꽉 차 있었기 때문에 예식장을 구하기까지 얼마나 힘들었는지 몰랐다. 청첩장 하나 나오는 데도 정말 많은 우여곡절이 있었다.

"오늘 못 온 애들한텐 너희가 대신 전달해주라."

혁은 이 순간에도 말없이 가만히 있었다. 예나 지금이나 여전히 과묵했다. 모든 건 소원이 알아서 다 얘기했다. 그녀는 이제 그만 일어나자며 혁에게 눈빛을 보냈다.

"휴우, 정신이 하나도 없네."

차로 돌아온 소원은 물을 벌컥벌컥 들이켜며 숨을 돌렸다. 진땀이 나는지 손으로 부채질을 하며 더위를 식혔다.

"이것도 장난 아니구나."

"결혼은 현실이니까."

소원이 청첩장을 펴 보았다. 오늘 아침에 받은 따끈따끈한 것이었다. 안에는 운혁과 이소원의 결혼을 축하해달라는 멘트와 함께 결혼식 날짜가 적혀 있었다. 5월 21일. 일주일도 채 남지 않았다. 남들은 몇 개월에 걸쳐서 준비하는 결혼식을 이들은 불과 2주도 안 걸려 준비한 것이다. 그만큼 빠르고 정신없이 진행되고 있었다.

"근데 느낌 좀 이상할 것 같긴 해."

"……."

"내겐 너무도 먼 얘기였던 결혼을, 결혼식을 그것도 너랑 하다니. 다섯 살 코흘리개였던 너를 결혼식장에서 보게 되다니, 정말 상상조차 못 할 일이다. 그것도 나는 드레스를 입고 너는 턱시도를 입고! 좀이 아니라 정말 많이 이상하겠다. 넌 안 그래?"

소원은 재잘재잘 떠들며 5일 뒤 있을 결혼식을 상상했다. 웃음이 터져 나오는지 실소를 터뜨리기도 했다. 이미 그녀의 머릿속엔 드레스를 입은 자신과 턱시도를 입은 혁이 주례 선생님 앞에서 백년가약을 맺고 있었다. 물론 위장이기 때문에 이게 얼마나 갈진 모르겠지만.

"난 벌써부터 겁이 난다. 앞으로 얼마나 많은 네 뒤치다꺼리를 해야 할지 두렵기까지 해."

"아주 열렬한 보호자 납시셨네요."

"부정은 못 하겠지?"

콕 집어내는 혁의 말에 소원이 민망했는지 그의 어깨를 철썩 때렸다.

"그나저나 몸 찌뿌둥해 죽겠다. 결혼 준비한다고 벌써 일주일째 수련도 제대로 못 했어. 개인 PT도 다 취소시켰는데. 으으, 다음 달 통장 잔고는 안습이겠군."

소원이 투정을 부리며 입술을 빼쭉 내밀었다. 그녀는 기지개를 쭉 켜며 오늘은 기필코 몸을 풀어야겠다고 다짐했다. 소원은 곧 그 다짐을 행동으로 옮겼다. 소원은 혁을 사슴 같은 눈망울로 바라보며 원하는 것을 말했다. 간단했다, 자신을 요가원에 데려다 달라는 것이다. 그건 전혀 어렵지 않았다. 문제는 뒤에 해야 하는 스케줄이 있다는 것이다. 즉, 원래의 스케줄을 빼고 요가를 하겠다는 말과도 같았다.

"안 돼."

"칼이야? 베이겠네."

"결혼식 다음 주야. 드레스 없이 식 올릴래?"

"에이, 다음 주면 아직 시간 많이 남았네!"

소원이 혁의 눈치를 살폈다. 자신이 말해놓고도 찔리긴 한 모양이다. 소원은 주저리주저리 자신의 정당화에 대해 늘어놓기 시작했다.

"일단 우리 준비를 너무 갑작스럽게 하기도 했고, 그래서 내 삶의 패턴이 망가지면서 몸도 많이 망가지고 있고. 은근히 스트레스가 쌓였는지 온몸이 간질간질하단 말이야. 나는 수련을 통해 스트레스를 푸는 사람인데! 그걸 못 하고 있으니 안 괴롭겠어?"

하지만 입을 꾹 다물고 미동도 없는 혁을 보며 소원이 마지막 발악이라는 듯 풀이 죽어서는 얘기했다.

"알았어, 알았어. 정 그러면 수련 끝나고 가면 되잖아."

"……."

"원래 내 호흡대로라면 두 시간 해야 하지만!"

"두 시간이나 하려고 했어?"

"아니, 아니! 설마. 내가 그렇게 눈치가 없진 않아."

"……."

"한 시간 반? 도 너무 많지. 하하하! 반으로 딱 줄여서 한 시간!"

소원이 계속해서 혁의 반응을 살피며 말을 번복했다. 그런 그녀의 모습을 보며 혁은 대체 소원이 언제쯤 철이 들까 심각하게 고민하기 시작했다. 그러면서 계약서에 사인한 게 급 후회되기 시작했다. 역시 너무 섣부른 판단이었어. 하지만 이미 양가 부모님들께 밝혔기 때문에 번복할 수도 없다. 돌이킬 수 없는 강을 건너버린 셈이다.

"이거 봐봐. 이 살들 좀 보라고. 그래도 이왕 드레스 입는 거 예쁘고 날씬한 모습으로 입으면 좋잖아."

"지금도 충분해."

"이걸 보고도? 이 돼지같이 흐물거리는 비계들을 보고도 그런 말이 나와, 지금?"

소원이 자신의 살을 꼬집으며 혁에게 확인시켜줬다. 혁이 이해할 수 없다는 얼굴로 소원을 쳐다보았다. 일주일 전이나 지금이나 달라진 건 전혀 없었다. 혁의 눈에는 똑같았다.

"그건 거죽이야."

"살이야! 언젠 나보고 돼지라며! 맨날 돼지 같다고 놀릴 땐 언제고?"

"하아, 여자들이란."

"야, 생각을 해봐. 딱 드레스를 입었어. 근데 살이 막 삐져나와. 드레스가 터질 거 같아. 그러면 어떨 거 같니? 그건 보는 사람들에게도 민폐, 상대방에게는 더 민폐! 내게 남은 건 절망뿐이라고. 쭉쭉 빵빵까지는 아니지만 그래도 최소한 상대편 기는 살려줄 수 있어야 하지 않겠어? 나를 위해서도 너를 위해서도 신부의 몸매관리는 필요하다, 이거야."

소원이 마구 흥분하며 왜 자신이 지금 당장 수련을 해야 하는지 열심히 설명해나갔다. 물론 그 설득력이 혁에게는 터무니없이 부족하여 씨알도 안 먹힌다는 것이 문제였지만.

"그리고 이왕 입는 거, 제대로 입고 싶단 말이야."

하지만 소원은 정말 간절했다. 여자들이 괜히 식 전에 다이어트를 하고 운동을 열심히 다니는 것이 아니었다. 게다가 소원은 몸에 대한 자부심도 강하고 일에 대한 프라이드도 높기 때문에 더욱 용납이 안 되는 것이었다. 나만 아는 숨겨진 살들을 말이다.

"지금 요가원 가면 5시, 수련하고 나와서 웨딩숍 가면 7시! 8시에 문을 닫으니까 한 시간 동안 드레스 고르고. 시간도 딱이네."

혁이 드디어 운전대를 잡았다. 혁은 턱짓으로 내비게이션을 가리키며 말했다.

"내비 찍어."

"웨딩숍인가? 혹시, 요가원?"

소원이 조심스럽게 혁에게 물었다.

"딱 한 시간만이야."

소원은 쾌재를 불렀다. 그러고는 혁의 머리를 헝클어뜨리며 들뜬 마음을 연신 표현했다. 생각해보면 마지막의 승리자는 항상 소원이었다. 불문율 같았다. 혁에게 소원은 이길 수 없는 무언의 룰 같은 것이었다.

"짜식, 이럴 거면서 튕기기는!"

소원은 기쁨을 한가득 담아서 요가원 주소를 찍어주었다. 그렇게 내비가 안내하는 대로 그들은 요가원으로 향했다.

제4화. 젖어버렸어

"어떻게 오셨나요?"

"드레스 보러 왔어요. 예약해놨는데."

"성함이?"

"이소원, 운혁이요."

"아, 아까 늦는다고 전화 주셨던? 이쪽으로 오세요."

소원의 말을 들은 직원이 예약 명단을 훑어보고는 자리로 안내했다. 숍은 상당히 컸다. 총 3층으로 되어 있었고 뻥 뚫린 천장에는 샹들리에가 거대한 빛을 뿜고 있었다. 건물은 라운드 형식이었다. 올라가는 계단 곳곳에는 'First A'라는 로고가 예쁘게 새겨져 있었다.

단정한 차림의 직원을 따라 올라간 2층에는 무수히 많은 드레스가 걸려 있었다. 1층에도 마네킹이 입고 있는 드레스와 꽤 많은 종류가 있었지만 2층에 비하면 새 발의 피였다. 디자인도 다양했다. 미니드레스부터 시작해서 이브닝드레스까지, 색깔도 없는 게 없을 정도였다. 물론 순백의 흰 웨딩드레스가 가장 많았지만 말이다.

"3층은 헤어 메이크업을 하는 공간이에요. 결혼식 당일 날 가게 되실 거예요."

친절한 직원의 설명에 소원이 고개를 끄덕였다.

"특별히 원하는 디자인 있으신가요?"

"허리 라인이 많이 강조되었으면 좋겠어요."

"요즘은 많이 퍼지는 풍성한 드레스보다는 가볍고 타이트한 드레스를 많이 선호하는 편이긴 해요. 풍성한 건 이쪽, 타이트한 건 저쪽이에요. 천천히 둘러보시고 입어보고 싶은 거 말씀하시면 착용 도와드릴게요."

직원이 잠시 자리를 비우자 소원은 혁과 함께 천천히 드레스를 둘러보기 시작했다. 그녀는 어린아이처럼 들떠 있었다. 역시 드레스는 모든 여자를 설레게 만들었다.

"분홍색도 예쁘겠다. 이건 어때? 아님 이거는? 요것도 괜찮다! 아, 이건 너무 파였나."

"신났어, 아주."

"그럼! 드레스잖아. 와, 나 갑자기 막 떨려. 심장이 쿵쾅쿵쾅거려."

소원은 손을 자신의 심장에 가져다 대며 심호흡했다. 정말 빠르게 뛰었다. 어느 순간부터는 혼잣말로 중얼거리며 뭘 입을지 재고 있었다. 그렇게 고른 드레스는 총 3벌. 밑이 풍성한 벨라인과 몸에 착 달라붙어 전체적인 라인이 부각되는 시스라인, 그리고 나머지

한 개는 허리는 달라붙지만 밑으로는 퍼지는 프린세스라인이다.

"어쩜 좋아. 다 너무 예뻐! 전부 입고 싶다."

그녀의 눈은 황홀감으로 가득 찼다. 넋을 놓고 보는 소원을 보며 혁이 고개를 도리도리 저었다. 소원은 혁에게 다 골랐다는 듯 쳐다보았다. 자연스럽게 혁이 직원을 부르러 아래로 내려갔다. 척하면 척이었다. 왜 자신을 그런 눈빛으로 쳐다보았는지 모두 읽을 수 있었다. 이것이 25년의 위엄이다.

"신랑님은 잠시 여기 앉아서 기다려주세요."

직원의 안내를 따라 혁은 소파가 마련된 곳으로 향했고 소원은 피팅룸으로 들어갔다. 혁은 아무 생각 없이 그녀를 기다렸다. 조금 시간이 걸리자 혁은 따분한지 테이블에 놓인 잡지를 읽기 시작했다.

"으악!"

얼마나 지났을까, 슬슬 나와야 하는 소원이 갑자기 안에서 냅다 소리를 질렀다. 혁이 깜짝 놀라 반사적으로 그녀가 있는 곳으로 들어갔다.

"뭐야. 무슨 일이야?"

혁은 소원이 드레스를 입다가 걸려서 넘어진 것인지, 아니면 평소에 신지 않던 힐을 신다가 발을 헛디뎌 삔 건 아닌지 그 짧은 순간에 오만 가지 생각이 들었다. 하지만 안에는 그가 상상한 소원의 모습은 없었다. 그곳엔 난감한 듯 웃고 있는 여직원과 드레스를 입은 자신의 모습을 보며 경악하는 소원이 있었다.

"그죠? 언니 솔직히 말해줘요. 사실대로."

"아하하하, 신부님 너무 예쁘시니까 걱정 마세요."

소원은 거짓말하지 말라면서 울상이 된 눈빛으로 직원을 바라보았다. 혁은 영문을 몰라 소원을 빤히 쳐다보았다. 소리친 원인에 대해 묻는 것이다.

"혁아, 대박이야. 어떻게 이러지?"

"뭐가."

"여기 이거. 이것 좀 보라고!"

소원은 타이트한 드레스로 인해 살짝 눌린 살을 가리키며 말했다.

"내가 수련을 게을리했나? 아닌데. 요즘 너무 많이 먹었나? 그래. 내가 좀 많이 먹긴 했어."

결국 자신이 뚱뚱하다는 소리였다. 혁이 놀란 가슴을 쓸어내리고는 직원에게 잠깐만 자리를 비켜 달라는 눈빛을 보냈다. 직원이 난감하게 웃으며 자리를 비켜주었다.

"돼지네, 완전."

소원은 절망적인 눈빛으로 거울을 보며 자신의 몸 구석구석을 훑었다. 여기도 살, 저기도 살. 온통 자신의 살에만 초 집중을 한 채로 맘에 들지 않는다며 볼멘소리를 했다. 혁이 한숨을 푹 내쉬며 혀를 끌끌 찼다.

"널 보며 저 여직원이 뭐라고 생각했을 것 같아?"

"씹돼지네? 멧돼지가 드레스를 입었네?"

혁이 고개를 저으며 한 치의 망설임도 없이 네 글자를 내뱉었다. 또박또박 아주 힘을 주어서.

"재수 없다."

"죽을래?"

혁의 눈에는 전혀 변화가 없어 보였다. 소원은 예나 지금이나 똑같다. 달라진 게 있다면 요가 강사가 된 이후로 더 탄탄한 몸매로 바뀌었다는 것뿐이다. 학창 시절 돼지라고 놀린 것은 단순한 장난이었다. 그녀는 말랐고 예쁜 몸매를 가지고 있다. 남자가 원래 이런 쪽으로 둔하다고는 하나 소원은 정말 변함이 없었고, 누가 봐도 늘씬한 몸매를 가졌다. 여자들의 부러움을 사기에도 충분했다. 물론 여자만 아는 살이 있고, 자신의 눈에만 보이는 살이 있기 마련이다.

소원도 지금 남들은 전혀 눈치채지 못하는 자신에게만 보이는 살을 보며 경악한 것이다. 몸매가 드러나는 직업을 가지다 보니 보통 사람들보다 더 예민해지는 것은 어쩔 수 없는 일이었다.

"충분해, 지금."

"예쁘진 않잖아!"

"답정너냐?"

혁이 한숨을 쉬며 고개를 저었다. 소원의 입술이 점점 더 빼쭉 튀어나오고 있었다.

"예뻐."

"저기요, 영혼 좀 실어 말해줄래요? 그리고 그 뒤에 그렇게 말하면 진짜 답정너가 된 것 같잖아."

"티 났어?"

"죽는다, 진짜!"

"진짜야. 정말 예쁘니까 걱정 마."

소원이 입술을 빼쭉 내밀며 투덜거렸다. 그녀는 거울에 비친 자신의 모습을 요리조리 살펴보며 부위별로 근력 운동을 해야겠다고 다짐했다. 소원의 머릿속엔 온통 어떻게 살을 뺄까 하는 생각뿐이었다. 반대로 혁은 이제야 소원의 제대로 된 모습이 눈에 들어오기 시작했다.

그녀가 먼저 입은 드레스는 프린세스라인이었다. 상체는 가슴라인을 따라 만들어진 탑으로, 어깨선이 그대로 드러났고 허리가 타이트하게 조여져서 마른 그녀의 상체가 부각되었고, 밑으로는 안감이 풍성하여 더욱 말라 보였다. 대충 묶은 머리는 조금씩 흘러내려 묘하게 남자의 보호본능을 자극했다. 순백의 드레스는 그녀를 더욱 순수하게 보이도록 만들었다.

혁은 순간 맥박이 빨라짐을 느꼈다. 정신이 멍해지고 기분이 이상해졌다. 이런 기분, 예전에도 한 번 느낀 적이 있다. 비록 10년 전이었지만 너무 강렬하고 짜릿해서 잊을 수가 없었다. 그날도 소원은 흰색 원피스를 입고 혁이 앞에 나타났다.

"너 왜 여기 있어?"

그날은 학교 축제날이었다. 축제는 이틀에 걸쳐서 했는데 하루는 체육 대회, 하루는 각종 공연과 먹거리를 즐길 수 있는 날이었다. 각 반마다 테마를 정해서 교실을 꾸미고 카페를 운영하거나 게임이나 볼거리를 제공하여 공금을 모으기도 했다. 그리고 유일하게 1년 중 한 번 교복이 아닌 사복을 입을 수 있는 날이기도 했다.

"누가 양아치 아니랄까 봐."

소원은 혁을 보자마자 잔소리하기 바빴다. 소원과 혁은 같은 반이었다. 이번에 그들의 반은 카페를 운영했다. 그런데 한창 축제가 진행 중인데 혁이 보이지 않았다. 반 아이들은 너 나 할 것 없이 소원을 찾았다. 그의 위치를 알고, 그를 컨트롤할 수 있는 유일한 사람이었으니 말이다. 사람들은 혁을 보려고 몰려들었다. 심지어는 다른 학교 학생들까지 올 정도로 혁의 인기는 대단했다.

"여기 운혁 없어?"

"아, 뭐야. 없나 봐. 그럼 그렇지."

"아씨, 괜히 기대했잖아."

"저기요! 혁이 오빠는 언제 와요?"

손님들은 운혁만 찾았다. 그가 없다는 것을 안 사람들은 짜증을 내며 홱 돌아섰다. 상황이 이렇다 보니 발걸음을 돌리는 손님들이 반을 넘었다. 매출에 급격한 타격을 받으니 귀찮더라도 어쩔 수 없었다. 그래서 소원이 투입된 것이다.

"뭐가?"

"너 왜 여기 있냐고, 이 자식아!"

"시끄러운 건 딱 질색이야."

"여자들은 네가 서빙해주는 커피를 마시고 싶어서 안달이 났어."

"안달 날 것도 많네."

"그러니까 내 말이. 대체 이런 싸가지 대박인 녀석이 뭐가 좋다고 그 난리인지!"

혁은 항상 머리를 식히고 싶을 때, 조용함을 느끼고 싶을 때 이곳을 찾았다. 아카시아 나무 아래의 벤치. 학교 바로 뒤에 있는 산으로 조금만 올라가면 있었다.

"얼마나 여유 있고 좋냐."

혁은 벤치에 누워 있었다. 아까부터 눈을 감은 채로 은은한 바람을 느끼고 새가 지저귀는 소리를 들으며 한껏 여유를 즐기고 있었다. 소원이 혁의 앞으로 얼굴을 불쑥 들이밀었다. 갑자기 눈 위로 빛이 가려지고 그림자가 생기니 혁이 뭔가 싶어서 눈을 살며시 떴다. 덕분에 그녀와 눈이 마주쳤고 혁은 깜짝 놀라 소리를 꽥 질렀다. 소원이 덩달아 놀라 뒤로 자빠졌다.

"아! 죽을래? 소리를 왜 질러. 놀랐잖아!"

소원이 엉덩이를 툭툭 털고 일어나며 혁에게 짜증을 부렸다. 치마엔 흙과 나뭇잎이 잔뜩 묻어 잘 떼어지지 않았고, 흰색이라 더더욱 쉽게 더러워졌다.

"뭐야, 그 거적때기 같은 옷은?"

"아씨, 이거 내 옷 아닌데."

혁이 그제야 달라진 소원의 옷을 보며 놀라 물었다. 아침까지만 해도 분명 교복을 입고 있던 그녀였다. 그런데 짧은 레이스가 달린 원피스는 대체 어디서 난 건지. 혁이 알기로는 저런 원피스는 절대 소원의 취향이 아니다. 그는 몇 년간 저런 옷을 입은 소원의 모습을 본 적이 없다.

"그걸 왜 입고 있어?"

"근데 거적때기라니. 옷 주인한테 이른다?"

"그니까 그건 왜 입고 있는 건데."

"이거 입어야 한다고 반장이 줬어."

"그렇게 짧은 걸 줬다고? 반장이?"

"우리 반 여자애들 다 이런 옷 입고 있어."

"미쳤네, 아주."

"역시, 좀 이상하긴 하지? 그래서 안 입겠다고 그렇게 악을 썼는데. 서빙하는 사람들은 무조건 입으라고 해서."

소원이 멋쩍은 듯 머리를 긁적이며 말했다. 그때였다, 소원의 손 위로 툭 하고 물방울이 떨어진 것은. 소원은 뭐지 싶어 고개를 들어 하늘을 쳐다보았다.

"뭐지? 방금 나 물 맞았어."

그리고 또 이마에 한 방울 툭. 곧 그 물방울은 땅을 적셨고 마른 흙색이 변하기 시작했다.

투둑, 투두둑.

빗방울은 점차 굵어졌고 양이 순식간에 많아졌다. 소나기였다. 혁이 소원의 손을 잡고 냅다 뛰기 시작했다.

"어디 가!"

"비 피해야 할 거 아냐."

혁은 그녀를 커다란 나무 아래로 안내했다. 마땅히 피할 수 있는 건물이 없었기 때문에 이곳이 최선이었다. 학교까지 내려가기에는 거리가 애매했다. 가깝긴 했으나 이런 소나기에는 다 내려가기도 전에 흠뻑 젖을 게 뻔했다. 게다가 소원은 지금 흰 옷을 입고 있었다. 젖은 흰 옷을 입은 여자는 혈기왕성한 남자에게 위험했다. 지금도 비를 피하려고 움직였을 때 살짝 젖었는데 여기서 더 젖는다면. 상상만으로도 아찔했다.

"비 온다는 소리 없었는데. 갑자기 웬 소나기야."

"금방 그치겠지."

"혁아, 어떡해. 이거 다……."

소원이 울상이 된 얼굴로 축축해진 옷을 만졌다. 많이 찝찝한 모양이었다. 그녀는 비가 빨리 그치고 내려가서 교복으로 갈아입기를 원했다. 별안간 혁은 이상한 감정을 느꼈다. 그런 소원의 모습이 왜 이렇게 예뻐 보이는지. 약간 하늘하늘했던 원피스는 물을 먹어 아래로 축 처져 있었다. 젖은 머리카락은 더욱 그녀를 차분하게 만들어주었다. 살짝살짝 비치는 속살은 가녀린 그녀를 한껏 청초해 보이게 했다.

"젖어버렸어."

위험하다. 혁의 머릿속에 빨간불이 켜졌다.

"올, 매너 쩌네."

혁은 얼른 셔츠를 벗어 그녀의 어깨 위에 덮어주었다. 소원이 고맙다며 싱긋 웃었다. 혁의 심장이 쿵쾅거렸다. 피가 소용돌이 쳤고 호흡이 가빠졌다. 소원에게서 느끼는 이런 감정이 처음이라 뭘 어떻게 해야 할지 몰라 상당히 당황스러웠다. 혁은 소원을 등졌다. 그리고 빨리 비가 그치기를 바랐다. 그런 혁의 마음을 아는지 모르는지 소원은 혁의 뒤를 졸졸 따라다녔다.

"야, 왜 자꾸 도망가?"

"내가 언제."

"나한테서 냄새나? 비 맞아서 땀 냄새 나나?"

소원이 코를 킁킁거리며 열심히 자신의 몸 냄새를 맡았다. 그러고는 고개를 갸웃거리며 아닌데 하고 혼잣말로 중얼거렸다.

"완전 냄새 나니까 저리 좀 떨어져라."

"야, 안 나거든? 맡아 봐. 내 냄새 아니야!"

소원이 혁의 코앞으로 자신의 팔을 들이밀었다. 맡아보라는 것이다. 혁이 그녀의 눈을 피해 하늘을 바라보며 할 말을 찾고 있을 때 다행히 비가 조금씩 그쳤다. 해가 나기 시작했고 혁은 이때다 싶어 얼른 나무 밖으로 나왔다.

"진짜 냄새나? 진짜로? 아, 뭐지. 왜 그러지?"

소원이 시무룩해하며 혁을 쳐다보았다. 그런 소원의 심정을 아는지 모르는지 혁은 소원을 등진 채로 학교로 내려갔다.

"빨리 오기나 해."

그에게 무시당했다고 생각했는지 소원이 혁을 잔뜩 골난 표정으로 째려보다가 같이 가자며 그의 뒤를 따랐다.

"왜 웃어? 역시 네가 봐도 돼지 같지?"

과거 자신의 모습이 떠오른 혁은 피식 웃음을 터뜨렸다. 그 모습에 소원이 혁의 어깨를 툭툭 건드리며 말했다. 혁이 헛소리 말라며 소원에게서 멀어졌다.

"다른 것도 입어봐. 봐줄 테니까."

혁은 유유히 피팅룸을 나갔다. 혁은 그렇게 자신도 모르게 그녀에게 조금씩 마음이 젖어들고 있었다.

* * *

"신랑 입장."

경쾌한 행진곡과 함께 말끔하게 차려입은 혁이 웨딩카펫을 밟으며 사람들의 환호 속에서 입장했다. 친구들은 혁이 이렇게 빨리 결혼할 줄 몰랐다며, 그것도 소원과 할 줄 몰랐다며 여전히 수군거렸다. 여자들은 턱시도 입은 혁의 모습을 보며 눈에 하트를 새겼다. 누가 봐도 정말 잘생겼고 멋있었다.

"후우."

내심 떨리는지 소원이 깊게 심호흡했다. 결국 이날이 오고야 말았다. 결혼식. 이렇게 단기간에 진행된 것이 맞나 싶을 정도로 성대했다. 코스 요리로 나오는 결혼식 만찬과 화려한 결혼식장. 소소

하고 조용하게 넘어가고 싶다던 혁과 소원의 의사와는 너무나도 다른 것이었다.

소원은 위장 결혼이니 이렇게 크게 떠벌리고 싶진 않았다. 하지만 이는 어쩔 수 없는 일이었다. 그들에겐 선택의 여지가 없었다. 이것이 부모님이 결혼을 허락하는 대신 따르라 했던 조건 중 하나였다. 조건은 두 개였는데 나머지 하나는 혁이 회사 일을 배우는 것이다.

혁은 애초부터 사업을 그대로 물려받는 것을 원치 않았다. 그는 자신만의 철학과 목표가 있었고, 그래서 몰래 사업을 키워나가는 중이다. 회사 일까지 배워야 했으니 몸이 열 개라도 부족하겠구나 싶었다. 혁은 자신의 시간 일부를 포기하면서까지 위장 결혼을 한 것을 후회하는 날이 오지 않기를 바랐다. 부디 이 선택이 옳기를. 이 선택을 한 나를, 제안을 한 소원을 원망하지 않기를.

"이어서 신부 입장이 있겠습니다. 신부 입장."

결혼행진곡이 라이브로 연주되자 문에서 대기하고 있던 소원이 예식장 안으로 발을 옮겼다. 그녀가 선택한 드레스는 몸에 착 달라붙는 시스라인이었으나 밑에는 인어의 꼬리처럼 착 퍼지는 머메이드라인과 비슷했다. 어깨서부터 시작되는 망사 레이스 소매는 우아함과 고풍스러움을 한껏 풍겼다. 소원의 잘록한 허리와 볼륨 있는 엉덩이를 잘 살린 디자인이었다.

사람들은 신부가 너무 예쁘다며 극찬했다. 소원은 그간 좀 더 빡세게 몸매관리를 한 것에 대해 속으로 뿌듯해했다. 그러고는 사람들의 시선을 즐겼다.

"역시 남녀 사이엔 친구가 없나 봐."

"사시사철 그렇게 붙어 다니더니."

"쟤넨 이렇게 안 된 게 더 이상했을 수도 있어."

"하긴."

모두가 그들의 결혼을 예상했다는 듯 넘겨짚었다. 그만큼 둘의 사이는 오래되었고, 깊었으니 속사정을 모르는 그들에겐 어찌 보면 당연한 반응이었다.

"다음으로 주례사 선생님의 말씀이 있겠습니다."

고운 한복을 입고 신부 모(母) 자리에 앉아 있던 미라가 갑자기 울음을 터뜨렸다. 밤새 잠을 뒤척이던 그녀였다. 식장에 오는 내내 절대 울지 않으리라 다짐했건만 결국 눈물을 보이고야 말았다. 이 처럼 딸을 시집보내는 부모의 마음이라는 게 참으로 싱숭생숭했다. 그렇게 시집을 보내고 싶었는데, 막상 보내려니까 시원섭섭하면서도 슬펐다. 소원은 곁눈질로 보이는 미라의 모습에 마음이 안 좋아져 표정이 어두워졌다.

'엄마, 미안해.'

괜히 죄송한 마음이 들었다. 별안간 어젯밤 그녀가 자신에게 해 준 얘기가 떠올랐다.

"이게 뭔 줄 알아?"

"뭔데?"

미라가 소원에게 건넨 것은 편지였다. 엄청 옛날에 쓰인 것인지 종이 가 많이 바래 있었다. 글쓴이는 지연. 혁의 엄마였다. 그곳에는 우정 변 치 말자는 흔한 내용과 함께, 나중에 아이를 낳게 되면 사돈을 맺자는 우 스갯소리가 쓰여 있었다.

"학창 시절에 우리가 입버릇처럼 얘기하곤 했거든. 그게 이제야 생각난 거야."

"같은 성별의 자식을 낳으면 어쩌려고 그런 얘길 했대?"

"그땐 그렇게 생각 안 했나 보지. 근데 진짜로 그 약속이 실현될 줄은 꿈에도 몰랐네."

"그러게, 하하하."

"잘 살아, 이 지지배야. 너희가 잘 살아야 우리 우정도 금 안 가고, 이런 우리의 추억이 낭만이 될 수 있는 거야."

소원은 쿡쿡 찔리는 마음을 어떻게 할 도리가 없었다. 그렇기에 이 엄청난 음모가 걸리면 끝장이다. 절대 걸리지 않도록 조심할게요. 소원은 다짐하고 또 다짐했다. 주례를 들으며 눈물을 훔치는 미라의 모습을 보며 더더욱 마음을 굳혔다.

"신랑은 신부를 아내로 맞이해 슬플 때나 기쁠 때나 변함없이 사랑하겠습니까?"

"네."

"신부에게 묻겠습니다. 신부는……."

소원은 1초의 망설임도 없이 대답하는 혁을 보며 잠시 놀랐다. 아무리 연기여도 이 수많은 사람들이 증인으로 앉아 있는데 어떻게 망설임이 없을 수 있냐는 것이다. 그녀가 혁을 쳐다보는 와중에 주례사의 물음이 끝났고, 소원도 얼결에 '네'라고 대답했다.

"이로써 두 사람은 부부가 되었습니다."

혁아, 넌 지금 무슨 생각을 하고 있니. 같은 중학교, 같은 고등학교, 같은 동네, 같은 반. 이제는 같은 집, 같은 공간, 같은 곳에서 함께해야 하는데. 넌 지금 어떤 생각으로 여기에 서 있니? 왜 이렇게 마음이 어지러울까. 위장 결혼에 대해 제안을 했을 때에도, 결혼 준비로 눈코 뜰 새 없이 바쁜 나날을 보냈을 때에도, 그리고 불과 방금 전까지만 하더라도 아무렇지 않았는데. 결혼은 현실이라는 너의 말이 갑자기 와닿는다. '부부'라는 단어가 갑자기 깊숙이 훅 치고 들어온다. 나, 너, 우리. 우리가 잘 선택한 거겠지?

"신랑, 신부 퇴장!"

대망의 퇴장, 클라이맥스가 되었다. 혁에게 팔짱을 낀 소원은 그의 리드에 맞춰 빌걸음을 옮겼다. 여기저기서 박수와 함성 소리가 거하게 터져 나왔다. 팡파르와 폭죽이 터지고 정말 현실을 향해 한 발 한 발 내딛고 있었다.

소원은 괜히 발걸음이 무거워졌다. 표정 관리가 잘 되지 않았고 혁이 그런 소원의 상태를 눈치채고는 손을 꾹 잡아주었다. 그의 체온이 소원의 온몸 구석구석에 퍼졌다. 여유 있게 씩 웃어주는 혁의 모습에 긴장이 조금은 풀리는 것 같았다. 소원이 한결 가벼워진 모습으로 혁을 바라보았다. 이 식장을 나서면, 그때부턴 정말 현실이다. 위장 결혼, 스타트.

* * *

"소원아. 이소원."

혁이 새근새근 잠자고 있는 소원을 깨웠다. 결혼식이 고됐는지 비행기를 타자마자 잠든 그녀였다. 소원은 식사도 하지 않은 채 목적지까지 내내 잠에 취했다. 퍼스트 클래스 좌석이 어찌나 편한지 내 집 안방 같았다. 소원은 신혼여행을 핑계로 좀 더 멀리 해외로 나가고 싶었지만 혁은 일 때문에 오랜 기간 시간을 뺄 수 없었다. 합의한 것이 3박 5일 짧은 기간의 휴양지였다. 물론 그곳에 가서도 혁은 할 일이 산더미였지만.

그들의 도착지는 태국 푸껫이었다. 약 여섯 시간의 비행시간이었고 방콕에 도착해서 환승을 통해 다른 비행기로 한 시간쯤 더 들어가야 했다.

"으으, 죽겠다."

소원이 기지개를 켜며 찌뿌둥한 몸을 이리저리 돌렸다. 안대와 귀마개를 빼니 밝은 햇살이 소원의 눈가를 비췄다.

"배고파."

소원이 눈을 게슴츠레 뜨며 말했다. 그러고 보니 소원은 결혼식 당일부터 지금까지 음식을 먹지 못했다. 하루를 넘게 쫄쫄 굶은 셈이다. 소원의 배에서 밥을 달라며 꼬르륵 알람이 크게 울렸다. 소원이 민망한지 혀를 날름거리며 헤헤 웃었다. 혁이 그럴 줄 알았다며 아까 승무원에게서 받아놓은 간식을 소원에게 건넸다.

"오오, 기내식! 역시 센스 있어."

소원이 대견하다며 혁의 머리를 쓰다듬었다. 또띠아였다. 그녀는 게 눈 감추듯 그것을 먹어치웠다. 소원은 다 먹고서 아쉬운 듯 표정을 지었다.

"아, 1등급 기내식 식사를 못하다니!"

소원은 언제 또 자기가 1등급 좌석을 타보겠냐며 잠만 잔 자신을 나무랐다. 승무원에게 따로 부탁을 하면 늦게나마 식사를 준비해서 가져다줄 수 있었지만 이미 비행기는 이륙을 준비하고 있었다. 고로 먹을 수 없다는 얘기이다. 그녀는 돌아올 땐 꼭 식사를 하리라 다짐하며 이를 갈았다.

"와, 미친 더위다."

비행기를 갈아타고 한 시간이 조금 넘는 여정 끝에 드디어 도착한 푸껫. 내리자마자 숨을 턱턱 막히게 하는 현지 날씨였다. 그래도 하늘은 맑았고 구름 한 점 없는 푸른 날씨였다. 길가에 펼쳐진 야자수들을 보며 이곳이 외국이긴 하구나 느꼈다.

태국은 우리나라보다 두 시간 느렸다. 현지 시각으로 12시. 태양이 무섭도록 뜨거운 시간이었다. 그래도 외국이라 흥이 나긴 하는지 소원은 들뜬 마음을 감추지 못했다. 호텔에 도착해 혁이 체크인하는 동안 소원은 신 나서 여기저기 돌아다니며 구경을 했다. 5성급 호텔답게 외관도 으리으리했다. 야외 가든과 연결된 수영장. 메인 풀과 사이드 풀도 화려했다. 웰컴 사인으로 보이는 호텔 앞의 분수대도 고급스러웠다.

"대박!"

안내받은 룸 또한 입이 쩍 벌어질 정도였다. 17층의 고층 전망대에서 바라본 바다가 보이는 뷰는 끝내줬다. 소원은 아이처럼 침대에서 폴짝폴짝 뛰었다.

혁이 짐을 풀고 호텔의 구석구석을 살폈다. 원래 예약한 룸은 킹사이즈 침대가 있는 곳이었지만 카운터에 부탁해서 바꾼 두 개의 침대. 뷰를 보며 목욕할 수 있는 욕조. 여닫이로 열리는 화장실에는 샤워할 수 있는 부스와 따로 문이 달려 변기가 있는 공간이 분리되어 있었다. 중간에는 드라이기와 화장대가 비치되어 있었다.

"좋았어."

혁이 그렇게 안을 둘러보는 동안 소원은 바깥 풍경에 심취해 있었다. 그녀는 갑자기 생각이 났는지 캐리어를 열어 무언가를 꺼냈다. 주섬주섬 꺼내 바닥에 펼쳐놓은 것은 바로 작은 요가매트였다. 그녀는 스피커를 꺼내 블루투스를 연결하더니 다짜고짜 매트에 앉아 명상을 하기 시작했다. 호흡을 천천히 가다듬고 숨을 깊이 들이쉬고 내쉬었다. 잔잔한 음악 소리가 호텔 방 안에 퍼졌다.

소원은 호흡이 어느 정도 정돈이 되었다 싶었는지 자리에서 일어서서 스트레칭과 함께 몸을 데웠다. 다운 독과 플랭크로 연결하여 업 독, 다시 다운 독. 오른발을 손과 손 사이에 두고 몸을 일으켜 세워 전사 자세까지. 정신을 집중하고 점점 어려운 동작들로 연결해 나갔다.

"하아."

조금씩 몸 안에 열이 퍼지면서 땀이 나기 시작했다. 날이 덥고 습해서 그런지 이마에 송골송골 맺히던 땀방울은 어느덧 주르륵 뺨을 타고 흘렀다. 찌뿌둥한 몸을 풀면서 느끼는 개운함, 그리고 드넓은 바닷가와 맑은 하늘을 보며 수련하는 것은 정말 환상적이었다.

혁은 그런 소원의 모습을 뒤에서 말없이 지켜봤다. 옷은 또 언제 갈아입었는지 위에는 짧은 탱크톱, 아래는 짧은 반바지였다. 배에는 예쁜 일자 복근이 새겨져 있었다. 얼마나 열심히, 또 얼마나 많이 수련을 했는지 알게 해주는 몸이었다.

소원은 물구나무를 서려는지 손을 모아 삼각형을 만들었다. 머리를 그 안에 두고 팔로 바닥을 눌러 복근의 힘으로 다리를 천천히 들어올렸다. 완전히 거꾸로 선 자세인 물구나무가 완성되었다. 덕분에 통이 컸던 바지는 중력의 힘으로 아래로 툭 떨어졌고 원치 않게 소원의 속옷이 그대로 노출되었다.

소원이 한 손으로 바지를 올리려다가 창문으로 비친 혁의 모습을 발견하고는 정신이 흐트러졌다.

"어어? 어!"

중심을 잃은 소원의 몸이 갸우뚱거렸고 옆으로 투욱 쓰러지기 시작했다. 놀란 혁이 얼른 달려와 소원의 다리를 잡았다.

"넌 여자애가 무슨 조심성이 이렇게 없어?"

혁의 도움으로 소원은 편하게 일어설 수 있었다. 소원이 매트에 무릎을 꿇고 앉더니 두 손을 합장하고 혁에게 작게 속삭였다.

"나마스떼."

혁이 자신을 이상히 쳐다보자 소원은 씩 웃으며 그에게 화답해 주었다.

"반했지?"

"뭐?"

"누나가 좀 멋있긴 해."

"뭐래."

"솔직하지 못하기는. 왜 말을 못 해? 반했다, 멋있다, 예쁘다! 환상적이라고 말을 못 하냐고, 왜!"

소원이 어느 드라마의 한 장면을 패러디하면서 혁에게 장난을 쳤다. 혁이 다짜고짜 소원의 머리에 꿀밤을 한 대 먹여주었다.

"이씨, 왜 때려!"

"한 번만 더 이런 바지 입고 수련하기만 해봐."

"이게 뭐 어때서?"

"더 맞을래?"

소원이 자신의 머리를 두 손으로 힘껏 감싸며 고개를 저었다.

"근데 솔직히 네가 봐도 예쁘긴 하지? 아주 넋을 놓고 보던데."

"내가?"

"그럼 여기 너 말고 누가 있어?"

"그냥 더 맞자."

소원이 메롱 하더니 혁에게 꿀밤을 때리고 도망갔다. 생각지도 못한 그녀의 습격에 혁이 벙 쪄 있다가 소원을 잡기 시작했다.

"내가 이 몸매를 탄생시키려고 얼마나 운동하고 노력했는데! 반하라고 만든 몸매야."

"일로 와."

"먹을 거 못 먹고, 쉴 거 못 쉬고 혹독하게 했다고! 근데 안 반하고 배겨?"

소원은 도망 다니면서도 열심히 말을 꺼냈다. 침대 위를 폴짝폴짝 뛰고 의자와 소파를 넘나들며 혁을 피해 다니던 그녀가 다시 도달한 곳은 맞은편 침대였다. 하필 벽으로 둘러싸여 막혀 있었기 때문에 도망칠 공간이 없었다. 앞에서는 혁이 이겼다는 표정으로 음흉하게 다가오니 소원이 저도 모르게 뒷걸음질을 쳤다.

털썩.

소원은 더 이상 갈 곳이 없어 결국 침대에 주저앉게 되었다. 아직 식지 않은 땀이 등줄기를 타고 흘러내렸다. 가빠진 호흡을 타고 땀이 얼굴에 몽글몽글 올라왔다.

"때리게?"

"응."

한 치의 망설임도 없이 그렇다고 대답하는 혁을 보며 소원이 졌다는 듯 눈을 질끈 감았다. 그러고는 에라 모르겠다 하는 심정으로 침대에 발라당 누웠다. 이쯤 되면 혁의 우악스런 손이 머리 위로 떨어져야 하는데 조용했다. 감은 눈앞에 비치는 그림자도 없었다.

한참이 지나도 아무 소식이 없자 소원이 조심스럽게 눈을 떴다. 그리고 몸을 일으켜 세워 앉았다. 혁이 팔짱을 끼고 자신을 진득하게 쳐다보고 있었다. 소원이 그를 빤히 쳐다보았다. 분위기가 묘해졌다. 소원이 한참을 말없이 보다가 입을 열었다.

"혁아."

"왜?"

"너 남대문 열렸어."

혁이 진짜냐는 듯 눈을 크게 뜨자 소원이 천천히 고개를 두 번 끄덕였다. 혁은 고개를 숙여 자신의 바지를 확인했다. 하지만 지퍼는 전혀 이상이 없었다.

"너 진짜."

소원이 깔깔거리더니 자리에서 일어섰다.

"나가자! 놀러왔으면 즐겨야지."

소원은 캐리어를 열고 콧노래를 흥얼거리며 어떤 옷을 입고 나가야 할지 고민하며 열심히 골랐다. 혁이 작게 웃음을 터뜨리며 자신의 캐리어로 향했다.

제5화. 네 안에 들어왔어

"카메라만 갖다 대면 그림이네."

소원이 작은 휴대전화 액정에 풍경을 담아내며 말했다. 그녀는 실시간으로 친구 혜윤에게 사진을 찍어 보내주었지만, 이걸 직접 보지 못한다는 사실이 너무 아쉬울 따름이었다. 소원은 열심히 자신의 눈 안에 기록했다. 저리도 좋을까. 그런 소원을 보며 혁은 못 말린다며 어깨를 으쓱였다.

"우리 계획이 어떻게 돼?"

"계획? 딱히."

"투어 같은 거 신청 안 했어?"

"해야 해?"

소원이 뭘 당연한 걸 묻느냐는 듯 따졌다. 혁이 고개를 저었다. 애초에 혁은 놀러온 목적이 아니었기 때문이다. 소원은 이렇게 뒤통수를 맞을지 몰랐다며 황당한 얼굴로 혁을 쳐다보았다. 알아서 잘할 줄 알았건만, 그를 믿은 자신이 원망스럽기까지 했다.

"그럼 우린 3일 동안 여기서 뭐 해?"

"넌 하고 싶은 거 있음 해. 난 일해야 돼."

"나 혼자?"

"그래서 전에 미리 얘기했잖아."

혁이 아예 언질을 안 준 건 아니다. 자신은 여행 와서도 사업 때문에 할 일이 태산이라고 얘기했다. 소원은 설마 진짜 일을 하겠냐며 한 귀로 듣고 흘려버렸다.

"이 매너 없는 놈아!"

소원이 혁에게 등짝 스매싱을 날리며 소리를 와락 질렀다. 혁이 아프다며 맞은 곳을 부여잡았다.

"어차피 위장으로 온 신혼여행이잖아."

혁이 아무 생각 없이 말을 내뱉었다. 그 말인즉, 굳이 위장인데 진짜처럼 신혼여행 기분을 낼 필요가 있느냐는 뜻이었다. 그 말을 듣자마자 혁을 때리던 소원의 손길이 뚝 멈췄다. 아, 그랬지, 그랬지. 방금 전까지 들떠 있던 소원의 감정이 순식간에 사그라졌다. 그런데 그 말이 왜 이렇게 기분 나쁘게 다가올까. 맞는 말인데도 괜히 언짢았다.

"맞네. 너무 내 생각만 했나 보다."

혁은 바뀐 소원의 분위기를 금세 눈치채고는 자신이 실수했다는 것을 깨달았다. 하지만 이미 훅 꺾인 그녀의 기분은 원래대로 돌아갈 수 없었다.

"너 가서 일 봐. 난 산책 좀 하다 들어갈게."

소원이 그대로 몸을 돌려 반대편으로 걸어갔다. 나쁜 놈, 내가 뭐 신혼여행 놀이하자고 했나? 기왕에 놀러왔으니 분위기라도 내자는 거지. 거기서 그렇게 받아 치냐! 못된 놈, 치사한 놈! 소원은 차마 이 기분을 표현하지는 못하겠는지 혼자 씩씩거렸다.

얼마나 시간이 지났을까, 얼마나 소원이 앞으로 걸었을까. 뒤에서 누군가가 소원을 열심히 부르며 따라왔다. 그럼 그렇지. 네가 그렇게 매정한 녀석은 아니었어. 소원은 당연히 혁이겠거니 싶어 삐친 얼굴로 몸을 홱 돌렸다.

"왜 부르냐?"

"이소원 맞네!"

"어?"

"아무리 불러도 대답이 없어서 내가 잘못 본 줄 알았어."

소원을 보며 반가운 얼굴로 맞이한 사람은 혁이 아닌 인성이었다.

"최인성?"

소원이 굳은 얼굴을 풀며 활짝 웃었다. 어떻게 여기서 만나냐며 커다랗게 눈을 뜨며 놀라워했다.

"대박! 왜 여기에 있어? 진짜 신기하다."

"나는 가족이랑 놀러왔어. 너는? 친구들이랑? 아니면⋯⋯."

인성은 소원의 주변을 살짝살짝 인식하며 무언가를 확인하는 듯했다. 인성은 소원이 대학 시절 만났던 사람이다. 그녀의 옛 남자. 서로 잘 사귀고 있다가 그가 유학을 가는 바람에 헤어지게 된 케이스였다. 그의 오랜 유학생활로 자연스레 연락이 끊어졌기 때문에 이렇게 얼굴을 마주하게 된 것은 거의 7년 만이었다.

"친구랑."

"아, 둘이서?"

"그렇지?"

"혹시 남자 친구?"

인성이 조심스럽게 물었다. 아까 그가 인식하던 무언가는 반지였다. 혹시나 누군가 만나는 사람이 있는지에 대한 것이었다. 대외적으로 꼭 필요할 때만 끼고 나머지는 끼던 말든 서로의 자유에 맡긴다는 것이 그들의 추가된 계약 사항이었다. 현재는 소원은 의도한 것은 아니었지만, 아까 수련을 할 때 반지를 빼두었고, 그대로 끼지 않은 채 밖으로 나온 것이었다.

물론 아직 적응되지 않은 탓에 반지를 껴야 한다는 사실을 잊기도 했지만. 그의 질문에 소원은 잠시 뜸을 들이며 짧은 고민을 했다. 곧 그녀는 절대 아니라며 고개를 도리도리 저었다. 숨기고 싶었다. 결혼해서 신혼여행을 왔다는 것을. 굳이 알릴 필요가 없다고 생각했다. 어차피 계약 결혼이고, 서로가 원하면 언제든 파기할 수 있는 조항이 있었기 때문이었다. 그것이 남자관계여도 상관없었다.

"진짜 하나도 안 변했네. 신기하다."

"넌 더 늠름해졌다? 남자다워졌네!"

7년 만에 만났지만 소원은 여전히 예전 모습 그대로였다. 소원이 피식 웃으며 인성의 어깨를 툭 쳤다. 그때 소원의 옆으로 불쑥 들어온 또 다른 남자가 있었다. 바로 혁이었다.

"뭐야?"

혁이 경계심 강한 눈빛으로 인성을 쳐다보았다. 인성은 그를 단번에 알아보고는 손을 내밀었다.

"소원이 소꿉친구 맞죠? 아, 같이 왔다던 친구가 이 친구구나."

인성의 눈빛에 왠지 모를 실망감이 실려 있었다. 동성과 온 것이 아닌 이성과 온 까닭이었다. 게다가 아무리 친해도 단둘이서 이런 해외여행이라니. 인성은 둘의 관계를 잘 알고 있었다. 대학 시절에도 그를 여러 번 봤고, 소원과 사귈 때도 그녀를 통해 많이 들었다. 처음엔 둘 사이를 의심하고 싸우기도 했으니까. 뿐만 아니라 제대로 알지도 못하는 그에게 질투를 느끼기도 했다. 그래서 인성에게 혁은 절대 모를 리 없는 존재였다.

"누구시더라."

혁이 썩소를 지으며 인성을 맞이했다. 물론 혁에게 인성 역시 모르는 사람은 아니었다. 그를 보자마자 소원의 옛 남자 친구라는 걸 단번에 캐치했다. 하지만 왠지 모른 척하고 싶었다. '미안한데 내 기억엔 너 같은 사람 없어' 하는 유치한 심보였다. 인성은 혁이 끝까지 악수를 안 해주자 멋쩍은 듯 손을 거뒀다.

"마저 짐 정리하고 나오자."

"어?"

혁은 다짜고짜 소원의 팔을 끌고 인성을 가로질러 갔다. 이는 인성에게 아예 쐐기를 박는 행동이었다. 단 1프로의 희망 따위는 사치니 혹여나 다른 생각이 들거든 일찌감치 접으라는 무언의 경고와도 같았다. 아주 오랜만에 만났고, 아주 잠깐 동안이지만 그사이 두 남자의 미묘한 신경전이 펼쳐진 것이었다.

이를 알 리 없는 소원은 갑자기 왜 이러느냐며 입 모양으로 혁의 행동에 대해 물었다. 혁은 거기에 대답해 주기 싫은지 앞만 보고 걸었다. 소원이 고개만 돌려 인성에게 소리쳤다.

"먼저 갈게, 쏘리. 다음에 제대로 다시 보자!"

다음? 제대로 다시 보자고? 혁은 속으로 콧방귀를 뀌었다. 그는 예나 지금이나 참 마음에 안 드는 녀석이라 생각했다. 그 속마음이 여과 없이 드러나 우악스럽게 그녀를 잡아끈 것이었다. 소원은 억지로 자신을 끌고 가는 혁을 보며 아프다고 신경질을 냈다. 그 모습을 뒤에서 지켜보던 인성이 갑자기 소원에게로 뛰어갔다.

"잠깐만."

혁이 또 뭐냐며 인상을 팍 찡그렸다. 하지만 인성은 아랑곳하지 않고 자신의 목적을 달성했다. 그는 지갑에서 명함을 꺼내 소원에게 건넸다. 거기엔 이렇게 적혀 있었다.

〈국제 변호사 최인성〉

"연락해, 꼭."

볼일을 다 봤다는 듯 인성은 혁에게 눈인사로 대신하고 그들을 지나쳐 갔다. 물론 혁은 그 인사를 받지 않았지만. 소원이 그가 준 명함을 빤히 쳐다보며 잠시 옛 추억에 잠기는 듯했다.

"국제 변호사라."

혁이 삐딱한 시선으로 바라보는 것도 느껴지지 않는지 혼잣말로 중얼거리며 명함을 가방 속에 잘 넣어두는 소원이었다.

"연락하게?"

"남이사."

소원은 명함을 꼭 쥐었다. 그러고는 혁을 째려보며 잔뜩 골이 난 표정을 지었다.

"완전 빨개졌잖아? 아파 죽겠네!"

혁이 힘으로 잡아끈 탓에 소원의 손목이 벌게졌다. 혁의 손자국도 남았다. 소원은 다른 쪽 손으로 빨개진 손목을 주무르며 얘기했다.

"너 근데 기억 안 나?"

"뭐가."

"인성이. 기억 안 날 리가 없을 텐데? 나 대학교 3학년 때 만났던 친구."

"몰라."

"너희 서로 엄청 싫어했잖아."

서로 잘 알지도 못하면서 그냥 싫어했지. 그 당시 소원은 왜 그렇게 서로 못 잡아먹어서 안달인지 궁금했다. 그러나 아무리 캐물어도 절대 말해주지 않던 혁이었다. 소원은 그저 두 사람은 첫 만남의 첫 단추가 잘못되었다고만 생각했다. 소원은 그날의 일을 떠올렸다.

"이번 주 토요일에 뭐 해?"

인성이 걷던 길을 멈추고는 조심스럽게 소원에게 물었다.

"이번 주? 왜?"

"전부터 보고 싶었던 영화가 개봉하는데 같이 보러 가면 좋을 것 같아서."

"그래. 가자. 제목이 뭔데?"

"고속스캔들."

요즘 인기리에 상영 중인 영화였다. 소원은 영화 제목을 듣자마자 불현듯 머릿속에 혁의 얼굴이 스쳐지나갔다.

"어, 아, 그거."

"왜?"

"내 친구 혁이 알지? 걔랑 그거 보러 가기로 했는데."

"아, 그래?"

혁의 이름이 나오자 인성의 표정이 급격하게 안 좋아졌다. 소원은 자신이 뭔가 실수를 한 것 같아 그의 눈치를 보았다. 그러고는 결심한 듯 말했다.

"아냐. 너랑 보러 갈래. 같이 보자."

하지만 핸드폰 달력을 보고 스케줄을 확인한 소원이 미안하다는 듯 인성에게 얘기했다.

"근데 이번 주는 어차피 안 되겠다."

"일 있어?"

"응. 좀 어려울 것 같아."

소원은 그 일이 혁과 관련된 것이라고 얘기하면 더욱 분위기가 싸해질 것 같아서 차마 말하지 못했다. 소원이 이제 그만 일어나자며 자리를 정리했다. 벌써 밤이 깊었다. 인성이 알겠다며 짐을 챙겼고 커피값을 계산했다. 소원이 잘 마셨다며 인성에게 눈웃음을 예쁘게 지었다.

"잠깐만."

"응?"

"됐다."

인성은 자신의 목도리를 소원에게 해주었다. 그러고는 만족스러운 표정을 지으며 소원과 밖으로 나갔다. 그는 참 다정하고 부드러운 남자였다. 항상 소원을 생각해주고 배려해주는 섬세함이 있었다.

"추우니까."

인성은 소원의 손을 자신의 주머니에 쏙 넣었다. 밖에 나오자마자 살을 파고드는 칼바람이 불었기 때문이다. 인성은 소원을 집까지 데려다주었다. 가는 내내 소원은 괜찮으니 그냥 가라고 했고 인성은 싫다며 한사코 거절했다. 그렇게 실랑이를 벌이다 보니 어느새 집에 도착해 있었다.

"조심히 가."

소원이 인성의 볼에 수줍게 뽀뽀를 했다. 그걸 놓칠 리 없었다. 그는 곧바로 소원의 입술에 자신의 입을 맞췄고 진한 키스로 이어졌다. 추위에 노출된 차가운 입술과 그의 따뜻한 온기가 동시에 느껴졌다. 소원은 조심스럽게 눈을 감았고 그와 함께 호흡했다. 서로의 입술이 떨어질 때면 소원의 얼굴은 붉은 홍당무가 되어 있었다.

"야."

그때 뒤에서 누군가가 소원을 부르며 등장했다. 소원이 화들짝 놀라 뒤를 돌아보았다. 익숙한 목소리였기 때문이다.

"뭐야? 너 왜 거기서 나와?"

소원이 상당히 당황했는지 목소리가 미세하게 떨렸다. 소원은 설마 키스하는 장면을 봤나 싶어 침을 꿀꺽 삼키며 긴장했다.

"심부름. 근데 누구?"

그냥 질문하는 걸로 보아서는 다행이 보지는 못했구나. 소원이 속으로 안도의 숨을 내쉬었다. 혁은 잔뜩 날이 선 모습으로 인성을 쳐다보며 물었다. 인성도 누구냐며 소원에게 눈짓했지만 그는 딱 봐도 알 수 있었다. 소원이 자주 언급해왔고, 자주 만나는 친구. 휴대전화 앨범에도 많이 보인 사람. 바로 운혁이라는 것을 말이다. 그토록 궁금했던 그를 드디어 보는구나.

인성은 본디 남녀 사이에 친구란 있을 수 없다고 생각했지만, 입이 마르고 닳도록 그런 사이가 아니라고 부인하는 소원에게 따지듯 반박하며 연락하지 말라고까지 하고 싶지 않았다. 인성은 소원에게 좋은 남자이고 싶었다. 어렸을 때부터 친구였다며 전혀 걱정할 게 아니라고 단언하는 그녀를 믿고 싶었다.

소원은 남들에겐 털털하지만 자신에게는 여자 같고 순수했다. 이처럼 자신에게만 보여주는 소원의 성격을 높이 샀고 믿음을 주려고 노력하는 그녀의 마음에 본인도 그러고 싶었다. 물론 혁도 당연히 그가 소원이 현재 만나고 있는 남자 친구라는 것을 알았다. 하지만 그들은 괜한 남자의 자존심이 발동이 걸려 뻗대고 있었다.

"아, 여긴 내 소꿉친구 운혁. 여기는……."

"소원이 남자 친구입니다."

인성이 소원의 말을 가로채고서 자신을 소개했다. 남자 친구라는 단어에 잔뜩 힘이 들어가 있었다. 인성은 기세등등했다. 마치 '너와는 차원이 다른 사이야'라고 알려주려는 듯이.

"아아."

하지만 혁은 그게 뭐 대수냐는 듯 일말의 미동도 보이지 않았다. 오히려 짧은 감탄사와 함께 주머니에 손을 푹 찔러 넣고는 그를 위아래로 훑어보았다. 한쪽 입꼬리를 말아 올리며 썩은 미소를 짓는 것도 잊지 않았다. 혁은 입 밖으로 꺼내지만 않았지, '그래서 뭐 어쩌라고' 하는 듯한 눈빛으로 인성을 쳐다보았다. 그의 태도에 기분이 나쁜지 인성의 얼굴이 점점 굳어졌다. 묘한 스파크가 둘 사이에 튀었다. 공기가 순식간에 싸해짐을 느끼자 소원이 얼른 수습에 나섰다.

"인성아, 얘가 원래 좀 싸가지가 바가지야. 원래 저런 성격이니까……."

"너 지금 몇 시냐?"

하지만 이번엔 혁이 소원의 말을 가로채고는 틱틱거렸다.

"11시. 왜."

"일찍 일찍 안 다니냐."

"네가 뭐 상관?"

"얘 좀 일찍 들여보내주시죠. 부모님이 많이 엄하셔서. 간다."

혁은 소원과 인성을 지나쳐서 휘적휘적 걸어 나갔다. 인성은 그의 이러한 행동이 상당히 불쾌했고 마음에 들지 않았다. 이 늦은 시각에 그녀의 집에서 나오는 것조차도 납득이 안 되어 짜증이 났다. 그런 그에게 기름을 붓는 혁의 마지막 한마디가 날아왔다.

"토요일에는 제발 늦지 마라."

인성의 참을성이 뚝 끊어졌다. 토요일 날 일이 있어서 못 만날 것 같다는 이유가 결국 혁 때문이었다는 생각이 들자 분노가 치밀어 올랐다.

"토요일에 소원이 늦을 겁니다. 아니, 못 갈 겁니다. 백 퍼센트."

소원은 믿는다. 단지 그를 못 믿을 뿐이다. 첫인상부터 말투, 행동 모든 게 다 마음에 안 들었다. 도무지 믿음을 주려야 줄 수 없는 모습이었다.

"……."

"저랑 영화 보러 가기로 해서요. '고속스캔들'."

인성이 단어 하나하나에 힘을 주어 얘기했다. 특히 영화 제목을 말할 때는 글자를 더욱 강조했다. 혁이 걸음을 멈추고 몸을 돌려 인성을 뚫어지게 쳐다보았다. 그 영화는 애초에 자신과 같이 보러 가기로 했던 것이 아니던가. 소원은 뜬금없는 인성의 대꾸에 많이 당황한 눈치였다. 그녀가 둘 사이에서 이러지도 저러지도 못한 채 발을 동동 굴리기만 했다.

도대체 서로 왜 이렇게까지 으르렁거리는 거야! 이유를 모르는 소원은 미치고 팔짝 뛸 노릇이었다. 소원은 속으로 눈물을 훔치며 이 불편한 분위기를 어떻게 해소시켜야 하는지 몰라 쩔쩔맸다.

"확실, 합니까?"

"확실, 한데요?"

두 남자의 시선이 동시에 소원에게로 향했다. 그들의 눈빛에는 거대한 불꽃이 일렁였다. 혁은 뭐가 어떻게 된 건지 당장 말하라는 눈치였고, 인성은 그렇다고 대답해주길 바라는 눈치였다.

"그, 저기, 그러니까."

소원이 어색하게 웃으며 불안한 듯 눈을 깜빡거렸다. 당장이라도 이곳을 벗어나고 싶은 심정이었다. 도망치고 싶어! 가슴속에서 강하게 울부짖었다.

"하하하."

"뭐야, 왜 웃어?"

혁이 이상한 눈빛으로 그녀를 보며 물었다. 소원은 그때가 생각났는지 배를 잡고 웃었다.

"너네 첫 만남이 생각나서."

"누구."

"너랑 인성이. 무시무시했지."

혁이 쓸데없는 추억에 잠기지 말라며 소원을 획 지나쳐 갔고, 그녀는 같이 가자며 얼른 혁의 뒤를 따랐다.

"근데 나 궁금한 게 있어."

"하지 마."

"뭐를?"

"뭐든."

"나 아직 아무것도 안 했는데?"

"앞으로 할 거잖아."

"뭘 할 줄 알고?"

그들의 이런 의미 없는 대화는 계속되었다. 하지만 맥락은 하나였다. 소원은 질문을 하겠다, 혁은 아무것도 하지 마라. 그걸 다른 식으로라도 돌려 말하며 끊임없이 얘기하는 것이었다. 답답했는지 소원이 결국 참다못해 본론을 꺼냈다.

"너 왜 그렇게 인성이 싫어해?"

"내가?"

"7년 전에도 그렇고 지금도 그렇고."

혁이 기가 차다며 헛웃음을 지었다. 그러고는 소원을 이해할 수 없다는 듯 쳐다보았다. 왜 그렇게 생각하냐는 것이었다.

"아닌데?"

"맞는데?"

"절대 아닌데?"

"절대 맞는 거 같은데?"

"절대, 절대……!"

또다시 시작된 의미 없는 말싸움. 혁은 어느 순간 흥분해 있는 자신을 발견했고 아차 싶었는지 입을 꾹 닫았다. 왜 항상 소원에게만 이렇게 말리는지 모르겠다. 정신을 차리고 보면 같이 애가 되어 있었다. 혁이 유독 소원에게 약한 이유. 과거에도 현재에도 변하지 않는 사실 중 하나였다. 얘기가 도중에 멈추자 소원은 고개를 갸웃거렸다.

"뭐야?"

혁은 잠시 멍을 때리며 뜸을 들이더니 갑자기 휙 하고 방향을 틀어 어딘가로 걸어갔다. 소원이 그를 열심히 불렀지만 대꾸도 하지 않았다.

"같이 가!"

결국 소원이 점차 멀어지고 있던 혁을 빠르게 쫓아갔다.

* * *

"혁아, 자?"

소원이 조심스럽게 물었다. 혁은 고개를 저었다. 그의 두 눈은 가볍게 감겨 있었다. 혁도 잠이 안 와 억지로라도 잠을 청하려고 노력하고 있던 것이었다. 혁의 얼굴에 그림자가 드리워졌다. 눈을 떴더니 소원이 두 눈을 끔뻑이며 똘망똘망한 눈망울로 자신을 쳐다보고 있었다. 얼굴을 자신에게 아주 바싹 갖다 댄 채로 말이다. 혁이 놀라게 하지 말라며 소원에게 소리쳤다. 소원이 배시시 웃으며 혁의 옆으로 찰싹 붙었다.

"재워줘."

"뭐?"

"같이 자자."

갑자기 얘가 왜 이러지? 이런 생각이 끝나기도 전에 소원이 혁의 품에 파고들며 열심히 둥지를 틀었다. 혁의 온몸에 갑자기 불필요한 텐션이 들어가면서 얼어붙었다. 혁은 저도 모르게 침을 꿀꺽 삼켰다. 소원에게서 풍기는 샴푸 냄새가 혁의 코끝에 살랑였다. 소원의 팔이 혁의 어깨에 둘러졌다.

"잠깐."

"왜?"

"잠깐만."

혁이 그녀를 떼어놓으려고 했지만 소원은 더욱 필사적으로 그에게 안겼다. 소원의 심장 소리가 가슴을 타고 느껴졌다.

"혁아."

"……."

"너한테서 좋은 향기 나."

소원이 고개를 위로 들고는 혁에게 속삭였다. 그녀는 자신의 손가락으로 혁의 가슴을 톡톡 건드렸다. 혁의 감정이 점차 과열되기 시작했다. 그의 머리에서 더는 위험하다는 신호를 계속해서 보냈다. 혁은 더는 안 되겠는지 자리에서 일어섰다.

"어디 가?"

"바람 쐬러."

소원은 그런 그를 못 가게 막았다. 달빛에 비친 그녀의 모습이 혁의 눈에 들어왔다. 그녀는 실크 재질의 잠옷을 입고 있었는데 얇은 하얀색이라 그런지 안이 훤히 비쳤다. 문제는 그녀가 속옷을 입고 있지 않다는 것이었다. 혁이 화들짝 놀라 믿을 수 없다는 듯 두 눈을 비비고 다시 확인했다. 달라지는 것은 없었다. 소원이 혁의 양 볼을 쓰다듬으며 싱긋 웃었다.

"이소원, 너 대체 무슨 생각이야?"

"혁아."

"위험하다고."

"가지 마."

"지금 상당히……."

"가지 말고 나랑."

소원이 혁의 말을 계속 가로채며 얘기했다. 마지막에 소원은 뜸을 들이며 혁을 지그시 쳐다보았다. 분위기가 상당히 야해졌다.

"……위험하다고."

혁은 소원 때문에 잘려진 뒷말을 중얼거렸다. 소원은 그런 혁의 상태를 아는 건지 모르는 건지 더욱 혁의 입술 가까이에 바짝 다가갔다. 서로의 숨결이 느껴지는 닿을락 말락 한 거리였다. 소원은 아주 작게 들릴 듯 말 듯한 목소리로 말했다.

"놀자."

결국 혁의 이성의 끈이 끊어졌다. 간신히 잡고 있던 그것들을 모두 놓아버렸다. 날 도발한 건 어디까지나 너야. 유혹한 것도 이소원 너고. 혁은 그렇게 생각하며 본능과 타협했다. 혁은 소원의 입술을 덮쳤다. 진한 키스를 퍼부으며 서로의 숨결을 교감했다. 혀와 타액이 뒤섞이며 깊고 강렬한 감정을 표출했고 달의 영롱한 빛은 농밀한 분위기를 연출했다.

"하앗, 흐으."

혁이 소원을 침대로 눕히고는 자연스럽게 그녀의 잠옷을 벗겼다. 탄탄하고 슬림한 몸매가 고스란히 드러났다. 혁은 소원의 왼쪽 가슴을 커다란 손으로 주물렀고 입으론 그녀의 오른쪽 가슴을 탐닉했다.

소원의 간드러진 신음 소리가 혁의 귓가에 울려 퍼졌다. 혁은 여전히 손으로 그녀의 가슴을 만지며 점점 아래로 내려갔다. 그녀의 유두가 딱딱해지며 봉긋 올라왔다. 혁은 소원의 배와 치골을 열심히 애무했다. 소원의 허리가 점차 활처럼 휘며 더욱 강한 신음을 흘렸다. 혁의 밑도 뜨거워지며 그의 분신이 커다랗고 딱딱하게 올라오기 시작했다. 소원의 밑에선 끈적끈적한 액이 흘러넘치며 그를 받아들일 준비를 하고 있었다.

"하아앙. 혁아!"

"도발한 건 너야."

"너무 좋아. 미치겠어!"

좋다고? 미칠 정도로 좋다고? 순간 혁은 뭔가 잘못되었음을 깨달았다. 자신이 알던 소원이 아니었다. 이런 말을 할 사람이 아니다. 이런 도발을 할 사람도 전혀 아니고 말이다. 혁이 다시 이성의 끈을 찾았다. 그리고 다시 눈을 끔벅였을 땐 자신의 아래에 있던 소원은 사라지고 없었다. 대신 눈에 보이는 것은 호텔 천장이었다.

"미쳤네."

이 모든 것은 다 혁의 꿈이었다. 그의 상상 속의 환상이었던 것이다. 혁은 너무 황당한 나머지 한참을 멍 때리며 아무것도 하지 못했다. 고개를 돌리니 옆 침대에서 새근새근 잘만 자고 있는 소원이 보였다. 혁은 뭐가 어떻게 된 건지 상황을 되짚었다. 바닷가에서 저녁 식사를 한 후에 소원이 운동을 하고 오겠다며 헬스장에 간 사이에 깜빡 잠이 들었다. 소원은 잠든 자신을 보고 덩달아 잠을 청한 것이고 말이다.

"하하하하."

하도 어이가 없어서 헛웃음까지 나왔다. 이게 대체, 뭐지? 내가 지금 무슨 꿈을 꾼 거야? 제정신이 아니네. 미쳤어, 운혁.

"나이 서른에 별의별 일을 다 겪는구나."

처음이다, 이런 거. 그것도 이소원이랑. 이런 꿈이라니? 혁은 찬 바람이 필요했다. 정신이 번쩍 나게 해줄 용도로 말이다. 침대에서 일어선 그는 베란다로 향했다. 소원은 자면서 더운지 이불을 다 팽개친 채로 누워 있었다. 그냥 지나칠 법했지만 혁은 조심스럽게 소원에게 이불을 덮어주었다. 그 과정에서 꿈속의 상황이 떠올라 멈칫했지만 말이다.

"경치는 끝내주네."

혁은 바깥 풍경을 바라보며 마음을 다잡았다. 그때 문득 낮에 소원이 한 애기가 떠올랐다. 놀고 싶다는 말, 함께 즐기고 싶다는 말들. 여행을 왔으니 그 기분을 만끽하고 싶긴 한 모양이다. 혁은 내일 짧은 투어라도 해야겠다고 마음을 먹었고 아침이 밝으면 할 만한 것들이 뭐가 있을지 찾아봐야겠다고 생각했다.

* * *

"여긴 조식도 대박이구나."

소원이 눈을 반짝이며 얘기했다. 그녀는 폴짝폴짝 라운지를 누비고 다니면서 음식을 접시에 가득 담기 시작했다. 어젯밤 너무 많이 먹었다며 징징대던 소원은 없었다. 맛있는 진수성찬에 이성을 잃은 여자 사람 한 명만 있을 뿐이다. 소원이 한가득 퍼온 접시를 보며 만족스러운 듯 웃었다. 그러고는 카메라를 들고 연신 사진을 찍어댔다. 혁이 뭘 하는 거냐며 눈치를 줬지만 가뿐히 무시하고 넘기는 그녀였다.

"남는 건 사진뿐이야."

소원이 사진을 다 찍었는지 포크를 들고 본격적으로 먹기 시작했다.

"아, 어떡해. 너무 좋아 미치겠어!"

"쿨럭쿨럭!"

소원이 행복에 겨워 몸을 부르르 떨며 먹방을 찍었다. 혁이 그녀의 말에 화들짝 놀라 음식을 내뿜었다. 사레에 들렸는지 기침을 하면서 괴로워했다. 소원이 갑자기 왜 그러냐며 물을 건넸다. 그 물을 받아 마시던 혁은 어젯밤 꿈이 겹쳐지면서 또다시 물을 뿜었다.

"야, 너 왜 그래!"

소원이 냅킨으로 혁이 흘린 물을 닦으며 물었다. 사람들의 이목이 집중되었다. 호텔리어의 시선이 이쪽으로 쏠리자 소원이 낯 뜨거운지 어쭙잖게 웃으며 괜찮다고 대변했다.

"너 어디 아파? 얼굴이 엄청 빨개. 꼭 뻥 터질 것 같네."

소원은 혁이 이른 아침부터 왜 이러는지 영문을 몰라 했다. 소원의 손이 혁의 얼굴과 가슴을 두드렸다. 흘려진 물을 닦기 위해서였다. 하지만 그녀의 손길에 혁은 더욱 당황하며 어쩔 줄을 몰랐다.

"……워!"

"뭐?"

"손 치우라고!"

"야, 닦아주는 거잖아. 이게 진짜 호의를 베풀어도 난리야!"

"아니, 그게 아니라."

결국 혁은 잠시 화장실을 다녀오겠다며 자리를 박차고 일어섰다. 그는 소원이 자신의 시야에서 안 보이자 비로소 숨을 돌릴 수 있었다. 하필 어젯밤 꿈과 대사가 겹칠 게 뭐람. 아니, 이런 게 가능한 건가? 아니면 내가 너무 예민하게 받아들이는 건가? 아니, 예민한 게 당연한 거잖아.

혁은 그 이후로 자꾸만 꿈속의 소원이 현실의 소원과 겹쳐 보였다. 야릇하게 달아오른 표정으로 자신의 아래에서 신음하고 있던 소원이 말이다. 큰일이다. 마음을 다잡고 머리를 비워보지만 소원을 마주하면 또 같은 반응이 나올 것만 같았기 때문이었다. 얼굴을 제대로 쳐다보지도 못할 위기에 처했다. 혁은 이 상황을 벗어날 묘책이 필요했다.

[회사에 급한 일이 생겨서 먼저 올라가. 아침 먹고 천천히 와.]

고심 끝에 내린 결론은 마음의 안정을 찾고 꿈 생각이 나지 않을 때까지 소원을 피하는 것이었다. 물론 생각이 안 날 수는 없겠지만, 혁은 최대한 꿈속의 내용을 지우고 잊어보겠다고 다짐했다. 하루 종일 안 볼 수는 없었으니 말이다.

혁은 문자를 보낸 뒤 먼저 룸으로 올라갔다. 원래대로라면 조식을 먹은 후에 바닷가에 나가서 레저스포츠도 즐기고 쇼핑센터나 번화가 중심을 돌아다니며 관광을 하려고 했다. 그러나 혁은 오늘은 무리라고 판단했다. 아직 돌아가려면 이틀은 더 있어야 하니 시간은 충분했다. 오늘은 일에 몰두하고 계획한 것은 내일 해도 괜찮겠다고 생각했다.

방으로 올라온 혁은 마음을 다잡기 위해 찬물로 샤워를 했다. 정신을 깨운 후, 밀려 있는 복잡한 일을 찾아 하기 시작했다. 딴생각이 들지 못하도록 말이다.

"후우."

하지만 일이 잘 잡힐 리가 만무했다. 그 사달을 겪고도 집중할 수 있는 이가 몇이나 있겠는가. 급기야 혁은 갑작스럽게 일어난 허무맹랑한 꿈과 그 꿈의 대사가 겹쳐진 원인을 찾았다.

"그 녀석이군."

한참을 생각해낸 결과 그 원인이 어젯밤의 불청객, 최인성이라는 결론을 도출했다. 물론 요 근래 소원과의 계약서부터 결혼식까지 많은 일들이 순식간에 일어났고 그에 따른 심경의 변화도 있었다. 하지만 아무리 그렇다고 해도 이런 몽정까지 꾸는 것은⋯⋯. 이건 아니었다.

"하나부터 열까지 마음에 안 들어."

혁은 찢어진 가자미눈을 한 채로 중얼거렸다. 그러다가 머리가 다시 복잡해졌는지 화장실로 가 찬물로 세수를 연거푸 했다. 피부에 차가움이 느껴지자 조금은 머리가 맑아지는 느낌이었다. 혁은 조금만 더 집중하자며 자기 최면을 걸었고 어느 정도 진정이 되었을 때 서류를 검토하며 일에 몰두했다.

제6화. 도발해도 돼?

"치사하게 먼저 가고 있어."

어느 정도 일이 진행됐을 무렵 소원이 씩씩거리며 방으로 올라왔다. 왜 자신을 왕따처럼 혼자 내버려두고 먼저 왔냐는 것이다. 무엇보다 소원은 길치였다. 너무 큰 호텔이어서 방을 찾는 데까지 빙글빙글 돌고 고생했다. 등 뒤에 땀이 흥건할 정도로 말이다. 방금 전까지만 하더라도 그녀의 얼굴에는 배불리 먹었을 때의 행복함이 잔뜩 묻어 있었다. 하지만 지금은 정반대로 짜증이 덕지덕지 붙어 있었다.

"뭐야, 또 일이야?"

소원이 서류를 보며 열심히 집중하고 있는 혁을 툭툭 건드렸다. 반응이 없자 더욱 강하게 그를 붙잡고 흔들었다.

"야아."

마치 자신을 봐 달라고 떼쓰는 아이처럼 소원은 혁의 팔에 착

달라붙었다. 혁은 최대한 그녀에게 시선을 주지 않으려고 노력했고 집중이 흐트러지지 않도록 정신을 꽉 잡았다.

"아주 종이를 뚫고 나가시겠어."

소원이 졌다며 그의 팔을 던지듯이 내팽개치고는 거드름을 피웠다. 그때 혁이 툭 한마디 뱉었다.

"내일 투어 신청해놨어."

"정말? 진짜로?"

방금 전까지 토라졌던 그녀의 모습은 온데간데없고 언제 그랬냐는 듯 헤헤거렸다.

"오늘은 일 처리할 게 많아서. 혹시 하고 싶은 거 있으면 얘기해. 물론 혼자서 해야겠지만."

소원이 걱정하지 말라며 고개를 끄덕였다. 둘이서 같이 하면 더 좋았겠지만, 그래도 혼자라도 하는 게 어디인가 싶었다. 하마터면 아무것도 못 즐기고 갈 뻔하지 않았는가. 그녀는 우선 소화를 시킬 겸 잠시 산책을 나갔다 오겠다고 말했다. 하고 싶은 것은 주위를 둘러보고 생각한 뒤에 알려주겠다고 덧붙이며 밖으로 나갔다.

소원이 나간 뒤 혁은 안도의 한숨을 쉬었다. 행여나 눈이 마주쳐서 아까처럼 당황하고 얼굴이 빨개지면 어쩌나 걱정했는지. 잘 넘어가서 천만다행이다.

한편 밖으로 나온 소원은 호텔 주변을 산책하며 무엇을 하면 좋을지 고민했다. 태양이 참으로 거셌다. 조금만 걸어도 땀이 맺힐 정도로 무더운 날씨였다.

"바다는 왠지 내일 갈 것 같고. 바다 가면 레저도 하겠지? 그럼 오늘은 뭘 하지."

소원은 잘 조성된 호텔 정원을 걷다가 커플로 보이는 남녀 한 쌍을 발견했다. 그들은 서로 사진을 찍어주고 같이 셀카도 찍으며 열심히 기록을 남겼다. 소원이 그 커플을 보고는 무언가 생각이 났는지 걸음을 우뚝 멈춰 서고는 휴대전화를 꺼냈다. 이럴 땐 참로 밍하길 잘했다고 생각했다. 소원은 어제 인성에게서 받은 연락처를 저장해놨다. 그녀는 그곳으로 전화를 걸었다.

-Hello?

"음, 저, 그러니까."

신호음이 몇 번 간 뒤 들리는 영어에 당황한 소원이 말을 더듬었다. 상대방이 단박에 소원의 목소리를 알아들었다.

-이소원?

"안녕? 하하하."

소원이 멋쩍게 웃었다. 그 뒤로 짧은 정적이 흘렀다. 일단 전화를 하긴 했는데 무슨 말부터 꺼내야 할지 몰랐다. 인성은 그녀가 무슨 얘기를 꺼내려고 이렇게 뜸을 들이나 기다렸다. 하고 싶은 말이 많았지만 때를 기다렸다. 소원이 조심스럽게 인성에게 물었다.

"혹시 아직 푸껫이야?"

-응. 오늘 저녁 비행기로 돌아가.

"그렇구나."

-부모님은 섬 투어하러 가셨고.

"아아. 그럼 넌?"

-나는.

"……"

-네 전화 기다렸어.

인성의 마지막 말에 소원의 기분이 이상해졌다. 순간 묘한 긴장감이 감돌았다. 잠시 허락된 정적 속에서 두 사람은 숨만 쉬었다. 소원이 무슨 말을 해야 할까 고민하다가 입을 열었다.

"잠깐 만날래?"

그렇게 소원과 인성은 짧은 통화를 마쳤다. 소원이 묵는 호텔 앞으로 데리러 오겠다는 인성의 말을 끝으로 말이다. 전화를 끊은 소원은 왠지 모를 떨림과 설렘에 휩싸였다. 그 감정은 인성을 호텔 로비에서 기다리는 내내 계속되었다. 옛 추억이 새록새록 떠올랐고 인성과 데이트를 즐기며 보냈던 20대 초반의 삶을 되짚게 했다.

그가 유학을 가지 않았더라면 어땠을까. 지금까지 잘 사귀었을까? 결혼까지 약속했을까? 아니면 도중에 헤어지고 각자의 길을 갔을까. 사실 헤어진 것도 유학 때문에 어쩔 수 없이 그렇게 된 것이다. 그래서 더 미련이 남았는지도 모른다. 소원은 괜히 자신의 모습을 한 번 더 확인하며 인성을 맞이할 준비를 했다.

"너무 추레한가? 이럴 줄 알았으면 화장이라도 제대로 하고 나올걸."

소원은 별로 꾸미지 않고 나온 자신의 모습을 보며 깊은 후회를 했다. 그때 인성에게서 도착했다는 연락이 왔다. 소원이 로비를 두리번거리며 인성의 모습을 찾았다.

"소원아."

그때 뒤에서 자신의 이름을 부르는 인성을 발견했다.

"미안. 내가 급하게 나오느라 모습이 좀 그래."

"지금도 충분해."

당연히 빈말이겠지만 이런 작은 칭찬 하나에도 마음이 설렜다. 여전히 다정하고 섬세하구나. 하나도 변하지 않았어. 소원은 인성과 함께 택시를 타고 타운으로 나왔다. 커다란 쇼핑센터가 있는 곳이다. 잘 꾸며진 길거리에는 관광객들로 가득했고 기념사진을 찍는 사람들도 더러 있었다.

"여기가 조용하면서도 괜찮더라고."

인성이 안내한 곳은 그러한 번화가에서 조금 떨어진 곳에 있는 레스토랑이었다. 외관부터가 고급져 보여서 그런지 사람이 많진 않았다. 레스토랑은 2층에 테라스가 함께 딸려 있었는데 바닷가가 보이는 전망이었다. 그들은 2층 테라스에 자리를 잡고 앉았다. 둘다 아침 식사를 하고 온 터라 음료와 디저트를 간단히 시켰다.

"오랜만이야. 잘 지냈어?"

먼저 안부를 물은 건 인성이었다. 소원이 고개를 끄덕이며 수줍게 웃었다.

"근데 내가 연락할 줄 어떻게 알았어?"

"그냥, 느낌이 그랬어. 왠지 올 것 같더라고."

"그래?"

잠시 동안의 침묵이 찾아왔다. 소원이 무슨 말을 해야 할까 눈알을 요리조리 굴렸다. 이 어색함을 빨리 풀고 싶었다. 반가움도 컸지만 떨어진 시간이 너무나도 길었다. 무엇보다 그와 헤어지고 나서 몇 날 며칠을 힘들어했다. 그녀에게 인성의 존재는 쉽게 잊힐 수 없는 사람이었다.

"그 친구랑은 여전히 잘 지내나 보다. 둘이서 여행 올 정도면."

인성은 아무렇지 않게 물어봤지만 사실 그 내면엔 왜 둘이서 여행을 왔는가에 대한 정보를 캐기 위해서였다.

"혁이? 걔는 완전 동성 친구야. 나는 걔를 여자 취급하고 걔는 나를 남자 취급하고. 다섯 살 때부터 봐왔으니깐."

"옛날에도 그런 말 들었던 것 같아."

"근데 뭔가 멋있다, 변호사라니. 그것도 국제 변호사! 그럼 앞으로 법적으로 문제 생기면 찾아가면 되는 거야?"

"당연하지. 누구 요청인데."

소원이 우스갯소리로 말을 던졌지만 인성은 그걸 덥석 물었다. 소원의 입가에 미소가 만연했다. 든든한 자신의 지원군이 한 명 생긴 것 같아 기뻤다.

"그럼 이제 한국에서 쭉 있는 거야?"

"사실 아직 고민 중이긴 해. 외국에서 계속할지, 한국에서 할지. 지금은 한국 일정이 있어서 두세 달 정도 있을 것 같고."

"아아. 그럼 한국은 언제 온 거야?"

"짐은 다 보내놨고, 정식 입국은 내일이야. 부모님과 오래 떨어져 있었으니까 이번에 시간 같이 보내고 들어가려고 가족여행 온 거고."

소원과 인성은 이것저것 이야기를 나누며 그동안의 근황을 물었다. 인성은 스스럼없이 얘기해주었지만 소원은 뭔가 떳떳하지 못했다. 인성은 돌직구로 이곳에 어쩌다 혁과 단둘이 여행을 왔냐고 물었다. 물론 소원은 말문이 턱 막혔지만. 자신은 며칠 전에 결혼을 했으며, 그것이 위장 삼아 한 결혼이고, 지금 여기에 온 것은 신혼여행을 핑계로 있는 것이라는 말이 입 밖으로 나오지 않았다.

물론 위장 결혼이라는 건 둘만의 비밀이기 때문에 발설할 수 없었으나, 결혼했다는 소식은 왜일까. 그냥 말을 꺼내기가 싫었다. 나중에 생각해보니 아직 조금의 미련이 남아 있어서 그런 것이라고 판단했다. 게다가 어차피 한국에 가면 다 알게 될 일일 테니까. 만난 지 얼마 안 된 시점에서부터 모든 걸 밝히고 싶지 않았다. 그의 기억 속 예쁘고 착한 여자 친구로 남고 싶은 욕망도 한몫했다.

그녀는 흐지부지 말을 흐리며 다른 주제를 던져 상황을 모면했다. 과거의 추억 팔이를 하며 타임머신을 타고 돌아갔다. 그들을 다시 현실로 돌려놓은 것은 혁의 전화였다. 소원은 힐끔 보더니 휴대전화를 뒤집어버렸다.

"한국 가면 종종 보자."

"그래도 돼?"

"뭐가?"

"한국에서 자주 연락해도 돼?"

"당연히 되지."

"만나줄 거야?"

"어?"

생각지도 못한 이상한 분위기로 상황이 흘러가자 소원이 당황했다. 그녀는 목이 타는지 물을 벌컥벌컥 들이켰다. 인성은 사뭇 진지해진 모습이었다. 그는 그녀를 나직이 불렀다.

"소원아."

"응?"

"네 생각이 많이 났어. 가끔씩 네 소식 듣기도 하고 일부러 물어보기도 했어."

"……."

"사실 한국 가면 가장 먼저 너한테 연락하려고 했는데. 이렇게 여기서 만나게 될 줄 꿈에도 몰랐어. 그래서 너무 놀라기도 했고 한편으론 기쁘기도 했어."

갑작스러운 인성의 고백. 사귀자는 직접적인 말은 아니었지만, 인성의 본심은 소원과 다시 잘해보고 싶다는 것이다. 그런 의사를 노골적으로 내비치니 소원이 모를 턱이 없었다.

"이런 말이 갑작스럽기도 하고 그래서 지금 많이 당황하고 부담스럽겠지만, 그냥 말해주고 싶었어. 그러니까 너무 어렵게 생각하진 않았으면 해."

소원이 고개를 살며시 끄덕였다. 또다시 혁에게서 전화가 왔다. 진동이 자꾸만 테이블에 울리자 인성이 안 받아도 되냐고 눈짓했다. 소원이 괜찮다며 멋쩍게 웃어 넘겼다. 그러고 보니 시간이 꽤 많이 흘러가 있었다. 이런저런 얘기를 나누다 보니 벌써 두 시간이 훌쩍 지나가 있었다. 슬슬 들어가 보긴 해야겠구나.

"우리 그만 일어날까?"

"그래야겠다."

인성은 소원을 다시 호텔로 데려다주었다. 그 과정에서 그녀는 혼자 찾아갈 수 있다고 한사코 거절했지만 인성은 기어이 소원과 호텔 입구까지 왔다.

"오늘 즐거웠어."

"나도."

"한국 가서 다시 연락할게."

"응. 조심히 가."

인성은 택시를 타고 돌아갔다. 택시가 사라질 때까지 그 모습을 지켜본 뒤에야 소원은 발걸음을 옮길 수가 있었다.

방으로 돌아온 소원은 침대에 기대어 앉아 있는 혁을 발견했다. 혁은 소원을 보자마자 틱틱거리기 시작했다.

"뭐 하고 왔냐."

"구경."

"혼자?"

"노코멘트."

"그 자식 만났냐?"

"그 자식? 누구?"

"맞네. 그래서 전화도 안 받은 거네."

소원이 전화했냐며 휴대전화를 꺼내서 확인했다. 부재중이 3통이나 와 있었다. 그녀는 얼렁뚱땅 넘어가려고 변명을 늘어놓았다.

"너 일하느라 바쁘니까 그냥 놀다 왔지. 방해 안 하려고."

"그래서 그 자식이랑 놀다 왔다는 거네."

"그 자식 아니고 인성이."

"그래. 그 새끼."

"근데 너 왜 이렇게 삐딱해?"

"내가 언제?"

소원은 갑자기 짜증이 치솟았다. 이런 혁의 태도를 이해할 수 없었다. 짜증은 점점 눈덩이처럼 커져서 화를 불러냈고 결국 욱하며 날 선 태도를 취했다.

"지금! 엄청 비꼬고 있잖아. 뭐가 그렇게 불만인데? 내가 인성이 만나고 온 게 그렇게 맘에 안 들어? 왜? 너 할 일 하느라 바빠서 나는 거들떠도 안 봤잖아. 혼자 놀고 오라며! 근데 아무것도 모르는 내가 뭘 어떻게 놀겠어? 마침 인성이 생각나서 잠깐 커피 한잔 마셨어. 그게 그렇게 네 승질을 돋울 일이야? 너 성격 진짜 이상해. 최인성만 거론되면 왜 그렇게 발톱을 세워? 예전에도 그러더니 지금 또 이러네. 대체 뭔데? 왜 그러는데!"

소원이 씩씩거리자 혁이 아차 싶었는지 잔뜩 굳어 있던 얼굴을 살짝 풀었다. 사실 혁은 방금 전 그녀를 찾으러 나갔다. 소원과 연락이 안 돼서 걱정이 되었던 것이다. 그러다가 택시에서 내리는 둘의 모습을 보고는 뭔가 배신감에 휩싸였다. 그 뒤로 기분이 확 상했고 룸으로 올라와버린 것이다.

"연락이 안 됐잖아. 걱정돼서 그랬어."

"그럼 그렇다고 말을 하면 되잖아. 왜 괜히 비아냥거리면서 이런 분위기를 만드는 거야?"

두 사람은 그 이후로 말이 없었다. 이런 분위기에 숨이 막히는지 소원이 밖으로 다시 나가려고 했다. 그때 혁이 소원을 붙잡으며 자리에서 일어섰다.

"내가 나갈게. 넌 여기 있어. 괜히 또 길 잃어버려서 헤매지 말고."

혁이 자리를 피해주자 큰 방에 소원 혼자 덩그러니 남았다. 시간이 지날수록 소원은 자신이 너무 심했나 싶어 화를 낸 것에 대해 후회가 몰려들기 시작했다.

"그래. 전화를 안 받은 건 내 잘못이니까."

소원은 혁이 다시 들어오면 기분을 풀고 먼저 살갑게 다가가야겠다고 마음먹었다. 그래도 명색이 여행인데 이렇게 서로 감정 소모하는 걸로만 시간을 보낼 수는 없다. 소원은 혁에게 전화를 걸었다. 설마 안 받으려나 싶었지만 몇 번의 신호음 끝에 혁이 전화를 받았다. 아직은 풀리지 않은 무언가가 무뚝뚝한 목소리에 녹아 있었다.

"나 배고파."

-근데.

"아까 오면서 타이거새우 파는 곳 발견했는데. 분위기 좋아서 너랑 가야겠다고 찜해놓고 왔는데, 끌려?"

-…….

"아니 뭐, 너도 나도 저녁은 먹어야 하니까. 끌리면 10분 뒤에 1층 로비에서 보든가."

-그래.

그렇게 소원과 혁은 간단한 대화를 하며 통화를 종료했다.

* * *

"와, 이거 봐. 대박 커!"

소원이 두 눈을 휘둥그레 뜨며 말했다. 그녀가 가리킨 곳은 얼음 위에 가지런히 놓인 새우였다. 소원은 자신의 팔뚝만 한 크기의 타이거새우를 먹을 생각에 신이 났다.

"거봐, 나만 믿으라고 했지?"

소원은 의기양양하게 혁에게 말했다. 어느 순간 풀려버린 어색함이었다. 택시를 타고 이곳에 도착하기 전까지만 하더라도 둘은 별로 말이 없었다. 어딘지는 정확히 아냐는 혁의 말에 소원은 걱정하지 말라며 기사에게 목적지를 우렁차게 외쳤다. 소원이 가자고 한 곳은 관광지로 유명해진 곳이라 사람들이 많이 가기 때문에 택시 기사가 단박에 알아들을 수 있었다.

"태국이 어마어마한 새우 수출국이래. 태국에 왔으면 새우를 먹어야 한다는 거지! 저것도 먹을까?"

소원은 킹크랩을 가리켰다. 혁이 마음대로 하라며 고개를 끄덕였다.

"오케이. 접수. 그럼 가자!"

"여기가 아니었어?"

소원은 걱정 말라며 혁의 팔을 끌고 자신 있게 거리를 안내했다. 포장마차처럼 야외 식당들이 즐비한 거리를 지나자 예쁜 테라스가 딸린 식당들이 나왔다. 먹거리 골목이었다. 계속 걷던 소원이 한 곳에서 걸음을 멈췄다. 그곳은 라이브카페가 딸린 레스토랑이었는데 전체적으로 나뭇잎과 나무 덩굴로 꾸며져 있어 동화 속의 숲 같은 느낌이었다.

"칵테일도 한 잔씩 마실까?"

소원이 분위기 좀 내자며 제안을 했다. 혁이 좋다고 고개를 끄덕였고 그들은 음식을 주문했다. 레스토랑 안에는 남녀의 듀엣 곡이 울려 퍼졌다. 안은 어둑어둑했지만 향초 덕분에 감미로운 분위기를 풍겼다. 은은한 향은 덤이었다.

"잘 먹겠습니다!"

시킨 음식들이 맛있게 조리되어 나오자 소원은 기다렸다는 듯 수저를 들고 덤벼들었다. 태국 음식은 정말이지 소원에게 너무나도 잘 맞았다. 물론 그녀에게 안 맞는 음식이란 거의 없었지만. 소원이 칵테일 잔을 들었다. 짠 하자는 것이다. 혁이 피식 웃으며 분위기를 맞춰주었다.

"우리의 낭만적인 위장 부부생활을 위하여."

짠. 유리의 맑고 경쾌한 소리가 울렸다. 둘은 칵테일을 한 모금 들이켰다. 그때 혁이 소원의 눈치를 살피며 잠시 머뭇거렸다.

"왜? 할 말 있어?"

"아니, 뭐."

"있고만 뭐. 뭔데?"

함께 지내온 시간이 얼만데 이런 것도 눈치 못 챌까. 소원이 빨리 말하라며 다그쳤다. 혁은 잠깐 뜸을 들이나가 술도 들어갔겠다, 분위기도 있겠다, 지금 꺼내는 게 타이밍에 최적이라고 생각했는지 입을 열었다.

"반지 말인데."

"어?"

조금도 예상치 못한 단어였다. 소원이 동그랗게 눈을 뜨며 재차 물었다.

"반지?"

"우리 조항 추가했었잖아. 그걸 좀 수정하려고."

"어떻게?"

"대외적이라는 게 집안 행사나 우리의 결혼을 아는 사람들을 만날 때가 해당되는 거잖아."

"그렇지."

"근데 그게 너무 애매하더라고. 그리고 만약 끼고 싶을 때 끼고 빼고 싶을 때 빼면 언제 어디서 어떻게 누구한테 정보가 흘러들어 갈지도 모르고."

혁의 말인즉, 보는 눈이 생각보다 많다는 것이었다.

"그래서 어떻게 수정했으면 좋겠는데?"

"강요는 아니지만 우선 최대한 끼고 다니자. 어떻게 될지 모르니까."

소원이 잠시 입을 다물었다. 소원의 반응에 괜히 긴장이 되는 혁이었다. 이게 뭐라고 왜 긴장이 되지. 소원이 행여나 다른 오해를 할까 봐서도 있었다. 만일 그녀가 싫다고 하면 분위기가 또 이상해질 것만 같고. 얼마 뒤 생각을 마친 그녀가 작게 미소 지으며 말했다.

"좋아, 그게 뭐 어렵다고. 오케이. 인정!"

소원은 계약 협상이라며 한 번 더 잔을 들어 혁에게 짠 하자고 요청했다. 그도 기분 좋게 잔을 부딪쳤다. 소원이 칵테일을 마시려고 하자 혁이 불쑥 그녀의 볼을 만졌다.

"게걸스럽게 먹지 말고 품위 좀 지켜라."

그녀의 오른쪽 뺨에 묻은 새우 껍질이었다. 곧이어 그는 그녀를 나직이 불렀다.

"이소원."

"응?"

"미안했고."

분위기에 취한 탓일까. 아드레날린이 분비되며 소원의 기분을 묘하게 만들었다. 소원은 혁을 뚫어지게 쳐다보았다.

"내일은 오늘 못 논 거까지 신나게 놀자."

"근데 혁아, 네가 참 잘생기긴 했어. 그치?"

"그걸 이제 알았냐."

"내가 다섯 살 코흘리개 찔찔이 운혁을 만나지 않았더라면, 성인이 된 우리가 다른 장소에서 다르게 만났더라면 난 너한테 반했을지도 몰라."

"……"

"근데 아쉽게도 내가 너를 너무도 잘 알고, 우린 수십 년을 동고동락한 전우잖아? 다섯 살 때부터 치면 어휴, 이게 몇 년이야. 손가락 발가락 다 합쳐도 모자라네."

소원은 뜬금없는 고백을 해놓고는 아무렇지도 않게 다시 먹는 데 집중했다. 그러나 혁은 괜히 그런 소원의 말이 신경 쓰였다. 혁의 머릿속엔 잡다한 생각이 마구 스쳐지나갔다. 그는 정신을 차리고자 칵테일을 훅 들이켰다. 이 모든 건 어젯밤에 꾼 말도 안 되는 꿈 때문이라고 치부해버렸다. 그렇게 넘기는 것이 자신을 위해서도 이로울 것이라 판단했기 때문이다.

"넌 나쁜 남자잖아. 전형적인 나쁜 남자 스타일. 정말 하늘에 감사해. 너랑 이런 스스럼없는 친구인 걸 말이야."

소원은 그 말을 마지막으로 한 뒤 다시 먹는 일에 온 힘을 쏟았다. 뭐야. 그 말은 지금 내가 전혀 남자로 안 보인다는 거야? 혁은 괜히 자존심이 상했다. 물론 혁이 오버해서 확대해석한 경향도 있지만. 하지만 중요한 건 당사자가 그렇게 받아들였다는 것이다.

"나야말로."

"뭐가?"

"널 여자로 보다니, 상상조차 못 할 일이다."

"단 한 번도?"

"어."

"25년 동안 지내면서 한순간도? 아니, 하다못해 1초라도?"

"전혀."

"망설이는 척 좀 해주면 어디가 덧나나! 우씨, 자존심 상하네. 1초는 너무 심했잖아. 내가 그렇게 매력이 없어? 여자로서?"

소원이 젓가락으로 음식을 휘휘 저으며 투덜거렸다. 괜히 엄한 곳에 화풀이 중이었다. 소원은 입술을 빼쭉 내밀고서는 혁에게 따지듯 얘기했다.

"난 그래도, 적어도! 널 남자로 느낀 적은 있었다. 그게 아주 순간이었고 지속이 안 돼서 문제였지만."

"그래?"

소원의 말에 기분이 좋아진 혁이었지만 절대 내색하지 않으려고 표정을 감췄다. 그러나 얼굴에 화색이 도는 건 막을 수가 없었다. 이 공간이 어둡지 않았더라면 티가 났을 것이다.

"어떨 때였는데?"

"내가 그걸 어떻게 일일이 다 기억하냐?"

"기억 못 할 정도로 많았나 보네."

"어휴, 이 밉상아. 그만 묻고 먹기나 하세요."

소원이 두 주먹을 불끈 쥐었다. 지금 들고 있는 포크로 혁의 눈을 찔러버리면 참 좋겠다고 생각하며 말이다. 소원은 애써 맘을 가라앉히고는 눈을 가느다랗게 뜨며 혁을 째려보았다.

"그리고 내가 맘만 먹으면 넌 그냥 끝이야, 끝. 말 나온 김에 확 도발해버려?"

"제발 좀 그래줄래?"

"올, 도발해도 돼? 너 나 여자로 느끼면 어쩌려고? 큰일 나, 큰

일. 내 매력에 한번 빠지면 제어가 안 된다."

혁이 그 말을 듣고는 큰 소리로 푸하하 웃었다. 이런 반응들이 그녀를 골리기 좋게 만들었다. 그의 모습에 소원이 더욱 심통 난 얼굴로 혁을 쳐다봤지만 혁은 아랑곳하지 않고 계속해서 배꼽을 잡고 웃었다. 그 모습이 퍽 얄밉게 보였는지 소원이 새우 한 마리를 통째로 혁의 입 속에 처박았다. 새우는 껍질을 까지 않아 크기가 컸고, 질감도 딱딱하고 까칠했다. 잘못하면 새우 등껍질에 입천장이 까질 정도였다.

"두고 봐라, 운혁."

소원은 무슨 꿍꿍이를 벌이려는지 잔뜩 생각에 잠긴 눈을 했다. 그러고는 속으로 이를 갈았다. 그 후 그들은 맛있는 저녁 식사를 이어갔고 배불리 배를 채운 후 자리에서 일어섰다.

"나 예전에, 문득 이런 생각을 했어. 우리의 이십 대는 어떨까. 서른 살이 넘어가면 우리는 뭘 하고 있을까? 연락은 계속할까 뭐 이런? 근데 그때는 너무 먼 미래라서 와닿지도 않았거든."

소원과 혁은 소화도 시키고 길거리 구경도 할 겸 거리를 걸었다. 소원은 자연스럽게 혁에게 팔짱을 끼며 말을 이어나갔다. 이런 가벼운 스킨십은 학창 시절부터 빈번했기 때문에 이상할 것이 없었다. 혁에겐 그랬다, 적어도 어제까지는. 하지만 그런 이상한 꿈을 꾼 이후부터는 이런 스킨십이 이상하게 다가왔다. 소원의 아무렇지도 않은 터치가 혁에게는 어젯밤 꿈을 떠올리게 만들었다.

"근데 우리가 이러고 있네. 서로에게 필요한 파트너로 말이야. 사람 일은 참 알다가도 모르는 거 같아."

"이만 들어가자."

"벌써? 좀 아쉬운데."

"내일 일정도 있고."

"그럼 들어가서 딱 맥주 한 캔씩만 하고 자는 거 어때?"

"일단 이거 좀 놓고."

"왜?"

"더운데 꼭 팔짱을 해야겠냐."

"식었네, 식었어. 우정이 식었어."

소원이 투덜거리며 혼잣말로 중얼거렸다. 혁은 그러거나 말거나 팔짱을 풀고 앞으로 걸어 나갔다.

"무드 없는 자식. 같이 가!"

소원은 구시렁거리며 얼른 혁의 뒤를 쫓아갔다.

제7화. 잠깐! 이건 말이야

"내가 그거 어디다가 뒀지?"

"뭐 찾는데?"

"여긴가? 아닌데. 저긴가? 내가 짐 정리하면서 그걸⋯⋯."

혁은 숙소에 돌아오자마자 무언가를 열심히 찾는 소원을 보며 고개를 갸웃거렸다. 물어봐도 대꾸 없는 그녀였다. 소원은 룸을 뱅뱅 돌면서 이리저리 돌아다니기 바빴다. 그러다가 마침내 원하는 것을 찾았는지 격하게 소리를 질렀다.

"찾았다!"

그녀가 찾은 것은 작은 공책 크기의 물건이었다. 그것은 혁의 노트북 아래에 깔려 있었다.

"커플 백문백답?"

혁이 그 노트를 뺏고는 찬찬히 읽었다. 혁은 이런 쓸데없는 건 왜 샀냐는 듯 소원을 쳐다보았다. 소원이 그걸 다시 휙 낚아채고는 말했다.

"우리가 커플은 아니지만."

"아니지만?"

"재미는 있을 거 같아서."

"재미?"

"심심하면 너랑 하려고 하나 샀지. 아니, 이게 갑자기 내 눈에 딱 띄는 거야. 진실 게임 같은 건데 이런 거 안 한 지 오래됐잖아. 그래서 서로에 대해 얼마나 잘 알고 있는지도 궁금하고. 그리고 우리 혁이 얼마나 어른이 되었는지 확인도 할 겸!"

그러면서 소원은 주절주절 열심히 설명하기 시작했다. 마치 이걸 산 이유를 정당화시키기라도 하려는 듯 말이다.

"이게 안에 19금 질문도 있는데 너무 웃긴 거야. 물론 서로의 사생활은 오프더레코드지만 그래도 25년 지기 친구이고 앞으로 동고동락할 파트너인데, 이 정도쯤은 알고 있어야 편하지 않겠어?"

노트는 총 두 권이었다. 두 권 다 같은 것이었고. 표지는 검정색과 빨간색을 섞어 강렬하게 디자인되어 있어 사람의 눈을 혹하게 만들기 충분했다. 혁은 한 권을 받아 들고는 천천히 읽어 내려가기 시작했다. 첫 장에는 기본적인 정보를 적는 것들이 있었다. 생일 같은 평범한 정보부터 시작해서 태몽, 돌잡이 때 잡은 것까지 굳이 물어보지 않으면 모르는 질문들도 있었다.

두 번째 페이지부터는 본격적인 질문들이 즐비하게 나열되어 있었다. 두세 장 더 넘기니 소원의 말대로 19금 질문들이 보이기 시작했다. 섹스 판타지부터 시작해서 좋아하는 체위를 묻는 질문까지. 혁은 그러한 질문들을 보니 괜히 어제의 꿈이 생각나는 것만 같았다. 그의 양 볼이 별안간 빨개졌다. 혁이 재빨리 노트를 덮고는 자리에서 일어섰다. 화끈거리는 얼굴을 들키고 싶지 않은 것도 있었다.

"안 해."

"아, 왜! 하자!"

"씻고 자야겠어. 안 피곤하냐."

"아, 이것만 하고 자자!"

"싫어."

혁은 끝끝내 단호박이었다. 등까지 보이며 자신에게서 멀어지는 혁에게 삐쳤는지 결국 소원이 소리를 와락 질렀다.

"야! 너 치사하게! 준비해온 사람 성의 무시나 하고! 나는 그래도 너랑 도란도란 얘기하면서 보낼 생각에 들뜬 마음으로 산 건데! 알콩달콩까지는 아니어도 너무하잖아!"

소원은 잔뜩 골이 나 있었다. 시시덕거리며 서로 좋은 분위기에서 재미를 찾으려던 계획이 모두 물거품이 되어버리는 것 같아서였다. 제대로 초를 치다니, 혁의 태도가 서운하기까지 했다. 방금 전에 맛있게 밥 먹고 화해했는데. 또 싸우게 생겼네.

"항상 내가 뭐만 하자고 하면 보지도 않고 싫다, 듣지도 않고 안 하겠다. 됐어. 그래. 하지 마. 절대 하지 마. 하기만 해봐!"

소원이 휙 토라져서는 이불을 머리끝까지 뒤집어썼다. 혁은 애 같이 구는 소원의 행동에 한숨이 절로 나왔다. 그는 노트를 물끄러미 바라보았다. 짧은 정적이 흘렀다. 그가 결심했는지 노트를 펴고 자리에 앉았다.

"알았어."

"……."

"적는다."

"……."

"안 해? 안 하면 나 씻으러 가고."

혁의 마지막 말이 떨어지기가 무섭게 소원이 이불을 재빠르게 걷어차고는 맞은편에 앉았다.

"자, 그럼 어디 한번 적어보실까."

"단."

"응?"

소원이 번뜩이는 눈빛으로 빠르게 노트를 펴자 혁이 손바닥으로 노트를 가리며 소원에게 경고했다.

"조건이 있어."

"조건?"

"오늘은 적기만 하고 보는 건 다음에."

"다음에? 아, 그런 게 어디 있어!"

"그래서 싫어?"

혁의 의지는 매우 확고했다. 여기서 싫다고 대답하면 정말 끝일 것만 같았다. 소원이 울며 겨자 먹기로 고개를 끄덕였다.

"그럼 언제 봐?"

"내가 봐도 된다고 했을 때."

"그때가 언젠데?"

"나도 모르지."

"그게 뭐야!"

"그래서 싫어?"

하, 이 나쁜 놈. 치사한 놈. 이기적인 놈! 소원은 속으로 으르렁 거렸지만 차마 내색하지 못했다. 소원이 그의 기에 눌려 눈치를 보며 간을 봤다.

"대신에 나도 조건이 있어."

"……."

간신히 돌린 마음, 조건까지 내걸면 다시 싫다고 할까 봐서였다. 혁의 눈빛이 묘하게 일렁였다. 소원이 그가 먼저 입을 열기 전에 선수를 쳤다.

"별거 아냐. 어려운 거 1도 없어."

"말해."

"지어내거나 거짓말 치지 말고 사실대로 적기. 안 어렵지?"

"……."

"어쨌든 진실 게임이잖아. 진, 실, 게, 임!"

소원이 한 단어 한 단어 또박또박 힘을 실어 말했다. 혁이 알겠 다며 마지못해 고개를 끄덕였다. 그렇게 그들의 백문백답은 시작 되었다.

"최근에 서운함을 느꼈던 적이라."

소원은 혁의 눈치를 힐끔힐끔 보면서 읊조렸다. 혁은 행여나 자 신이 적은 것을 볼까 싶어 안간힘을 쓰며 온몸으로 가렸다.

'최인성한테 나랑 같이 왔다고 얘기 안 하고…….'

혁이 글을 쓰다 말고 볼펜으로 획획 지우기 시작했다. 아무리 생각해도 이건 너무 대놓고 그를 의식한 것 같았기 때문이었다. 갑 자기 자존심이 상했는지 손을 부르르 떨며 펜을 꽉 쥐는 혁이었다.

"어어? 뭐야. 왜 지워?"

"잘못 썼어."

"잘못 써서 지우는 느낌이 아닌데? 이제부터 지우기 없어!"

소원이 볼멘소리로 투덜거리며 말했다. 입술은 이미 오리처럼 삐쭉 나와 있었다. 혁은 이게 지금 뭐 하는 건가 싶었다. 당장이라도 펜을 내려놓고 싶은 심정이었다. 소원이 무시무시하게 눈을 희번덕거리며 자신을 옭아매지 않았더라면 진즉에 때려치웠을 것이다.

'내가 너를 좋아하는 이유는?'

음, 좋아하는 이유라. 소원은 골똘히 생각했다. 내가 혁이 좋은 이유? 편해서? 물론 이건 어디까지나 친구의 감정이라는 전제하에 적고 있지만. 그러게, 너와 내가 이렇게 오랜 시간 동안 서로 붙어 있고 잘 지낼 수 있는 이유는 뭘까. 나는 너의 어디가 좋았을까. 우린 서로의 어디가 좋아서 여기까지 오게 되었을까. 소원이 사뭇 진지한 표정으로 질문에 대한 답을 적어 내려갔다.

'그럼 내가 생각했을 때, 네가 나를 좋아하는 이유는?'

다음 질문은 반대의 입장에서 물어본 것이었다. 혁은 이 두 질문에 쉽게 답을 쓰지 못했다. 어렸을 때는 원더우먼, 우상이었다면 지금은. 지금은 뭘까. 항상 소원은 그에게 당연한 존재였다. 챙겨야 되는 존재였고, 원 플러스 원과 같은 그런 사람이었다.

"근데 우리 안 자냐."

"이거 다 적고 자야지!"

"질문이 너무 어려워."

혁이 하품을 늘어지게 하며 소원에게 물었다. 벌써 밤이 깊어가고 있었다. 내일 물놀이를 열심히 하려면 빨리 자야 할 텐데. 혁이 시계를 가리키며 이만 끝내자고 눈치를 주었다.

"좋아. 그럼 한국 돌아가기 전엔 무조건 다 채워서 주기. 오케이?"

"오케이."

"그리고! 우리 서로 딱 궁금한 거 3개씩만 질문하자. 지금까지 썼던 것 중에서."

"싫……."

"싫다는 말은 금지야. 안 그러면 다 쓰기 전까지 안 재운다."

소원은 혁의 말을 단번에 잘라먹고는 완강하게 말했다. 혁은 누굴 말리겠냐며 알겠다고 고개를 끄덕였다.

"대신 거부권 있어."

"아, 왜!"

"그러니까 질문도 잘 생각하고 골라서 물어봐."

"치사한 놈."

소원이 구시렁거렸다. 하지만 이게 어디인가. 장족의 발전이었다. 소원은 여태 쓴 질문들을 찬찬히 살펴보며 어떤 걸 질문해야 잘했다고 소문이 날까 고민했다. 한참을 생각한 끝에 소원이 드디어 입을 열었다.

"첫 번째 질문은 가볍게! 내 매력 세 가지는?"

"뻔뻔함. 악착같음. 우월한 자기애."

"야! 그게 무슨 매력이야!"

소원이 황당하다는 듯 소리를 빽 질렀다. 원하는 대답은 예쁜 얼굴, S라인의 몸매, 착한 성격이었다. 세 개는 다 안 나와도 한 개

정도는 양심상 적어주겠지 싶었다. 그런데 뻔뻔함이라니, 악착같음이라니. 혁의 입에서 혹시나 좋은 소리가 나올까 기대했지만 역시는 역시였다. 진짜 그렇게 적었냐며 소원이 혁의 답지를 보려고 했다.

"반칙하면 접는다."

"아니, 진짜 그렇게 적었어? 진짜로?"

"맞잖아."

"매력이라고, 매력! 넌 뻔뻔한 게 매력이 된다고 생각해?"

"안 될 건 또 뭐야."

소원이 답답하다는 듯 가슴을 툭툭 치며 한숨을 푹 내쉬었다. 그 모습에 혁이 작게 픕 하고 웃음을 터뜨렸다. 아까보다 더 삐쳐서 심하게 입술이 튀어나와 있는 소원을 보며 혁이 설명을 덧붙였다.

"난 그런 뻔뻔한 당당함이 좋던데. 악착같은 것도 바보 같지 않아서 좋고. 그리고 무엇보다 자기 자신을 사랑하는 사람이 좋지, 자기애 낮으면 옆에 있는 사람도 짜증 나고 우울해진다."

그럼 뻔뻔함 말고 당당함이라고 적고, 악착같음 말고 끈기가 강하다고 하면 되잖아. 자기애보다는 자존감이 높다고 하면 더 좋잖아. 도대체가! 하아, 단어 선택하고는. 소원은 말해 무엇 하겠냐며 속으로 답답함을 곱씹을 뿐이었다.

"그래. 패스."

"내 차례지?"

"네. 하세요."

"우리가 주고받은 대화 중에 가장 기억에 남는 것은?"

소원은 질문한 게 의외라는 표정을 지었다. 사실 이건 소원이 가장 오래 생각했던 질문 중 하나였다. 너무 많은 시간을 함께 보냈기 때문에 기억에 남는 것들도 많았다. 추억이 많다 보니 고르는 데 애를 먹었던 것이다. 이것도 기억에 남았고, 저것도 기억에 남았고. 하지만 역시 가장 기억에 남았던 것은…….

"내 친구니까. 난 그 말이 항상 좋더라."

"그래?"

"어떤 환경에서, 어떤 일이 벌어지든. 그게 나쁜 일이든 좋은 일이든 늘 너는 내 친구니까, 라는 이유를 대며 나와 함께했잖아."

"그랬어?"

혁이 심드렁히 대꾸했다. 소원은 기억 안 나냐며 뾰로통했지만 '부끄러워서 일부러 저러네.' 하며 멋대로 치부해버렸다.

"이소원을 건드리는 건 운혁을 건드리는 거나 마찬가지다. 이런 말도 했어."

"언제?"

"학창 시절에."

"내가 그런 오글거리는 낯 뜨거운 말을 했다고?"

"기억 안 나는 척하기는!"

"낯짝도 두꺼웠네."

혁은 소름 돋는다며 몸을 부르르 떨었다. 그 모습이 퍽이나 마음에 안 들었는지 소원이 혁의 머리에 꿀밤을 쥐어박으며 으르렁댔다.

"우씨, 다음 질문 한다!"

혁이 아프다며 머리를 부여잡고는 소원을 째려보았다. 그러면서도 온갖 신경은 소원의 입술에 쏠려 있었다. 제발 나오지 않았으면 하는 질문들이 몇 개 있었기 때문이었다. 그것만은 나오지 않기를 마음속으로 간절히 바랐다. 물론 질문 거부권이 있긴 했지만, 그 거부권을 쓴다는 것 자체가 말하기 켕기는 무언가가 있다고 알려주는 셈이었으니 말이다. 그는 그런 일말의 단서조차도 주고 싶지 않았다.

"나를 처음 만났을 때 들었던 생각은?"

"그거 예전에 말해줬을 텐데."

"알아. 그래도 듣고 싶어서."

소원이 기세등등한 표정을 지었다. 방금 전의 자존심 스크래치로 혁의 입에서 좋은 말이 나오게 하고 싶었던 것이었다. 혁은 그게 뭐 어렵겠냐며 단숨에 얘기해주었다.

"원더우먼."

"이유는?"

"그거까지 하면 질문 세 개 끝이다."

"이 양아치야!"

소원이 또다시 버럭 하며 호텔이 떠나가라 목청을 울렸다. 치사하다며 혼잣말로 중얼거리자 혁이 쿡쿡거리며 웃었다.

"나 질문한다. 너 태몽이 뭐야?"

"너 내 태몽도 몰라?"

"내가 그걸 어떻게 아냐."

"섭섭하네. 다섯 살부터 치면 25년인데, 그걸 몰라?"

"너는 아냐?"

혁의 물음에 소원은 당연한 거 아니겠냐며 의기양양하게 고개를 끄덕였다.

"너 복숭아잖아. 엄청 큰 복숭아를 물가에서 주운 게 태몽이잖아. 그래서 어머님이 여자인 줄 알았다가 남자로 태어나서 깜짝 놀랐다고 했잖아. 그래서 옷도……."

소원이 깔깔거리며 웃으며 얘기했다. 하지만 혁의 표정은 점차 안 좋아지고 있었다. 점점 싸해지는 분위기를 보며 소원이 말을 뚝 멈추고는 그의 눈치를 살폈다.

"이거 아냐?"

"아닌데?"

"복숭아 아니라고?"

"아니라고."

"이상하다. 맞는데."

소원이 고개를 갸웃거리며 멋쩍게 웃었다. 그러면서 열심히 머리를 굴렸다. 복숭아가 아니라니, 그럼 이 태몽은 대체 누구 거지? 혁이 독심술이라도 부렸는지 소원의 마음을 대변했다.

"누구냐."

"어?"

"복숭아 누구냐고. 여자인 줄 알았는데 남자로 태어난 그 새끼 누구냐고."

"아하하하."

누구지? 복숭아 누구지? 내 주변에 태몽 얘기를 할 사람이 애 말고 또 누가 있었지? 없는데? 아무리 생각해도 없는데? 설마, 인성이는 아니겠지?

"설마 최인성이냐."

"너 독심술 배웠어?"

이번에도 자신의 속마음을 그대로 얘기한 혁의 말에 소원이 깜짝 놀라서는 물었다.

"그 새끼냐?"

소원이 절대 아니라며 세차게 고개를 저었다. 이렇게 강하게 부정을 하니 혁이 더욱 수상하다며 그녀의 숨통을 옥죄어왔다. 소원이 재빠르게 말을 돌리며 분위기를 바꾸려고 했다.

"내 태몽은 용! 엄청 화려하고 빛이 나는 용을 봐서 엄마가 그 용을 잡으려고 꼬리를 막 따라다녔대. 자, 이제 다음 질문 나 한다!"

소원은 다다다 말을 하며 혁에게 생각할 틈을 주지 않았다. 그때 갑자기 혁의 손이 쑤욱 소원의 노트로 다가왔다. 가뜩이나 심장이 쫄깃해져 있었기 때문에 촉이 곤두서 있었던 소원이었다. 그의 행동으로 그녀는 더욱 깜짝 놀라 눈을 깜빡거리며 얼음이 되어버렸다.

"아니. 나 할 거야."

혁의 단호함에 소원이 마지못해 고개를 끄덕였다.

"내가 만약 5년간 유학을 간다면 너는?"

소원이 자신이 쓴 답을 물끄러미 내려다보았다. 5년, 너무나도 긴 시간이었다. 중학교 이후로는 떨어져 지낸 적이 단 한 번도 없었다. 있어도 길어야 몇 주. 물론 혁도 대한민국 남자이기 때문에 국방의 의무를 다해야 했다. 하지만 공군으로 갔기 때문에 휴가를 6주에 한 번씩 나왔고, 그의 부모님 능력으로 집과 가까운 곳에 배치가 되어 소원이 자주 놀러가곤 했었다. 그렇기 때문에 오래 떨어져 있던 시간이 거의 없었던 것이다.

"나는."

많이 슬프겠지. 힘들겠지. 상상할 수 없을 만큼. 너란 존재가 생각보다 나한테 참 큰 것 같더라. 가족 같은 사람이니까. 내 오빠 같기도, 어쩔 땐 내 동생 같기도 한 너니까.

"1년마다 너를 만나러 가야지."

소원은 갑자기 부끄러워졌는지 얼굴을 노트에 파묻었다.

"흠."

"갔다가 ㄱ곳이 좋으면 뭐, 너힌데 빌붙어서 눌러 살고."

혁이 알쏭달쏭한 표정을 지었다.

"이제 내 차례. 너에게 나란 존재는?"

소원이 다시 고개를 들고는 또랑또랑한 눈망울로 혁을 쳐다보며 물었다. 혁은 자신의 답안지를 말없이 보았다.

'손톱만 한 존재.'

있는지 없는지 모르다가도 어느샌가 보면 자라나는 손톱 같은 것. 나도 모르게 그저 스며들었다가도 인기척이 느껴지고, 없으면 불편하고 아픈. 그런 손톱만 한 존재. 혁에게 소원의 의미였다.

"거부권."

"뭐?"

한참을 망설이던 혁이 나직이 내뱉은 말이었다. 소원은 잘못 들은 거겠지 싶어 재차 물었으나 괜한 수고일 뿐이었다. 혁은 볼 장 다 봤다며 자리에서 그대로 일어섰다. 그렇게 백문백답은 혁의 일방적인 거절하에 순식간에 끝이 났다.

"나 먼저 씻는다."

"야! 이 치사한 놈아!"

소원이 으르렁거리며 성큼성큼 걸어가더니 혁의 앞을 막아섰다. 혁이 뭐냐며 눈썹을 씰룩거렸다.

"내가 먼저 씻을 거야! 비켜."

소원은 그에게 아주 격한 어깨빵을 먹여준 뒤 그대로 화장실 문을 쾅 하고 닫았다. 너무나도 큰 소리에 혁의 골이 다 울릴 지경이었다. 혁은 작은 미소를 흘리며 소원이 들어간 욕실 문을 쳐다보았다.

"너 뭐 하냐."

샤워를 마치고 나온 혁은 캔 맥주를 들고 요염한 포즈로 앉아 있는 소원을 발견했다. 그녀는 베이지색 실크 잠옷을 입고 있었는데 길이가 짧아 속옷이 보일락 말락 아슬아슬했다. 혁의 눈썹이 꿈틀거렸다. 소원은 다리를 꼬고 그윽한 눈빛으로 혁을 바라보았다. 눈에서 끈적끈적한 레이저가 나올 것만 같았다.

"다 씻었어?"

소원은 간드러지는 목소리로 혁에게 물었다. 그녀는 이따금씩 자세를 바꾸며 혁을 도발시켰다. 아까 밥을 먹으면서 생각해낸 꿍꿍이가 바로 이것이다. 이래도 여자로 안 느껴지나 보자는 것이었다. 소원은 왼쪽 발가락을 꼼지락거렸다. 마치 이쪽으로 오라는 손짓 같아 보였다. 뿐만 아니라 그녀는 오른손으로 머리카락과 자신의 목선을 쓸어내리며 요염한 눈빛으로 몸을 배배 꼬았다.

"이상한 짓 하지 말고 빨리 자."

혁이 수건으로 머리를 털며 말했다. 그러나 그녀는 멈출 기색이 없었다. 오히려 더 과감한 포즈를 선보이며 거울에 비친 혁을 쳐다보았다. 혁은 자신의 반대 너머에 있는 소원을 최대한 보지 않으려고 애썼다. 소원이 아예 일어서서 이쪽으로 오려는 듯한 몸짓을 보였다.

"우리, 맥주 한잔, 할까?"

자신이 뭔가 조치를 취하지 않으면 소원은 그만두지 않을 게 뻔했다. 혁은 한숨을 푹 내쉬더니 성큼성큼 그녀에게 다가갔다. 그러고는 맥주를 빼앗아 꿀꺽꿀꺽 단숨에 들이켰다. 그는 그 자리에서 한 캔을 원 샷 해버린 뒤, 빈 맥주 캔을 손으로 구겨서 아무 데나 휙 던졌다.

"섹시하지? 어때, 좀 여자로 느껴졌니?"

소원이 들릴락 말락 한 작은 목소리로 혁에게 속삭였다. 혁이 소원에게 바싹 가까이 다가왔다. 그는 소원의 얼굴을 지나쳐 그녀의 귀 옆으로 입술을 들이댔다. 혁은 거기서 멈추지 않고 소원의 어깨를 밀쳐 침대 위로 눕혔다. 소원이 혁의 행동에 살짝 놀랐는지 굳은 모습으로 아무런 미동도 하지 않았다. 그녀가 침을 꿀꺽 삼키자 혁은 소원의 귓가에 이렇게 속삭였다.

"여자로 보이길 원해?"

"혁아, 그, 있잖아."

아씨, 큰일 났다. 괜히 건드린 거 아냐? 소원의 눈빛에 당황한 기색이 역력했다.

"아무리 그래도 나도 남자라고, 이소원."

"그러게. 하하하."

"이렇게 도발하면."

"……."

혁의 입술이 점차 소원의 목덜미로 옮겨졌다. 기분 탓일까, 소원이 느끼는 그의 호흡은 매우 끈적했다. 소원이 침을 꿀꺽 삼켰다.

"여자로."

"어?"

"느낄 법한데. 왜 안 느껴질까?"

"야, 이씨!"

소원이 혁의 가슴팍을 확 밀치며 자리에서 일어섰다. 혁이 쿡쿡거리며 웃었다.

"놀랐잖아! 죽을래?"

"쫄기는."

소원이 분하다며 자신의 머리를 신경질적으로 헝클어뜨렸다. 혁은 침대 위에 놓인 베개를 소원에게 던졌다.

"빨리 자기나 해."

"아, 왜 안 통하지? 이상하다. 나 하나도 안 섹시했어? 1초라도 여자로 안 느껴질 정도로 아무 감흥이 없어?"

"남자 무서운 줄 모르고 이런 짓 하지?"

"야, 내 몸매가 진짜 끝내주거든. 여자들도 원하는 워너비 몸매인데."

"그래서?"

"남자들도 환장할 텐데. 거참."

"진짜 내가 감흥이 있어서 이성 잃었으면 너 큰일 나. 진짜로 확 덮쳐버리기 전에 빨리 자라. 헛소리 그만하고."

소원은 '흥' 하고 콧소리를 내며 이불을 뒤집어썼다. 혁이 잘 자라며 불을 껐다. 왜 안 자냐는 말에, 자신은 일 처리할 게 남아 있어서 마저 하고 자겠다고 덧붙였다. 그는 화장실 옆에 놓인 화장대로 갔다. 그러고는 거울 속의 자신을 마주했다.

"후, 이소원 진짜."

혁은 방금 전 소원의 행동을 떠올리며 고개를 도리도리 저었다. 생각할수록 어이가 없었다. 하마터면 정말 위험할 뻔했다. 도대체 무슨 생각으로 이런 철없는 행동을 저지르는지 모르겠다. 방금 전에 이성의 끈이 끊기지 않으려고 얼마나 무던히 노력했는지, 그녀는 알 턱이 없다. 아무리 오래 본 스스럼없는 사이라지만, 젊은 남녀가 이 야밤에 한 공간에서, 그것도 그렇게 야한 모습으로 도발시키면 안 넘어가는 남자가 이상했다. 게다가 이상한 꿈까지 꿔서 머릿속이 뒤죽박죽인 남자라면 더더욱.

"어떻게 나이를 먹어도 똑같지?"

혁은 이런 무모한 짓을 보이는 소원의 대담함과 깡을 보며 소원과 재회했던 학창 시절을 떠올렸다. 그녀가 열다섯 살 때 전학 온 그날을 말이다.

"자, 주목! 오늘 전학생이 왔어. 자기소개 좀 해볼까?"

그날은 담임 과목 시간이었고 4교시가 막 끝날 무렵이었다. 학생들이 제일 기다려온 점심시간이 다가오는 그때, 담임이 잠깐 교무실 호출을 받고 올라갔다가 왔다. 담임이 다시 교실에 등장했을 땐 혼자가 아니었다. 전학생이라며 한 명의 여학생을 옆에 데리고 왔다.

"이소원입니다."

소원은 짧고 간단명료하게 자신을 소개했다. 꾸벅 인사도 했다. 담임이 그게 다냐고 눈짓하자 소원이 뭘 더해야 하냐며 선생님을 빤히 쳐다보았다.

"자리는 저쪽에 앉으면 돼."

담임은 손가락으로 1분단 맨 뒤를 가리키며 말했다. 소원은 성큼성큼 자리로 걸어가서 앉았다. 모든 아이들이 소원에게 집중했다. 소원이 자리에 앉자마자 수업이 끝나는 종이 쳤다. 담임은 점심 식사를 맛있게 하라는 말을 남기고는 교실을 나갔다. 급식 당번들은 재빨리 밖으로 나가 급식차를 끌고 오느라 분주했고 아이들은 줄을 서느라 분주했다. 교실은 순식간에 시장통이 되었다. 소원도 대충 줄을 서서 밥을 배식받았다. 조용히 혼자서 먹으려는데 소원의 옆으로 아이들이 하나둘 모이기 시작했다.

"안녕? 전학생."

"우리 같이 밥 먹자."

"반가워, 소원아! 나는 유미라고 해. 우리 반 반장이기도 하고. 혹시 학교 생활하는 데 궁금한 거 있으면 언제든 물어봐."

자신을 이 반 반장이라고 소개하는 그녀와, 유미와 함께 다니는 두 명의 무리였다. 그들은 상당히 친절했고 수다스러웠다. 반장이기 때문에 챙겨주는 것도 있겠지만 그들은 소원이 썩 마음에 드는 눈치였다.

"나는 수정이. 박수정."

"난 김은혜라고 해. 반가워, 소원아."

"담임이 좀 깐깐하게 생겼지? 근데 실제로는 더 깐깐해."

"그게 뭐야. 푸하하하."

간단히 자기소개를 한 수정이와 은혜는 자기들끼리 신나서는 웃으며 얘기했다. 그들은 밥을 먹는 내내 깔깔거리며 자신들의 이야기를 하기 바빴다.

"어디로 이사 왔어?"

"학교 근처."

"어디에서 온 거야?"

"그냥 지방."

유미는 소원과 친해지려 노력했다. 물론 진부한 질문을 던졌지만 소원이 보기엔 유미가 가장 정상적으로 보였다. 소원은 이것저것 물어보는 유미가 부담스러운지 대강 대답해준 뒤 묵묵히 식사를 했다. 유미도 소원의 심중을 눈치챘는지 더는 물어보지 않고 아이들의 이야기에 자연스레 합류했다. 그때 유미의 오른쪽에 앉아 있던 수정이가 소원에게 불쑥 얼굴을 들이밀며 비밀스럽게 얘기하기 시작했다.

"다른 건 다 필요 없고, 조심해야 할 게 몇 개 있어."

"조심?"

"응. 저기 4분단 끝에 앉아 있는 무리 보이지?"

소원이 쳐다보려고 고개를 돌리자 그녀가 큰일 난다며 소원의 어깨를 찰싹 치며 말을 덧붙였다.

"티 나지 않게 봐!"

그녀가 말한 곳엔 혁이 친구들과 함께 앉아서 식사 중이었다.

"쟤네만 안 건드리면 돼. 괜히 눈에 띄면 복잡해진다."

"왜?"

"문 바로 옆에 앉아 있는 애가 운혁이라는 앤데, 우리 학교 이거야, 이거."

그녀는 엄지를 척 들어 보이며 소원에게 으스댔다. 마치 대단한 비밀이라도 공유한다는 듯이 말이다.

"그래?"

소원이 콧방귀를 뀌며 반문했다.

"쟤는 3학년도 못 건드려."

옆에 가만히 듣고 있던 은혜도 맞장구를 쳤다. 소원은 좀 더 혁에 대해 듣고 싶어졌다. 소원의 눈썹이 씰룩였다.

"쟤가 뭐라고. 대체 왜 못 건드리는데?"

"17대 1로 싸워서 이겼대."

"대박이지! 잘생겨서 싸움도 잘해요."

"더 멋있는 건 평소에 엄청 조용해. 전혀 피해 주지 않는다는 거지. 완전 신비주의!"

수정과 은혜가 손을 맞잡으며 우수에 찬 눈빛으로 그에 대해 설명해 주었다. 이미 둘은 혁에게 반한 눈치였다. 반면에 소원은 하마터면 음식을 뿜을 뻔했다. 17대 1이라니. 운혁이? 쟤가? 말도 안 돼.

"17대 1? 무슨 영화 찍어?"

"영화 같은 현실이 바로 저기! 있다는 거지."

"확실해? 너희가 본 거야?"

"음, 본 건 아니지만……."

"굳이 보지 않아도 알 수 있는 것들이 있지. 그게 바로 운혁이고."

은혜와 수정은 죽이 잘 맞았다. 주거니 받거니 서로가 부족한 점을 보완해 나가며 맞장구를 쳤다.

"그리고 운혁 옆에 있는 애는 손정우라는 앤데 쟤는 진짜 노답. 안 엮이는 게 좋아. 성격이 거지같아서."

"맞아. 잘못 걸리면 끝이야."

그들이 저 무리에 대해 재잘재잘 계속 떠들자 반장 유미가 어색하게 웃으며 그만 얘기하라고 손사래를 쳤다.

"우리 매점 가서 아이스크림 사먹을 건데 같이 갈래?"

"난 괜찮아."

"그러지 말고 같이 가자."

소원은 정말 괜찮다며 한사코 거절했다. 아이들은 알겠다며 교실을 나갔다. 그제야 한숨 돌렸다는 듯 '어휴' 하고 숨을 몰아쉬었다. 5교시까지 남은 시간은 20분 남짓. 그녀는 구경 삼아 학교라도 놀아볼 겸 몸을 일으켜 세웠다.

"웬 담배 냄새지?"

소원이 후문 옆에 뒤뜰처럼 나 있는 작은 공간을 산책 삼아 걸을 때였다. 어디선가 살며시 다가오는 담배 냄새에 인상을 찌푸렸다. 그 냄새의 출처에 대해 코를 킁킁거리며 찾아가고 있을 때 소원의 앞에 나타난 것은 바로 그였다. 안 엮이는 게 제일 좋다던 손정우.

"오? 전학생이네."

소원이 정우를 쭉 훑었다. 긴 얼굴에 뾰족한 턱, 곱슬한 파마머리가 참 인상적이었다. 무엇보다 각 귀에 뚫은 피어싱 두 개가 '나 양아치예요.' 하고 떠벌리는 것 같은 느낌이 들었다. 그의 왼손에 들린 담배는 아직도 다 태워지지 않아 연기를 뿜어내고 있었다.

"아아. 이거? 담배 처음 봐?"

"중2가 피우는 건 처음 봐."

"죽이지?"

정우는 그것이 자랑이라도 되는 것처럼 소원의 면상에 대고 뻐끔뻐끔

피워댔다. 소원이 기침을 콜록거렸다. 그 모습이 우스운지 정우가 코웃음을 치며 노골적으로 소원에게 연기를 들이밀었다.

"자, 이제 그대로 뒤로 다시 나가면 됩니다."

"왜?"

"여기 뒤부터는 네가 올 곳이 아니니까."

"왜?"

"그러니까, 여기는. 와, 질문 존나 많네."

계속해서 질문하는 소원의 모습이 짜증 났는지 정우가 미간을 좁히며 인상을 팍 썼다. 그는 화를 꾹 눌러 담고는 소원에게 마지막이라는 뉘앙스로 얘기를 해주었다.

"네가 전학생이라 잘 모르니까 봐주는 거야. 앞으로 여긴 오면 안 돼. 나 존나 친절하지? 개 착해. 와, 인정."

정우는 자신이 생각해도 잘 알아듣게끔 명쾌하게 설명했다며 자화자찬했다.

"야, 전학생, 나 주절주절 설명하는 거 딱 질색이거든? 이제 그만 가라. 귀찮으니까. 아, 그리고 이건 비밀. 말 안 해도 알지?"

비밀이란 건 담배를 뜻했다. 하지만 소원은 돌아갈 생각이 전혀 없어 보였다. 이쯤 되면 뒤뜰을 나가야 했는데 시간이 한참 지나도 그녀는 그 자리에 우뚝 서 있었다.

"야, 내 말 안 들려? 아, 씨발 존나 짜증 나게. 나 무시하냐?"

정우는 침을 찍 뱉으며 무시무시한 욕설을 소원에게 퍼부었다. 보통의 여자들이면 여기서 잔뜩 겁에 질려서는 옴짝달싹도 못 했다. 그러나 소원은 두 눈만 끔뻑이며 그를 빤히 쳐다볼 뿐이었다.

"이 미친년이."

"야."

"뭐 씨발."

"너 중2병이야?"

"뭐?"

"그렇게 욕하면 내가 쫄 것 같아? 한심하다. 유치하게 뭔 짓이래."

"이 씨발년이 뭐라고 지랄하는 거야. 존나 처맞고 싶냐? 어?"

"입에 걸레 물었냐? 그렇게 욕하면 뭐가 있어 보이지. 근데 사실은 존나 뭐도 없어 보여, 병신아."

소원이 또박또박 말에 힘을 실어 얘기했다. 덕분에 정우의 얼굴은 붉으락푸르락 터지기 직전이었다. 그녀의 이러한 모습은 정우를 도발시키기 충분했다. 큰 소리가 나자 뒤에서 아이들이 무슨 일이냐며 우르르 몰려나왔다. 그들 전부 하나같이 손에 담배를 들고 있었다. 그리고 그 사이에는 혁의 모습도 보였다. 소원이 얼굴을 팍 찡그렸다.

"너 오늘 나한테 존나 처맞을 줄 알아. 넌 오늘 잘못 걸린 거야, 미친년아. 나 여자라고 안 봐주거든!"

아이들은 약속이라도 한 듯 소원의 주위를 빙 둘러서 옴짝달싹하지 못하게 만들었다. 그사이 정우는 담배를 바닥에 튕기듯 던지고는 소원을 향해 주먹을 날렸다. 아니, 날리려고 했지만 혁이 막아 세웠다.

"뭐야."

"혁아, 이 씨발년이!"

"뭔 년?"

소원이 이에 질세라 눈을 부라리며 소리쳤다. 남자 무리에 혼자 있으면 당연히 쫄 법도 했지만 소원은 전혀 기죽지 않았다.

"목소리 낮춰. 선생들한테 걸릴 일 있어?"

"그래도 이년이!"

"야, 넌 그만 교실로 들어가."

"……."

"빨리."

소원은 정우를 잔뜩 째려보다가 결국엔 몸을 돌렸다. 정우는 아직도 분이 풀리지 않는지 씩씩거렸다. 앞으로 두고 보자며 으름장을 놓기도 했다. 그렇게 점심시간이 끝난 후 나른한 5교시가 시작되었다. 모두들 잠에 취해 꾸벅꾸벅 졸았고 혁도 예외는 아니었다.

그는 아예 대놓고 잠을 청했다. 쉬는 시간이 되자 몇몇 아이들은 전멸했다. 책상에 쓰러지듯 엎드려 잠을 잤다. 그러나 그와는 정반대로 수업 시간에 졸았기 때문에 다시금 살아난 아이들도 있었다. 그들은 물 만난 고기처럼 재잘거렸다.

"야, 조용히 좀 해."

잠을 잘 자고 있던 혁이 미간을 좁히며 소리쳤다. 시끄러워서 자는 데 방해된다는 것이다. 순식간에 교실이 싸해졌다. 그 광경을 지켜보던 소원이 기가 차다며 혁에게 외쳤다.

"학교 네가 전세 냈냐? 시끄러우면 네가 자리 옮겨라?"

소원의 이러한 모습에 아이들은 경악했다. 모두가 얼음이 된 것처럼 굳어 있었다. 아까 소원에게 그들을 조심하라고 일러주었던 여자애가 망했다는 듯 불안한 눈빛으로 소원에게 시선을 주었다.

"너 진짜 약 처먹었냐? 아까부터 왜 지랄이야! 뒤지고 싶냐, 진짜?"

"넌 입 좀 다물어. 걸레 냄새 나."

소원은 정말 무모했다. 연고도 없는 전학생이 첫날부터 이러면 왕따를 당하기 십상이었다. 그녀는 어디로 튈지 모르는 농구공 같았다. 모두가 소원을 예의 주시했다. 소원은 이제 그 무리에 찍힌 거나 다름이 없었다. 반 아이들은 이제 그녀는 편한 학교생활은 다 했구나 싶었다. 하지만 인생은 반전의 연속이 아니던가.

"이소원."

"최악이야, 운혁."

"애들 놀란 거 안 보여? 전학생 신고식치고는 너무 화려하잖아."

"너 때문에 놀란 거잖아."

토스에 토스, 그리고 또 토스. 계속해서 말을 주고받는 둘 사이에 이질감이란 전혀 없었다. 아이들은 소원과 혁을 번갈아 쳐다보았다.

"아까 뒤뜰에서는 진짜 너 한 대 때리고 싶은 거 간신히 참았어. 아니다. 그냥 때릴 걸 그랬나?"

"때리지 그랬냐."

"입만 살아서는."

"너야말로 나 아니었으면 벌써 큰일 났어."

"그냥 놔두지 그랬어. 큰일 났을지 안 났을지 궁금하다, 야."

분위기가 이상하게 돌아가자 정우가 둘이 아는 사이였냐며 혁을 추궁했다. 대답은 소원이 대신했지만.

"그럼 잘 알지. 너무 잘 알지. 그치?"

"오랜만이야, 이소원."

혁의 입에서 나온 그 '오랜만'이라는 단어 덕분에 아이들은 2차 멘붕이 왔었지.

혁은 15년이 지난 지금까지도 그때의 반 분위기와 아이들의 표정, 그리고 무엇보다 가장 한심하고 실망스러운 눈빛으로 자신을 쳐다본 소원을 잊을 수가 없었다. 그는 어마어마했던 소원의 전학 첫날과 방금 전 자신을 도발하려던 소원의 모습을 번갈아 떠올리며 어깨를 으쓱였다.

"오늘 잠은 다 잤네."

혁은 찬물로 세수를 하며 잡념을 흘려보내려고 노력했다.

제8화. 더, 더! 더? 미쳤어

"혁가."

"……."

"혁아? 운혁!"

아침 7시가 조금 넘은 시각. 소원이 혁을 매몰차게 깨웠다. 더 자고 싶은지 혁이 베개로 귀를 막고 이불을 뒤집어쓰며 발악하지만 소원에겐 통하지 않았다. 20분간의 사투 끝에 결국 혁이 두 손 두 발을 다 들었다.

"일어나, 얼른."

소원은 그 어느 때보다도 들떠 있었다. 혁이 신청한 투어를 하는 날이기 때문이었다. 혹시나 못 일어날까 싶어 알람을 미리 맞춰놓았지만, 알람을 맞춰놓은 시간보다 훨씬 더 빨리 눈이 떠지기까지 했다. 마치 소풍을 기다리는 어린아이의 심정과도 같은 모습이었다. 8시 반까지 호텔 로비에서 픽업이 온다고 했으니 조식을 먹고 준비하려면 7시도 빠듯했다.

"하아."

혁은 억지로 일으켜 세우는 소원 덕분에 침대에 간신히 걸터앉았다. 하지만 금방이라도 픽 쓰러질 것 같은 모양새였다. 혁은 투어고 뭐고 매우 쉬고 싶었다. 푸석푸석함이 가득한 퉁퉁 부은 얼굴과 눈 밑에 심하게 드리워진 다크서클이 그를 대변해주고 있었다.

"얘가 왜 이래? 너 어제 몇 시에 잤어?"

"모르겠어."

굵은 목소리가 다 갈라져 나왔다. 머리도 띵했다. 마지막으로 확인한 시간이 몇 시던가. 그가 힘겹게 기억을 더듬어본다. 새벽 4시. 그것이 혁이 마지막으로 확인한 시간이었다.

"어제 새벽까지 일하다 잔 거야?"

소원의 물음에 대답할 수 없었다. 조심스레 고개를 끄덕여보지만 사실 그 이유가 아니었다.

혁이 4시까지 잠을 뒤척인 이유는 순전히 소원이 때문이었다. 그걸 전혀 모르는 소원은 순진무구한 표정으로 혁을 걱정스럽게 쳐다보았다.

"오늘 일찍 일어나야 하는 거 알면서 왜 그랬어. 좀 쉬엄쉬엄하지. 쯧쯧."

소원이 혀를 끌끌 차며 물을 건넸다. 혁이 그걸 받아서 마시려 했지만 목에서 잘 넘어가지 않았다. 결국 반도 못 비우고 소원에게 도로 건넸다.

"그럼 나 혼자 밥 먹고 올 테니까 그동안 더 자고 있을래?"

"아냐. 같이 가."

혁이 힘겹게 몸을 일으켜 세웠다. 소원이 알겠다며 그를 토닥이고는 화장실로 향했다.

"죽겠네, 진짜."

아무리 침대가 두 개고 따로 잠을 잤어도 한 공간에 혈기왕성한 남녀가 같이 있는데, 신경이 안 쓰인다면 거짓말이겠지. 하지만 왜 갑자기 그녀가 신경 쓰일까.

혁은 참으로 당황스러웠다. 엊그제의 꿈, 그리고 어제의 도발이 한몫했지만 그렇다고 잠까지 설칠 줄이야. 세상 물정 모르고 잘 자는 소원을 보고 있으면 그 꿈이랑 겹쳐 보이고. 안 보려고 눈을 감으면 어제 야한 모습을 하고 자신을 도발시키려 한 소원의 모습이 생각나고. 다른 생각을 하려고 하면 머릿속이 오히려 복잡해지면서 혁을 괴롭혔다.

사실 어제, 위험하긴 했다. 자신도 장난으로 받아 넘겼지만 그녀가 진심으로 다가왔더라면. 혹은 조금이라도 더 길게 장난을 쳐서 참았던 이성이 끊어졌더라면 그 뒤는 상상만으로도 아찔했다. 일이나 할까 싶어 책상에 앉았지만 일이 손에 잡힐 턱이 없었다. 결국 멍만 때리다 다시 침대에 누워 잠을 청했지만 똑같은 생각만 반복될 뿐이었다. 양도 세어보고 잠을 자려고 별짓을 다 했지만 소용이 없었다. 이것이 바로 혁이 잠을 설친 이유였다.

"나가자!"

화장실을 다녀온 소원이 우렁찬 목소리와 함께 혁을 질질 끌고 나갔다.

"이럴 때일수록 더 든든히 먹어야 돼. 안 그러면 쓰러진다? 우리 오늘 물놀이하는데 체력 비축 잘 해야지!"

말이나 못 하면. 재잘재잘 떠드는 소원이 얄미운 건 기분 탓일까. 그래. 기분 탓이겠지. 혁은 그렇게 자신을 합리화시키며 라운지로 내려갔다.

"대박이야. 이거 어제 없던 메뉴인데!"

소원은 오늘도 신나 있었다. 음식 앞에서 한없이 작아지는 그녀였다. 반면 혁은 음식이 코로 들어가는지 입으로 들어가는지 몰랐다. 입맛도 없었고 잘 넘어가지도 않았다.

"먹어볼래?"

소원은 시원찮게 깨작깨작거리는 혁이 걱정됐는지 맛있게 먹고 있던 메뉴 중 하나를 포크로 집어 혁에게 건넸다. 혁이 고개를 저으며 거절했다. 소원이 맛있다며 한 번 더 권유했지만 역시나 거절하는 혁이었다. 결국 그것은 소원의 입으로 골인되었다.

"잘 먹네."

혁이 저도 모르게 흐뭇한 미소를 지으며 소원을 쳐다보았다. 소원이 입 안 가득 음식을 넣고 씹다가 돌연 세상 다 잃은 표정으로 음식을 삼키며 말했다.

"미쳤어! 오늘도 또 아침부터 먹방했어. 대체 이게 다 몇 칼로리야?"

"괜찮아. 이따가 물놀이하는데 체력 비축 잘 해야 한다며. 잘 먹으니 보기 좋구만, 뭐."

"그치? 그래. 이따 수영하면서 열심히 칼로리 태우지, 뭐."

인간은 참으로 단순하고 자기 합리화에 강한 동물이었다. 소원은 혁의 말 한마디에 금세 표정을 풀고 다시 먹는 것에 집중했다. 어찌나 맛있게 먹는지 보는 사람마저 배가 부를 정도였다. 저 작은 입으로 참 잘도 먹네. 이렇게 말랐는데 뺄 살이 어디 있다고. 좀 더 쪄도 괜찮을 텐데. 이소원이 예전부터 작정하고 먹을 땐 끝내주게 잘 먹었지. 그렇게 먹는데도 살이 안 쪄서 사람들이 부러워했고.

"무슨 생각 해?"

"어? 아니, 그냥."

"뭐야. 뭐냐, 또!"

"별생각 안 했어."

"뻥치시네? 분명히 무슨 생각 했어. 그건 별생각이 아닐 거고."

소원이 눈을 가늘게 치켜뜨며 혁을 추궁하기 시작했다. 혁이 정말 별생각 아니라며 손사래를 치자 더 수상하다며 확 째진 가자미 눈을 만들어 그를 째려보았다.

"흥! 밥맛 떨어졌어. 그만 갈래."

급기야 소원이 자리를 박차고 일어섰다. 하지만 그러기엔 이미 너무 많이 먹은 그녀였다. 이미 지금의 접시에 앞서 두 접시를 깔끔하게 비웠었기 때문이었다. 마지막 접시도 반 이상은 먹었고, 대부분이 후식 종류였다. 혁이 못 말린다는 듯 소원의 뒷모습을 바라보며 쿡쿡 웃다가 이내 그도 일어났다.

"벌써 시간이 이렇게 됐어? 빨리 준비해야겠다."

방으로 올라온 소원은 시간을 확인하고는 헐레벌떡 움직이기 시작했다. 화장도 더 고쳐야 하고 머리도 손질해야 하고 할 게 투성이였다. 8시 반까지는 30분도 안 남았기 때문에 조금은 빠듯했다. 반면 혁은 화장실에서 수영복을 갈아입은 게 끝이었다. 모닝커피를 마시는 여유까지 부리며 소원을 기다렸다. 커피를 마시니 정신이 조금 깨는 것 같았다.

"혁아, 이게 나아, 아님 저게 나아?"

소원이 분주히 준비를 하다가 불쑥 튀어나와서는 그에게 물었고 순간 혁은 마시던 커피를 뿜을 뻔했다. 소원이 골라달라고 가져온 것은 수영복이었다. 하나는 튜브톱으로 된 레이스 비키니였고, 하나는 핫 핑크와 수술이 매력적으로 붙은 비키니였는데 핫 핑크 비키니는 이미 입고 나왔기 때문이었다.

그리고 결과적으로 그 비키니는 너무 야했다. 간신히 가슴이 가려지고 가슴골이 다 드러났기 때문이었다.

"잠깐. 그걸 입고 간다고?"

"혹시 몰라서 두 개 챙겼는데 챙기길 잘했네."

"래시가드 없어?"

"없는데?"

"왜?"

"왜냐니? 지금 그걸 질문이라고 하는 거야?"

소원이 황당하다며 혁에게 되물었다. 혁이 잠시 말을 멈추고는 머리를 굴렸다. 하지만 도무지 돌려 말할 단어가 떠오르지 않았고, 결국 단도직입적으로 말했다.

"야해."

"알아."

"그것도 엄청."

"그것도 알아."

"안다고?"

이번엔 혁이 황당함을 감추지 못하고 기침을 하기 시작했다. 너무도 당돌하고 당연하게 말하는 그녀의 뻔뻔함에 사레에 들린 것이었다.

"그래서 입은 거야."

"그래서 입은 거라니?"

"원래 야한 게 예쁜 법이야. 이 몸매에 이런 것쯤은 입어줘야 예의지. 그리고 여긴 해외잖아. 외국 애들은 더한 것도 입을걸?"

야한 게 예쁘다니. 그런 황당무계한 논리가 어디에 있단 말인가.

"대체 누굴 꼬드기려고 그렇게 입은 건데?"

"혈기 왕성한 남자라면 누구나?"

소원이 농담 반 진담 반으로 개구지게 말했나.

"아, 그래서 뭐가 낫냐니까? 별로야?"

"네 맘대로 해라."

"아, 왜!"

"네 눈에 뭔들 안 예쁘겠냐."

혁이 포기했다는 듯 말했다. 본인이 입겠다는데 누가 말리겠는가. 말한다고 들을 것도 아니고. 제 입만 아팠다. 결국 또 의미 없는 말꼬리 잡기만 반복할 테지. 소원은 혁의 반응에 심통이 났는지 입을 삐쭉 내밀며 다시 화장실로 쏙 들어갔다.

혁은 이마를 짚고 고개를 도리도리 저었다. 한숨이 절로 나왔다. 하지만 더는 신경 쓰지 말자고 자기 암시를 걸었다. 가뜩이나 아픈 머리, 요소가 하나 더 추가되는 것이었다. 그리고 굳이 왜? 굳이, 왜…… 그런 생각을 하고 있을 때 소원이 퉁퉁거리며 다시 나왔다.

"됐냐!"

소원이 위에 입은 것은 비치웨어처럼 보이는 옷이었다. 물론 구멍이 숭숭 뚫려 있고 안에가 비치긴 했지만 기장도 꽤 길었고 아까보다 훨씬 나았다. 혁의 입가에 얇은 미소가 드리워졌다.

"시간 다 됐어. 빨리 가자."

혁은 소원의 머리를 헝클어뜨리며 성큼성큼 앞장서서 나갔다.

* * *

"어머니, 저희 왔어요."

소원이 살가운 미소를 지으며 집 안으로 들어갔다. 신혼여행을 잘 마치고 귀국했다. 예전엔 안부차 놀러왔던 이 집이 이젠 소원의 시댁이 되었다. 새 옷을 입은 것처럼 느낌이 새로웠다. 귀국하자마자 짐도 풀지 않고 바로 온 탓에 양손에 짐이 한가득이었다. 소원은 캐리어는 놓고 가야 하지 않겠냐는 혁의 제안을 거절하고 바로 시댁으로 가길 원했다. 그게 예의라고 생각했다.

소원과 혁은 이곳에서 하루 묵고 가기로 했는데 이것 역시 소원의 제안이었다. 요즘은 결혼 후 시댁 인사가 예전처럼 그리 빽빽하게 옭아매는 문화는 아니었다. 그래서 혁은 돌아와서 쉬고 난 후에 함께 식사 정도만 하는 걸로 생각했다. 하지만 이렇게 먼저 얘길 해주니 내심 고맙기도 했다.

"소원이 왔어?"

"잘 다녀왔니?"

그들은 소원을 반갑게 맞이했다. 소원이 선물이라며 여행지에서 사온 것들을 건네자 지연의 얼굴에 화색이 돌았다.

"재밌게 놀다 왔어? 혁이 힘들게 하진 않았고? 애가 워낙 무뚝뚝하잖아."

"맛있는 것도 많이 먹고 여기저기 구경도 하고 좋았어요."

"다행이네. 피곤하지? 얼른 가서 쉬어."

그들이 집에 도착한 시간은 밤 10시였다. 시간도 많이 늦었고 장시간 이동 때문에 몸에 피로가 쌓였을 것이라 생각했기에 지연은 그들을 배려했다. 소원과 혁은 부모님과 간단한 다과를 먹으며 짧게 얘기를 나눈 후 방으로 들어왔다.

"아우, 좋다!"

소원이 침대에 벌러덩 누우며 침대의 포근함을 제대로 느꼈다. 시트의 부드러움과 실에 닿는 천의 시원함을 만끽하며 무척이나 만족스러운 얼굴이었다. 소원은 책상에 걸터앉은 혁을 보며 옆으로 누웠다.

"오늘은 내가 특별히 봐준다."

"뭘?"

"다섯 번째 조항."

"각방 쓰는 거?"

"응. 근데 어쩔 수 없는 사정이 있는 날에만 같은 방을 쓴다고 했잖아. 물론 그때도 한 공간에서 자는 건 금지였지만 오늘만큼은 예외!"

소원이 선심 쓴다는 듯 얘기했지만 그렇게 하지 않으면 오해를 살 만한 소지가 다분했기 때문에 오늘만큼은 필히 예외로 두어야 했다.

"근데 진짜 몸이 피곤하긴 하다."

"너 오는 내내 잤잖아."

"원래 미인은 잠꾸러기래."

"그래서 네가 평소에 잠이 없었구나?"

"죽을래?"

소원이 벌떡 일어나서 혁에게 달려들려고 했지만 그럴 기운이 없었다. 결국 반쯤 일어나다 포기하고 다시 침대에 누워버리는 소원이었다.

"침대가 나를 막 빨아들여."

어제오늘 줄기차게 놀고서 제대로 피로를 풀 새가 없었으니 몸이 천근만근인 모양이다. 어제는 하루 종일 물에서 놀고 오늘은 비행기를 타기 전까지 하루 종일 걸어 다녔으니 그럴 만도 했다. 게다가 태국은 상당히 덥기 때문에 몇 배로 피로가 쌓였다.

"그래도 내 눈앞에 펼쳐진 열대어는 최고였어."

소원이 어제 바다에서 즐긴 스노클링을 떠올렸다. 아직도 눈앞에 물고기들이 아른거리는 것만 같았다. 빵 부스러기를 살살 물에 풀어주면 더 많은 열대어들이 모여들었다. 소원은 마치 자신이 인어공주가 된 것처럼 시간 가는 줄 모르고 놀았다. 오전엔 스노클링, 점심을 먹고 난 후엔 레저 스포츠를 즐겼다. 카약과 패러글라이딩, 제트스키 등 다양한 체험을 했고 저녁엔 쇼를 보며 풀로 하루를 꽉 채워 놀았다. 이 정도면 안 피곤한 게 이상할 정도였다.

"혁아."

기지개를 켜며 어제를 회상하던 소원이 갑자기 무언가 생각이 난 듯 번뜩이는 눈빛으로 혁을 쳐다보았다. 도대체 무슨 소리를 하려고 또 저러는지. 혁은 왠지 모를 불안감이 스쳤다.

"싫어."

"내가 뭘 할 줄 알고 싫대?"

"그러니까 싫다고."

"좀 듣고 말해줄래?"

"절대 싫어."

혁은 그 무엇이 되었든 간에 절대로 하지 않겠다고 으름장을 놓았다. 들으나 마나 얼마나 무모하고 이상한 걸 시키려는지 직감으로 알 수 있었다. 이것이 바로 몇십 년 지기의 위엄이다. 소원은 갑자기 자존심이 상했는지 쓸데없는 오기를 부리기 시작했다.

"말해봐. 어디 한번."

"뭘."

"내가 뭘 하려고 했는지. 너 못 맞히면 뺨 때릴 거야!"

"내가 호락호락 맞고만 있을 것 같아?"

"야, 거시기 안 차는 걸 고맙게 생각해라. 내가 마음만 먹으면 너 남자구실 못 하게 만들 수 있어."

"또 말도 안 되는 소리를 무시무시하게 늘어놓고 있네."

혁이 들을 필요도 없다는 듯 고개를 돌렸다. 소원이 볼에 바람을 빵빵하게 넣으며 입술을 삐쭉 내밀었다. 그녀는 쉽게 물러설 수 없다며 혁의 팔을 잡고 침대 위로 쑥 끌어당겼다. 방심했던 혁이 무게중심 때문에 그대로 고꾸라졌고 정신을 차리고 보니 어느새 자신의 바로 앞에 소원이 있었다.

"여기저기 결렸잖아. 몸 찌뿌둥하지 않아?"

소원이 사악하게 웃기 시작했다. 혁의 동공에 지진이 일어났다. 도망치려고 했으나 때는 이미 늦은 듯 보였다.

"이럴 땐 스트레칭이 최고야."

소원은 다리를 쫙 벌리고 양발을 혁의 허벅지에 고정시켰다. 그런 뒤에 혁의 팔목을 잡고 앞으로 쑥 밀었다.

"야, 이소원!"

"응. 왜."

"아파!"

혁이 소리를 꽥 질렀다. 소원은 아랑곳하지 않고 더욱 혁을 옭아맸다. 혁은 난데없는 스트레칭에 짜릿한 고통이 올라왔다. 유연하지 않은 탓이다. 허리는 구부정했고 다리는 갈피를 못 잡고 자꾸만 위로 솟았다. 혁이 필사적으로 다리를 빼려고 했지만 옴짝달싹하지 못했다. 소원이 그걸 방지하기 위해 아예 혁의 허벅지 위에 자신의 다리를 올려놓았기 때문이다.

"심호흡해. 심호흡."

"대체 내가, 왜 이걸! 왜 해야 하는 거야?"

"부부는 이심전심이라잖아."

"말 같지도 않은 소리 할래?"

"호흡해야 덜 아프다. 몸도 릴렉스되고."

소원은 절대로 비켜줄 생각이 없어 보였다. 결국 어느 순간부터는 모든 걸 포기하고 자신을 놔버린 혁만이 남아 있었다.

"잘하네."

"시끄러."

"어때. 그래도 기분은 좋지 않아?"

"후우, 하아."

소원이 잘하고 있다며 혁을 토닥였다. 그때 똑똑 노크 소리가 들렸고 이어서 문이 열리며 지연이 등장했다. 하지만 지연은 곧 그들의 모습을 보고는 화들짝 놀라 문을 확 닫아버렸다.

"어머, 미안해라! 내가 눈치 없이!"

둘의 자세가 흡사 체위를 하는 모양새와 비슷했기 때문이다. 혁의 호흡과 아픔을 참으려고 하는 표정 또한 단단히 한몫했다. 그렇기 때문에 지연이 충분히 오해할 만한 소지가 있었다. 지연의 이러한 행동에 둘은 어안이 벙벙했다. 서로 눈치를 보다가 갑자기 소원이 크게 웃음을 터뜨리며 깔깔거렸다.

"지금 웃을 때냐."

"아니, 상황이 너무 웃기잖아."

혁이 오해를 풀려고 방문을 열었으나 이미 지연은 사라지고 난 후였다. 소원은 굳이 뭐 해명하려고 하냐며 혁을 나무랐다.

"오해 좀 하면 어때. 오히려 좋아하실걸? 금슬 좋다고."

"천하태평이야, 아주."

"이제 너 잠 잘 올 거다. 뜨거운 물로 씻고 나오면 노곤해서 바로 뻗을걸. 꿀잠 자면 내 덕인 줄 알라고."

혁은 찢어질 것처럼 당기는 안쪽 허벅지를 주무르며 욕실로 들어갔다. 소원은 혁이 샤워할 동안 자신도 몸을 풀 겸 호흡을 가다듬고 간단한 요가 동작들을 했다. 그녀는 스트레칭 위주로 하다가 혁이 다 씻고 나오면 씻으러 들어가려고 했다. 하지만 생각보다 꽤 오래 걸리는 탓에 소원은 점점 강도를 높이기 시작했다.

"이소원."

"……."

"이소원 씻고 자."

혁이 샤워를 마치고 나왔을 때는 이미 소원이 침대에 뻗어서 잠든 후였다. 동작을 하다 지쳐 저도 모르게 잠에 빠진 것이다. 혁은 소원을 흔들어 깨워봤지만 깊이 잠이 들었는지 미동도 없었다. 혁은 그녀를 물끄러미 쳐다보았다. 새근새근 잠든 소원의 모습을 아주 오랫동안 말이다.

"흐으."

소원이 다시 눈을 떴을 땐 이미 날이 밝아 있었다. 햇살이 창문 틈으로 새어 나왔다. 소원은 시계를 보려고 고개를 돌렸다. 조금 떨어진 곳에서 혁이 등을 돌리고 자고 있었다. 한가운데 벌러덩 누웠던 것 같은데. 혁이 옮겨놓은 것인지 베개를 베고 이불 속에 들어가 있었다.

그런데 온몸이 돌덩이 같았다. 무거운 몸 덩어리 때문에 신음이 절로 나왔다. 며칠 새 무리하게 논 것과 좁은 공간에서 장시간 잠을 잔 것, 그리고 어제 혁을 기다리면서 막바지에 했던 동작들까지. 이 모든 것이 어우러져서 몸에 큰 무리를 준 듯싶었다.

"혁아."

그를 불러도 대답이 없었다. 6시를 갓 넘긴 이른 아침이었다. 따라서 아직 혁은 꿈나라 중이었다. 소원은 있는 힘껏 손을 뻗어 혁의 등을 쿡쿡 찔렀다.

"운혁!"

"왜 그래."

"어떡해. 나 꼼짝을 못 하겠어. 다 뭉친 거 같아."

소원이 꿍꿍거리며 앓았다. 혁은 침침한 눈을 깜박이며 소원의 상태를 보았다. 조금만 건드려도 아프다고 칭얼대며 우는 소리를 냈다. 혁이 한숨을 내쉬더니 몸을 일으켜 세웠다.

"엎드려 봐."

그는 그녀 위에 올라타서는 등을 열심히 안마하기 시작했다. 6시에 자다 깨서는 여자 등 안마라니. 혁은 생각할수록 자신의 모습이 우스웠다.

"아파. 살살해."

"여기?"

"하으, 으앗."

"참아."

"하아."

소원은 신음을 흘리며 고통을 참아보려 애썼다. 혁은 딱딱하게 날이 선 근육들을 어느 정도 풀어준 뒤에 파스라도 가지고 오겠다며 침대에서 나왔다. 그리고 문을 여는 순간 누군가가 후다닥 아래층으로 내려가는 소리가 들렸다. 그가 뭐지 싶어 고개를 갸웃거렸다. 뭔가 등줄기가 싸한 것이 기분이 이상했다. 결국 혁은 1층으로 내려왔다. 주방에는 일하는 아주머니가 분주히 아침을 차리고 있었다.

"아주머니가 방금 제 방 오셨나요?"

"어제 아가씨께서 아침 같이 준비하고 싶다고 해서요. 안 내려오시기에 어떻게 된 건가 하고 갔어요."

"아, 네."

"근데 금슬이 되게 좋으시네요. 역시 신혼이라 달라도 뭔가 한참 다르네."

"어머! 왜요?"

일하는 아주머니가 호탕하게 웃으며 말했다. 그러자 물을 마시러 주방에 들른 지연이 뭐 때문에 그러냐며 불쑥 끼어들었다.

"사모님, 곧 손주 보시겠어요."

그녀가 지연에게 농담 반 진담 반의 말을 건네자 혁의 표정이 새파래지며 당황한 기색을 감추지 못했다. 역시 또 단단히 오해를 사버린 것이다. 어젯밤에도 그러더니. 혁은 이걸 어떻게 해명해야 하나 싶어 머리를 굴렸다. 어쩔 줄 몰라 하는 모습이 훤히 다 보이는지 지연이 웃으며 혁을 다독였다.

"괜찮아, 괜찮아. 그럴 수도 있지! 엄마는 다 이해해. 신혼이면 불붙는 게 정상이야. 그죠, 아줌마?"

"그럼요. 당연한 말씀을!"

북 치고 장구 치고. 죽이 잘 맞는 둘을 보며 혁의 표정은 점점 더 굳어져만 갔다. 생각해보니 굳이 해명하는 것도 웃겼다. 혁은 이만 올라가보겠다며 자리를 피했다. 여길 빨리 떠나는 게 낫겠다는 생각에서였다. 혁이 사라질 때까지도 둘은 계속 조잘거리며 김칫국을 마셔댔다. 혁은 안 그러려고 했으나 온통 신경이 두 사람에게 쏠렸으며 그의 두 귀는 주방으로 쫑긋 세워져 있었다.

"사실은 어젯밤에도 진하게 사랑을 나누고 있더라고요! 일어나자마자 또 그랬다니. 하긴 우리 혁이가 기운이 좀 좋긴 해. 남자답잖아요, 하는 짓도. 장어를 한 마리 사다가 해줘야 하나?"

"전복이 정력 회복에 그렇게 좋대요."

"당장 주문해야겠다!"

그 여파로 듣고 싶지 않은 이런 대화들까지 다 듣게 되어버렸지만 말이다.

* * *

"너 하루 만에 왜 이렇게 폭삭 늙은 것 같지?"

소원이 다크서클이 짙게 내려온 혁의 얼굴을 보며 물었다. 집에 들어온 혁은 쓰러지듯 소파에 누웠다. 신혼집은 신혼여행을 갔다 온 사이에 모든 도배가 끝나고 짐이 다 들어와 꾸며져 있었다. 그들은 시댁에서 아침 식사를 잘 마치고 조금 더 쉬다가 늦은 오후에 넘어왔는데, 사실 혁은 한시라도 빨리 그곳을 떠나고 싶었다.

그는 지연과 일하는 아줌마와 같이 있는 게 가시방석과도 같았다. 괜히 이상한 오해를 사서 그 이후부터 자신을 바라보는 눈빛이 모두 부담스럽게 느껴졌기 때문이었다. 눈치가 보여 밥이 제대로 넘어가지도 않았다. 그러다 보니 당연히 낯빛이 어두울 수밖에.

"왜겠냐."

"흠, 잠을 제대로 못 잤나? 아님 내가 아침에 안마해 달라고 해서 기운 다 빠졌어?"

혁은 말을 말자며 이마에 손을 얹고 지그시 눈을 감았다. 소원이 어깨를 으쓱이더니 그의 옆에 살짝 걸터앉았다. 그러고는 그의 어깨를 말없이 주물러주었다.

"뭐야."

"서비스."

"됐어."

"어때. 시원하지?"

혁이 하지 말라고 거절하는 걸 무시한 채 소원은 꿋꿋이 안마를 해주었다. 어느 순간부터는 혁도 그녀의 손길을 거부하지 않고 받아들였다. 피로가 풀리긴 한 모양이다.

"혁아."

"왜."

"고마워."

"뭐래, 갑자기."

"그냥 다. 문득 든 생각이지만 다 고마워서 꼭 말해야 할 거 같아서. 진심으로 고마워. 너 같은 친구가 있어서 난 정말 얼마나 다행인지 몰라."

"……."

"내가 참 친구 하나는 잘 뒀지. 인복이 있어."

혁은 소원과 두 눈을 마주했다. 눈동자가 이렇게 깊었던가. 혁은 소원의 눈 안으로 빨려 들어갈 것만 같았다.

"이소원."

"응?"

"그렇게 훅 치고 들어오지 마."

"……."

"설레니까."

혁을 빤히 바라보았던 소원의 동공이 살짝 흔들렸다. 갑자기 진지해진 분위기가 낯 뜨거웠는지 소원은 장난치지 말라며 멋쩍게 웃었다. 그러고는 얼른 방으로 후다닥 들어가버렸다. 혁은 이 이상한 기분의 출처를 제발 알고 싶었다. 요즘 들어 점점 소원을 향한 감정이 묘해지고 있었다.

"꺅!"

"왜 그래?"

혁을 이러한 감정에 빠지게 한 것도 소원이었지만 꺼내준 것 또한 그녀였다. 방에 들어간 그녀가 얼마 지나지 않아 비명을 꽥 질렀기 때문이다. 놀란 혁이 무슨 일이냐며 재빨리 방 안으로 향했다. 소원이 울상을 지으며 분주하게 무언가를 찾고 있었다.

"없어, 없어! 어떡하지?"

"뭐가 없는데. 왜 그러는데."

"우리 계약서 쓴 거. 내가 분명히 여기다가 끼워놨단 말이야. 근데 없어! 어디 갔지?"

"잘 찾아봐. 어딘가에 있겠지."

"아냐! 내가 여행 가기 전까지도 확인하고 왔단 말이야. 혹시 누군가가 이삿짐 정리하다가 볼까 봐 이 서류들 사이에 끼워놓고 파일 철까지 해서 철저하게 했는데!"

소원이 방마다 돌아다니고 책과 책 사이, 서류 뭉치로 보이는 것들은 죄다 뒤졌다. 그래도 나올 기미가 보이지 않았다. 소원은 머리를 굴리며 기억을 더듬었다.

"설마 엄마가 본 건 아니겠지?"

"그러니까 네가 끝까지 챙겼어야지."

"챙겼어! 챙겼는데, 아아. 미치겠다. 엄마가 짐 정리하면서 봤으면 어쩌지?"

소원은 그걸 발견하면 모든 게 끝이라며 자리에 주저앉았다. 벌게진 얼굴을 감싸며 어찌할 바를 몰라 했다. 혁이 그녀를 도와 여기저기 찾아봤지만 계약서는 코빼기도 보이지 않았다.

"원룸에 있나? 오늘 엄마가 미처 못 뺀 짐들 한꺼번에 챙겨서 집에다 갖다 놓는다고 했는데. 설마 거기 있으면, 으으. 엄마가 알면 끝장이야!"

소원은 재빨리 미라에게 전화를 걸었다. 하필 이럴 때 미라는 계속 통화 중이었다. 소원은 발을 동동 굴리며 제발 받으라고 빌었지만 몇 번을 더 해도 통화 중이라는 안내 음성만 나올 뿐 별다른 진전이 없었다.

혁은 소원을 진정시켰다. 그러고는 빨리 원룸으로 가자며 그녀를 밖으로 이끌었다. 차에 시동을 걸고 쏜살같이 그녀가 살던 곳으로 향했다. 그 와중에도 소원은 계속해서 미라에게 전화를 걸었고, 불안감에 휩싸였다.

"캐리어에 챙겨 갔어야 하는 건데, 바보같이!"

"괜찮아. 안 보셨을 거야."

혁은 불안에 떨고 있는 소원의 손을 꼭 잡았다. 수족냉증이 있는 소원은 긴장만 하면 손발이 엄청 차가워졌다. 지금도 얼음장이었다. 그걸 잘 알고 있는 혁은 가끔 일회용 손난로를 무심하게 던져주거나 장갑이나 담요로 손을 덮어주는 등 그녀를 챙겼다. 아주 드물지만 이렇게 손을 직접 잡아주기도 했다.

"엄마! 왜 이렇게 전화를 안 받아!"

거의 목적지에 도착해서야 소원은 미라와 통화를 할 수 있었다. 그녀는 미라의 목소리를 듣자마자 소리를 꽥 지르며 성질을 냈다.

-아, 깜짝이야!

"엄마, 어디야?"

-너는 신혼여행 다녀왔으면 잘 다녀왔다, 집에 잘 도착했다 안부 문자라도 해줘야 할 거 아냐! 코빼기도 안 비치면서 다짜고짜 소리는 왜 질러 지르기를?

"그러니까 지금 어디냐고!"

-지금? 네 집이지. 근데 왜?

소원은 역시 그럴 줄 알았다며 차에서 튕겨져 나가듯 내렸다. 원룸에 도착한 그녀는 재빨리 자신이 살던 곳으로 향했고, 문을 열자마자 남은 짐을 정리 중인 미라와 마주했다.

"너 뭐야? 여긴 왜 왔어?"

"짐, 짐 가지러."

"귀찮다고 나한테 가져다 달라며. 그래서 내가 지금 여기 이렇게 수고스럽게 왔잖아. 근데 이 지지배는 그것도 몰라주고 전화 받자마자 소리나 지르고 말이야."

"아냐, 엄마. 내가 할게. 괜찮으니까 이제 안 해도 돼."

"갑자기 이렇게 찾아뵙게 돼서 죄송합니다. 안 그래도 내일 가려고 했는데."

"윤 서방! 잘 다녀왔어?"

혁이 소원의 뒤를 따라 나타났다. 미라는 그의 얼굴을 보고 반갑다며 인사를 건넸다. 둘이 제대로 말을 다 나누기도 전에 소원이 다시 한번 더 소리를 꽥 질렀다.

"엄마!"

"넌 기차 화통을 삶아 먹었니?"

"이거, 이거."

"맞다. 너 그게 뭐니?"

"설마, 봤어?"

"무슨 계약서 같던데. 뭐야 그게?"

"그러니까 안에 내용물, 봤어?"

"대충 훑어……. 근데 너 수상하다. 그게 뭔데 이렇게 호들갑이야? 유난 떠는 이유가 뭐야 대체?"

소원이 침을 꿀꺽 삼켰다. 역시나 계약서는 원룸에 있었다. 보아하니 내용을 제대로 읽고 본 것 같지는 않았다.

"내 거 아냐."

"근데 왜 네가 가지고 있어?"

"아 그게, 그러니까."

"계약서 같은 걸 네가 왜 가지고 있어."

미라가 점점 수상하다며 가느다란 눈초리로 소원을 쳐다보았다. 그녀는 소원에게 빨리 대답해보라며 숨통을 서서히 조였다. 눈치 빠른 그녀가 뭔가가 있다고 느낀 것이다. 소원이 뭐라고 둘러대야 하나 싶어 머리를 굴리고 있는데, 옆에 있던 혁이 나섰다.

"제 겁니다."

"뭐? 운 서방 거야? 근데 왜 우리 소원이가 가지고 있어?"

"사실 제가 사업 하나를 준비하고 있습니다. 저희 부모님껜 비밀이어서 제가 소원이한테 잠시 맡겼거든요. 근데 이 계약서를 내일 안에 넘겨야 하는데 못 찾아서 소원이가 좀 당황한 것 같습니다."

"아아, 그런 거야?"

"사업이 어느 정도 기반이 마련되면 부모님께 제가 직접 말하고 싶어서요. 그 전까지는 장모님께서 비밀로 해주시겠어요? 부탁드리겠습니다."

소원은 계약서를 얼른 가져와 혁에게 넘겼다. 미라는 좀 이상하긴 하지만 혁의 진실한 모습을 보며 알겠다고 고개를 끄덕였다. 혁은 절대 말하지 말아 달라는 당부를 다시 한번 부탁하며 미라의 약속을 받아냈다.

"엄마, 이제 가. 나머지는 나랑 혁이가 할게."

"이왕 이렇게 된 김에 같이 저녁이라도 먹자."

"내가 지금 정신이 없어서, 내일 갈게. 내일 먹으면 안 될까?"

소원은 미라를 막무가내로 내보냈다. 미라는 어쩔 수 없이 등 떠밀려 밖으로 나갔다. 소원은 정말 미안하다고 엄마에게 사과하고는 현관문을 닫았다. 소원은 시야에서 미라가 사라지자 다리에 힘이 풀렸는지 그 자리에 털썩 주저앉았다.

"미안. 네 사업 비밀이었잖아."

"됐어. 말 안 하신다고 하셨으니까."

"어휴, 내가 진짜 칠칠치 못하다. 정말 미안."

소원은 넋을 놓은 채로 그렇게 혁에게 연신 사과만 했다. 어쨌든 그렇게 이 사건은 일단락이 되었다.

제9화. 좀 더 깊숙이

"하아. 이제야 좀 살 것 같네."

소원이 포크로 파스타를 돌돌 말아서 한입에 꿀꺽 삼켰다. 방금 전까지 정신을 못 차리던 소원은 온데간데없다. 소스를 듬뿍 숟가락에 떠서 허겁지겁 먹는 여자사람만이 있을 뿐이다. 그녀는 큰일을 겪고 나서 그런지 당이 떨어진다며 아주 진한 크림 파스타를 시켰다. 혁이 우악스럽게 먹는 그녀를 보며 도리질을 했다.

"천천히 먹어. 누가 쫓아오냐?"

"정신적 충격을 받아서 그런지 먹어도 먹어도 몸이 허한가 봐. 자꾸만 당기네."

"너 근데 이렇게 먹어도 돼? 7시 이후로 원래 잘 안 먹잖아."

"내일부터 굶지, 뭐. 우리 짠이나 할까?"

소원이 와인 잔을 들어 보이며 말했다. 혁이 대답 대신 잔을 부딪치며 행동으로 옮겼다. 소원은 그냥 마시려는 혁의 팔을 크로스 시키며 러브 샷을 유도했다. 거기에 응한 혁은 달콤한 레드 와인으로 목을 축이고 잔을 내려놓았다.

밤 야경이 내려다보이는 스카이라운지의 레스토랑. 그리고 은은한 조명 속에 펼쳐지는 둘만의 공간은 분위기를 더욱 업그레이드시켜주었다. 이곳은 원룸에서 나오고 나서 계속 멍만 때리는 소원을 위해 혁이 특별히 데려온 곳이다. 소원이 만족해하는 모습을 보니 혁은 오길 잘했다는 생각이 들었다.

"혁아, 여러모로 고마워."

"뭐야, 갑자기."

"그냥, 너 같은 친구를 안 만났다면 난 지금 어땠을까. 우리의 15년이 참 긴 세월이긴 하잖아. 유치원 때까지 합치면 무려 25년인데. 강산이 두 번이나 바뀌었어. 이건 정말이지 대단한 거라고!"

소원이 추억 팔이에 취해 그윽한 눈빛으로 혁을 바라보며 계속 말을 이어갔다.

"참 많은 일이 있었지, 그동안. 그래도 묵묵히 내 곁을 지켜주고 도와주고."

"……."

"네가 내 친구라서, 그래서 정말 다행이야."

혁은 친구라는 단어에 심장이 욱신거리는 느낌을 받았다. 괜히 목이 탔다. 그는 와인을 벌컥벌컥 들이켰다. 왠지 모르지만, 눈앞에 있는 이 술이 자꾸만 당겼다.

"진짜 고마워. 내 친구로 있어줘서."

"그만해."

그 기분을 아는지 모르는지 소원은 계속해서 친구를 운운하며 떠들어댔다. 결국 혁은 소원을 저지시켰다. 소원이 눈을 흘기며 입술을 삐쭉 내밀었다.

"넌 가만 보면 무드 깨는 데 선수야."

"먹어 빨리. 다 식기 전에."

"이럴 땐 그냥 웃어주는 거야. 그렇게 하면 상대가 무안해서 미치거든요? 어렵게 속마음 꺼낸 건데 너무하네."

혁이 그 이후로는 아무런 반응이 없자 빈정이 상했는지 됐다며 시선을 창가로 돌렸다. 네온사인이 반짝이며 스카이라인을 아름답게 만들었다. 도로에는 차들이 어찌나 빽빽한지 다들 라이트를 켜고 질서정연하게 목적지를 향해 달리고 있었다.

소원은 그런 불빛 위로 동그랗게 뜬 달을 보며 감성에 젖었다. 혁은 그런 소원의 모습을 빤히 쳐다보았다. 코가 이렇게 오똑했던가. 입술이 저렇게 도톰했던가. 생각보다 입술이 작네. 혁은 의도치 않게 그녀를 찬찬히 뜯어보게 되었다. 그러다가 시선을 느낀 소원이 고개를 돌렸고, 둘의 눈이 딱 마주치게 되었다. 당황한 그가 재빨리 시선을 내리깔았다.

"뭐야?"

"뭐가."

"내가 모를 줄 알았어?"

"뭐를."

"됐다."

"뭐가 됐다야. 뭘 모를 줄 알았는데?"

혁이 황당하다는 듯 이것저것 꼬치꼬치 캐물었다. 소원이 그의 반응에 이상하다며 고개를 갸웃거렸다. 그냥 넘기려고 했는데 이다지도 집착을 하니 말을 할 수밖에 없었다.

"아니, 너 방금 전에 나한테 한 행동들 후회했잖아. 그래서 그렇게 빤히 쳐다본 거 아니었어?"

"맞아."

소원의 물음에 1초의 생각할 틈도 없이 바로 수긍하는 혁이었다. 그의 반응에 소원이 더 수상하다며 눈을 가늘게 치켜떴다.

"에헤이, 반응이 이상한데. 아니구나?"

"맞다니까."

"뭐가 맞는데?"

"빨리 먹기나 해."

"수상한데. 아니면 뭐 할 말 있어? 그래서 나 뚫어지게 쳐다본 거였어?"

"내가 언제 뚫어지게 쳐다봤다고 그래."

"얘 봐라? 그래. 뭐, 말하기 싫으면 하지 마."

소원은 어깨를 으쓱이며 와인을 한 모금 들이켰다. 그러고는 다시 먹는 데 열중하기 시작했다. 피자를 파스타 소스에 찍어 먹으며 행복에 겨운 듯 몸을 부르르 떨었다. 그렇게 열심히 먹방을 찍고 있는데 소원의 휴대전화가 울렸다. 그녀는 상대방을 확인하고는 놀랍지만 반가운 얼굴로 전화를 받았다.

"여보세요?"

소원은 혁의 눈치를 보더니 슬쩍 자리에서 일어나서는 룸에서 나갔다. 전화를 건 상대는 바로 인성이었다. 한국에 잘 도착했냐는 안부 전화였다.

"응응, 오늘? 아, 지금? 음, 지금은 좀 그렇고. 내일은 좋아. 그래. 그럼 내가 다시 연락할게!"

소원은 짧게 통화를 마치고 다시 안으로 들어왔다. 혁이 누구길래 굳이 밖에까지 나가서 전화를 받느냐고 눈치를 주었다. 하지만 대강 짐작으로 그 상대가 누군지는 알고 있는 듯 보였다.

"그냥. 아, 근데 미쳤어!"

소원이 대충 둘러대며 화제를 돌렸다. 소리를 지르자 혁이 갑자기 왜 그러느냐고 물었다. 소원은 금세 울상이 되어 눈을 질끈 감았다.

"이걸 다 먹다니. 내가 미쳤다, 정말."

"아깐 괜찮다며."

"그런 줄 알았지! 이게 다 몇 칼로리야? 나 오늘 아침도 어머님이 엄청 챙겨주셔서 폭식했잖아. 푸껫에서도 내내 먹고."

지금까지 먹은 어마어마한 음식을 생각해보니 갑자기 죄책감이 들기 시작했다. 소원이 갑자기 그 자리에서 깡충깡충 뛰기 시작했다.

"너 뭐 하냐."

"운동. 조금이라도 칼로리 소모해야지."

레스토랑이 룸으로 되어 있길 망정이지, 자칫하면 사람들에게 제대로 쪽팔림당할 행동이다.

"내일은 진짜 굶어야겠다. 하루 종일 수련만 해야겠어. 나 살쪘지! 많이 쪘을 거야. 하아, 1키로 빼려면 일주일 걸리지만 1키로 찌는 건 진짜 하루도 안 걸리더라. 아아, 난 망했어!"

"너 어디 가서 그런 말 하면 돌 맞아."

자신의 몸매를 쓱 훑어보며 자책하는 소원을 보며 혁은 혀를 끌끌 찼다. 그래도 소원이 원하는 대로 화제를 돌리는 데는 성공한 듯 보였다. 물론 혁이 그냥 넘어가준 것도 있었지만.

"그럼 이제 그만 일어날까?"

"이 비싼 걸 다 남기고 가자고? 그래도 이것만 마저 먹고 가자."

소원은 도로 자리에 앉으며 음식을 다시 먹기 시작했다. 뭐 거의 다 먹고 빈 그릇이긴 했지만 말이다. 혁은 종잡을 수 없는 그녀의 행동을 보며 역시 못 말린다며 피식 웃었다.

* * *

-너는 연락도 안 하고!

전화를 받자마자 혜윤의 목소리가 쩌렁쩌렁하게 울렸다. 어찌나 크게 소리를 질렀는지 그 목소리가 전화 넘어서까지 다 들릴 지경이었다. 혜윤은 섭섭한지 잔뜩 토라져 있었다. 소원이 미안하다며 몇 번이고 연거푸 사과를 했다.

"연락하려고 했어. 근데……."

-근데 뭐?

혜윤은 따지듯 물었다. 돌아오고 나서 밀린 수업과 신혼집 정리에 정신이 없던 나머지 혜윤에게 연락을 깜빡한 것이었다. 체력적으로도 힘들어서 초반에 푸켓에서 사진 몇 번 보낸 게 전부였다. 혜윤이 서운할 만 했다.

-너 혁이랑 결혼한다는 거 말 안 한 것도 서운했고, 언제부터 그

렇게 감정이 생겼는지 제대로 말도 안 해주고 물으면 나중에 말해주겠다는 얘기만 하고! 신혼여행 다녀와서도 어떻게 전화 한 통이 없냐? 진짜 네가 친구냐!

"알았어, 알았어."

-뭘 알았는데?

"진짜 정신이 없었어. 와서 이틀은 거의 기절했고. 진짜 쏘리."

-기절? 흠, 기절할 정도로 뜨거운 밤을 보낸 거야?

혜윤이 음흉한 분위기를 가득 담아 소원에게 말했다. 갑작스런 태세 전환에 당황한 소원이 사레에 들었는지 기침을 콜록콜록 했다. 혜윤이 뭘 그렇게 당황해하냐며 웃었다. 그 후로 그녀의 짓궂은 질문은 계속되었다.

-어떻디? 속궁합은 잘 맞아?

"야, 너는 무슨 그런 걸 물어봐?"

-아니다, 아니네. 다 큰 성인인데 이미…….

"작작 해라."

혜윤은 까르륵 웃어 넘겼다. 소원의 목소리에는 떨림이 가득했다. 그녀는 궁금증투성이였는지 폭포수와 같이 질문들이 쏟아져 내렸다.

-이참에 이제 제대로 말 좀 해줘봐. 언제부터 정분이 난 거고, 결혼은 언제 결심! 설마 너 속도위반은 아니지?

"그런 거 아니야!"

-그래서 좋았냐고 안 좋았냐고! 뜨거운 밤은 어땠냐니까?

혜윤은 계속해서 호들갑을 떨어댔다. 뭐라도 지어내서 말 안 해주면 이제는 정말 단단히 토라질 것만 같았다. 하지만 혜윤에게 뭔가 지어내서까지 거짓말 치고 싶진 않고. 소원은 어떻게 해야 할까 한참을 고민하다가 결국 분위기를 전환시키자는 쪽으로 판단을 내렸다.

"근데 나 인성이 만났어."

-그래? 아니, 뭐? 뭐라고?

혜윤이 2차 고함을 빽 지르며 핸드폰이 떠나갈 듯 외쳤다. 화제 전환은 성공한 듯했다.

-어디서? 설마 신혼여행지에서?

"응."

-미쳤네, 미쳤어! 아니, 대박이다. 진짜 사람 인연이라는 게 웃기고 무섭다. 하필이면 어떻게 거기서 딱 만나? 아니, 그래서? 그래서 인사만 하고 헤어졌어?

"명함 받고, 그냥 뭐."

-그냥 뭐?

소원은 하나 간과한 게 있었다. 하나를 덮자고 또 다른 하나를 파헤친 것이었다. 이것은 마치 카드 빚 돌려 막기와도 같은 처사였다. 괜히 말을 꺼냈다 후회했지만 이미 엎질러진 물이었다. 혜윤의 마지막 물음 뒤에 잠시의 정적이 찾아왔다. 그 정적을 깬 건 다시 혜윤이었다.

-따로 연락하거나 만날 생각인 건 아니지?

소원은 더 이야기했다가는 자기 무덤을 파는 꼴이라 생각했다.

"야, 나 곧 수업 들어가야 해. 자세한 건 만나서 얘기하자. 내가 다시 전화할게."

혜윤과의 통화로 머리가 복잡해졌다. 사실 오늘 인성을 만나기로 했기 때문이었다. 아무 생각 없이 그저 반가움에 잡은 약속인데. 대체 왜지? 심란하네. 소원은 깊은 한숨을 몰아쉬었다.

* * *

"소원아, 여기."

요가 수련과 개인 PT 수업을 마친 소원이 향한 곳은 청담 쪽에 위치한 일식집이었다. 그녀를 기다렸던 인성은 소원을 발견하자마자 반갑게 손을 흔들었다. 하늘하늘한 소재에 홀터넥으로 된 원피스를 입고 와서 그런지 여성스러움이 물씬 풍겼다. 소원은 인성의 안내를 받으며 지하로 내려갔다.

"7시 예약했는데요."

"성함이?"

"최인성입니다."

"아, 네. 이쪽으로 오세요."

꽤 큰 규모의 일식집은 입구부터 고급스러움이 가득했다. 물고기 형상으로 된 원형 분수대가 놓여 있었고 그 둘레는 꽃으로 덮여 있었다. 카운터 옆에는 보드 판이 있었는데 예약자 명단으로 이름이 빼곡했다. 맨 아래에는 금일 예약이 마감되었다는 글씨도 쓰여 있었다. 비싼 분위기만큼 가격도 비례했다. 코스요리는 헉 소리 나는 가격이었지만 인성은 아무렇지도 않게 주문했다.

"슈트 입은 모습 보니까 또 색다르다."

"잘 어울려?"

소원이 고개를 주억거렸다. 인성은 고맙다며 씽긋 웃었다.

"이렇게 한국에서 보니까 너무 기쁘고 좋다."

소원은 가슴 한구석이 왠지 모르게 찔렸다. 살짝 죄를 짓는 느낌이 들었지만 '어차피 내 사생활인데 뭐 어때.' 하며 그 감정을 억누르고 지우려고 애썼다.

"넌 뭐 하고 지냈어?"

"나는 요즘 요가 강사 하고 있어."

"정말?"

"나름 잘나가."

"인기 많겠다. 얼굴도 예쁘고 몸매도 예쁜 요가 선생님이어서."

소원이 그건 아니라며 손사래를 쳤다. 하나둘 음식이 나오고, 소원은 눈이 돌아갔다. 사실 여태까지 수련하고 수업하며 물만 마셨다. 오늘 이게 그녀의 첫 끼였던 것이다. 소원이 행복에 겨워하며 쉴 새 없이 음식을 입에 집어넣자 인성이 쿡쿡 웃음을 터뜨렸다.

"여전히 먹는 거 좋아하는구나."

"내가 또 한 먹방 하지."

"여전해서 좋다."

"사람이 갑자기 바뀌면 탈 나."

"난 오늘 첫 출근 했어."

"어땠어?"

"어렵고 부당함에 힘겨워하는 사람들 도와주고 싶었는데, 합법적으로 정정당당하게 도와줄 수 있다고 생각하니까 뭔가 신나더라고."

소원은 인성의 맘씨가 참 따뜻하다며 그를 칭찬했다. 그들은 그동안 어떻게 지냈는지 구체적인 이야기를 나누고 과거의 추억을 되새기며 즐거운 저녁 식사 시간을 보냈다. 식사를 마친 후에 소원과 인성은 한강으로 향했다. 소화도 시킬 겸 걷자는 인성의 제안이었다. 한강까지는 인성의 차를 타고 이동했는데 그때도 인성은 직접 안전벨트를 매주고 문을 열고 닫아주는 젠틀함을 보였다.

"기억나? 여기."

"당연히 기억나지!"

인성은 소원을 자전거 도로 뒤쪽으로 나 있는 터널 같은 곳으로 데리고 왔다. 이곳은 대학생 때 그들이 종종 데이트를 하러 오던 곳이었다. 터널 벽 끝 쪽엔 소원이 직접 쓴 글도 있다.

"대박! 7년이 지났는데도 안 없어졌어!"

소원♡인성. 두 사람은 오랜 시간 동안 그곳을 찾지 않았다. 7년 만에 다시 와서 보니 감회가 새로웠다. 그리고 그때보다 더 많은 사람들이 다녀가며 발자취를 남겼는지 벽에 빼곡하게 글씨가 쓰여 있었다.

"뭐 하게?"

인성은 주머니에서 펜을 꺼냈다. 그러고는 자신들이 쓴 그 자리 옆에 글을 적었다.

〈우리 다시 다녀감. 여전히 그때와 같은 모습으로.〉

소원은 그 글을 한참 동안이나 쳐다보았다. 그때 인성이 휴대전화를 들고 소원의 모습을 카메라에 담았다. 찰칵 하는 소리가 나자 소원이 옆으로 고개를 돌렸다.

"뭐야, 진짜."

"너무 예뻐서."

"입에 침이나 닦고 말해라!"

"보였어? 안 흘리려고 엄청 노력했는데."

"우씨, 죽을래?"

소원이 발끈하자 인성이 장난이라는 듯 피식 웃었다. 그때 소원의 휴대전화가 울렸다. 혁이었다. 소원은 인성의 눈치를 보며 받을까 말까 고민했다. 인성이 누구냐고 눈짓하자 소원은 별거 아니라며 휴대전화를 주머니 안에 넣었다. 하지만 속에서는 뭔지 모를 미안함과 찔림으로 가득 찼다.

"그만 갈까?"

"그러자. 너도 내일 출근해야 하고, 나도 아침에 수업이 있어서."

"혹시 이번 주 주말에 뭐 해?"

"왜?"

"뮤지컬 티켓이 생겼는데 시간 되면 같이 보러 갈까 하고. 공연은 7시 시작이야."

"음."

소원은 뜸을 들였다. 이번에는 처음 만났을 때처럼 덜컥 약속을 잡기가 그랬다. 이것은 혁의 영향이 어느 정도 작용했다고 할 수 있다.

"바쁘면 무리 안 해도 돼."

"내가 그건 다시 얘기해줘도 될까?"

"그래. 알겠어."

차로 돌아온 인성은 소원에게 데려다줄 장소를 말하라고 얘기했다. 소원이 잠시 고민을 하다가 알려준 주소는 바로 요가원이었다. 처음엔 현재 살고 있는 집을 알려줄까도 했지만 그건 너무 아닌 것 같았다. 괜히 소란이 될 싹을 만들 필요는 없다고 생각했기 때문이다. 그렇다고 본가를 알려주는 것도 영 아니었다. 그녀의 엄마에게 들키면 골치가 아파질 것이 뻔했으니까. 남은 곳이라곤 가장 만만한 요가원이었다.

"다 왔는데, 여기 맞아?"

목적지에 도착한 인성이 주위를 둘러보며 고개를 갸웃거렸다. 아무리 봐도 사람이 살 만한 곳은 없어 보였기 때문이다.

"여기는 내가 일하는 곳이야. 사실 내일 수업 준비 때문에 수련 좀 더 하고 가야 할 것 같아서."

"안 피곤해? 괜찮겠어?"

"그럼 당연하지. 이소원 님의 지구력을 뭐로 보고."

소원이 걱정하지 말라면서 으스댔다.

"그래도 밤이 너무 늦었는데. 오래 걸려? 기다려줄까?"

"됐어. 너 있으면 나 부담돼서 제대로 하지도 못해."

"걱정돼서 그래."

"내가 애도 아니고. 괜찮으니까 걱정 붙들어 매셔."

"혹시 무슨 일 생기면 바로 연락해."

"알았어! 오늘 너무 즐거웠어. 추억도 새록새록 떠올랐고."

"나도. 이따 집 도착하면 연락 줘."

소원은 알겠다며 고개를 끄덕였다. 인성에게 잘 가라며 손을 흔들고 차가 사라질 때까지 그 자리에 서서 그를 배웅했다. 그러고 나서야 숨을 돌릴 수 있었다. 소원은 혹시 몰라 요가원에 들어가 잠시 쉬었다 가기로 했다.

안에 들어와서 휴대전화를 꺼내 보니 부재중이 두 통이나 더 와 있었다. 모두 혁에게서 걸려온 전화였다. 문자도 와 있었다. 도대체 어디길래 전화를 안 받느냐는 내용이었다. 소원은 혁에게 전화를 걸었다. 약간의 신호음이 가고, 곧이어 혁의 목소리가 들렸다.

"전화했네?"

-밤이 늦었는데도 안 들어와서.

"아아, 걱정했구나?"

-어디야?

"요가원."

-…….

잠시 정적이 흘렀다. 소원은 괜히 찔려 아무 말도 못 하고 있었고 말이다. 혁이 잠시 후 다시 말을 이어나갔다.

-혼자 있어?

"그럼 혼자 있지. 누구랑 같이 있겠어, 내가?"

-계속 요가원이었어?

"어? 어! 수련 중이었어."

소원은 가슴이 철렁거리고 뜨끔했지만 잘 둘러댔다. 그러면서 든 생각이, 왜 자신이 지레 겁을 먹어야 하지? 하는 것이었다. 철렁거릴 이유가 전혀 없었다. 떳떳해지자며 속으로 주문을 걸었다.

"이제 갈 거야. 오구오구, 우리 혁이 이 누나 보고 싶었구나? 쫌만 참아!"

소원은 혁에게 애교 아닌 애교를 부리며 전화를 끊었다. 혁은 끊어진 휴대전화와 방금 전 막 불이 켜진 요가원을 번갈아 쳐다보며 씁쓸한 미소를 지었다. 사실 그는 소원이 도착하기 전부터 요가원에 있었다. 연락이 되질 않아 무슨 일이 생겼나 싶어 요가 학원을 찾은 것이다. 평소 이렇게까지 연락이 되지 않은 적이 없었기 때문이다. 물론 이렇게까지 혁이 연락을 한 것도 처음이었지만.

요가원에 온 혁은 불이 꺼지고 문이 닫혀 있는 것을 보고는 발걸음을 돌리려고 했다. 그런데 그때 차에서 내리는 소원과 인성을 발견했다. 혁은 저도 모르게 몸을 숨겼다. 그러고는 본의 아니게 그들의 대화를 엿들었다. 혁은 도란도란 얘기를 하며 웃고 떠드는 그들을 보며 가슴이 시큰거렸다. 기분이 매우 나빴고 짜증이 확 났다.

"전화를 안 받은 이유가 최인성 때문이었어?"

혁은 이 불쾌감을 어떻게 해야 할지 모를 정도로 감정이 솟구쳤다. 그들이 헤어지고 나서 소원은 요가원으로 들어갔고, 그렇게 얼마 안 가 자신에게 전화가 온 것이다. 혁은 일부러 소원에게 캐물었다. 그녀의 입에서 무슨 말이 나올지 매우 궁금했기 때문이다.

그러나 소원은 사실대로 말하지 않았고, 혁은 소원이 자신에게 거짓말했다는 것에 더 분노했다. 그는 집으로 가는 내내 머릿속이 매우 복잡했고 허다한 잡생각이 들었다. 왜 거짓말을 했을까부터 시작해서 둘이서 무엇을 하고 왔는가에 대해서까지. 그리고 더 나아가서는 자신이 왜 이렇게 그 둘을 신경 쓰고, 자신의 감정이 왜 이렇게 불쾌해졌을까 하고 말이다.

"미쳤구나."

혁이 내린 결론은 자신이 미쳤다는 것이다. 이 짧은 시간 동안 너무 많은 사건을 겪어 머리가 어떻게 된 것이라고 생각했다. 그럴 수밖에 없었다. 여행지에서 꾼 꿈도 따지고 보면 정말 말도 안 되는 것이었다. 미치지 않고서야 어떻게 그런 꿈을 꿀 수 있단 말인가. 소원과 그렇고 그런 걸 하는 꿈이라니. 그것도 너무 생생하게!

"정신 차려라, 운혁."

어제 레스토랑에서도 혁은 오늘과 비슷한 감정을 느꼈다. 소원과 대화를 하던 도중, 소원이 언급한 친구라는 단어에 섭섭함과 서운함을 느꼈다. 도대체 왜 이럴까. 혁은 스스로를 다그쳤다. 하지만 자꾸만 소원과 인성이 웃으며 헤어지는 장면이 머릿속에 떠올라 미칠 지경이었다. 혁이 입술을 질끈 깨물었다. 이 출처를 알 수 없는 감정들. 그리고 자신이 이러는 이유들. 이 모든 것의 원인인 소원.

"설마."

혁은 아닐 거라는 확신을 가지고 말을 내뱉었지만, 가슴 한구석에서는 혹시 모를 가능성을 열어두었다.

"자그마치 25년인데. 이제 와서? 이렇게 갑자기? 말이 안 되잖아."

혁은 결국 그것을 이렇게 단정 지었다.

"그래. 난 지금 나를 속였다는 배신감 때문에 이러는 거야. 25년의 우정보다 잠깐 스쳐지나간 인연 때문에 나를 무시해서 화가 나는 거라고. 이 모든 건 결국 최인성 때문이네."

집으로 돌아온 혁은 이 괘씸죄를 저지른 소원을 어떻게 할까 이를 바득바득 갈았다. 혁이 들어오고 나서 얼마 안 있다 소원이 집에 도착했다. 혁은 소원을 째려보며 말했다.

"몇 시냐?"

"지금? 12시."

"내가 지금 시간을 몰라서 묻는 거 같아?"

"뭐야. 갑자기 왜 성질이야?"

"짜증 나서."

"뭐가 짜증 나는데?"

"너 때문에."

소원은 다짜고짜 화를 내는 혁을 보며 매우 황당해했다. 그가 왜 이러는지 결코 이해하지 못했다. 게다가 '너 때문에'라니. 대놓고 싸움을 거는 격이었다.

"야, 너 뭐야? 왜 그러는데!"

"그건 네가 더 잘 알지 않아? 내가 왜 이러는지?"

"설마 너 지금 내가 늦게 들어왔다고 그래서 그러는 거야?"

"……."

"아니면, 전화 안 받았다고? 아니, 그게 이렇게 분위기 잡고 화를 낼 일이야?"

"……."

"그것도 아니면 뭔데! 지금 남편 노릇 하는 것도 아니고. 뭐 하자는 건데? 얘길 해줘야 내가 알 거 아냐!"

예상치 못한 혁의 태도에 기분이 확 나빠진 소원이 바락바락 악을 써댔다. 그럴수록 혁의 표정은 더욱더 어두워지고 입은 철통처럼 닫혀졌다.

"갑자기 왜 말을 안 해?"

혁의 얼굴은 그 어느 때보다도 차갑게 굳어져 있었다. '남편 노릇'이라는 단어가 귀에 껄끄럽게 박히는 것이었다. 그는 더는 상대하기가 싫어졌는지 소원에게서 등을 졌다. 그렇게 서로의 골은 깊어져만 갔다. 이쯤 되니 소원은 조금씩 양심이 찔리기 시작한다. 자신이 거짓말한 것이 혁에게 들켰나 싶었다. 방귀 뀐 놈이 성 내고 도둑이 제 발 저리는 꼴이었다.

"혹시……."

"피곤하다. 그만하자."

소원이 혹시 요가원에 왔냐고 물어보려고 했지만 혁이 말을 끊는 바람에 그러지 못했다. 혁은 싸늘한 음성으로 입씨름의 끝을 알렸고 그렇게 방으로 휙 들어가버렸다. 소원은 어안이 벙벙한 상태로 혁의 방을 쳐다보았다. 뭔가 촉이 안 좋았다. 이상하게 이럴 때면 여자의 직감은 틀리지 않는다.

소원은 괜히 거짓말했나 싶은 마음이 들었다. 이제라도 혁에게 이실직고하려고 했으나 굳게 닫힌 방문을 뚫고 들어갈 용기가 없었다. 지금은 서로 감정이 많이 상한 상태이니 내일 다시 애기해야겠다고 생각했나. 소원도 그렇게 방으로 들어왔고 각자의 밤을 보냈다.

* * *

"혁아 화 많이 났어?"

"별로."

"미안해, 생각해보니까 내가 생각이 짧았더라고."

소원은 혁에게 열심히 애교를 부렸다. 그의 화를 풀어주려고 무던히 애를 썼다. 그런 그녀의 모습에 마음이 조금은 누그러들었는지 혁이 소원의 눈을 마주했다. 아까는 얼굴도 보지 않으려고 하던 그였다. 소원은 많이 풀어진 혁의 표정을 보며 씽긋 웃었다.

"걱정했어."

"그랬구나."

"걱정 끼치지 좀 마."

"알겠어! 미안!"

소원은 혁의 볼에 기습 뽀뽀를 했다. 놀란 혁이 눈을 동그랗게 뜨며 뭘 한 것이냐고 묻자 소원이 얼굴을 붉히며 말했다.

"널 걱정 끼치게 한 대가."

혁의 표정이 확 굳어졌다. 소원은 자신이 뭔가 실수를 했나 싶어 당황해했다. 혁은 소원에게 바싹 다가가며 귓가에 대고 속삭였다.

"이 정도로는 안 되지."

그러면서 그녀의 귓가를 핥기 시작했다. 갑작스러운 혁의 애무에 소원의 털이 쭈뼛했다. 귀는 아주 민감한 성감대 중 하나였다. 소원이 어깨를 잔뜩 움츠리며 긴장했지만 혁은 아랑곳하지 않고 점점 그녀의 목덜미를 타고 내려왔다. 그의 입술은 어느새 소원의 입가에 당도했다. 혁은 소원의 입술을 부드럽게 빨아들였다. 소원은 강렬하게 자신의 욕망을 깨우는 혁을 거부할 수 없었다. 결국 소원은 혁을 받아들였다.

"하앗, 하응."

소원의 몸이 점차 달아올랐다. 혁의 거대한 집념이 만들어낸 결과였다. 혁은 자연스럽게 그녀의 브래지어 후크를 풀었고 양손으로 가슴을 주물렀다. 입술은 점차 아래로, 더욱 아래로 내려갔다. 그녀의 배에 키스를 하고 치골을 건드렸다. 소원이 더욱 달아오르며 허리가 들썩이기 시작했다. 혁은 거기서 멈추지 않고 마지막 지점에 도착해 입을 맞췄다.

"잠깐, 이건!"

소원이 혁을 밀치며 저지시켰다.

"괜찮아."

혁은 한 손으로 딱딱해진 소원의 유두를 건드리고 다른 한 손으론 그를 받아들일 준비가 한창인 소원의 밑을 공략했다. 소원이 다시 한번 혁의 어깨를 꾹 잡았다.

"그래도 이건!"

"괜찮다니까."

혁이 씩 웃으며 엄청나게 긴장하고 있는 소원을 다독였다. 그는 몸을 소원에게 바싹 붙였다.

"왜 괜찮은 줄 알아?"

"어?"

"이건……."

"……."

"꿈이거든."

뭐라고? 꿈이라고? 소원이 화들짝 놀라 몸서리쳤다. 소파에서 몸이 떨어졌고, 이어서 쿵 하는 소리가 났다.

"아으, 아씨!"

소원이 다시 눈을 떴을 때 이불에 칭칭 감겨 침대에서 굴러떨어진 자신의 모습을 발견했다. 소원은 땅바닥과 마찰한 몸으로 인해 아픔을 호소했다. 그 충격이 생각보다 컸는지 인상을 팍 찡그리며 엉덩방아 찧은 왼쪽 엉덩이를 문질렀다. 그러고는 어이없는 모습으로 한숨을 몰아쉬었다.

"뭐야. 나 지금 뭐 한 거야? 아니, 이게 지금 뭐지?"

소원은 한참이나 멍한 상태로 아무 생각 없이 얼어 있었다. 아픔이 어느 정도 진정이 되고 시간이 흐르자 그녀는 사태 파악을 하려고 애썼다. 소원은 생각할수록 황당한지 급기야는 실실 쪼개기 시작했다.

"꿈이, 꿈이 뭐 이래? 아니! 말이 돼? 지금 내가 무슨 꿈을 꾼 거냐고! 미쳤어, 이소원. 이게 있을 수나 있는 일이야?"

소원은 계속해서 혼잣말로 중얼거리며 꿈 속 상황을 부정했다. 하지만 이번 꿈은 너무도 생생하고 깊게 뇌리에 남았다.

"널 걱정 끼치게 한 대가라니. 그런 오글거리는 멘트를 내가 입 밖으로 꺼냈다니! 으으, 소름 돋아. 그리고 거기서 뽀뽀는 왜 한 건데? 너 제정신이니? 아무리 꿈이라도 그렇지. 이건 아니잖아!"

소원은 어깨를 양손으로 비비며 오금을 떨었다. 그러고는 이 모든 상황을 운혁에게 돌리기 시작했다.

"아니, 그러니까 왜 신경 쓰이게 하냐고. 어제 그렇게 이상한 태도를 취하니까 내가 이런 이상한 개꿈이나 꾼 거 아니야. 신경 쓰이고 눈치 보이는 내 불안한 정서가 이런 꿈을 꾸게 만든 거라고! 운혁 이 쫌팽이 같은 놈아."

소원은 목이 탔다. 입술이 바싹바싹 말랐다. 시간은 새벽 4시가 넘어가고 있었다. 소원은 물을 마시러 갈까 말까 고민하다가 결국 방 밖으로 발을 옮겼다. 이 시간엔 혁도 한창 꿈나라에 있을 테니 마주칠 일이 없겠다는 생각에서였다. 괜히 이런 꿈을 꾸고 혁을 마주하면, 저도 모르게 당황해서 얼굴이 빨개질 것만 같았기 때문이다. 소원은 그래도 혹시 몰라 조심스럽게 문을 열고 주위를 두리번거렸다. 거실과 주방은 불이 다 꺼진 칠흑 같은 어둠이었다. 소원은 살금살금 발소리가 나지 않게 움직였다.

"없지? 자는 거 맞지?"

무사히 주방에 당도한 소원은 냉장고에서 찬물을 꺼내 병째로 벌컥벌컥 들이켰다. 목 안으로 아주 잘 넘어갔다. 아무리 마셔도 갈증이 풀리지 않았다. 결국 소원은 그 자리에서 500㎖ 병 하나를 다 비웠다.

"하, 이제야 살 것 같네."

소원이 만족한 듯 걸음을 돌렸다. 물론 이번에도 걸음걸이는 도둑고양이처럼 아주 조심스럽게 말이다. 방문을 완전히 닫기 직전까지 소원은 몸을 사리며 조심 또 조심을 기했다. 그녀는 침대에 골인하고 나서야 비로소 안심할 수 있었다. 하지만 문제는 눈이 너무 말똥말똥한 것이었다. 또 잠을 잤는데 그런 이상하고 말도 안되는 꿈을 꾸면 어쩌나 히는 불안감 때문이었다.

"아오! 오늘 잠은 다 잤네."

소원은 볼멘소리로 투덜거리며 이불을 머리끝까지 뒤집어썼다. 애써 눈을 감으며 잠을 청하려고 했으나 멀쩡한 정신 덕분에 좌절되었다. 그렇게 그녀는 뜬눈으로 아침 햇살을 맞이했다.

* * *

"하아."

아침을 뜬눈으로 지새운 사람은 소원뿐만이 아니었다. 혁도 밤새 잠을 설쳤다. 방금 전 몰아쉰 깊은 한숨에서 밤새 괴로워했다는 것을 알 수 있었다. 혁은 어깨를 주무르고 목 스트레칭을 하며 정신을 차리려고 애썼다. 하지만 일하는 내내 피곤으로 인해 온몸이 칭칭 결린 것은 어쩔 수가 없었다.

"무슨 일 있어?"

그의 사업 파트너인 성천이 혁에게 물었다. 그는 혁보다 세 살 위인 형이었는데, 그가 많이 도움을 받고 의지하는 사람 중 하나였다.

"그냥 좀 피곤해서."

"피곤은 둘째 치고, 엄청 근심 걱정이 많아 보이는데. 좀 쉬어야 하는 거 아냐?"

"아냐. 괜찮아."

성천은 정말 괜찮겠냐며 몇 번이고 휴식을 제안했지만 혁이 한사코 거절하는 탓에 더는 권유할 수도 없었다. 결혼식과 신혼여행으로 이미 폐를 많이 끼쳤다고 생각했기 때문이다. 지금 혁의 사업은 제휴 계약을 맺고 론칭 준비 중이라 한창 바쁠 때였다. 그럴 때 자리를 비운다는 것은 미안함을 떠나 거의 민폐 수준이다.

하지만 그걸 알면서도 혁은 자꾸만 소원이 머릿속에 떠올라 일에 집중할 수가 없었다. 성천의 말대로 피곤함 때문이 아니라 딴생각이 들어서 힘든 것이다. 그는 어젯밤부터 자꾸 가슴 한구석이 텅 빈 것처럼 공허하고 시렸다. 도대체 이런 감정을 왜, 하필 이 시기에 소원에게서 느껴야 하는지도 정말 의문이었다.

'지금 남편 노릇 하는 것도 아니고, 뭐 하자는 건데?'

어젯밤 소원이 쏴붙인 말 한마디가 이렇게 큰 비수가 되어 가슴에 꽂힐 줄은 몰랐다. 혁의 귓가엔 밤새 그 말만 맴돌았다. 사실 자신도 소원에게 그렇게 삐딱하게 굴 줄 몰랐고, 소원의 반응도 그렇게 크게 나올 줄 몰랐다. 혁은 어느 순간 정신을 차리고 보니 소원에게 짜증을 내고 얼굴을 굳히고 있었다.

'네가 내 친구라서, 그래서 정말 다행이야.'

'친구.'

친구, 친구라. 혁이 그 단어를 작게 읊조렸다. 예전엔 아무렇지도 않던 친구라는 말이, 지금은 왜 이렇게 불쾌할까. 혁은 정말로 궁금했다. 자신의 상태가, 자신이 지금 왜 이러는지. 이게 지금 자신이 짐작하는 그것이 맞는지를 확인받고 싶었다. 며칠 전부터 드는 의심이 제발 아니기를. 그것이 아니기를. 물어볼 곳도 없고 알아볼 방법도 없어 결국 혁이 선택한 것은 인터넷으로 검색해보는 것이었다.

발상이 좀 독특하긴 하지만 자신과 비슷한 처지의 사람들이 글을 올려놓지 않았을까 하는 생각에서였다. 무엇보다 누군가에게 물어보기엔 자존심이 아직은 허락하지 않았다. 혁은 가장 먼저 주위를 두리번거리며 혹시나 자신이 하는 행동이 누군가에게 들킬까 봐 경계태세를 갖췄다.

〈친구라는 말이 불쾌한 이유〉

다들 묵묵히 자기 할 일을 하고 있는 걸 재차 확인하고서야 혁은 검색창에다가 타자를 빠르게 쳤다. 엔터를 누르자 페이지가 뜨면서 글들이 좍 펼쳐졌다. 혁이 눈알을 열심히 굴리며 원하는 답을 얻기 위해 애를 썼다. 그때 혁의 눈에 띈 글이 하나 있었다. 혁은 그 글을 클릭했다.

〈10년 지기 친구한테 친구라는 말을 들을수록 짜증 나고 불쾌한데 왜 그러죠?〉

간략한 물음에 대한 답변은 다양했다. 하지만 대부분이 '그것은 당신이 그 사람을 좋아하기 때문입니다.'라는 것이었다. 혁은 잠시 동안 멍한 상태로 초점 없이 모니터를 바라보았다.

"혁아, 이것 좀 팩스로 붙여줘. 혁아? 운혁!"

성천이 혁의 어깨를 흔들자 그제야 정신을 차렸다. 혁은 행여나 성천이 모니터를 봤을까 싶어 재빨리 엑스 창을 눌렀다.

"알겠어."

"너 진짜 괜찮냐?"

"괜찮다니까."

"오늘 일찍 들어가서 쉬어."

"할 일은 마저 끝내야지."

"나 제수씨한테 욕먹는다, 신혼인데 애를 이 지경이 되도록 잡았다고. 얼마 안 남았으니까 걱정 말고 들어가. 가는 게 도와주는 거다."

성천은 계속해서 혁을 조기 퇴근시키려고 설득했다. 대신 오늘은 일찍 들어가서 푹 쉬고 내일 오늘의 두 배로 일하는 조건을 내걸었다.

"그럼 부탁 좀 할게."

결국 고민하던 혁은 성천에게 고맙다는 말을 하며 회사를 나왔다. 그는 곧바로 소원이 일하고 있는 요가원으로 향했다. 마침 오늘은 소원이 오후 수업만 있는 날이다. 도착하면 얼추 시간이 맞을 것 같았다.

가는 내내 혁은 심장이 쿵쾅거려서 미칠 지경이었다. 이렇게 소원의 얼굴이 빨리 보고 싶은 건 처음이었다. 설레고 긴장되었다. 그가 의문을 품었던 모든 감정은, 그녀의 얼굴을 마주하면 답이 나올 것 같았다. 가는 날이 장날이라고, 오늘따라 유독 차가 더 막히는 느낌이었다. 아직 퇴근 시간이 되려면 두 시간이나 남았는데 왜 이렇게 차가 많은지 똥줄이 타들어갔다. 그러다 시간을 못 맞춰서 길이 어긋나면 어쩌나 덜컥 걱정이 앞섰다.

"빨리, 빨리."

발을 동동 구르며 차가 뻥 뚫리기를 기도해보지만 애석하게도 도로엔 굼벵이처럼 기어가는 차들뿐이었다. 결국 혁은 국도로 빠져서 돌아가는 방법을 택했다. 그편이 훨씬 시간을 단축시킬 것 같았기 때문이다. 요가원을 가는 길이 이렇게 멀었던가. 혁의 침이 바짝 말라갔다.

빵빵.

아슬아슬하게 간신히 맞춰 도착한 혁은 마침 건물을 나오는 소원을 발견하고는 클랙슨을 울렸디. 조금만 늦었더라면 엇갈렸을 확률이 매우 다분했다. 혁은 안도의 한숨을 쉬었다.

"어? 뭐야?"

혁의 차를 발견한 소원은 놀란 표정으로 그에게 다가왔다. 앞좌석 문을 열며 소원이 차에 올라탔다. 샤워를 막 마치고 나왔는지 진한 샴푸 냄새가 그의 코끝에 훅 들어왔다. 머리도 덜 마른 상태였다.

"벌써 퇴근했어?"

"오늘 일이 빨리 끝났어."

"아, 그렇구나."

그 후로 차 안에는 정적이 흘렀다. 사실 어젯밤 그렇게 다투고 나서 얼굴을 마주하는 게 처음이었다. 소원은 머리를 식힐 겸 아침 조깅을 나갔고, 혁도 평소보다 일찍 회사에 출근해서 마주칠 일이 없었다. 어떻게 보면 의도적으로 피하기 위해서 집을 나온 것이다.

소원은 혁의 눈치를 보며 어떤 말을 꺼내야 하나 고민했다. 혹시 어제도 요가원에 왔는지 물어봐야 하는지, 자신이 거짓말한 걸 알아서 그렇게 화를 낸 것인지에 대해서 말이다. 하지만 지금은 어제만큼 화가 난 것 같지도 않고, 괜한 오해인가 싶기도 했다. 소원은 혁이 어제 요가원에 오지도 않았는데 괜히 사실대로 얘길 꺼내서 더 상황이 나빠지는 건 아닌가 싶어 갈팡질팡했다.

"더운데 에어컨 왜 껐어?"

"머리 덜 말랐잖아."

"그게 왜?"

"감기 걸려."

결국 소원은 딴 얘길 꺼냈다. 혁은 평소와 똑같았다. 아무 일 없다는 듯이 행동했다. 하지만 소원은 혁을 마주 볼 용기가 나지 않았다. 혁의 얼굴을 볼 때마다 어젯밤 꿈이 생각났기 때문이다. 자의적 뽀뽀라니. 소원은 창밖 풍경만 바라보면서 어색한 침묵을 어떻게 없앨까 궁리했다.

한편 혁 역시 소원을 제대로 마주할 수 없었다. 자신의 심장 소리가 행여나 소원에게 들릴까 봐 조마조마했기 때문이다. 본인에게는 너무도 크게 들렸다.

혁은 이대로는 안 되겠다고 느꼈는지 라디오를 켰다. 볼륨을 최대로 높여 음악 소리가 차 안을 가득하게 만들었다. 소원은 팔을 창가에 붙이고는 거기에 기댔다. 그러고는 음악의 힘을 빌려 조심스럽게 말을 꺼냈다.

"혁아, 어제는 미안."

"……."

"어쨌든 너는 나 걱정해서 그런 걸 텐데. 내가 너무 과민 반응했지? 그래도 나 걱정해주는 사람은 너밖에 없는데."

소원은 계속해서 주저리주저리 말을 늘어놓았다. 혁이 잘 못 듣고 있겠지 하는 가정하에서. 하지만 혁은 온 신경이 소원에게 곤두서 있었기 때문에 큰 노랫소리 너머로 들리는 그녀의 작은 목소리가 귀에 안 박힐 리 없었다.

"생각해보면 그동안 참 묵묵하게 내 곁에서 나 챙긴 사람은 너뿐이더라고. 내 안에서 오죽 찔렸으면 그런 꿈까지 꿨을라고."

소원이 너털웃음을 지었다. 꿈, 사람들은 자는 동안 참 많은 꿈을 꾼다고 한다. 예지몽을 꿀 때도 있고 욕망이 꿈으로 표출될 때도 있고. 걱정이 많아 무서운 꿈을 꿀 때도, 정말 시답지 않아 내용이 기억나지 않을 정도로 자잘한 꿈을 꿀 때도 있고. 그렇다면 나는, 그 꿈을 왜 꾼 것일까. 그것도 생생하게 뇌리에 박혀버리는 그런 꿈을. 사실 아직도 잘 모르겠다.

노래 한 곡이 끝나자, 소원의 말도 덩달아 멈췄다. 혁의 눈치를 보니 노랫소리 때문에 자신의 말을 듣지 못한 것 같았다. 괜스레 다행이라는 생각이 들었다. 어느 순간 그의 차도 목적지에 도착했는지 멈췄다.

"여기가 어디야?"

"하늘공원."

"하늘공원?"

"산책로처럼 잘 조성되어 있다길래. 전망도 좋고."

그가 데려간 곳은 쌍둥이처럼 나란히 서 있는 고층 빌딩이었다. 그리고 그 두 개의 빌딩은 유리 다리로 이어져 있었다. 건물 두 개는 오피스텔로 쓰기도 하고 회사가 들어와 있기도 했다. 뿐만 아니라 스카이라운지 바와 고급 레스토랑, 음식점들이 많이 입점해 있었다. 엘리베이터에 탄 혁은 46층을 눌렀다.

"알면 잘 좀 해."

"어? 뭐가?"

"나니까 널 챙겼지. 아주 묵묵히."

소원의 얼굴이 별안간 빨개졌다. 뭐야. 다 들었어? 아까 차에서 한 말 다 들은 거였어? 근데 왜 못 들은 척이야!

"다 들렸으면 말을 해야지!"

"주절주절 잘 얘기하기에 내버려뒀지."

"왜 안 들린 척이야! 죽을래?"

소원이 민망한지 혁의 어깨를 냅다 후려쳤다. 혁이 아프다며 소원이 팔을 낚아챘다.

"근데 무슨 꿈이야?"

"뭐, 뭐가."

"찔려서 무슨 꿈 꿨다며."

"내가? 내가 언제?"

소원이 침을 꿀꺽 삼켰다. 심장이 타들어가는 심정이었다. 정신이 아찔했다. 너무 크게 뛰는 심장 소리에 놀란 나머지 사고회로가 멈추어버렸다.

"오죽 찔렸으면 그런 꿈까지 꿨을까, 라며."

혁은 소원이 아까 내뱉은 말을 그대로 따라 하며 소원을 약 올리듯 옭아맸다. 그녀의 눈동자가 갈 곳을 잃어 해매고 있었다.

'널 걱정 끼치게 한 대가.'

그때 갑자기 혁이 꿈속에서 한 말이 그녀의 머릿속을 스쳐지나 갔다. 그 뒤로 혁이 한 행동들이 떠올랐고, 그녀의 얼굴은 점점 더 붉게 물들어갔다.

"뭐야. 왜 빨개져?"

"내, 내가 언제?"

"너 지금 얼굴 어떤 줄 알아?"

혁이 쿡쿡거리며 웃자 소원이 혁을 반대쪽으로 세게 밀었다. 타이밍 좋게 엘리베이터 문이 열리며 바깥 풍경이 펼쳐졌다.

"다, 다 왔네. 얼른 내려!"

소원이 후다닥 엘리베이터에서 벗어났다. 정확히는 혁에게서 벗어났다.

"대박. 이런 곳이 있었어?"

소원은 잘 조성된 공원을 보고서 놀람을 금치 못했다. 방금 전의 일은 다 잊어버린 것처럼 말이다. 공원엔 많은 종류의 꽃과 나무가 숲처럼 이루어져 있었고, 알록달록한 전구들이 나무를 감고 있었다. 해가 지면 불이 켜지면서 불빛 정원이 펼쳐졌다. 분수대도 있고 앉아서 쉴 만한 벤치도 군데군데 놓여 있다. 무엇보다 46층 위에서 바라본 아래의 풍경은 아찔하지만 끝내줬다.

소원은 어린아이처럼 좋아했다. 그녀의 두 눈이 반짝였다. 혁은 좋아하는 소원의 모습을 보니 괜히 뿌듯해지며 데려오길 잘했다는 생각이 들었다. 그도 탁 트인 곳을 보니 가슴이 뻥 뚫린 것 같아 기분이 좋았다. 복잡했던 생각들이 정리되는 느낌이었다. 소원을 향한 것들도 모두 말이다.

"혁아."

소원은 담담하게 혁을 불렀다. 그러고는 그에게 정말 하고 싶었던 말을 꺼냈다. 지금 이 분위기라면, 꺼내기에 충분하다고 생각했다.

"나 사실 어제 인성이 만났어."

"그래?"

"아무리 생각해도 얘길 하는 게 맞지 싶어서."

내내 자신의 양심을 괴롭혀 왔던 말들. 혁에게 이실직고해야만 하는 것. 그것은 바로 인성이의 일이었다.

"근데 인성이가 나랑 잘해보려는 생각인 거 같아."

"넌 어떤데?"

"난 잘 모르겠어. 아직까지는."

"그래?"

아직까지는 잘 모르겠다는 말은, 곧 생각이 아예 없다는 뜻은 아니었다.

"인성이 많이 좋아했고, 그래서 어쩔 수 없이 헤어졌을 때 많이 힘들어했어. 너도 잘 알잖아, 나 걔 못 잊어서 한창 고생했던 거."

"그랬지."

"그래서 몇 번 더 만나보고……."

"난 안 만났으면 하는데."

혁이 기분 나쁘다는 듯 말을 혹 잘라버렸다. 딱딱하고 날카로운 음성에 소원이 잠시 주춤했다. 인성의 이름만 나오면 이렇게 날을 세워버리니 소원은 답답해 미칠 노릇이었다. 소원은 혁과 인성이 사이좋게 지냈으면 싶었다. 과거에도 그런 바람이 컸고 그 생각은 지금도 마찬가지이다. 자신에게 소중한 사람들이 사이가 안 좋다는 것은 그녀의 마음을 아프게 했다.

"왜?"

"별로야."

"그러니까 왜. 이유가 있을 거 아냐."

"한 번 버린 남자가 두 번은 못 버릴 것 같냐?"

"버린 게 아니야. 그땐 상황이 어쩔 수 없었어."

"아니. 그건 버린 거야."

너무나 완강한 혁의 태도였다. 소원은 괜히 이야기를 꺼냈나 싶은 마음이 들었다. 아무리 인성을 싫어한다 해도 이렇게까지 나올 줄은 몰랐으니까.

"그만 얘기하자."

"괜히 옛 추억에 휘둘려서 착각하지 마. 사실은 변하지 않으니까."

"그만하자고."

"시작한 건 너야. 내가 아니라."

"난 도대체 네가 왜 그렇게 인성이를 싫어하는지 모르겠어."

"그걸 몰라? 지금 몰라서 나한테 묻는 거야? 멍청한 거냐, 아니면 생각이 없는 거냐?"

또다시 혁은 소원에게 마음에도 없는 말을 쏟아댔다. 소원은 가슴이 저릿해졌다. 말 한 마디 한 마디가 심장을 후벼 팠다.

"너 나한테 이러면 안 되는 거잖아. 적어도 넌 이러면 안 되지."

"왜 안 되는데. 내가……."

"내가 널 얼마나 믿고 의지하는데!"

소원이 공원이 떠나가라 크게 소리쳤다. 혁은 잠시 말을 잇지 못했다. 최인성과 헤어지고 난 후 한동안 소원은 피폐해졌다. 그걸 옆에서 지켜보며 참 많이 괴로웠고 걱정이 되었던 혁이었다. 그랬던 애가, 왜 그렇게 최인성을 싫어하는지 모르겠다고 묻는다면, 도

대체 난 뭐라고 답해줘야 할까.

"그랬어? 몰랐네."

소원은 차갑게 식어 있는 그의 눈동자를 마주하고 있자니 괜히 눈물이 났다. 벅차오르는 감정을 숨길 수가 없었다. 결국 그녀의 촉촉해진 눈가 아래로 눈물이 주르륵 뺨을 타고 흘렀다.

"나 먼저 갈게. 집에서 보자."

소원은 그렇게 혁을 지나쳐 빠르게 하늘공원을 나갔다. 사라져 가는 그녀의 뒷모습을 바라보는 혁에게 고통이 찾아왔다. 화해하고 좋은 시간을 보내고자 이곳으로 데려온 것인데. 이렇게 될 줄은 꿈에도 상상하지 못했다. 그녀에 대한 감정이 더욱 깊어질수록, 상황은 더욱 안 좋아져만 갔다.

"운혁, 이 나쁜 새끼."

소원은 엘리베이터를 타고 내려오면서 계속해서 혁을 욕했다. 갑자기 서러워지면서 눈물이 멈추질 않았다. 왜 이런 상황이 만들어졌는지 모르겠다. 그녀는 이해할 수 없었다. 문득 소원은 과거에 인성에게 했던 말이 떠올랐다.

'내가 정말 사람 대 사람으로서, 친구로서 사랑하는 사람이야. 그래서 꼭 그 사람을 소개시켜주고 싶어. 둘이 잘 지냈으면 정말 좋겠다.'

소원은 빠르게 문자를 쳐 내려갔다. 1층에 도착함과 동시에 소원은 그 문자를 상대에게 보냈다.

[뮤지컬 보러 가자. 보고 싶어.]

제10화. 그러면, 아파

–미친 거 아냐?

소원은 답답함을 이기지 못하고 결국 혜윤에게 전화를 걸어 하소연을 했다. 하지만 돌아오는 것은 저런 말뿐이었다. 소원은 혜윤이 자신의 편을 들어주길 바랐다. 그런 위로를 받고자 전화를 한 것인데, 오히려 자신에게 핀잔을 주니 짜증이 더욱 늘었다. 소원은 답답함이 쌓이다 못해 화가 나는 지경에 이르렀다.

"너 누구 편이야?"

–네 편이지.

"근데 왜 나한테 뭐라고 그러는 거야!"

그러나 혜윤의 이러한 반응은 어찌 보면 당연한 것이기도 했다. 소원은 모든 걸 사실대로 혜윤에게 털어놓지 않았기 때문이다. 그녀가 혜윤에게 말한 것은 큰 덩어리에 불과했다. 혁과의 결혼이 사실은 위장 결혼이고, 그래서 우린 실제 부부가 아니다. 그런데 혁이 이런 반응을 보이는 것은 오버가 아닌가.

못된 건 내가 아니라 바로 운혁이다. 이런 말은 절대 얘기하지 못하니 제한이 생겨버린 것이다. 혜윤이 아무리 그녀의 오랜 친구이자 가장 친한 최측근이라고는 하지만, 이것은 분명 말 못 할 사정이다.

-너희는 이제 부부야. 우정을 나누는 몇십 년 지기가 아니라 같이 사랑하고 의지하는 부부라고. 혁이 인성을 견제하는 건 당연한 거야. 아무리 네가 품절녀지만 과거의 남자를, 그것도 혁이 모든 속사정을 다 아는 남자잖아. 안 싫어하는 게 이상한 거야, 멍청아.

혜윤은 오히려 소원의 이러한 행동을 이해할 수 없다는 듯 말했다. 소원이 이야기한 것은, 인성을 7년 만에 우연히 마주쳤고 반가운 마음에 연락처를 주고받았다는 것. 그저 추억 팔이나 하고 근황도 물을 겸 밥 한 번 먹었는데 엄청나게 화를 내고 못된 말을 내뱉었다는 것이다.

-어쩐지 내가 그날 수상하다 했어. 이미 만날 생각하고 나한테 얘기 꺼낸 거였네. 아니, 그보다 설마 또 만나거나, 앞으로 만난다거나 하진 않았겠지?

혜윤의 질문에 소원이 잠시 뜸을 들였다. 말이 없는 것을 보니 정곡을 찔렀다고 생각한 혜윤은 소원에게 욕을 퍼붓기 시작했다.

-제정신이야? 나 지금 너랑 통화하면서 고구마 천 개는 먹은 것 같아.

앞뒤 사정을 모르는 혜윤이니 그녀의 반응은 지극히 정상이다.

소원은 홧김에 모든 걸 털어놓고 다 말해버리고 싶었다. 그럴 수 없는 현실을 원망하며 혜윤에게 전화한 것을 후회했다.

-아니, 하나만 묻자. 넌 그럼 혁이 그걸 이해해주길 바라니?

"그야……."

-남들이 보면 다 너 욕해. 나보다 더 심하게 욕할걸? 신혼부부잖아. 초장부터 바람 난 여자로 오해 살래?

"무슨 바람이야!"

-유부녀가 다른 남자랑 연락하고 만나면 바람이지, 다른 게 바람이야? 그리고 네 말대로 혁이가 이해했다 쳐. 아무런 반응이 없으면 넌 오히려 섭섭해할걸?

섭섭한다고? 내가? 내가 왜! 정말 사실대로 다 얘기하고 싶다. 그럼 혜윤의 반응이 달랐을까. 나는, 떳떳해! 계약 파기 첫 번째 조항에도 있다고. 정말 사랑하는 사람이 나타나면 파기해도 된다고. 그게 인성이가 될 수도 있잖아. 아, 또 생각하니까 머리 아파진다.

-다신 연락하지 마. 안 하는 게 둘을, 아니 셋을 위해 좋아.

"알았어."

-근데 소원아.

갑자기 혜윤의 목소리가 달라졌다. 분위기가 순식간에 무거워진 걸 보아하니 불안했다. 또 무슨 말을 하려고.

-너 나한테 속이거나 그런 거 없지?

"갑자기?"

-아니, 그냥. 있으면 매우 섭섭할 것 같아서.

뭐지, 갑자기 왜 이런 얘길 꺼내는 거지? 소원은 혹시 혜윤이 눈치챈 게 있나 싶었다. 심장이 순식간에 빠르게 뛰며 긴장했다.

"없지!"

-그래? 그럼 다행이고. 나는 사실 네가 왜 자꾸 혁이랑 너 사이에 대한 거만 얘기하면 말을 돌리는지 궁금했거든. 연애사든 결혼이든, 하나도 말 안 해주려고 하고. 무슨 말 못 할 사정이 있는 거면…….

"그런 게 어디 있어! 없어, 그런 거. 하나도 없어. 그냥 나중에 얼굴 보고 얘기해주고 싶어서 그래. 사실 부끄럽기도 하고. 전화로 얘기하기엔 너무 길기도 하고."

소원은 잘 둘러말했다. 사실 혜윤은 계속해서 소원이 수상하다고 느꼈다. 자신과 비밀 없이 지내왔는데 갑작스러운 결혼 발표에, 요즘 들어 비밀을 만드는 느낌이 들어서였다.

무엇보다 혁과 관련된 말만 나오면 대충 얼버무리고 말을 돌리기 일쑤였으니 그럴 수밖에. 하지만 소원은 본인에게 서운한 게 많아서 그런 것이라며, 기분 탓이라고만 얘기했다. 혜윤은 뭔가 찜찜한 구석이 다 풀리진 않았지만 알겠다며 이내 수긍했다.

-혁이랑 빨리 화해하고. 솔직히 혁이 같은 남자 없다? 복 받은 줄 알아.

"야, 복은 운혁이 받았지!"

-솔직히 말해서 혁이 능력 좋지, 집 잘살지, 얼굴까지 잘생겼지! 게다가 너만 바라보잖아. 학창 시절에도 네 뒤치다꺼리 다 해주고 다녔잖아. 참 유명했어, 너희 둘. 안 사귀는 게 신기할 정도로. 운혁과 이소원은 바늘과 실이요, 앙꼬와 찐빵이었지.

아무리 들어도 혜윤은 혁의 편이다. 계속 자신의 속을 긁는 그녀의 태도에 소원은 결국 전화를 끊어버렸다. 핏줄이 설 정도로 꽉 쥔 손을 보면 지금 소원이 얼마나 열이 받아 있는지 알 수 있었다.

"그래. 뭐, 어느 정도는 인정하지만! 그렇다고 해서 네가 잘했다는 건 아니야. 나쁜 건 내가 아니라 너라고. 내가 잘못한 게 결코 아니란 말이야. 너 때문에 난 울기까지 했어!"

소원은 온몸을 부르르 떨며 울부짖었다. 그러고선 휴대전화를 계속 쳐다보았다. 이쯤 되면 혁에게 연락이 올 법도 했다. 내가 잘못했다, 숙이고 들어오며 화해의 악수를 청해야 했다. 그런데 그는 감감무소식이었다. 집으로 올 시간이 훌쩍 지났음에도 불구하고 혁은 코빼기도 보이지 않았다. 벌써 12시가 지나가고 있었다.

"무슨 일 생긴 건 아니겠지?"

소원은 연락을 해야 하나 망설였다. 하지만 자존심이 허락하지 않았다. 내가 왜? 대체 왜? 이런 생각이 강하다 보니 먼저 연락을 하는 것은 용납할 수 없는 일이었다. 연락이 와도 받아줄까 말까 한 판국이었다.

"설마 복수하는 건가? 똑같이! 너도 당해봐라. 뭐, 이런 거야?"

소원은 더는 안 기다리겠다며 방으로 들어갔다. 쾅 하고 닫히는 문소리가 어찌나 살벌하던지 거실을 쩌렁쩌렁 크게 울렸다. 소원은 이불을 머리끝까지 뒤집어썼다. 몸을 이리저리 뒤척거리며 잠을 청해보지만 잘 되지 않는 모양이었다.

"후우."

소원이 크게 한숨을 내쉬었다. 생각해보니 요즘 바람 잘 날이 없었다. 끊임없이 싸움만 하는 것 같다. 이렇게 자주 다투기도 쉽지 않은데. 사념이 많아지니 머리가 복잡해졌다. 그러다 보니 괜히 쓸데없는 걱정만 늘었다.

"진짜 오다가 사고 났나? 에이, 설마."

시간이 갈수록 소원의 시름은 날로 깊어졌다. 새벽 1시, 2시, 3시. 아무리 기다려도 혁은 오지 않았다. 온 신경을 현관문에 곤두세우며 기다렸는데도 말이다. 행여나 바람이 문을 건드려 흔들거리면 혁인가 싶어 확인했을 정도였다.

"그래. 맞아. 걔가 뒷수습해주고 다닌 건 어느 정도 인정. 근데 뭐, 걔만 그랬나? 나도 그 자식이 벌여놓은 일 다 처리하고 다녔어. 이거 왜 이래!"

소원은 입술을 삐쭉 내밀며 구시렁거렸다. 그러면서 고등학교 2학년, 혁과 같은 반이었을 때 있었던 어느 날을 떠올렸다.

"작작 좀 자라. 여기가 너희 집 안방이냐?"

5교시 쉬는 시간이었다. 소원이 엎드려 자고 있는 혁에게 한 소리 하며 깨웠지만 그는 아무런 미동이 없었다. 소원은 이번엔 혁의 어깨를 흔들기까지 했다. 평소라면 귀찮게 굴지 말라며 얼굴을 들어야 했는데 오늘따라 이상했다.

"어디 아픈가."

소원이 혹시 열이 나나 싶어 손을 이마로 가져다 댔다. 굳이 엎드려 있는 혁의 두 팔 사이를 비집고서 말이다. 이마가 불덩이같이 뜨거웠다.

"뭐야? 너 열나잖아! 아픈 거야? 좀 일어나 봐."

소원이 양호실에 가서 쉬어야 하는 거 아니냐며 혁을 자꾸만 일으켜 세우려고 했다. 그러나 돌덩이처럼 꿈쩍하지 않는 그였다.

"야아, 운혁."

느낌이 쌔 했다. 이쯤 되니 본능으로 혁에게 무슨 일이 있음을 느꼈다. 그때 앞문이 드르륵 열리더니 학생주임 선생님이 나타났다. 그의 얼굴은 붉으락푸르락 벌게져 있었다.

"4교시 수업 무단이탈한 놈들 나와!"

그의 말에 1분단 끝에서 혁과 마찬가지로 잠을 청하고 있던 학생 셋이 일어났다. 그들은 혁과 어울려 지내는 무리였다.

"운혁, 넌 왜 안 나와?"

역시 혁은 꿈쩍도 안 했다. 그는 혁이 들은 척을 안 하니 더욱 열이 받아 성큼성큼 혁에게 다가갔다. 그러고는 혁의 멱살을 잡으려는 듯 손을 뻗었다. 소원이 재빨리 그걸 저지시키며 말했다.

"혁이 아파요, 쌤."

"그러시겠지. 패싸움하고 왔는데 안 아플 리가 있겠어? 너 이 새끼, 빨리 안 일어나?"

패싸움이라니. 소원이 이게 대체 무슨 일이냐며 혁과 선생님을 번갈아 쳐다보았다. 그때 혁이 벌떡 일어났다. 아까는 미동도 없던 사람이 패싸움이란 단어에 반응한 것이다. 생각해보니 체육 시간에 혁의 모습이 보이지 않았다. 점심 시간에도 교실에 들어오지 않았다. 뭐, 워낙 동에 번쩍 서에 번쩍 하니 그렇게 크게 신경은 쓰지 않았는데. 소원은 그걸 그냥 넘겨버린 걸 후회했다.

근데 혁의 얼굴이 이상했다. 곳곳에 스크래치가 나 있고 피부가 까져서 피가 응고되었다. 소원은 뭔가 이상함을 감지했다. 자신이 아는 혁은 패싸움을 할 아이가 아니었고, 했다고 쳐도 이렇게 얼굴이 망가질 사람도 아니었다.

"쌤이 뭔가 오해를 하신 거 같은데요."

소원은 혁의 옷소매를 붙잡으며 얘기했다. 가지 말고 잠깐 기다리라는 암묵적인 행동이었다.

"오해? 장난하나, 지금. 빨리 안 나와?"

그는 소리를 버럭버럭 질렀다. 반 아이들이 잔뜩 겁을 먹어서는 서로 눈치만 봤고 분위기는 점점 더 험악해져만 갔다. 그는 주변 책상 위에 놓여 있는 책 하나를 들고 그의 머리를 내려치기 시작했다.

"내가 너 벼르고 있었어, 이 새끼야. 너 부모님 믿고 학교에서 설치는 꼴 언제 박살 내주나 했는데 그게 오늘이다. 잘 걸렸어, 아주."

"선생님!"

"비켜라."

"애 아프다니까요? 열난다고요. 펄펄 끓어요! 말로 하면 되지, 왜 머리를 때려요!"

"비키라고!"

소원이 그를 필사적으로 막았다. 결국 그는 소원을 옆으로 확 밀쳤다. 소원이 단말마의 비명을 지르며 옆으로 쓰러졌다. 그와 동시에 혁이 거칠게 자리에서 일어섰다. 얼굴이 하얗게 질려 있는 것이 누가 보아도 영락없는 환자의 모습이었다.

소원은 바닥에 쓸려 팔이 시큰거렸지만 아픔을 뒤로한 채 다시금 혁 앞에 섰다. 그녀는 선생님이라는 권력을 이용해 학생한테 함부로 대하는 것에 부당함을 느꼈고 억울함이 얼굴에 잔뜩 묻어 있었다. 하지만 승자는 역시 그였다.

"가지 마."

"……."

"멍청아, 가지 말라고. 패싸움 안 했잖아. 사실 아니잖아!"

소원은 혁의 팔을 세게 붙잡았다. 흔들리는 소원의 시선. 혁은 그녀를 외면했다. 그러고는 학주를 따라 나섰다. 소원이 더욱 힘을 주어 혁을 못 가게 막았다.

"너도 같이 징계 먹고 싶어?"

그의 말은, 한 번만 더 까불면 가만두지 않겠다는 선전포고와도 같았다. 혁은 소원의 팔을 과감히 뿌리치고는 교실 밖으로 성큼성큼 나갔다. 문을 바라보는 그녀의 눈빛에는 눈물이 잔뜩 고여 있었다. 5교시 쉬는 시간이 끝나고 수업 시작을 알리는 종이 울렸다. 다음 과목 선생님이 들어와 수업 진행에 앞서 출석을 불렀고, 덕분에 소원은 정우가 없는 것을 깨달았다.

"아이 씨, 손정우랑 말 섞기 싫은데."

그들은 서로 만나기만 하면 으르렁거리기 바빴다. 소원이 혁과 친하기 때문에 건들지 못하는 것뿐이지, 그것만 아니었으면 이미 사달이 나고도 백번은 더 났을 것이다. 소원은 수업이 빨리 끝나기만을 고대했다. 쉬는 시간이 되면 정우를 찾아 학교를 샅샅이 뒤질 요량이었다. 분명 이번 사건과 관련이 있으리라.

드디어 수업이 끝나는 종이 울렸고, 소원은 쏜살같이 밖으로 튀어나갔다. 그녀는 먼저 그들이 자주 모이는 뒤뜰로 향했다. 그곳에 정우는 없었다. 다음으로는 옥상, 학교 후문, 양호실, 체육실 등등 10분간 정말 열심히 뛰어다녔다. 다행인 것은 7교시는 이동 수업 시간이라 쉬는 시간이 5분이 더 있었다.

소원은 마지막으로 체육실 뒤편에 위치한 작은 창고로 향했다. 가끔

농땡이를 피우러 이곳에 온다는 소문을 들은 적이 있다. 그녀는 제발 여기엔 있길 바라는 간절한 마음으로 창고 안으로 들어갔다.

"야! 너 내가 얼마나 찾아다녔는지 알아?"

그리고 정말 다행히도 정우는 그 안에 있었다. 소원은 반가움과 안도감에 정우에게 소리를 버럭 질렀다.

"너 여기 숨어 있는 거지. 패싸움이랑 연관 있는 거지?"

"아, 씨발. 목소리 존나 커."

"혁이 학주한테 끌려갔어. 걔 패싸움할 애 아니잖아. 아니, 그래, 뭐. 이유가 있어서 어쩔 수 없이 했다고 쳐. 근데 얼굴 보니까 엄청 다쳤던데. 왜? 무슨 일이 있었던 거야, 대체?"

"학주가 벌써 알았어? 엿 됐네."

그러고 보니 정우의 얼굴도 여기저기 쥐어 터지고 가관이었다. 교복 바지가 찢어진 것으로 보아서는 그냥 넘어갈 일이 아니었다.

"그니까! 사실대로 빨리 말 좀 해봐! 진짜 패싸움한 거야?"

"아오, 씨발."

"손정우!"

"아니니까 목소리 좀 줄여, 병신아!"

그가 이를 악물며 소원에게 으르렁거렸다.

"아, 쏘리 쏘리. 근데 패싸움한 게 아니면 얼굴은 왜 그런 거야."

"말리다가 다친 거야. 걔 앵간해선 주먹 안 쓰는 놈이야."

"그럼 패싸움은 누구랑 누가 한 거고 왜 한 건데?"

"야, 더는 묻지 마."

"그걸 알아야 오해를 풀 거 아니야."

"존나 떽떽거리네. 네가 무슨 따발총이냐? 귀 아파 뒤지겠다."

"그러니까 빨리 말해. 안 그럼 더 떽떽거릴 거야. 네 고막 터질 때까지 따발총 쏠 거야."

정우는 질렸다는 듯 소원을 쳐다보았다. 소원은 얘기를 안 해주려는 정우의 태도를 보며 사건을 유추하기 시작했다.

"너네, 너랑 우리 반 애들이랑 다른 무리들 몇 명이서 싸움 난 거지? 그걸 혁이 말리다가 다친 거고. 혁은 패싸움의 주범이자 원인인 너를 감싸려고 덤탱이 쓰러 간 거지? 그래서 넌 여기 피신해 있는 거고. 와, 나 열라 똑똑해. 소름 돋았어, 방금."

정우가 찔렸는지 움찔거리며 쉽게 말을 받아치지 못했다. 소원이 한심하다는 듯 그를 향해 혀를 찼다.

"너 학주한테 한 번만 더 걸리면 퇴학이지."

"아니거든?"

"아니면 지금 가자."

"어딜."

"학주한테."

"싫은데?"

정우가 딱 잘라 거절했다. 그의 눈썹이 꿈틀거렸다. 소원이 어이 상실한 표정으로 정우를 쳐다보았다.

"왜?"

"내 맘이야."

"너 지금 진짜 찌질한 거 알지."

"죽고 싶냐? 지랄하지 말고 꺼져."

"나야말로 싫은데?"

"넌 네 일에나 신경 쓰라고! 이거에 신경 끄고!"

정우가 창고가 쩌렁쩌렁 울릴 듯 크게 소리쳤다. 그 소리들이 벽과 벽에 부딪혀 메아리쳤다.

"너 지금 진짜 이기적인 거 알지? 학주가 혁이 완전 노리고 있는 것도 알겠고. 지금 친구 감싸려다가 황천길 가게 생겼어, 본인이. 미련한 건지, 멍청한 건지."

소원은 반박할 수 없는 사실만을 내뱉었다. 덕분에 정우는 아무 말도 못 했고 그저 소원을 째려보기만 했다. 그때 수업 종이 쳤다. 아무래도 정우는 꼼짝할 생각이 없는 듯했다. 소원은 한숨을 푹 내쉬고는 발걸음을 돌렸다.

"네가 나 열라 싫어하듯이 나도 너 참 별로라고 생각하거든? 근데 오늘, 지금 이 순간이 여태 본 것 중에서 제일 최악이다, 정말."

그렇게 창고를 나온 뒤 소원은 곧장 양호실로 향했고 거짓 아픔을 호소하며 7교시를 양호실에서 보냈다. 그곳에서 혁의 부모님께 연락을 취해 학교보다 먼저 선수를 쳤더랬지.

회상에서 빠져나온 소원이 그날 혼자서 동분서주하며 땀을 뻘뻘 흘렸던 일을 떠올리며 피식거렸다. 다행히 소원이 그렇게 힘쓴 덕분에 일은 잘 해결되었고 무사히 넘어갈 수 있었다.

"내가 진짜 그날도 한 건 했지. 나 때문에 해결된 일이 얼마나 많은데."

소원은 자신이 자랑스러웠는지 스스로 어깨를 다독이며 으쓱거렸다.

띠리릭.

현관에 설치된 비밀번호가 입력되며 문이 열린 시각은 새벽 4시가 다 되어서였다. 그리고 그땐 소원이 기다리다 지쳐 잠든 시간이기도 했다.

"하아."

혁은 잔뜩 술에 취했다. 제 몸을 가누지 못할 정도로 말이다. 혁의 발걸음은 매우 서툴렀다. 그 탓에 온몸이 비틀거렸고 그렇게 엉거주춤 안으로 들어왔다. 온몸에서 진한 알코올 향이 뿜어져 나왔다. 혁은 굳게 닫혀 있는 소원의 방문을 잠시 동안 쳐다보다가 자신의 방으로 들어왔다. 침대에 몸을 내팽개치듯 던져 누웠다.

이렇게 술을 많이 마시려던 건 아니었다. 마시다 보니 하염없이 들어갔고, 어느새 시간이 이렇게 흘렀다. 오늘따라 술이 참 달았다. 자꾸만 자신을 마셔 달라고 손짓했다. 그래서 이렇게 주체할 수 없을 만큼 마셔버린 것이다.

"이소원."

그리고 인정하기 싫지만 인정해야만 했다. 술을 마시는 내내 그녀 생각밖에 나지 않았으니까. 취하면 취할수록 소원의 얼굴과 목소리가 뚜렷하게 보이고 들려왔으니 말이다. 화가 나고, 감정을 제어할 수 없고. 누군가에게 질투를 느끼고, 그 누군가가 싫어지고. 이 모든 것의 이유. 요즘 들어 자꾸만 생각나는 이유. 자신이 안절부절못하는 이유는 딱 하나였다. 이소원. 그녀를 좋아한다는 것이다.

"왜 하필 지금이냐."

이제는 인정할 수밖에 없다. 내가 이소원을 좋아한다는 사실을. 그 마음은 너무 명확해서, 내 자신에게 변명할 수도 없었다. 역시,

이 위장 결혼은 위험했어. 하면 안 되는 거였어.

'너 나한테 이러면 안 되는 거잖아. 적어도 넌 이러면 안 되지. 내가 널 얼마나 믿고 의지하는데!'

혁은 아까 하늘공원에서 소원이 한 마지막 말이 자꾸만 귀에 맴돌아 미칠 지경이었다. 특히나 눈물을 흘리지 않으려고 억지로 참고 있는 그녀의 모습은 아직도 생생하여 잊히지가 않았다.

'내가 널 얼마나 믿고 의지하는데!'

혁은 거친 호흡을 내뱉으며 작게 욕지거리를 내뱉었다. 그는 소원을, 그녀를 마주할 자신이 없어졌다.

* * *

"소원아."

인성이 반갑게 손을 흔들며 그녀를 불렀다. 핏 되는 원피스를 입은 덕에 예쁜 그녀의 몸매가 한껏 부각되었다. 머리를 막 감고 나온 모양인지 덜 마른 머리카락은 인성의 마음을 더욱 설레게 했다.

"많이 기다렸지."

헐레벌떡 뛰어온 소원의 얼굴엔 미안함이 잔뜩 묻어 있었다. 개인 PT가 조금 늦게 끝나는 바람에 40분이나 늦어버린 것이다. 한창 퇴근 시간이 겹쳐버린 이유도 있었다. 낮 시간이었으면 이렇게까지 늦지 않았을 테지만. 그래도 다행인 것은 공연 시작 5분 전에 도착했다는 것이다. 인성은 괜찮다며 소원에게 미소를 지었다. 그는 바람에 날려 흐트러진 소원의 머리와 옷매무새를 정리해주며 은근한 스킨십도 이어갔다.

"하마터면 못 들어갈 뻔했네."

소원은 안도의 한숨을 내쉬며 인성과 극장 안으로 들어갔다. 대극장이라 사람이 꽤나 많았고 무대도 화려했다. 공연이 시작되자 볼거리가 잔뜩 쏟아져 나왔다. 귀를 호강시켜주는 배우들의 노래와 눈을 뗄 수 없게 만드는 춤사위. 의상과 조명도 톡톡히 한몫을 했다. 하지만 소원은 뮤지컬에 집중하지 못했다. 가장 좋은 좌석에 앉았음에도 불구하고 말이다. 자꾸만 잡생각이 들어오고 멍 때리는 시간이 대부분이었다.

"재미없어?"

인성은 소원이 공연을 즐기지 못하는 것 같아 작게 속삭였다. 소원이 화들짝 놀라며 고개를 도리도리 저었다.

"집중 못 하는 것 같아서."

"아냐. 보고 있어. 재밌는데?"

소원이 배시시 웃으며 대답했다. 열심히 잘 보고 있는 모습을 보여주고 싶어 그 말을 한 뒤에 집중해서 보지만 10분도 안 되어 그 집중력은 바닥으로 떨어졌다.

'내가 왜 신경을 써야 하는 거야? 대체 왜?'

사실 소원의 머릿속은 온통 혁과의 일로 가득 찼다. 그 잡생각의 99프로가 운혁이었다. 오늘 아침 소원은 혁을 보지도 못했다. 새벽에 잠깐 들어왔다가 나간 것인지 방에 없었기 때문이다. 혁이 집에 들어왔다는 것도 싱크대 안에 놓여 있는 물컵을 보고 알았다. 혁이 일부러 자신을 피하는 것 같았다.

'진짜 내가 잘못한 거야? 다 내 탓이야? 이 나쁜 놈.'

소원은 갑자기 욱한 감정이 치밀어 올랐는지 주먹을 꽉 쥐며 한숨을 내쉬었다. 그러다 보니 어느새 1막이 끝나고 인터미션 시간이 되었다.

"소원아, 무슨 안 좋은 일 있어?"

"아니? 왜?"

"무슨 일 있는 거 같아서."

인성이 걱정스런 얼굴로 소원을 바라보았다. 소원은 겸연쩍게 웃으며 손사래를 쳤다.

"맥주 한잔 하러 갈래?"

"지금?"

"뮤지컬이 생각보다 재미없네. 집중도 안 되고."

"그래도 아깝잖아. 좌석도 VIP라서 비쌀 텐데."

"어차피 초대권이었는데, 뭐."

인성은 소원을 막무가내로 끌고 나왔다. 소원은 괜히 자신 때문에 이러는 것인가 싶어 미안해졌다. 그리고 누구와는 다르게 배려해주는 그의 모습이 참 예뻐 보였다.

"내가 잘 아는 핑거푸드 전문점 있는데 거기 갈래? 분위기도 좋고."

"그럴까?"

"제가 안내하지요. 갑시다!"

쉬는 시간이 끝나고 관객들은 다시 극장 안으로 들어가기 시작했지만 둘만은 그 무리를 역행했다.

"뭐 마실래? 참고로 여기는 크림 생맥주나 자몽 꿀 맥주가 맛있어."

잠시 뒤 인성은 소원의 안내에 따라 작은 맥줏집에 도착했다.

"너는? 너랑 같은 거 먹을래."

"흠, 그럼 자몽 꿀 맥주 두 잔이랑……."

밝게 웃으며 얘기하는 소원의 모습을 보며 인성이 피식 웃었다. 그의 모습에 소원이 왜 웃느냐며 고개를 갸웃거렸다. 아무것도 아니라는 그의 대답에 소원은 동그란 눈망울로 껌벅껌벅 인성을 쳐다보았다.

"음식은 뭐 시킬까?"

"뭐야. 왜 웃었는데."

"귀여워서."

"죽을래?"

"진짜야. 아까보다 좀 살아난 거 같아서 안도의 웃음이기도 하고."

그의 말에 소원은 자신이 아까 얼마나 감정을 숨기지 못하고 있었는지를 깨달았다. 열심히 공연을 보려고 했으나 잘 안 된 건 사실이었기 때문이다.

"여기 분위기 괜찮지?"

소원은 분위기를 바꿔보고자 화제를 돌렸다. 인성은 주위를 둘러보며 그녀의 말에 공감했다. 테이블은 그렇게 많지 않았지만 꽉 차 있었고 대부분의 테이블이 다 여자였다. 아기자기한 인테리어에 소품들로 꾸며져 있어서 여성에게 인기가 많은 모양이다. 무엇보다 여느 호프집처럼 너무 시끄럽지도 않고.

"예전에 내가 발견했을 때만 해도 나만 아는 맛집이었는데 어느 순간 이렇게 손님이 늘더라. 사장님한텐 잘된 일이지만 나한텐 슬픈 일인 거 있지."

"혜윤이랑 자주 왔어?"

"오, 기억하네."

"그럼. 네 단짝이잖아."

"혜윤이랑도 자주 오고 가끔 혁이랑도 오고."

"아아."

"근데 혁이는 여기보다는 옆집을 더 좋아해. 바로 옆에 이자카야 있잖아. 거긴 남자들이 확실히 좋아하긴 하더라고. 좀 고급지게 꾸며놔서 회사에서 회식으로도 많이 가는 거 같고."

소원은 저도 모르게 혁의 이름을 꺼냈다가 또 슬슬 열이 받는지 찬물을 벌컥벌컥 들이켰다. 인성은 갑자기 표정이 어두워진 그녀를 보며 무슨 일이 있었느냐 물었다. 한숨까지 연거푸 쉬어대니 걱정도 되었다. 소원은 아무것도 아니라며 아무렇지도 않게 넘기려고 했다. 그러나 그녀의 몸은 의지와는 달리 잘 따라주지 않는 모양이었다. 분위기가 묘하게 서먹해지려는 그때, 다행히 주문한 맥주와 음식이 나왔다.

"자, 짠!"

소원이 기다란 500㎖ 맥주잔을 부딪치며 정겹게 얘기했다. 인성은 일반 잔과는 다른 좁고 긴 잔이 어색한지 엉거주춤 잡으며 한 모금 들이켰다.

"어때? 맛있지!"

인성이 고개를 끄덕이자 소원은 뿌듯해하며 어깨를 으쓱였다.

"나 잠시 화장실 좀."

소원이 밖으로 나간 뒤 인성은 가게 안을 좀 더 세밀하게 구경

하기 시작했다. 그중 그에게 유독 눈에 잘 들어오는 두 테이블이 있었다. 연인처럼 보이는 커플들이 앉아 오순도순 얘기를 나누는 곳이었다. 그들이 내심 부럽기도 했다. 하지만 인성은 곧 저들과 다를 바 없이 되리라 믿었다.

지잉.

그렇게 맥주를 한 모금 더 들이켜며 소원을 기다리던 그는 어디선가 울리는 진동 소리에 주위를 두리번거렸다. 휴지통에 가려져 잘 보이지 않았던 소원의 휴대전화였다.

"소울메이트라."

소울메이트라고 저장되어 있는 사람. 인성은 그 주인공이 혁이라는 걸 단박에 알 수 있었다.

"소울, 메이트."

인성은 괜히 기분이 언짢아졌다. 그러고는 한참을 고민했다. 이 전화를 받을 것인가 말 것인가. 망설이던 찰나에 진동이 멈췄다. 부재중 2통. 이미 그 전에 한 통이 와 있었던 모양이다.

지이이잉.

그런데 부재중 단어가 뜨기가 무섭게 또 한 번 진동이 울리기 시작했다. 인성은 마음 같아서는 당장에라도 그 전화를 받고 싶었다. 지금 함께 데이트 중이라는 걸 은연중에 흘리고 싶었다. 그러니 방해하지 말라는 으름장도 놓고 싶었다. 그의 손이 휴대전화 가까이까지 갔다. 손가락만 뻗으면 잡힐 거리였다. 그 몇 초 사이에 오만 가지 생각이 다 들었다. 수십 번을 고민하던 끝에 그는 마음을 먹은 듯 전화기를 집어 들었다.

"인성아, 뭐 해?"

때마침 소원이 나타나지 않았더라면 인성이 원하는 시나리오대로 흘러갔을 것이다. 인성은 시치미를 뚝 떼고 소원에게 변명을 늘어놓았다.

"진동이 계속 울려서 급한 일인가 싶어서."

"아아, 그래? 누구지?"

소원이 부재중 3통을 확인하고서는 표정이 급격히 어두워졌다. 아까 극장에서 보았던 그 공허한 눈빛이다. 무대를 바라보지만 초점이 없는, 아무 감정 없는 눈빛.

"누구야?"

"어? 아니, 그냥. 오래 기다렸지. 미안미안. 먹자!"

소원은 애써 웃으며 맥주를 들이켰다. 방금 전과는 또 다른 분위기가 소원의 주위를 감쌌다. 고민하고 있는 것이다. 전화를 할지 말지에 대해. 그리고 왜 전화를 했는가에 대해서도 깊은 생각 중이었다.

"이거 먹어봐. 나는 여기서 이게 제일 맛있더라고."

소원이 시킨 음식은 모닝빵 크기의 작은 롤에 다양한 메뉴가 담겨져 있었다. 칠리새우, 크림새우, 매콤하게 양념된 돼지고기와 찹스테이크 등등 골라먹는 재미가 쏠쏠했다.

"이게 여기 베스트 메뉴기도 하고."

열심히 인성에게 음식을 설명해주지만 얼굴은 잔뜩 상기되어 있었다. 억지웃음만 가득한 거짓 얼굴이었다. 게다가 생각은 저 멀리 안드로메다로 가 있었다. 인성의 머릿속에 도저히 이대로는 안 되겠다는 생각이 스쳤다. 그는 분위기를 바꿔야겠다고 생각했는지 입을 열었다.

"요즘은 주로 뭐 해?"

"그냥 똑같지, 뭐."

"나는 요즘······."

그때 또 한 번의 진동이 울렸다. 역시 소원의 것이었다. 소원은 바싹바싹 입이 마르는지 맥주를 단박에 들이켰다.

"안 받아도 돼?"

이것은 인사치레로 건넨 말이었다. 인성이 소원의 눈치를 가만히 살폈다.

"······."

"아까부터 울리길래. 급한 거면 어떡하려고. 받아봐, 난 괜찮으니까."

사실 전혀 괜찮지 않았지만 인성은 아무렇지 않아 보여야 했다. 아까 몰래 염탐한 사실을 소원은 몰랐으니 말이다. 무엇보다 받아보라고 권유한 것은 소원이 그에게 어떻게 말할지 궁금하기 때문이었다. 어쨌든 인성에게 있어서 소원과 꾸준히 연락이 되는 것은 좋은 징조였으니까. 이렇게 데이트도 하고 있으니 내심 기대감이 들기도 했다. 소원은 잠시 고민하다가 결국 전화를 받았다.

* * *

"아까부터 무슨 생각을 그리해?"

분위기 좋은 회식 자리였지만 혁은 썩 유쾌해 보이지 않았다. 오늘도 하루 종일 업무에 집중하지 못하는 것 같더니만. 성천은 그의 어깨를 툭 치며 얘기했다.

"설마 여기서도 제수씨 생각하는 거 아니겠지?"

"몰랐는데 완전 팔불출이시네요."

여직원 둘에 성천과 자신까지. 지금은 네 명뿐인 소규모 회사이지만 언젠가는 크게 성장하리라. 모두가 그렇게 큰 꿈을 가지고 열심히 노력 중이었다. 오늘은 브랜드 론칭을 앞두고 힘내자고 마련한 회식 자리였다. 그런 분위기를 망치고 싶진 않았지만 하필 회식 온 곳이 여기라니. 이곳은 소원과 자주 오던 곳이다. 물론 그녀는 여기보다는 바로 옆에 붙어 있는 호프집을 더 좋아하지만.

"오늘은 자제 좀 해주시죠!"

혁은 성천이 여기에 오자고 할 줄 꿈에도 몰랐다. 전에 그와 둘이 여기에 온 적이 있었는데 그게 화근이 된 것이다. 분위기와 음식이 깔끔하다며 마음에 들어 했는데 하필 오늘 오게 되다니. 시기적으로 참 좋지 않은 타이밍이었다.

"잠시 화장실 좀."

혁이 부리나케 자리를 비웠다. 화장실에 도착한 그는 초췌해진 얼굴을 보며 깊은 한숨을 내쉬었다. 두 시간 자고 나왔더니 몰골이 영 아니었다. 게다가 어제는 새벽 늦게까지 과음을 하지 않았던가. 혁은 오늘도 왠지 늦게 들어갈 것만 같았다. 그래서 오늘은 늦는다고 얘기해줘야겠다고 생각하고 소원에게 전화를 걸었다.

그때 화장실 밖에서 낯익은 목소리가 들려왔다. 설마 아니겠지. 혁이 의심 반 궁금증 반을 품고 밖을 내다보았다. 그리고 그 설마는 역시가 되어 그에게 돌아왔다.

"다행이 딱 한 자리 남았다. 운 나쁘면 웨이팅 있거든."

그의 눈에 비친 화기애애한 모습의 남녀 한 쌍. 바로 소원과 인성이었다. 혁은 신경질적으로 휴대전화를 내려놓았다.

"하, 참."

어이없음에 실소가 터져 나왔다. 누구는 본인 때문에 하루 종일 전전긍긍인데, 정작 당사자는 남자나 만나고 돌아다니다니. 처음엔 자신의 눈을 의심했지만 그 모습은 영락없는 소원이었다. 다시 자리로 돌아온 혁은 앉자마자 소주를 들이켰다. 화가 나고 짜증이 몰려왔다. 이 분을 어떻게 해결하면 좋을지 몰라 또다시 술을 따라 마셨다. 혁은 마음을 다잡고 다시 소원에게 전화를 걸었다. 받지 않았다. 또 걸었다. 역시 받지 않는다.

"안 받으시겠다?"

둘이 노는 게 너무 즐거워서 전화를 받을 수가 없다 이건가? 혁이 혼잣말로 중얼거리며 연거푸 술을 마셨다.

"야, 야, 너 갑자기 너무 달리는 거 아니야?"

성천은 화장실을 갔다 오더니 술잔도 안 마주치고 무작정 들이 붓는 그를 보며 걱정이 되는지 혁을 말렸다. 혁이 괜찮다며 그의 손길을 마다했다. 다른 직원들도 그에게 무슨 일이 있냐며 물었고, 혁은 괜히 자신이 분위기를 흐리게 하는 것 같아 자리를 피하려고 했다.

"잠시만요."

혁은 먹고 있으라며 또다시 밖으로 나갔다. 화장실로 다시 돌아온 혁은 찬물로 세수를 하며 정신을 깨웠다. 하지만 소원은 이미 자신의 모든 것을 지배하여 절대 떨어지지 않았다. 마음이 힘들었다. 괘씸했다. 억울하고 열이 받았다. 감정을 주체할 수 없고 억누르기가 싫었다. 갖은 감정들이 잡생각이 되어 그에게 돌아왔다. 혁은 다시 휴대전화를 들었다.

마지막으로 해봐? 말아? 휴대전화 진동이 오는지 몰랐어도 부재중 뜬 걸 봤으면 연락을 해야 할 거 아냐. 아직 못 봤나? 수많은 고민 끝에 결국 그는 또다시 그녀에게 전화를 걸었다. 몇 번의 신호음 끝에 비로소 그녀의 목소리가 귓가에 들려왔다.

-여보세요.

혁은 그대로 전화를 끊어버렸다. 막상 목소리를 들으니 할 말이 생각나지 않았다. 아니, 사실은 너무 할 말이 많아서 쉽게 말이 나오지 않았다.

"뭐 하냐, 나."

예상치 못한 자신의 행동이 우스웠는지 혁은 스스로에게 비아냥거렸다.

"안녕하세요."

혁에게 누군가가 인사를 건넸다. 인성이었다.

"같은 공간에 있는 줄은 꿈에도 몰랐네요."

"……"

"계속 소원이한테 전화하셨던데."

화장실을 찾은 인성이 혁을 단번에 알아보고 말을 건넸다. 혁은 기분 나쁘다는 듯 인성을 흘겨보았다.

"소원이도 여기 있어요. 급한 일 있으신 거면 불러드릴까요?"

"됐습니다."

"세 번이나 전화하실 정도면 급하신 거 아니었나요."

"그쪽이 신경 쓸 일은 아닌 것 같은데."

"저도 신경 쓰기 싫었는데 데이트에 자꾸 방해가 돼서요."

남자들끼리의 신경전이었다. 한 치의 양보도 없는, 숨 막히는 분위기가 계속되었다.

"데이트요?"

혁이 그를 비웃으며 콧방귀를 뀌었다. 기분이 급격히 나빠졌는지 인성은 얼굴을 구겼다. 굳어진 서로의 얼굴을 바라보며 보이지 않는 스파크를 주고받았다.

"그때 끝난 사이 아니었습니까?"

"다시 시작해보려고요."

"누구 맘대로?"

"서로가 좋다면 다시 시작하기에 충분하죠."

"이소원도 좋답니까? 진짜 직접 그렇게 말했습니까?"

"그건……."

인성이 쉽게 대답을 못 하자 혁은 그것 보라며 또다시 그를 비웃었다.

"불쾌하네요."

"뭐가요?"

"소원이 친구일 뿐이잖아요, 그쪽. 그런 그쪽이 이런 반응을 보일 이유는 없다고 생각하는데."

"내가 그냥 친구는 아니라서."

"그냥 친구가 아니면? 남자 친구? 그건 아닌 것 같던데. 아님 좋아하나요? 소원이한테 마음 있습니까?"

이번엔 혁이 쉽게 대답을 못 했다. 불과 며칠 전까지만 하더라도 이런 질문에 고민하지 않았을 텐데. 단박에 대답할 수 있었을 텐데. 하지만 또 다른 질문이 혁을 괴롭혔다. 정말? 정말로 단박에 대답할 수 있었을 것 같아?

생각해보니 그 누구에게도 이런 직접적인 질문을 받아본 적이 없었다. 너 이소원 좋아해? 이성적으로 마음이 있어? 사랑해? 이런 질문을. 그래서 고민해본 적이 없었던 것일 수도 있겠다는 생각이 들었다. 말도 안 되는 상상이라고 치부해버렸으니까. 항상 질문을 받기 전에 먼저 선수를 치곤 했다. 소원도 그도.

그때 인성이 또 다른 인기척을 느끼고 시선을 돌렸다. 그곳엔 소원이 있었다.

"소원아, 왜 나왔어."

"하도 안 와서. 마침 화장실도 가고 싶었고."

소원은 혁을 발견하고 매우 당황해했다.

"근데 이게 지금……."

소원은 인성과 혁이 매우 기분 나쁜 얼굴로 서로를 바라보고 있는 것을 보았다. 가장 놀라운 것은 왜 지금 그가 자신의 눈앞에 있느냐는 것이다.

"회식 때문에 늦는다고 전화한 거였어."

"……."

"근데 전화 안 받은 이유가 이 자식 때문이었어?"

"지금 나한테 화낸 거야? 왜? 왜 흥분해? 하, 화내야 할 사람은 나 아냐?"

"내가 지금 흥분 안 하게 생겼어?"

"어. 그러니까 왜 흥분하냐고. 그 이유나 좀 알자. 도대체 뭐 때문에 이러는 건데, 이 나쁜 자식아! 너 때문에 내가, 내가."

하루 종일 전전긍긍했다고! 어제도 새벽 내내 연락 한 통 없더니, 다짜고짜 보자마자 소리부터 지르는 게 말이 돼? 소원은 큰 소리가 목구멍까지 쏟아져 나왔지만 인성이 있기에 꾹 참았다.

"나중에 얘기하자."

"지금 여기서 얘기해. 나 오늘 집 못 들어가니까."

"그니까 나중에 얘기하자고."

"왜. 저 자식 때문에?"

"인성이야."

"뭐?"

"이 자식 저 자식 아니고 최인성이라고. 사람 옆에다 대고 그렇게 말하는 거 아냐."

소원은 인성에게 미안하다며 그만 가자고 손짓했다. 소원의 손에 이끌려 음식점 안으로 들어온 인성은 그녀에게 설명을 듣고 싶었다. 그들 대화 도중에 이해가 안 가는 말도 더러 있었기 때문이다. 하지만 당사자는 지금 얘기해줄 상황이 아닌 듯 보였다.

"미안해, 인성아. 오늘 시작부터 끝까지 미안한 일만 생기네."

"괜찮아?"

"나중에 설명해줄게. 나 먼저 갈게. 다시 연락 줄게. 정말 미안."

소원은 헐레벌떡 가게에서 나왔다. 바쁜 걸음을 움직여 택시를 잡아탔다. 목적지를 말해야 하는데 어디로 가야 할지 생각이 나지 않았다.

"어디로 모실까요?"

"아, 음, 저."

신혼집으로 가는 건 아닌 것 같고. 그렇다고 짐 하나도 남겨져 있지 않은 자취방에 가기엔 좀 그렇고. 결국 남은 건 요가원뿐인가. 소원이 요가원 주소를 말하려는 찰나 누군가가 택시에 대뜸 올라탔다.

"여기서 가장 가까운 한강공원으로 가주세요."

혁이었다. 소원을 따라 탄 것이다. 소원이 뭐 하는 짓이냐며 내리려고 하자 혁이 그녀의 팔을 붙잡으며 막아섰다. 뒷좌석에서 계속 투닥거리니 택시 기사가 백미러로 그들을 이상하게 쳐다보았다. 혁이 죄송하다며 그냥 가 달라는 눈짓을 했다. 얘가 원래 이렇게 힘이 센가? 소원은 이리저리 몸을 내뺐지만 그의 손길에 못 이겨 결국 반항하는 것을 포기했다.

"내려."

얼마 달리지 않아 목적지에 도착하자 혁은 돈을 지불하고 소원과 내렸다. 이 또한 안 내린다는 것을 반강제로 끌고 내렸다. 택시가 떠난 지 한참이나 지났지만 그들은 말없이 서로를 쳐다보기만 했다. 소원의 얼굴은 잔뜩 굳어 있었다.

"소원아."

"……."

"멋대로 끌고 온 건 미안. 서로 흥분을 가라앉힐 시간이 필요하다고 생각했어. 그 새끼가 없는……."

"인성이."

"그래, 그 애. 최인성이 없는 조용한 곳이 필요했고."

소원은 코웃음을 치며 혁에게서 시선을 거뒀다.

"하아."

소원은 가슴이 답답한지 한숨을 내쉬었다. 도대체 자신이 왜 여기서 혁과 실랑이를 벌여야 하는지 이해할 수 없었다. 뭔가 비참한 기분이 들었다. 왜 운혁 때문에 맘고생을 해야 하는지, 정신적으로 힘들어야만 하는지에 대해 납득이 되지 않았다. 혁의 행동은 또 어떠한가. 너무나도 비상식적으로 행동했다. 수년간 그와 지내면서 이렇게 잦게 싸운 적은 없었다. 이렇게 깊게 싸운 적도 없었고. 지내온 세월이 얼만데, 그동안 싸운 적이 없었던 것은 아니었지만 싸움의 무게 자체가 달랐다.

"왜 이렇게 이기적이니."

"그러게."

"그러게? 그러게라고? 그게 지금 할 소리야?"

또다시 무거운 침묵이 이어졌다. 이 정적은 소원에겐 1초도 버티기 힘든 시간이었다.

"너 지금 내 생각 하나도 안 하잖아. 요 며칠간 너 때문에 내가 얼마나 맘고생이 심했는지 알아?"

"나도 복잡해."

"뭐?"

"나도 내가 왜 이러는지 모르겠다고."

"……."

"너뿐만이 아니라 나도 안 느껴본 거 아니라고, 그 심난함."

소원은 어처구니가 없었다. 그래도 미안하다고 할 줄 알았다. 그렇게 만들어서 미안하다고 사과할 줄 알았다. 그게 먼저였다, 소원의 상식선에서는. 그런데 용서를 빌어도 모자랄 판에 자신의 상태만 열거할 뿐이라니. 결국 내 상황은 이러하니 이해해 달라는 것 아닌가.

"고작 그런 얘기 하려고 여기까지 데려온 거야?"

"오해를 풀자는 거잖아."

"오해? 화해도 아니고 오해? 무슨 오해?"

"너랑 나, 배배 꼬였잖아."

"그러니까 그게 지금 누구 때문에 이렇게 된 건데!"

결국 화가 머리끝까지 치밀어 오른 소원이 큰 소리를 내고야 만다.

지나가던 주위 사람들이 그들의 모습에 수군거리며 힐끔거렸다. 소원도 그 따가운 시선들이 느껴졌는지 호흡을 가다듬으며 감정을 억눌렀다.

"혁아, 나는."

"……."

"후, 우리가 왜 이렇게까지 감정을 소비해야 하는지 모르겠다."

"……."

"끝까지 거기에 대한 사과는 안 하네. 그래도 미안하다고 한마디라도 할 줄 알았는데. 그리고 너 뭔가 착각하고 있는 거 같다. 오해든 화해든, 그건 쌍방 과실일 때 해당되는 말이고. 지금은 아니잖아?"

소원이 한 마디 한 마디 말에 힘을 주어 그에게 전달했다. 중간에 울컥하며 눈물이 날 뻔했지만 꾹꾹 눌러 담았다.

"할 말 다 한 거지? 그럼 나 갈게. 알았어. 남은 볼일 잘 보고."

소원은 그를 등지고 그대로 앞으로 걸어 나갔다. 뒤로 돌자마자 닭똥 같은 눈물이 후두두둑 떨어졌다. 서럽고 억울해서 나는 눈물이었다.

못된 놈, 나쁜 놈. 이기적인 새끼! 어떠한 욕을 갖다 붙여도 설명이 모자랐다. 머릿속으로 혁에 대한 욕을 잔뜩 씹어주며 빠른 걸음으로 공원을 빠져나왔다. 혁은 축 처진 소원의 어깨를 보니 쉽게 다가갈 수 없었다. 다시 붙잡아서 얘기를 할 용기가 나지 않았다. 그렇게 소원이 시야에서 사라질 때까지 그는 그녀를 바라만 보고 있을 수밖에 없었다.

[소원아, 우리 헤어지자.]

소원은 열심히 달리고 또 달렸다. 20분 전에 온 문자 한 통을 받고서. 숨이 가쁘게 차올랐다. 쿵쾅쿵쾅 심장이 아플 정도로 빠르게 뛰었다. 하지만 심장이 터져버린다고 해도 가야만 했다.

-고객님이 전화를 받지 않아 음성 사서함으로······.

아무리 전화를 해대도 받지 않으니 직접 가는 수밖에 없었다. 인성은 고의적으로 자신의 전화를 피하고 있다고 생각했다. 그래서 소원은 가야만 했다. 지금 시간은 저녁 10시 반. 원래대로라면 인성은 독서실에서 공부를 하고 있을 시간이었다.

소원은 먼저 그쪽으로 갔다. 하지만 인성은 없었다. 불행 중 다행이라고 생각했다. 그런 내용을 보내고도 공부에 집중하고 있었다면 마음이 너무 아플 것 같았기 때문이었다. 소원은 얼른 택시를 잡고 목적지를 변경했다. 인성의 집이었다. 차라리 집 앞에서 기다리는 편이 속 편했다. 물론 언제 올지는 모르겠지만.

"으으."

창문에 비친 자신의 모습이 괜스레 처량했다. 소원은 조금씩 흘러내리는 눈물을 훔치며 마음을 다잡았다. 이렇게 갑자기? 뜬금없이, 일방적으로? 이건 아니잖아. 초조함에 온몸이 부르르 떨려왔다. 소원은 발을 동동 굴리며 차오르는 숨을 몰아쉬었다.

"여기요!"

소원은 돈을 거의 던지다시피 내고 나왔다. 수중에 현금이라곤 만 원뿐이었다. 거스름돈이 반이나 있었지만 받아야 한다는 사실을 까먹을 정도로 정신이 없었다. 택시에서 내리자 다리가 풀리는지 휘청거렸다. 간신히 정신을 차리고서 그의 집 앞으로 갔다. 소원은 처음 30분은 그저 멍하니 서 있었다.

갑자기 아무 생각도 들지 않았다. 그 뒤로부터는 벤치에 앉아 그를 기다렸다. 인성의 집 앞 옆에는 작은 벤치가 놓여 있었기 때문에 기다리기엔 그곳이 제격이었다. 기다리는 내내 소원은 여러 번 인성에게 전화를 하고 문자를 보내놓았다. 역시 받지 않았다. 아무런 답장도 없었다. 소원은 하염없이 눈물을 흘렸다. 어제까지만 해도 아무렇지 않게 잘 지냈던 사람이, 이렇게 갑자기 헤어지자고 하면? 하늘이 무너지는 것 같았다.

"인성아."

인성이 모습을 드러낸 건 두 시간이 훨씬 지난 새벽 1시가 다 되어서였다. 그의 모습을 단번에 알아봤다. 그만을 찾았던 두 눈이었으니 발견하지 못한 게 이상했다. 소원은 그의 실루엣이 나타나자마자 바로 튀어나갔다.

"연락이 하도 안 돼서."

"언제부터 있었어?"

인성은 그사이 초췌해진 소원의 몰골을 보고 놀라서 물었다. 많이 울었는지 마스카라와 아이라인이 번져 있었다. 소원이 대충 지워서 미처

손이 닿지 못한 곳이었다.

"얘기 좀 하려고."

인성이 고개를 끄덕이고는 벤치로 향했다. 소원이 뒤따라가 앉았다. 그 뒤로 서로는 아무 말이 없었다. 소원의 어깨가 파르르 떨리고 있었다.

"미안. 갑자기 놀랬지."

오랜 정적 끝에 인성이 먼저 꺼낸 말이었다. 소원은 거기에 대해 그 어떠한 대답도 할 수 없다.

"연락은."

"……."

"핸드폰을 잃어버렸어. 공교롭게도 너한테 그 문자를 보낸 후에 잃어버려 가지고 나도 이걸 어떻게 해야 하나 싶었어. 사실 맨정신에 말 못할 거 같아서 술을 좀 마셨거든."

그러고 보니 어렴풋이 그에게서 술 냄새가 났다. 지금은 많이 깬 것 같지만 워낙 술을 잘 못하기 때문에 조금만 마셔도 취했고 그게 오래갔기 때문이다.

"사실 며칠 전에 결정이 났어. 나도 그래서 매우 혼란스러운데 안 가면 후회할 것 같아서. 근데 너에게 이 말을 해야 하나 말아야 하나. 한다면 언제 어떻게 꺼내야 할까 밤새 고민했어."

"그게 무슨 말이야?"

소원은 영문을 모르겠다는 듯 물었다. 간다고? 어딜? 그럼 며칠 전부터 나와 헤어질 생각을 했다는 거야? 소원의 머릿속에 많은 의문점들이 꼬리에 꼬리를 물기 시작했다. 불과 어제까지만 해도 사랑한다고 서로에게 속삭였던 사이였으니까. 서로 껴안고 손잡으며 좋아하는 감정을 숨기지 않았던 것이 바로 어제였다. 그랬는데 어떻게 사람이 하루아침에 이렇게 변할 수가 있단 말인가.

"우연히 좋은 기회가 왔어. 근데 얼마나 걸릴지 모르겠어. 그래서 너한테 기다려 달라고 말 못 하겠고. 그래서 헤어지자고 보냈는데……."

"그러니까 지금 그 얘기는 어디 멀리라도 간다는 말이야?"

소원의 물음에 인성이 대답 대신 고개를 끄덕였다. 그 후로 소원도 말을 잇지 못했다. 더 이상 할 수 있는 말이 없었다. 말문이 턱 막혔고 생각이 멈췄다. 그렇게 둘은 또다시 한참을 아무 말 없이 앉아 있었다.

"나 유학 가."

다시 적막을 깬 것은 인성이었다.

"도저히 너를 보고 직접 말할 자신이 없었어. 용기가 안 났어. 미안해. 네가 이렇게까지 놀랄 줄 알았더라면 그냥 어제 얘기했을 텐데."

그래. 다 이해하겠는데 이런 식은 아니잖아. 어제 데이트 때까지만 해도 아무 언질도 없다가 이렇게 한순간에 사람을 바보로 만드니.

"근데 나도 그거 보내는 데까지 정말 힘들었어. 아직도 너를 너무 많이 좋아하니까."

소원은 점차 이성이 돌아오는 듯했다. 머리에 찬물을 맞은 듯 정신이 바짝 들었다. 그러니 점점 차분해졌고 어느 정도 진정이 되었다.

"그래도."

"응?"

"이런 건 아니지. 예의가 아니지, 인성아."

"미안해, 정말. 근데 너를 보면 기다려 달라고 억지 부릴까 봐, 내가 너를 놓지 못할까 봐 두려워서 그랬어."

"나 정말 너무 무섭고 힘들었어. 아프고 미치겠고, 정신을 못 차렸어.

차라리 네가 처음부터 사실대로 다 말했더라면 나았을 텐데. 그럼 이런 아픔까진 아니었을 텐데."

인성이 소원을 바라보았다. 하지만 소원은 고개를 돌려 정면을 향했다. 그를 더 이상 쳐다보지 않았다. 소원은 덤덤하게 말을 이어나갔다.

"좋은 기회라는데, 질척거리면서 붙잡을 생각 없어. 내가 원체 그런 성격도 아니고."

"……화났어?"

"아니."

"그럼?"

"그냥 조금 실망했어. 그래도 이런 와중에 내가 싫어서 헤어지는 게 아니구나, 이런 게 느껴지니까 내 마음이 안심이 되는 건 나도 그만큼 너를 좋아하기 때문이겠지."

"나도. 나도 많이 좋아해, 소원아. 기다려 달란 말 하면, 내가 많이 이기적인 사람이겠지?"

아무런 두서도 없이 헤어지자고 문자를 보낸 그 순간부터, 너는 이미 이기적인 사람이 된 거야, 인성아. 그래도, 나도 내 자신이 바보 같다고 생각하지만 정말 다행이다. 나한테 질리거나 내가 싫어져서 그런 말을 꺼낸 게 아니니까. 아직도 나를 많이 좋아한다고 속삭여주니까 다행이다.

"인성아"

"응, 소원아."

"우리 헤어지자."

다행이라서, 그걸로 됐어. 쿨하게 보내줄게. 소원은 비로소 인성을 쳐다보았다. 그녀의 얼굴은 그 어느 때 보다 평온했다.

"우리가 정말 인연이라면 언젠가 또 만나겠지."

"나는 그렇게 생각해. 나는 우리가 인연이라고 생각해."

"그럼 만나겠네. 나는 한국에서 내 할 일을 열심히 하고 있을게. 너는 그곳에서 네 할 일을 열심히 해. 최선을 다하자. 각자가 있는 곳에서."

소원이 웃으며 말했다. 하지만 그 웃음 안에는 여러 감정이 섞여 있었다.

그렇게, 우린 이별했다.

제11화. 흥분하지 마

"어디 갔다 이제 와."

성천은 한 시간 가까이 사라져 있었던 혁을 보며 말했다. 2차로 자리를 옮겨야 하나 싶었지만 혁이 짐을 다 두고 나갔기 때문에 기다리기로 의견을 모은 상황이었던 것이다. 그를 기다리면서 또 이야기꽃이 피어나 화기애애한 분위기 그대로였다. 혁은 자리에 앉자마자 연거푸 술을 들이부었다. 평소와는 다른 그의 모습에 성천은 계속 신경이 쓰이는지 눈은 사람들을 보고 있었으나 신경은 온통 그에게 집중되어 있었다.

"야야, 너 너무 달린다."

혁은 한 모금 털어 넣고 빈 잔이 되면 다시 술을 채웠다. 또다시 그걸 들이켜고 다시금 빈 잔에다 술을 들이붓고의 반복이었다. 보다 못한 성천이 그의 행동을 저지시켰으나 혁은 아랑곳하지 않고 입에 쓰디쓴 술을 털어 넣었다.

"10분 만에 한 병은 좀 심했잖아."

"형도 그렇게 생각해?"

"그래, 이 자식아."

"그렇구나. 역시 내가 심했던 거였네."

"뭐?"

혁은 씁쓸한 듯 웃음을 넘기며 술을 들이켰다. 내 문제였구나. 다시 생각해보니 그런 것도 같네. 성천은 동문서답하는 그를 이해할 수 없다는 듯 쳐다보았다. 하는 수 없이 성천은 결국 그의 술잔을 아예 뺏어버렸다.

"제수씨랑 무슨 일 있었어?"

"그러게요. 어디 나갔다 오시더니 표정이 더 안 좋아지셨네."

"부부 싸움은 칼로 물 베기라잖아요. 게다가 신혼이면 말 다 했지!"

여직원들이 한마디씩 던졌다. 어떻게든 이 각박한 분위기를 무마시키려는 것이었다. 혁은 그런 거 아니라며 고개를 내저었다. 그는 여기서 이렇게 시간을 보내는 건 아니라는 판단이 들었다.

"저 먼저 일어나보겠습니다."

혁은 정중히 인사를 하고 자리에서 일어섰다. 성천은 그를 배웅하려 했지만 혁이 거절했다. 그는 얼른 들어가 쉬라는 사람들의 말을 뒤로한 채 그렇게 밖으로 나왔다.

언제부터였을까. 도대체 언제부터, 아니 왜 너일까. 왜 너였을까. 꼬여버리기만 한 이 감정을 어떻게 풀어야 할지, 어떻게 매듭지어야 할지 도통 감이 오질 않는다. 모든 것이 잘못된 느낌이다. 너 또한 그렇게 생각하고 있겠지.

이제 나는 어떻게 해야 할까. 너를 어떻게 대해야 할까. 혼란스럽다. 그러나 나는 이 모든 것의 원인을 알고 있다. 소원을 향한 내 마음. 이소원을 좋아한다는 사실. 이제는 인정할 수밖에 없는 그 것. 그래서 최인성 얘기만 나오면 화가 솟구쳐 오르고, 함께 있는 모습을 보면 화를 터뜨릴 길이 없어 분해하고. 그래서 자꾸 너에게 틱틱거렸나 보다. 생각과 마음이 따로 움직였나 보다. 나는 그렇게 보이고 싶지 않았는데, 자꾸만 표정이 굳어지는 것이었다.

"어서 오세요."

혁은 정처 없이 걷고 또 걸었다. 이대로 집에 가는 듯했지만 예 상과는 다르게 그는 눈에 보이는 아무 술집에 늘어갔다. 갑자기 정 해진 루트였다. 즉흥적으로, 무한대의 생각을 가지고서. 정리가 필 요했다. 생각할 시간이 필요했다. 아무에게서도 방해받지 않는 곳 에서, 이 감정을 풀 여유가 필요했던 것이다. 혁이 들어간 곳은 어 두컴컴한 분위기에 조용함까지 갖춘 모던 바였다. 그는 아무 곳에 자리를 잡고 앉았다.

* * *

띠리릭.

현관문이 열리며 소원이 쓰러지듯 안으로 들어왔다. 공원에서 나온 소원은 그 길 그대로 집으로 돌아온 것이었다. 결국엔 집이었 다. 하소연할 곳도 없었다. 이건 위장 결혼을 시작한 그때부터, 혼 자 짊어져야 할 무게였다. 그래서 더욱 숨이 막혔다. 이 상황에서, 이곳에 다시 돌아와야 한다는 사실이. 도망친 곳이 도망치게 만든 곳이라니. 이 아이러니한 상황에 웃을 수도, 울 수도 없었다.

너무 힘들었다. 우선은 쉬고 싶었다. 오늘 너무 많은 감정을 소비했다. 체력적으로 너무 지쳤고 빨리 침대에 눕고 싶은 생각뿐이었다.

"이게 뭐니, 진짜."

거울에 비친 모습은 참 추하고도 못났다. 눈물을 주체하지 못해 택시에서 내내 울었더니 얼굴이 만신창이였다. 소리 내어 울지도 못했다. 택시 기사에게 눈치가 보이는 것도 있었지만 무엇보다 그럴 기운이 없었다. 그저 창밖에 시선을 빼고 왈칵 쏟아지는 눈물을 닦아낼 뿐이었다. 두 뺨에 흐르는 것은 눈물이요, 코에서 흐르는 것은 콧물이요. 단지 흐르니까 닦아내는 것이었다.

"혁아, 너 대체 왜 그러는 거야. 나한테 왜 그래, 진짜."

다른 사람도 아니고 혁 때문에 이렇게 감정 소비를 할 줄이야. 사람 일은 역시 한 치 앞을 모르는구나. 그렇게 거울을 보며 한참을 멍 때리고 있는데, 갑자기 그녀의 핸드폰이 울렸다. 인성이었다. 부재중 전화도 다섯 통이나 와 있었다. 생각해보니 핸드폰 확인도 못 했구나.

소원은 꽤 많이 보낸 인성의 문자들을 하나씩 확인했다. 잘 들어갔냐는 안부부터 시작해서 왜 연락이 안 되는지, 무슨 일이 있는 거냐며 걱정이 가득한 내용들이 대부분이었다. 인성이에게는 정말 미안함뿐인 하루였다. 하지만 지금 그에게 연락하고 싶지 않았다. 무언가 행동하기도 싫었다. 인성에게는 미안했지만 소원은 한 번 더 연락을 받지 않았다. 진동이 멈추고, 부재중이 여섯 통이 되었다. 아무것도 신경 쓰고 싶지 않았다.

소원은 핸드폰 전원을 끄고 화장대에 툭 던졌다. 그러고는 또다시 명을 때렸다. 지금 이 무념무상의 상태가 그녀에겐 최적이었다. 소원은 그렇게 한참을 있었다. 아무것도 하지 않고 아무 생각도 하지 않은 채로 가만히 앉아서. 흐리멍덩한 눈빛으로 초점 없이 한곳만 응시했다.

"졸리다."

작게 읊조린 소원은 화장을 지우고 샤워를 했다. 화장을 지우는 데도 참 오랜 시간이 걸렸다. 의미 없는 행동들을 반복했기 때문이었다. 그녀는 무표정한 얼굴로 옷을 갈아입고 다시 화장대 앞에 앉았다. 아까보다는 조금 말끔해진 얼굴이었지만 여전히 생기 없는 모습이었다.

"그만 자야겠어."

불을 끄고 침대에 누웠다. 눈을 감으면 금세 잠들 수 있을 줄 알았다. 눈꺼풀이 무거워서 잠이 쏟아지는가 싶었다. 하지만 눈을 감으면 감을수록 의식은 더욱 또렷해졌다. 소원은 침대에 누운 지 10분 만에 이불을 박차고 나왔다. 거실로 나온 그녀는 생수를 한잔 마시기 위해 냉장고로 향했다.

뭐 한 것도 없는데 벌써 새벽 2시가 넘었다니. 집에 온 지 세 시간이나 지나 있었다. 난 멈춰 있던 것 같은데. 잘도 흘러가는 시간에 어이가 없는지 소원이 헛웃음을 쳤다. 그때 '띠띠' 하고 기계음이 울렸다. 곧이어 문이 열리는 소리가 들렸고 혁이 등장했다. 소원은 너무 당황한 나머지 마시던 물컵을 떨어뜨렸다.

안 들어온다며. 오늘 못 들어온다고 했잖아. 그래서 그나마 마음 놓고 여기 온 건데. 근데 넌 왜 내 눈앞에 있니. 소원은 재빨리 혁을 지나쳐 자신의 방으로 들어갔다. 각자 방을 쓰는 건 역시 신의 한 수였다고 생각하며.

"이소원."

혁은 잠겨 있는 소원의 방문을 보며 그녀를 나지막이 불렀다. 그의 목소리엔 뭔지 모를 무게감이 잔뜩 껴 있었다.

"보고 싶었어."

지금 무슨 말을 하는 거야? 소원은 자신의 귀를 의심했다. 혁은 다시 한번 말했다. 보고 싶었다고, 너무나도 많이. 애달픈 그의 목소리가 벽 사이로 소원의 심장에 파고들었다.

"이소원."

"……."

"문 열어봐."

"……."

"얼굴 보고 싶어. 얼굴 보고 얘기하자. 할 얘기 있어. 그러니까 문 좀 열어줘."

문을 두들기며 혁이 얘기했다. 하지만 꿈쩍도 하지 않자 점점 그는 다그치기 시작했다. 발로 쿵쿵 차기도 하고, 힘을 주어 문고리를 잡아당기기도 하며 억지로 열려고 했다.

"너 많이 취했어. 내일 하자."

"지금 해. 지금 해야 돼."

"제정신 아닌 애랑 무슨 얘길 해!"

"나 멀쩡해! 나 멀쩡하다고. 더 이상 어떻게 더 멀쩡해야 되냐?"

"운혁!"

"안 열면 부수고 들어간다."

"뭐?"

"이 문, 부순다고."

처음으로 느껴보는 혁의 폭력성에 소원의 심장이 쿵쾅거리기 시작했다. 혁은 한다면 하는 사람이었다. 지금이야 그 야수성을 숨기고 있다지만, 학창 시절 그가 괜히 학생들의 두려움의 대상이 된 것이 아니었다. 아무도 건들지 못하는 이유가 다 있었던 것이다. 결국 소원은 문을 열고 혁을 마주했다. 더 놔뒀다가는 어떤 일이 벌어질지 몰랐기 때문이었다.

"하, 반지."

혁이 소원을 보자마자 내뱉은 첫마디였다. 그는 가장 먼저 소원의 왼쪽 손을 확인했다. 어떻게 될지 모르니 최대한 끼고 다니자고 했던 반지. 조항을 어긴 셈이었다.

"안 꼈네. 또 안 꼈어."

"혁아, 그건."

"너도 동의했잖아. 너 그 새끼 만날 때마다 안 끼고 다녔던 거 내가 모를 줄 알았냐."

사실 혁은 항상 확인했다. 안 그런 척하면서 늘 소원의 손가락을 예의 주시하고 있었다. 소원은 인성을 만날 때마다 늘 반지를 빼고 나갔다. 처음에는 섭섭함과 서운함이, 두 번째는 실망감이 컸지만 그래도 이해하려고 했다. 아니, 이해할 수 있을 줄 알았다. 노력했지만 사람 마음이라는 게 참 우스웠다. 그럴 수 있다고 자기 암시를 걸었지만 실망감이 점점 더 커지는 건 어쩔 수 없는 노릇이었다. 그렇다고 티를 낼 수도 없고. 답답함만 눈덩이처럼 부풀어져 갔다.

"최인성 만나지 마."

"대체 왜 그래, 너."

"싫어."

"술은 얼마나 마신 거야."

"그 자식 싫다고."

온몸에서 풍겨져 나오는 알코올 냄새. 소원은 혁이 이 정도로 취한 모습을 보는 것도 처음이었다. 혁은 계속해서 주서리주저리 말을 뱉어냈다.

"내가 곰곰이 생각해봤거든."

"……."

"내가 왜 그 자식이 싫은지. 근데, 근데 자꾸 술이 들어가니까 해답이 나오더라. 신기하지? 술을 마시면 마실수록 내가 한 행동들에 대한 답이 나오다니. 나도 모르게 한 행동들이 이해가 되는 거야. 그래서 그렇게 마시다 보니까 이렇게 되어버렸네."

"그래서 그 답이 뭔데."

"소원아, 우리 벌써 25년이다, 25년. 자그마치 25년이라고."

"그래. 알아."

"25년 동안 난 너에게 뭐였냐."

소원은 더 들을 필요도 없다는 듯 혁에게서 시선을 거두었다. 그저 술김에 하는 헛소리라고 생각했기 때문이었다. 무엇보다 사리분별을 판단할 수 있는 이성이 그에겐 없었다. 제정신이 아닌 사람과 더 이상 무슨 얘길 할까.

"그만하자. 너 너무 취했다."

"넌 나에게 뭐였을까."

하지만 혁은 계속해서 말을 이어나갔다. 결국 소원이 참다못해 방문을 닫으려고 손을 뻗자 그가 그런 그녀의 행동을 저지했다. 그러고는 한 발자국 두 발자국 그녀에게 성큼성큼 다가가며 말했다.

"너는, 나에게, 뭐였지?"

"운혁, 너 취했다고. 그만하자고. 대체 왜 이러는 건데? 술 냄새 잔뜩 풍기면서 무슨 얘길 하겠다고! 헛소리만 계속 내뱉는 너랑 무슨 대화를 하라는 거야?"

"헛소리? 넌 이게 헛소리 같아? 그럼 이것도 헛소리로 들리겠네."

"……."

"나 너 좋아해."

소원의 동공이 심하게 흔들렸다. 너무 놀라 입이 다물어지지 않았다. 소원은 자신이 잘못 들었나 싶어 눈도 깜빡이지 못하고 그를 쳐다보았다. 그 행동은 내가 지금 들은 게 맞는지 되묻는 것이었다.

"너 좋아해, 이소원."

"네가 지금 너무 취해서 이성을 잃은 것 같은데……."

"너 좋아한다고! 내가 이소원 널! 진심으로 생각하고 있다고!"

"알겠으니까 내일 해! 네가 이성이 있을 때, 생각할 수 있을 때 얘기하자고!"

말이 전혀 통하지 않았다. 혁은 막무가내였다. 결국 소원은 소리 쳤다. 혁이 잠시 멈칫했지만 그때뿐이었다. 그 뒤로 그는 더욱 성을 냈다.

"내일이랑 지금이랑 다를 게 뭔데. 대체 뭐가 다른데? 난 똑같아. 내 마음도 생각도 똑같다고. 어떻게 해야 믿을래? 이렇게 하면 좀 믿을래!"

혁은 결국 소원에게 돌진했다. 술에 지배당한 본능이 깨어난 것이었다. 소원은 무섭게 다가오는 혁을 피하려고 뒷걸음질 치려 했지만 도망칠 곳이 없었다. 위험하다. 빨리 피해야 한다. 이 상황을 막아야 한다. 소원의 머릿속에서 위험 신호를 계속 보냈다. 본능도 느끼고 있었다. 그렇지 않으면 큰일이 날 것임을. 우선 그와 떨어지는 것이 시급했다. 소원은 방에서 벗어나야겠다고 생각해 그에게서 등을 돌렸다. 하지만 그런 그녀의 팔을 우악스럽게 잡는 혁 때문에 다시 그와 마주할 수밖에 없었다.

"혁아, 읍!"

혁은 저돌적으로 그녀에게 키스를 퍼부었다. 소원이 그를 떼어 놓으려고 가슴팍을 때리고 밀쳤으나 꿈쩍하지 않았다. 그는 너무도 건장한 사내였고, 이성이 잠식당해 본능만 충만한 상태였다.

혁은 계속 키스를 하며 그녀를 벽으로 밀었다. 어떻게든 벗어나려고 했지만 입술이 떼어지면 다시 돌진하는 그였기에 막을 길이 없었다. 결국 소원은 혁의 입술을 깨물기에 이르렀다.

그의 입술에 작은 생채기가 생기며 피가 나기 시작했다. 비릿한 피 맛이 입 안에 감돌았지만 그것은 그에게 아무런 문제가 되지 않았다. 술에 취해 전혀 느껴지지 않았을뿐더러 그걸 느낄 만한 이성조차 남아 있지 않았다.

"혁아, 잠깐만. 정신, 으읏!"

"하아."

혁은 점점 입술을 옮겼다. 그녀의 목덜미로, 그녀의 쇄골로 그리고 그녀의 가슴 앞으로. 그는 빠른 손놀림으로 그녀의 상의를 탈의시키려고 했다.

"제발, 제발. 혁아!"

있는 힘을 다해 혁을 밀쳐내려고 아등바등했지만 그는 전혀 미동도 없었다. 소원은 힘으로 이길 수 없다는 걸 알게 되었고 결국 반쯤은 포기 상태가 되어버렸다.

"하아, 제발."

반항할 힘조차 없었다. 방금 전이 마지막 안간힘이었다. 이젠 다 소진해버렸기에 그저 말로만 주저리주저리 읊조릴 뿐이었다. 소원의 눈에서 뜨거운 물이 흘러내렸다. 그것은 두 뺨을 타고 혁의 이마에 도달했고 그의 입술에 닿았다.

"미안."

"……."

"미안, 소원아. 내가, 하아. 내가 잠시 미쳤었다."

그제야 소원의 모습이 온전히 그의 시야에 담겼다. 이제야 두려움에 떨고 있는 소원의 몸이 느껴졌고 눈물로 범벅이 된 그녀의 얼굴이 그의 눈에 들어왔다. 혁은 방금 자신이 한 행동에 대해 자괴감을 느껴 뒷걸음질 치며 주저앉았다.

"나가줘."

"……."

"제발. 지금 당장."

소원은 마지막 힘을 쥐어 짜내며 말했다. 그녀의 목소리에는 기운이 하나도 없었다.

* * *

"젠장!"

방으로 돌아온 혁은 주먹으로 벽을 쾅 치며 욕지거리를 내뱉었다. 제정신으로 돌아오고 나니 자신이 얼마나 큰 실수를 저질렀는지 온몸으로 느껴졌다. 돌이킬 수 없는 치명적인 실수. 하지만 이미 엎질러진 물이었다. 돌아가기엔 너무나 먼 강을 건너버렸다.

그놈의 술. 항상 그 빌어먹을 술이 문제다. 바에서 양주만 안 마셨어도 이런 일은 일어나지 않았겠지. 하지만 이렇게 취할 만큼 술을 마시지 않았다면 버티지 못했으리라. 마음이 너무 힘들어서 미쳐버릴 지경이었으니까.

혁은 소원의 눈물이 닿았던 입술을 쥐었다. 그것이 너무나도 뜨거워서 아직도 생생했다. 얼굴이 화끈거렸다. 시간을 돌릴 수만 있다면 다시 돌리고 싶은 심정이었다.

"미친 새끼."

혁은 이성을 잃고 소원에게 덤벼든 자신의 모습에 헛구역질이 나와 화장실로 달려갔다. 오늘 먹은 음식물을 다 쏟아낼 만큼 토악질을 해댔다. 술까지 모두 빠져나가니 이성이 더욱 또렷이 돌아왔다. 내가 지금 무슨 짓을. 대체, 대체 무슨 짓을? 만신창이가 된 자신의 모습이 거울 속에 비춰졌다. 추악하고 추잡했다. 참으로 더러웠다. 이젠 이 미친 짓을 만회할 기회조차 없겠지.

가슴이 미어지고 푹푹 패었다. 그 먼 길을 돌고 돌아, 긴 세월의 곡절은 휘감고 나서야 자신의 진심을 깨달았는데, 겨우 자신의 마음을 알았는데 이렇게 끝내야만 한다니. 이런 짓을 했으니 앞으로 소원의 얼굴을 어떻게 봐야 할까. 그게 가장 큰 문제였다. 혁은 새어 나오는 웃음을 참지 못하고 터뜨렸다. 너무 허탈해서, 정말 어이가 없어서. 어처구니없는 자신을 마음껏 비웃었다.

"하하하하."

같은 공간, 다른 의미로 소원은 웃음을 뱉어냈다. 흐느껴 우는 것이 꼭 웃는 모양새였다. 그녀는 방금 전 자신의 방에서 일어난 사태를 믿을 수가 없었다. 믿고 싶지 않았다. 하지만 현실은 너무나 가혹했고 감당할 수 없는 그 현실이 버거웠다. 자신의 입술을 억지로 벌려 키스를 퍼붓던 혁의 모습이 생생했다. 입 안 가득 그가 풍긴 알코올 냄새가 진동했기 때문이다. 소원은 넋을 놓고 허공을 응시했다.

'나 너 좋아해.'

하지만 혁이 남긴 것은 강제로 자신을 품으려던 모습뿐만이 아니었다.

'어떻게 해야 믿을래? 이렇게 하면 좀 믿을래!'

우악스럽게 자신의 마음을 대변했던 잔상도 남아 있었다. 그리고 너는 나에게 무엇이냐는 질문 또한 뇌리 속에 박혔다. 하지만 아무리 그래도 이건 아니잖아, 혁아. 이렇게는, 아닌 거잖아. 이런 방식은 잘못된 거잖아.

"미친놈."

넌 나에게 뭐였니. 25년의 세월 동안 너는 나에게 뭐였을까? 친구. 오래된 친구. 소중한 친구. 마음을 터놓을 수 있는 친구. 의지할 수 있는, 모든 걸 오픈할 수 있는, 친구. 그런 친구였지, 너는. 그래. 인정해. 학창 시절에 네가 나의 앞가림을 모두 해주고 다녔다는 걸. 그래서 너를 믿고 더욱 천방지축으로 날뛰면서 다녔어. 난 세상 무서울 것이 없었지. 넌 내게 그런 버팀목이자 든든한 나무였으니까.

중학교, 고등학교 모두 작은 울타리 속 사회에서 그나마 자유로

울 수 있었던 것은 다 네 덕분이었지. 사람들은 모두 다 나를 부러워했어. 그렇게 마구잡이로 학교를 다녀도 아무 탈이 없었으니까. 운혁이라는 빽 하나가 학창 시절 나의 길라잡이였지. 그래. 넌 그런 친구였어. 세상에 둘도 없는 친구.

남녀 사이엔 친구가 없다고 하지만 나는 그 말을 철저하게 부정했어. 우리는 그런 걸 뛰어넘는 소울메이트라고 여겼으니까. 그랬는데, 그랬었는데 대체 어디서부터 어떻게 잘못되었을까. 우리가 서 있는 이 길은 어디일까. 왜 엄한 곳에 들어와서 길을 잃고 헤매는 걸까. 이상하게 꼬여 버린 이 매듭을 어떻게 풀면 좋을까. 혁아, 대체 어떻게 하면 좋을까. 이 상황을.

"혁아, 나 너무 혼란스러워."

멍한 상태로 소원이 작게 중얼거렸다. 하도 울어 퉁퉁 부은 눈을 가늘게 뜨며 말이다. 소원은 벽에 기대어 간신히 몸을 어깃거렸다.

"……하아."

그녀가 다시 눈을 떴을 땐 이른 아침이었다. 저도 모르게 정신을 잃고 쓰러졌던 것 같다. 몸은 벽 모퉁이에 기대어 웅크려 있었다. 햇살이 눈가에 아른거렸다. 온몸이 누군가에게 맞은 것처럼 욱신거렸고 아파 왔다. 자리에서 일어서려니 눈앞이 깜깜해져 휘청거렸다. 집 안은 조용했다. 인기척 하나 찾아볼 수가 없었다. 그 말은 곧 혁이 이 안에 없다는 뜻이었다.

수십 번 호흡을 가다듬고는 소원이 방문을 열었다. 역시 혁은 없었다. 그녀는 안도의 숨을 내쉬었지만 한편으론 마음 저편에서 밀려오는 실망감에 혁이 미워졌다. 어젯밤의 일을 좀 더 해명해주었으면 싶었는데. 그 실수에 대해 책임을 졌으면 했다. 하지만 죄인마냥 꽁무니를 빼버리다니.

"넌 진짜 나쁜 놈이다."

소원은 어제의 일도 일이지만, 또다시 사라져버린 혁의 모습에 원망이 가득했다. 연락도 안 하다가 며칠 만에 나타나서는 한다는 소리가 집에 못 들어간다는 얘기고. 결국 정리해보니 싸움의 연속 선상이었다. 그러던 애가 잔뜩 취해 들어와서는 지 멋대로 자신의 마음을 고백하고, 멋대로 표현하고 행동하고. 적어도 내가 납득할 만한 시간은 줘야 할 것 아냐. 넌 네 행동을 이해할 수 있도록 조치를 취해야 하는 거 아니냐고.

지금도 봐, 없잖아. 아무것도 남기지 않고 홀연히 사라져버렸잖아. 그럼 결국 남아 있는 나만 또 상처받고, 내 멋대로 판단하게 돼버리잖아, 이 이기적인 자식아.

그동안 인성이를 그토록 싫어했던 이유, 못 잡아먹어서 안달이었던 이유를 알 것 같지만 좀 더 직접적으로 듣고 싶었다. 술의 힘이 아닌 멀쩡한 상태에서. 그럼 더 정리가 빠를 것 같았다. 하지만 결과적으로 변명이라도 늘어놓아줄 네가 없으니, 나는 내가 알아서 정리하련다. 오늘부터 또 집에 안 들어올 것 같으니까. 우리가 다시 마주하려면 시간이 또 걸릴 테니까. 나는 그럼 그사이에 또 끙끙 앓고 힘들어하겠지. 난 그런 거 싫어, 혁아.

"끝내야겠어."

소원은 마음을 굳게 먹었다. 그러고는 이 모든 원인의 시작을 끊어내기로 결심했다. 위장 결혼. 소원은 이 거래를 시작한 이후로 서로가 불행해졌다고 생각했다. 처음으로 되돌릴 수는 없겠지만,

그래도 적어도 지금보다는 낫겠지. 그렇게 생각하며 소원은 위장 결혼 계약서를 찾으러 방으로 들어갔다.

* * *

"바쁜데 불러내서 미안."

"아냐. 어차피 점심시간이기도 했고."

"내가 방해한 건 아니지?"

"전혀. 오히려 난 좋은데? 이렇게 같이 밥 먹을 수 있어서."

정오를 갓 지난 지금, 소원은 인성을 만나러 그의 회사 근처로 왔다. 갑자기 불러내서 시간이 안 되면 어쩌나 싶었지만 인성은 흔쾌히 밖으로 나와주었다. 식사 시간이여서 그런지 회사 앞은 식당에 가는 손님들로 인산인해였다.

바글바글한 인파를 뚫고 그들이 도착한 곳은 룸으로 된 한정식집이었다. 다행히 자리가 있었다. 인성은 걷는 내내 소원의 상태를 살폈고 식당에 도착해 자리를 잡은 지금도 그녀의 눈치를 살피기 바빴다. 그날 이후 소원이 언젠가는 먼저 연락을 줄 거라 생각하고 기다렸던 그였으니까. 물론 그것을 눈치 못 챌 그녀가 아니었다. 소원이 인성을 향해 웃었다. 어설프게 웃는 모양새가 애처롭기까지 했다.

"소원아."

"응?"

"……괜찮아?"

"응."

"애쓰지 않아도 돼."

"……."

소원은 애꿎은 컵만 톡톡 건드리며 대답을 대신했다. 그녀의 얼굴은 하루가 다르게 수척해져 있었다. 안쓰러움에 인성은 소원을 꼭 안아주고 싶었다. 당장이라도 자신에게 기대게 해주고 싶었다. 그래서 지금의 그 힘듦을 내려놓을 수만 있다면, 아픔을 털어버릴 수만 있다면 얼마나 좋을까 생각했다.

"인성아. 내가 밤새 생각을 좀 해봤어."

힘없는 그녀의 입술 사이로 던져진 한마디. 느낌이 싸했다. 사실 소원을 마주한 첫 순간부터 알고 있었다. 오늘 결론이 나겠구나. 그리고 설마 했던 그 결론은 역시나가 되어 돌아오겠구나.

"나는 너를 만나게 되어 좋았어."

"나도. 나도 좋았어, 소원아."

인성이 소원이 말이 끝나기가 무섭게 바로 맞받아쳤다. 소원이 살며시 미소 지었다.

"나 많이 힘들었어. 너와 그렇게 헤어지고 난 후로 너를 잊을 수가 없어서 하루하루 힘겨웠어. 서로의 앞날을 위해 안녕했지만, 너의 미래를 위해 쿨하게 보내줬지만 사실 그건 척이었어. 아무렇지도 않은 척, 괜찮은 척. 그렇게 안 하면 내가 너의 앞길을 망칠 것만 같았어. 난 네 인생에서 질척거리는 여자로 남고 싶지 않았거든."

"널 다시 만나자마자 했던 말 기억해? 나도 유학 가서 널 잊은 적 단 한 번도 없었어. 그래서 너의 소식을 묻고 다녔고, 나도 네가 그리웠고 보고 싶었어. 그래서 빨리 성공해서 네 앞에 당당하게 나타나야겠다 싶었어. 더 악착같이 공부했고 미친 듯이 일했어."

"그래서 솔직히 기뻤어. 아, 나 혼자만 앓았던 게 아니구나. 같은 감정을 가지고 있었구나. 우리 서로 많이 사랑했었구나. 하지만 했었구나, 과거형이야. 현재가 아니라는 말이지. 7년이란 시간은 우리가 생각하는 것보다 훨씬 긴 시간인 거 같아."

"나도 유학생활이 그렇게 길어질 줄은 몰랐어. 더 빨리 한국으로 돌아오려고 했지만 그게 잘 안 됐어. 최대한 빨리 돌아오려고 노력했는데 그게 7년이 된 거지."

소원이 씁쓸하고 자조적인 웃음을 보였다. 자신의 말에 덧대며 어떻게든 마음을 돌리려는 인성의 모습이 조금은 안쓰럽기도 했다. 소원은 과거의 내가 이랬느니 어땠느니, 그래서 지금은 이러쿵저러쿵 떠드는 건 무의미하겠구나 싶었다. 현재 둘의 관계에 있어서 추억 팔이는 하나도 도움이 되지 않았다.

"그때 날 붙잡아준 건 혁이었던 것 같아."

인성은 그 말만은 나오지 않길 바랐다. 그래서 중간중간 소원의 말을 끊고 열심히 대변했던 것이었는데. 결국은 이렇게 되는구나.

"다시 널 만나고서 즐거웠어. 옛 추억에 잠겼고 그땐 이랬지, 저땐 저랬지 하면서 너와 나의 잠들어 있던 시간을 꺼낼 때마다 행복했어. 사랑받았던, 그리고 사랑했던 시간들이 떠오르면서 옛 감정에 사로잡혔고. 하지만 딱 거기까지였던 것 같아. 옛 추억, 옛 감정."

"……."

"우리가 다시 시작할 수 있을까? 그때처럼 순수한, 아니 그때보다 더 정열적인 사랑을 할 수 있을까. 몇 번이고 내 스스로에게 물었어. 너를 만날 때마다 그 답을 확인하려고 애썼고. 네 말대로 애쓰지 않을게. 더는 무리인 것 같아. 인성아, 우리는 그냥 한때 좋은 감정을 나누었던 친구……."

친구라는 단어에 갑자기 가슴이 욱신거렸다. 혁의 오래된 친구라는 잔상. 그 때문이었다. 소원이 한 템포 쉬고 다시 힘겹게 말을 이어나갔다.

"그렇게 남자."

소원은 그만 자리에서 일어나겠다며 미안함을 남기고 떠나려 했다. 하지만 인성은 그린 소원을 붙잡았다.

"단지 옛 감정, 옛 추억이 아니야. 행복했다며, 꺼낼 때마다 즐거웠다며. 그럼 다시 시작할 수 있어. 우리가 힘들어하고 그리워했던 시간들, 충분히 보상받을 수 있어. 내가 더 잘할게. 7년이란 시간이 무색할 만큼 노력할게."

인성의 말에 갈급함이 느껴졌다. 진심을 다해, 사력을 다해 그녀를 붙잡았다. 흔들리는 눈빛으로 소원이 호흡을 다잡으며 말했다.

"미안해, 인성아. 그리고 고마워."

"……사랑하니. 그 친구를."

사랑. 사랑, 하냐고, 혁을? 글쎄. 대체 뭘까. 소원은 선뜻 대답하지 못했다. 인성은 그녀의 마음이 궁금할 터였다. 자기가 들어갈 만한 공간이 조금이라도 없을까 확인받고 싶은 것이었다. 그녀는 대답 대신 옅은 미소를 띠었다. 물론 인성은 그것을 긍정의 의미로 받아들였지만. 그래서 소원의 모든 대답을 들었다고 생각했다. 확고한 마음도 의지도. 더는 붙잡아도 소용이 없다고 여겼다.

"그래. 아무렇지도 않은 척, 괜찮은 척 이번엔 내가 해볼게. 너를 위해. 하지만 이 자리는 언제나 유효하니까 마음 바뀌면 돌아와줘. 너무 늦지만 말아주고. 서로 엇갈리지 않게."

"……."

"우리 이미 7년이란 긴 세월을 돌아왔으니까."

소원은 대답 대신 미소를 지었다. 7년 전이나 지금이나 달라진 것 없는 아름다운 이별이었다. 한 가지 바뀐 것이 있다면 미련. 7년 전에 해결하지 못했던, 쌓여 있던 미련까지 훌훌 털어버렸다는 것이다. 속이 다 시원했고 뻥 뚫리는 느낌이었다. 그의 말마따나 긴 세월을 돌아왔다. 그래도 해결했으니 얼마나 다행인가. 사실 인성을 만나기 전까지도, 그리고 만나서도 무수히 많은 질문들을 자신에게 던졌고 그 마음이 확실한지에 대해 몇 번이고 확인했다.

처음에 그를 만났을 땐 마음속 어딘가에서 뜨거운 무언가가 샘솟았다. 응어리진 부분들이 녹아내려 뜨거움을 주었다. 심장이 뛰었고 설   다. 그래서 착각할 뻔했다. 다시 사랑이 찾아왔다고. 7년 전 헤어진 이후로 그에게 얼어 있던 감정이 깨어났다고. 하지만 만남을 거듭할수록 소원은 깨달았다. 그 뜨거움은 그리움과 반가움에서 나온 것이라는 것을.

오래 떨어져 있어서 너무나 만나고 싶었던 간절함, 그리고 만난 후의 반가움. 그 속에서 나오는 설렘이었구나, 하고 말이다. 시간이 흐를수록 소원이 인성에게서 느낀 것은 익숙함과 편안함이었다.

"그래서 너만 만났다 하면 미안하고 고마웠나 봐. 괜히 얘기한 게 아니었네. 번번이 만날 때마다 말이야."

인성과 헤어진 후 소원은 천천히 거리를 거닐며 상쾌한 바깥 공기를 만끽했다. 물론 그러다 중간중간 혁의 생각이 나면 다시 가슴이 답답해지고 발걸음이 무거워졌지만. 그래도 그동안 미뤄왔던 거대한 숙제를 끝낸 기분이었다.

"이제 진짜 큰 산만 남았네."

소원이 손을 주머니에 찔러 넣으며 읊조렸다.

* * *

따릭.

자정이 조금 넘은 시간. 혁이 무거운 발걸음을 내디디며 조심스럽게 집 안으로 들어왔다. 하루 종일 소원의 전화를 피한 그였다. 예정대로였다면 집에도 안 들어왔겠지. 하지만 할 말이 있으니 집으로 오라는 연락과 올 때까지 기다리겠다는 소원의 통보, 덧붙여 오지 않으면 회사에 찾아가겠다는 문자에 집으로 들어설 수밖에 없었다.

"왔어?"

냉랭한 소원의 말투. 싸늘한 집 안의 온기. 수척해진 서로의 얼굴. 소원이 앉으라며 턱짓으로 의자를 가리켰다. 그녀의 옆엔 큰 가방이 놓여 있었다.

"용건만 간단히 할게."

그날 이후로 그를 처음 마주한 그녀가 혁에게 들이민 것은 계약서였다. 위장 결혼 계약서. 소원은 한 부를 가지고 와 페이지를 넘겼다.

"조항 그 첫 번째. 위장 결혼이 끝나는 시기는 한쪽이 정당한 이유로 파기를 신청했을 때이다."

"……."

"우리는 더 이상의 위장 결혼이 불가능……."

"그래. 파기해."

혁이 소원의 말을 끊고 단도직입적으로 말했다. 소원이 입을 꾹 다물고 그를 뚫어지게 쳐다보았다.

"참 쉽네. 이렇게 쉬울 줄 알았으면 고민조차 안 했을 텐데. 내가 뭐하러……."

"그게 네가 원하는 거잖아."

"……."

"원하는 대로 해줄게."

"하. 그게 다야?"

"……."

"네가 할 말, 그게 다냐고."

혁은 꿀 먹은 벙어리마냥 입을 굳게 다물고 있었다. 성질이 났는지 소원이 소리를 버럭 지르며 화를 냈다.

"야, 운혁!"

"……."

"끝까지 이기적이시네, 아주. 그래, 여기까지였어. 여기까지. 나도 더는 무리다."

"그래."

"뒷감당은 네가 다 처리해. 양가 부모님께 뭐라고 말할지, 어떻게 수습할지 생각하고 나한테 보고하고."

소원이 혁에게서 등을 보였다가 다시 휙 돌아서 요목조목 따지기 시작했다. 이대로는 억울하다 싶어서였다.

"이건 혹시나 네가 오해할까 봐 말하는 건데, 이걸 빌미로 따지고 들어올까 봐서. 물론 내가 추가로 기입한 반지에 대한 조항을 어기긴 했지만 이건 잘못이 없다고 생각해. 왜냐면 첫 번째 조항 뒷내용을 보면 둘 중 한 명이 정말로 결혼하고 싶은 상대가 나타났다거나 할 때 파기할 수 있다고 쓰여 있으니까. 그리고 일곱째, 밖에서는 부부의 모습으로 보이게끔 서로에게 최선을 다한다. 이역시도 1번과 같은 사유로 정당화시킬 수 있다고 생각하고. 그 밖에는 나는 나름대로 최선을 다했다고 생각해."

듣다 못한 혁이 비웃음을 내뱉으며 소원에게 비아냥거렸다.

"최선? 아아, 그러니까 네 말은 최인성이 결혼하고 싶은 상대였다?"

혁은 소원이 인성을 정리한 줄 모르기 때문에 그렇게 반응한 것이지만 소원은 혁의 태도에 화가 더 치솟았다. 꼭 저렇게까지 말을 해야 속이 시원할까 싶었다. 소원은 그대로 짐을 싸 들고 밖으로 나왔다. 이 울분을 어디에다가 토해내야 할지 몰라 혼자 씩씩거리기 바빴다.

그래. 이소원, 넌 대체 뭘 바랐던 거야. 이렇게 나올 줄 몰랐어? 뭘 기대하고 혼자 아등바등이냐. 꼬락서니 우습게.

"택시!"

절교야, 너. 너 절교라고, 진짜. 이제 끝이라고, 끝!

"아저씨, 문래동이요."

온몸을 부르르 떨며 소원이 택시에 탑승했다. 결국 다시 그곳으로 돌아가는구나. 나의 집으로. 그래. 여기가 터도 좋고 괜찮지. 요가원이랑도 가깝고. 교통도 편리하잖아. 혼자 살기 아늑하고. 개새끼, 나쁜 놈.

"싹 다 빼갔구나, 진짜."

텅 빈 집. 공기마저 텅 비어 있었다. 그러고 보니 엄마가 여기 곧 처분한다고 했었는데. 여기까지 팔리면 나 진짜로 오갈 데 없는 신세네. 비참하다. 어쩌다 네 인생 이렇게 됐니, 이소원. 빨리 결혼하라는 압박을 피해보려고 시작한 일이었는데 이렇게 꼬일 줄은 몰랐다. 그것도 하필, 운혁과.

"집부터 다시 구해야겠다."

소원은 가까운 편의점에서 맥주와 안주거리를 사들고 왔다. 그러고는 매트리스만 덜렁 있는 침대에 기대어 방을 알아보기 시작했다.

"뭐가 이렇게 비싸? 언제 이렇게 시세가 올랐대."

소원이 핸드폰으로 검색을 하며 툴툴거렸다. 거기다 언제 또 맥주는 동이 났는지 마시려고 보니 바닥이었다. 캔을 위로 들어 열심히 흔들어봤지만 마지막 한 방울까지 남기지 않고 흡입한 탓에 빈 깡통이었다. 소원은 신경질적으로 캔을 구겨서 바닥에 툭 던졌다. 벌써 그렇게 바닥에 나뒹구는 캔만 세 개였다. 설상가상 핸드폰은 배터리가 거의 다 되어 꺼지기 직전이었다. 게다가 곧 있으면 해가 뜰 시간이기도 했다. 그녀가 거칠게 오징어 다리를 물어뜯었다.

"아악!"

그러다 갑자기 머리를 헝클어뜨리며 포효했다. 생각해보니 너무 억울했다. 내가 지금 왜 이 짓을 하고 있는 거야? 잠도 못 자고 밤새 왜? 좋지도 않은 술까지, 그것도 살찌는 맥주를 세 캔이나 마셔가며 왜 이런 스트레스를 받아야 하는 건데! 아니, 왜 이런 청승을 떨어야 하는 건데!

억울함이 마구 샘솟았다. 이건 좀 아니잖아. 근데 또 쓸쓸하네. 내가 이렇게 힘들어하는 걸 알아줄 사람이 없네. 참, 거지같은 현실이야.

"후우."

소원은 침대에 벌러덩 누우며 천장을 멍하니 응시했다. 엄마 보고 싶다. 엄마가, 갑자기 너무 보고 싶다. 소원이 핸드폰을 들더니 생각을 행동으로 옮겼다. 술과 감정에 취하니 제멋대로 손이 움직였다. 신호가 얼마 가지 않아 반가운 목소리가 들렸다.

-이 지지배는 지금이 몇 신데 전화질이야.

그녀의 목소리는 많이 잠겨 있었다. 잠에서 막 깼으니 당연했다. 새벽 6시가 다 되어가는 시간이었으니까.

"……엄마."

소원이 어렵게 미라를 불렀다. 엄마의 목소리를 들으니 갑자기 눈물이 왈칵 쏟아져 나왔기 때문이었다. 하, 나 참 눈물이 많은 애구나. 몰랐는데 진짜 잘 우네. 그동안 이 많은 눈물을 참고서 어떻게 살았대.

-무슨 일 있니?

미라가 차분하게 물었다. 역시 부모는 달랐다. 목소리만으로도 직감적으로 소원에게 어떠한 일이 있음을 알아차렸다. 잘 하지도 않는 전화를 새벽에 한 것도 한몫을 했지만.

-운 서방이랑 싸웠어? 혁이가 힘들게 했구나. 뭐 잘못했네, 그치?

소원이 간신히 눈물을 삼키며 그녀에게 대답했다.

"아니야. 그런 거 없어. 그냥 갑자기 엄마 보고 싶어서."

·······.

"새벽에 잠 깨워서 미안. 엄마, 나 배터리가 없어서 곧 폰 꺼지 겠다. 이따 아침에 다시 전화할게."

소원이 황급히 전화를 끊으려고 마무리했다. 더는 참기 어려운 모양이었다. 그때 미라가 말 한마디를 건넸다.

-엄마는 항상 네 편인 거 알지? 네가 무슨 일을 했건, 어떤 일을 벌였건 간에 그만한 이유가 있다고 생각해. 그러니까 힘내, 이것 아.

"으응!"

소원의 마지막 말과 함께 핸드폰이 탁 꺼졌다. 그 후로 소원은 목 놓아 울었다. 너무 마음이 아파서, 미안해서, 힘들어서. 복합적 인 감정이 터져 나왔다.

그러곤 알아차렸다. 미라가 계약에 대한 걸 알고 있음을. 그때 봤구나. 계약서를 가지러 이곳에 왔을 때 엄마는 일부러 못 본 척 했던 거였어. 생각해보니 이 집이 아직까지 남아 있는 게 말이 안 된다. 엄마 성격이라면 벌써 팔아 치우고도 남았을 텐데. 근데 이 집은 아직 내 명의로 남아 있었다. 이런 일이 생길 줄 알고 남겨둔 건가. 그게 아니고서야 여기가 이렇게 비어 있다는 건 말이 안 되 니까.

"끅끅, 흡, 흑."

소원은 숨 넘어갈 듯이 서럽게 울어댔다. 물론 이 상황이, 이 현 실이 소원만 힘든 것은 아니었다. 그녀가 집을 나간 후로 그 자리에서 꿈쩍도 하지 않고 숨만 쉬고 있는 사람도 있었다.

"해 떴네."

이것이 아무런 미동도 없었던 그가 다섯 시간 만에 입을 열어
한 말이었다. 그의 목소리에는 아무런 감정도 담겨져 있지 않았다.
혁은 자리에서 스르륵 일어섰다. 그러고는 기계적으로 출근할 준
비를 했다. 혁의 모든 행동에는 어떠한 희로애락도 없었다.

제12화. 이젠 내가 시작할 거야

"하하, 하아."

준비를 마친 혁이 밖으로 나가려고 신발을 신었다. 넓은 신발장에는 혁의 것이 다였다. 불과 몇 시간 전까지만 해도 소원의 구두와 운동화로 빼곡했었는데. 저도 모르게 지어지는 그의 미소엔 씁쓸함이 가득했다. 말하려고 했다. 변명하려고 했다. 모든 걸 이해시키려고 했다. 미안하다고, 제정신이 아니었다고. 그렇지만 내 감정, 널 향한 내 마음은 모두 진심이라고 얘기하려고 했다.

하지만 입이 떨어지지가 않았다. 그래서 나는 너를 피했다. 그게 내가 선택한 방법이었다. 소름 돋도록 비겁하고 지독하게 이기적인 모습이란 걸 알면서도, 너를 볼 면목이 없어서 피해버렸어. 너의 눈물의 온기가 아직도 이렇게 생생한데 내가 어떻게 널 볼 수 있겠니. 돌이킬 수 없는 파렴치한 짓을 저질렀는데 내가 어떻게, 어떻게 널 마주할 수 있겠니.

'왔어?'

차디찬 너의 말투. 날 보는 싸늘한 시선. 베일 것만 같은 날카로운 공기 속에서 내가 할 수 있는 건 아무것도 없었다. 그저 네가 원하는 대답을 해주는 것뿐.

띠릭.

혁은 문을 열고 출근을 했다. 이 문이 다시 여자의 손길을 탄 것은 며칠 지나지 않아서였다. 소원이 집을 나간 지 사흘째 되던 날, 다시는 이곳에 볼일이 없을 것 같았던 그녀가 낑낑거리며 문을 열었다. 그녀의 양손에는 전에 들고 나갔던 짐 꾸러미가 있었다.

"돼지우리가 따로 없네."

사방에 널린 맥주와 소주병을 보며 소원이 혀를 끌끌 찼다. 컵라면 용기 안에 불어터진 면과 군데군데 흘린 분말스프는 덤이었다. 불행인지 다행인지 설거지거리는 없었다. 여기저기 어지럽혀진 쓰레기가 많을 뿐이었지.

"며칠 사이에 이렇게 더러워질 수 있다니. 아무튼 대단해."

소원은 대충 짐을 소파에 던져두고 청소를 하기 시작했다. 혁이 술을 이토록 좋아하던 친구였던가. 그동안 혁이 많이 힘들어했음을 단박에 알 수 있는 증거들이었다. 소원은 한숨을 푹푹 쉬며 커튼을 쳐 환기를 시켰다. 그래도 기분은 나쁘지 않았다. 나만 힘든 게 아니라는 생각에, 혁도 이만큼 고통스러워했다는 사실이 살짝 웃음 짓게 만들었다. 소원은 이왕 한 김에 대청소까지 하려는지 머리까지 질끈 묶었다. 청소기를 밀고 묵은 먼지들을 털어냈으며 걸레로 바닥을 닦았다. 어지럽혀진 물건들도 차츰 제자리를 찾았다.

띠띠띠.

손을 탁탁 턴 소원이 깔끔해진 집 안을 보며 승리의 미소를 지었다. 때마침 비밀번호 누르는 소리가 들렸고 혁이 등장했다.

"왔어?"

며칠 전과는 전혀 다른 분위기였다. 아무렇지도 않게 자신을 맞이하는 소원을 보며 혁은 너무 놀라 아무 말도 할 수 없었다. 혁의 얼굴엔 그늘이 잔뜩 드리워져 있었다. 그건 소원도 마찬가지였지만. 아무렇지 않은 척해가며 감정을 숨기려 했으나 그녀의 얼굴은 많이 수척해져 있었고 어둠이 깔려 있었다.

그런 소원을 보며 혁은 무슨 말을 해야 할까, 다시 마주친다면 용기를 내어 소원을 찾아간다면 어떤 말부터 꺼내야 할까 수많은 생각과 고민을 하며 이땐 이렇게, 저땐 저렇게 말해야지 다짐했지만 실전에선 모두 무용지물이었다. 예상 질문까지 뽑아가며 만반의 준비를 다 했지만 소용없었다. 머릿속이 새하얘지고 말문이 턱 막혔으니까.

"아무리 생각해도 너무 억울해서."

"……."

"잘못은 네가 했는데 왜 내가 나가야 하나 싶기도 하고. 또 나는 살던 집도 다 처분해서 갈 곳도 없는데 청승 떠는 것도 영 아니지 싶고. 부모님 뒷감당도 사실 좀 두렵고. 네가 처음에 했던 말대로 어쨌든 결혼이 장난은 아니니까. 그리고 무엇보다."

소원은 횡설수설 말했지만 그래도 어느 정도 속에 있는 말들은 꺼낸 듯했다. 그녀는 주저리주저리 하던 말을 멈추고 혁을 똑바로 마주했다. 어느새 그의 눈시울은 붉어져 있었다.

"너한테 사과, 변명. 그 어떤 거라도 제대로 들어야겠어."

"……."

"들어와. 언제까지 그렇게 서 있을 건데? 야, 그리고 이게 사람 사는 집이냐. 돼지우리도 이것보단 깨끗하겠다."

"……내가 나가줄게."

분위기를 바꿔보고자 시시껄렁한 농담 따먹기도 던져보았지만 허사였다. 이게 아닌데, 이런 걸 원한 건 아니었는데. 혁이 황급히 밖으로 나가려고 하자 소원이 그를 나지막이 불렀다.

"나 지금 노력하는 중인데. 안 보이나? 그럼 어떻게 해야 보이려나."

"……."

"보아하니 그간 너도 힘들었던 것 같고. 나는 서로 풀자고 온 건데. 화해. 사실 화해라고 말하는 것도 웃기지만 난……."

"미안해."

"……."

"정말 미안하다, 이소원."

그의 등 뒤로 울려 퍼지는 낮은 음성에 소원의 눈가가 촉촉해졌다.

"얼굴 보고 얘기해."

"나는."

"그렇게 피하지 말고. 내 눈 보고 얘기해줘."

잠시 서로의 공간에 침묵이 흘렀다. 혁이 몸을 돌려 다시 소원을 마주할 때까지는 참으로 오랜 시간이 걸렸다. 그 시간 동안 서로 아무런 말도 없이 그렇게 한참을 있었다. 소원은 기다리는 마음으로, 혁은 고민하는 순간들로.

"미안."

"실수야, 진심이야?"

"……."

"진심을 가장한 실수인가? 실수를 가장한 진심인 건가. 얘기를 안 해주니 도통 모르겠어서."

"……."

"진실. 내가 듣고 싶은 거. 내가 여기 다시 온 계기. 내가, 내가 널 지금 마주하고 있는 이유."

"실수였어. 진심이었고. 그러니 뭐가 됐든 틀린 말은 아니겠지."

소원의 동공이 심하게 흔들렸다. 갑자기 그녀가 크게 웃으며 산통을 깼다. 하지만 이미 무거워질 대로 무거워진 공기는 바뀔 틈이 없었다.

"무슨 엎드려 절 받기도 아니고. 얼른 쉬어. 밤도 늦었고, 내일 또 출근하려면."

소원은 어깨를 으쓱하며 자신의 방으로 들어갔다. 안으로 들어온 그녀는 문에 기대어 눈물을 훔쳤다. 그녀의 가녀린 어깨가 들썩였다. 소원은 3일 밤낮으로 혁이 생각났다. 혁의 말이 잊히질 않았다. 물론 술을 마시고 자신에게 큰 실수를 한 건 반박할 수 없는 현실이었다. 그래서 집을 나오고 첫날은 너무나도 힘들었다. 그래서 저도 모르게 미라한테도 전화를 한 것이었고.

그렇지만 거기에 상처를 받은 것도 잠시였을 뿐, 자신에게 와서 어떠한 해명도 진심도 털어놓지 않는 그의 모습에 더 큰 상처를 받았다. 화가 났고 분노했다. 다음 날이면 그가 자신을 찾아와 어떤 말이라도 해줄 줄 알았다. 하지만 그것은 그저 그녀의 바람으로 끝나버렸다.

"어떻게 해야 믿을 거냐고? 네가 이렇게 나오는데 내가 어떻게 믿어. 믿음을 줘야 믿지. 등신."

소원은 중3 때 있었던 일을 떠올렸다. 자신을 위해 싸웠던 혁을.

"다 필요 없어!"

새 학기가 막 시작되었을 무렵, 소원은 엄마와 대판 싸우고 집을 나갔다. 정확히는 가출이었다. 그게 그녀 인생의 첫 가출이었다. 이유는 인문계와 실업계를 두고 어디를 갈 것인지에 대한 대립이었다. 지금 생각해보면 너무 유치하고 한없이 별거 아닌 이유였지만 그 당시에는 그녀에게 엄청나게 큰 미래였다.

이 당시에도 소원은 돈을 많이 벌어 빨리 성공하고 싶다는 의지가 가득했다. 그래서 인문계보다는 공고나 상고를 가서 기술을 배우고 싶었다. 하지만 부모님의 생각은 너무 달랐고, 이해는커녕 무시만 하는 엄마가 원망스러워 그녀는 무턱대고 집을 나왔다. 물론 그 대립 과정에서 악을 지르는 그녀에게 맞서는 엄마의 손찌검도 당연히 있었다. 그것이 집을 나온 가장 큰 이유였지만.

아무튼 이건 어린 시절의 오기였고 반항이었다. 이 세상엔 자신의 편이 없다며 세상을 향해 욕을 하던 시절, 사춘기.

"엿 같아, 진짜. 짜증 나! 엄마면 다야?"

그녀는 자신의 의견은 항상 무시당한다고 생각했다. 자신의 선택이 항상 틀렸다며 질책하는 부모님이 미웠고 싫었다. 다 저를 위해서 그랬던 것인데, 그때는 알지 못했다. 그것이 세상 물정 모르는 16살이, 나도 생각이 있는 한 사람이라고. 알 거 다 아니까 존중해 달라고 소리칠 수 있는 수단이었다. 하지만 막상 나와서 길거리를 돌아다녀 보니 갈 곳이 없었다. 늦은 밤 주머니에 있는 천 원으로 중3이 할 수 있는 것이라곤 아무것도 없었다. 이럴 줄 알았으면 지갑이라도 챙겨 올걸.

꼬르르륵.

"아이 씨, 되는 일이 하나도 없네."

그때 배에서 밥 달라는 신호가 울렸고 그 요란한 소리에 결국 소원은 슈퍼로 향했다. 그녀는 빵이랑 우유를 사서 집에서 최대한 멀리 떨어진 놀이터로 갔다. 폰을 꺼내 확인해보니 부재중 통화와 문자가 수십 통 와 있었다. 순식간에 핸드폰이 뜨거워졌다. 폰을 꺼뒀었기 때문에 한꺼번에 몰려서 온 탓이었다.

문자의 상당수는 혁이었다. 온통 어디냐, 전화는 왜 안 받느냐는 내용 들이었다. 그녀는 혁이 알면 엄마의 귀에 바로 들어갈 것만 같았기 때문에 그에게도 자신이 어디에 있는지 말하지 않았던 것이었다. 겨울이 아니라서 참으로 다행이었다. 늦여름이라 야외에 있어도 입 돌아갈 일은 없겠네. 소원은 좋은 게 좋은 거라며 나름 긍정적으로 생각했다.

-너 진짜 가출했어? 그래서 지금 어딘데?

그랬던 소원이 가장 먼저 전화를 건 상대는 다름 아닌 혜윤이었다.

"놀이터."

-어디 놀이터?

"몰라 어딘지. 그냥 막 돌아다니다가 온 거라서."

-그래도! 근처에 뭐 보여?

"근처에? 글쎄. 근데 왜 이렇게 꼬치꼬치 캐물으실까? 운혁한테 고자질 하려고 그러지, 너."

-미친년. 걱정되니까 묻는 거지.

가을이 오기 전의 밤하늘은 영롱했다. 시원한 밤공기에 탁 트인 전경을 보고 있자니 소원은 마음이 편해지는 것 같았다.

"근데 여기 담배 피우는 고딩들 짱 많아."

11시가 넘어가니 하나둘 무리들이 나타나기 시작했다. 그들과 엮여서 좋을 거 없으니 자리를 옮겨야 했다. 그렇게 슬슬 놀이터를 벗어나려던 때였다.

"여어, 교복!"

"산곡중!"

"너 말이야. 너."

가출한 지 네 시간이 되어가는 시점이었다.

"가출했어? 오빠들이 놀아줄까? 일단 전화부터 끊고."

다섯 명의 무리. 딱 봐도 질 나빠 보이는 사람들이었다. 그들이 소원에게 말을 걺과 동시에 그녀의 머릿속에는 딱 하나의 울림만이 존재했다.

'잘못 걸렸다.'

하지만 이미 때는 늦은 것 같았다.

"예쁘장하게 생겼네."

"이소원? 이름까지 예뻐."

그중의 두 명이 그녀에게로 바싹 다가왔고, 심지어 한 놈은 어깨동무를 하며 쓸데없는 스킨십까지 했다.

-여보세요? 소원아, 너 괜찮아? 여보…….

"태란공고!"

그들이 핸드폰을 뺏자 소원은 전화가 끊기기 직전에 소리쳤다. 자신에게 혹시 모를 일이 일어날 수도 있었으니까.

"오, 우리 학교 알아? 하긴 우리가 좀 유명하긴 하지."

"오빠들이 학교에서 제일 잘나가거든. 너 운 좋은 거다?"

"몇 살? 몇 학년?"

"병신아, 산곡중 명찰 흰색이면 중3이잖아."

소원이 자연스럽게 어깨동무를 빼며 스킨십을 거부하자 그들이 낄낄거리며 그녀 주위를 빙 둘러쌌다. 더 옴짝달싹하지 못하게 만드는 게 그들의 목표 같아 보였다. 핸드폰은 바닥에 툭 하고 무참히 던져졌다.

"잠깐, 중3? 그럼 그 개새끼랑 같은 학년이네."

"운혁 씹새끼 알지?"

불현듯 그들에게 안 좋은 기억이 떠올랐는지 인상을 팍 쓰며 짜증을 내기 시작했다. 현재의 기분을 표현하는 욕지거리는 덤이었다.

"지네 학교 유명 인사잖아. 모르겠냐?"

운이 나빴다. 교복을 입는 게 아니었다. 옷이라도 갈아입고 싸울걸. 그럼 사복일 텐데. 산곡중 교복을 입고 있어서 더욱 표적이 된 것이었다. 갑자기 소원에게 기억 하나가 스쳐지나갔다. 일전에 혁이 친구들이 태란공고와 쌈질을 했다는 기억 말이다. 더불어 태란공고가 무참하게 깨졌다는 것도.

"저기요."

"저기요? 와, 박력 보소."

"왜 엄한 데다 화풀이세요."

"푸하하하. 얘 뭐래."

"어이, 꼬맹이, 집 나오더니 정신도 가출했냐?"

그들은 점차 소원을 옥죄어왔고 담배 연기를 내뿜으며 손가락으로 그녀의 머리를 툭툭 쳤다. 소원이 가장 자신을 많이 건드린 남자를 째려보니 급기야 손으로 머리를 내리치기까지 했다.

"씨발."

"뭐 발?"

"씨발! 왜 때려!"

그 화는 더 큰 화를 불러일으켰다. 머리를 내리친 남자가 소원의 얼굴을 때린 것이었다. 그녀에겐 참으로 엿 같은 상황이 아닐 수 없었다. 결국 소원도 이성을 잃었고, 그 남자를 물고 할퀴고 때리며 덤벼들었다. 여자 한 명이 남자 다섯 명을 상대하는 건 말도 안 되는 일이었다. 소원은 한 놈만 노리자는 심정으로 달려들었지만 얼마 지나지 않아 일방적으로 맞는 상황이 연출되었다. 당연한 결과였다.

"이 씨발, 산곡중은 미친 연놈들밖에 없나!"

"아오, 존나 아파."

그렇게 얼마나 시간이 흘렀을까. 피부가 얼얼해지다 못해 감각이 차츰 없어질 때쯤 그들이 발길질을 멈췄다.

"야, 멈춰봐. 아파 뒤지겠네! 저년 옷 벗겨. 너 아주 잘 걸렸다."

한 명이 우악스러운 손길로 소원의 옷을 벗기려고 했다. 그녀에게 물어 뜯겨 잇자국대로 피가 고인 손으로 말이다.

"까아아아악!"

하지만 그는 소원의 단말마 비명과 함께 저쪽으로 나가떨어졌다. 그를 그렇게 만든 건 다름 아닌 혁이었다.

"그때 그 순간은 진짜, 친구가 아니라 기대고 싶은 남자로 보이더라."

처음이었다. 자신을 위해 혼신의 힘을 다해 싸워주고 지켜주는 남자를 눈앞에서 보는 건. 주체하지 못하는 분노를 퍼부으며 이성을 잃은 혁의 모습을 보는 건 정말 처음이었다. 잊을 수 없었다. 그때 정말 혁이 멋있어 보였으니까. 혁을 보며 심장이 이렇게 심하게 뛰는 것 또한 그때가 처음이었다.

"그 후로 내가 얼마나 노력했는데."

남자가 아닌 친구로 보려고. 한동안 너만 보면 떨려서 내가 얼마나 힘들었는데. 그때 혁의 싸움 실력은 어마무시했다. 괜히 학교에서 유명한 게 아니었다는 걸 새삼 느끼게 되었다. 그들은 다섯이나 됐으면서도 혁에게 완패했다. 뒤늦게 안 사실이지만 혁은 그날 소원을 찾으려고 두 시간 넘게 동네를 돌아다녔다고 한다.

소원이 전화가 끊기기 전 혜윤에게 알려준 정보 덕분에 더 큰 봉변을 당하기 전에 다행히 혁이 그녀를 발견했고 구해낼 수 있었던 것이다. 그날 소원은 혁에게 안겨 미친 듯이 울었다. 몰골은 말이 아니었고 얼굴은 더 만신창이였다. 혁은 소원과 새벽 내내 같이 있어주다가 집까지 데려다주었다.

엄청 혼날 거라는 예상과는 달리 밤새 소원을 기다린 엄마 아빠가 그녀를 꼭 껴안아주었다. 심각한 자신의 상태를 보며 셋이서 또 한바탕 눈물바다 속에서 헤엄쳤었지. 혁은 그 모습을 뒤에서 유유히 지켜봤었고. 사실 소원이 혁과 같은 고등학교에 가게 된 건 이날의 일이 컸다고 할 수 있었다. 집에 오기 전, 혁은 그녀를 설득했고 혁의 걱정과 진심이 통해 그들은 나란히 인문계 고등학교에 입학했다.

'지켜줄게.'

'……'

'그게 뭐든.'

'……'

'안 좋은 일 생겨도 언제든 지켜줄 테니까 혼자 그러지 말고 기대라고, 등신아.'

'등신? 내가 등신이면 넌 병신이야. 잘 나가다가 꼭 이래.'

문득 떠오른 과거의 일에 소원의 입가에 잔잔한 미소가 그려졌다. 지켜준다면서? 기대라면서. 하나도 못 지키고 있네.

"등신."

갑자기 왜 이때의 일이 떠올랐는지는 모르겠지만.

"그래도 덕분에 깨달았네."

확실히 알게 되었다. 자신 또한 혁을 마음에 담고 있었다는 것을. 그게 언제부터인지는 모르겠지만 그게 뭐 중요한가. 지금이라도 깨달았다는 게 중요하지. 사흘간 집에서 혼자만의 시간을 가진 게 오히려 잘된 일이었다. 뒤늦게 깨달은 무언가가 있으니까. 그동안 혁에게 바란 것들이 있었는데 그렇게 해주지 않으니까 화가 났던 것이었다. 그 출처는 섭섭함에 있었고. 원인은 결국 혁을 생각하는 자신의 감정이었다. 인생 참 신기하고 재미있다. 사람 일은 모르는 거라더니. 우리가 이렇게 될 줄 꿈에도 상상했었겠는가.

갑자기 마음이 홀가분하며 개운해졌다. 어깨 위의 짐들을 다 내려놓은 기분이 들어 소원은 침대에 누웠다. 따뜻함과 포근함이 그녀를 감싸줬다. 피곤하네. 그동안 너무 많은 일이 있었어. 머리도 좀 쉬어야지. 지금만큼은 아무 생각 하지 말고 자자.

"으음."

다시 눈을 떴을 땐 다음 날 점심이었다. 소원은 창문 아래로 강하게 내리쬐는 햇볕 덕분에 깼다. 씻지도 않고 꼬박 반나절은 잤구나. 한 번도 안 깬 게 더 신기하네. 그래도 간만에 너무 푹 잔 것 같아서 기분이 좋았다. 몸도 가뿐해진 느낌이었다. 집 안은 조용했다. 혁이 출근했으니 당연한 것이었지만.

"헉. 늦었다!"

부랴부랴, 허둥지둥. 소원은 몸을 바삐 움직였다. 오늘부터 다시 수업을 나가야 했기 때문이었다. 그간 아프다는 핑계를 대고 요가원 수업을 다 뺐던 소원이었다. 도저히 그 정신으로 누군가를 가르친다는 건 무리라고 판단했다. 집중력이 없을 때 몸을 쓰다 보면 다칠 위험도 컸고. 물론 너무 복잡해서 머리가 터져버리기 직전일 때는 동네를 미친 듯이 뛰어다녔지만.

"나마스떼."

오늘의 수업이 모두 끝난 저녁 8시. 회원들이 소원에게 이제 아픈 건 괜찮은지 안부를 전하자 그녀가 걱정하지 말라는 듯 씽긋 웃었다. 그녀는 후다닥 퇴근 준비를 마치고 요가원을 나왔다. 혁과 와인 한잔을 즐기기 위해서였다. 뭐가 됐든지 간에 다시 시작하려면 엉킨 실타래를 제대로 풀어야 한다고 생각했기 때문이었다.

소원은 백화점에 들러 간단히 장을 보았다. 와인과 함께 즐길 안줏거리에 쓰일 재료들을 샀고, 집으로 와 카나페를 만들었다. 와인에 딱 어울리는 좋은 핑거푸드였다. 크래커 위에 과일과 생크림을 얹거나 참치에 크림치즈 혹은 으깬 계란에 야채를 넣어 알록달록 예쁘게 만들었다. 종류도 여러 가지이니 골라먹는 재미가 쏠쏠하겠지. 완성되어 데커레이션까지 마친 접시를 보며 소원은 뿌듯한지 어깨를 으쓱였다.

-상대방이 전화를 받을 수 없어 음성사서함으로 넘어갑니다.

소원은 혁에게 전화를 걸었다. 하지만 긴 신호음이 갔음에도 불구하고 그는 전화를 받지 않았다. 안내 멘트로 넘어가자 소원은 통화를 종료했다.

"뭐야. 바쁜가."

혹시 몰라 또 한 번 전화를 해봤지만 마찬가지였다. 지금쯤이면 퇴근하고도 남았을 시간인데. 야근하나? 그런 말 없었는데. 혹시 아직도 나 피하는 건가.

[바빠? 야근…….]

문자를 남기기 위해 소원이 타자를 치기 시작했다. 그러기가 무섭게 진동이 울리면서 혁에게 문자가 왔다.

[야근. 늦어 오늘.]

"우씨! 얘기라도 해주든가."

소원이 핸드폰을 소파에 집어 던지며 볼멘소리로 투덜거렸다. 한참을 뾰루퉁하게 있던 그녀가 다시 주섬주섬 소파로 가 핸드폰을 켰다. 뭐라고 보낼까. 지웠다 썼다 반복하며 고민에 잠기던 그녀가 30분 만에 드디어 한 통을 전송했다.

[할 말 있으니 기다리겠음. 최대한 빨리 오셔.]

그 후 얼마나 시간이 흘렀는지 모른다. 그저 문자 답장도 없는 혁을 우두커니 기다릴 뿐. 소원은 피곤했는지 꾸벅꾸벅 졸기도 하고, 할 말을 수첩에 정리하다가 낙서를 하기도 하면서 시간을 때웠다. 그러다 결국 지쳐버렸는지 분함을 삭이지 못하고 혼자 와인을 마시기에 이르렀다.

"이렇게 나온다, 이거지?"

와인 잔이 채워지고 비워지고를 반복했다. 병에 든 와인의 양이 줄어들수록 취해가는 속도는 빨라졌다. 눈이 풀리고 턱을 괴고 있는 손에 힘이 풀리고. 정신을 거의 놔버릴 때쯤, 이윽고 혁이 왔다. 새벽 2시 반이었다.

"야! 너!"

혁이 들어오기가 무섭게 소원이 삿대질을 하며 소리를 버럭 질렀다. 몸을 제대로 가누지도 못해 비틀거리면서 말이다. 혀는 또 어찌나 꼬여 있었는지 반쯤 없어진 사람처럼 발음했다.

"술 마셨냐."

"구래! 네놈 기다리면서 마셔따!"

"뭔 술을 이렇게 많이."

"감히 문짜를 씨버? 내 문짜를? 그리고 지금 며 씨야!"

반 토막 난 소원의 발음과는 다르게 아주 차분하고 이성적인 혁의 목소리였다. 그 모습이 소원을 더욱 속상하게 만드는지, 그녀는 서운한 표정을 숨길 수가 없었다.

"늦는다고 했잖아."

"너, 너. 너! 으악!"

결국 엉거주춤 걷던 소원이 발이 꼬여 자빠졌다. 아픈지 심하게 표정을 구겼다. 그 모습에 혁이 한숨을 푹 쉬었다. 소원은 점차 그 아픔이 심해지는지 울상이 되더니 급기야 목 놓아 울기 시작했다.

"데여떠 데여떠. 으헝헝, 아파."

바닥에 마찰되며 무릎이 까졌고 붉게 생채기가 났다. 뭐가 그리 서러운지 소원은 마구 울어 젖혔다. 혁이 그녀의 옆에 쭈그려 앉으며 다친 곳을 살폈다.

"애냐."

"너 때무니자나! 끅끅, 흐엉."

"뚝. 한두 살 먹은 애도 아니고."

혁은 구급상자에서 연고와 밴드를 가지고 와 약을 손수 발라준 뒤 밴드를 붙여주었다. 중간에 소원이 따갑다고 칭얼댔지만 사뿐히 무시하며 말이다.

"너 내일 쪽팔려서 내 얼굴 어떻게 보려고 이래?"

"아닌데."

소원의 분위기가 순식간에 바뀌었다. 그녀는 한 글자 한 글자 또박또박 힘을 주어 말했다. 발음이 꼬이지 않게, 취하지 않은 사람처럼. 혁에게 자신의 속 안에 있는 말을 온전히 끄집어내려 애썼다.

"아니긴 뭐가. 그리고 혼자서 와인 한 병을 다 해치우는 여자가 어디 있냐."

"네가 안 왔잖아."

"안 왔으면 그만 마시고 잤어야지."

"기다렸단 말이야."

"……."

"계속, 올 때까지 계속."

혁이 소원의 두 눈을 마주했다. 아직 다 닦아 내지 못해 그렁그렁 맺힌 눈물이 반짝거렸다. 그가 손으로 그걸 닦아내주자 소원이 가만히 지켜보다가 손을 불쑥 내밀었다.

"악수."

혁이 머뭇거리다가 소원의 손을 잡았다. 소원이 열심히 팔을 흔들었다.

"화해했다, 이제."

"……."

"우리 화해한 거야."

소원이 씩 웃으며 혁의 머리칼을 쓰다듬었다.

"넌 짜샤, 운 딥따 좋은 고야. 나처럼 이러케 착한 여자가 오디에 이쒀! 화해는 쌍방 과실일 때 하는 건데. 내가 큰맘 먹꼬 봐줘따, 인마!"

"알았으니까 그만 자자."

소원이 헤헤거리며 고개를 끄덕였다. 혁이 소원을 일으켜 세웠고 방으로 들여보냈다. 안 가겠다고 버티는 것을 반강제로 말이다.

"내일도 또 그럼 국물도 없을 줄 알아!"

소원은 마지막 으름장을 남기는 것을 잊지 않았다. 혁이 알겠다며 그녀를 침대에 눕혔고 이불을 덮어주었다. 안 잘 것처럼 굴던 그녀는 혁의 토닥임 몇 번에 금세 꿈나라로 빠져들었다. 혁이 한숨 돌리며 불을 끄고 방에서 나왔다.

"이소원, 네가 이렇게 나오면 난 어떡하냐. 나보고 어떻게 하라고 이러냐."

혁은 소원이 어지럽힌 부엌과 식탁을 치우며 중얼거렸다. 그의 뒷모습이 참으로 씁쓸하고 쓸쓸해 보였다.

"으, 머리야."

다음 날, 소원은 온몸이 쿡쿡 쑤셔 인상을 팍 쓰며 일어났다. 머리도 심하게 울리는 것이 최악의 컨디션이었다. 소원은 목이 타 거실로 나와 물을 벌컥벌컥 들이켰다. 그러다가 깨끗해진 주방을 발견했고 불현듯 어제 일이 떠오르면서 마시던 물을 사방에 뿜어냈다.

"푸웁!"

그때부터 소원의 얼굴은 잔뜩 상기되어 있었다. 동공 지진이 일어났고 호흡이 가빠졌다.

"뭐지? 뭐야, 이 불길한 잔상들은?"

얼음처럼 굳어진 모습이 우스꽝스럽기까지 했다.

"설마. 아닐 텐데. 아닐 건데?"

소원은 시선을 천천히 밑으로 내렸다. 꿈일 거라고 굳게 믿으며 설마 하는 마음으로 확인했다. 밴드가 무릎에 예쁘게 붙여져 있었다.

"아악!"

소원이 별안간 소리를 꽥 질렀다. 그녀는 머리를 쥐어뜯고 눈알을 요리조리 굴리며 현실을 도피하려고 안간힘을 썼다. 하지만 그럴수록 어제의 일이 생생하게 기억났고 그녀는 어제 벌어진 말도 안 되는 상황들에 대해 부정하기 시작했다.

"그러니까 내가, 내가. 내가 뭘 한 거야? 이런 미친!"

그럴 리가 없다고 믿고 싶지만 점점 현실로 다가오는 어두운 그림자들.

'데여떠.'

"데여떠?"

'너 때무니자나! 끅끅, 흐엉.'

"흐엉?"

'넌 짜샤, 운 딥따 좋은 고야.'

"내 혀야, 너 어제 반 토막 났었니?"

소원은 어제 두 손을 꼭 잡으며 혁과 악수를 하고, 그의 머리까지 터치하며 스킨십을 나눈 모든 정황들이 퍼즐처럼 맞춰졌다.

"제정신이야? 미친 거 아냐!"

현기증이 다 난다. 눈앞이 캄캄한 게 아찔하다. 물, 무울. 무울!

"끄아아악."

소원이 아까보다 더 격하게 물을 흡입했다. 숨도 쉬지 않고 들이켜던 그녀가 호흡이 달리는지 헉헉거리며 컵을 내려놓았다. 그런 그녀의 눈에 띈 것은 선반에 놓인 토마토 주스였다. 시간이 많이 지났는지 갈린 토마토와 물이 분리되어 있었고 꿀도 함께 넣었는지 밑에 무언가가 가라앉아 있었다.

〈꼭 마시고 나가. 거르지 말고.〉

작은 포스트잇도 붙여져 있었다. 혁이 만들어놓고 간 것이었다. 토마토와 꿀은 숙취 해소에 좋은 음식들이었다.

"진짜 화해했긴 했네."

소원이 작게 웃음을 터뜨리고는 젓가락으로 휘휘 저어서 먹기 시작했다. 혁의 센스가 돋보이는 대목이었다. 그래도 다행히 결과물은 좋네. 나한테 후폭풍이 강해서 그렇지. 소원은 기지개를 켜며 나갈 준비를 했다. 그녀의 발걸음이 어딘가 모르게 가벼워져 있었다.

* * *

"오늘도 야근하려고?"

"론칭이 코앞이니까."

"무리하다가 병난다. 막상 당일 과로사로 쓰러지는 거 아냐?"

"그러니까요. 요즘 너무 일에 빠져 사신다니까요. 신혼 때 그러면 나중에 두고두고 책잡힌대요."

여직원이 한술 더 뜨며 성천의 의견에 도움을 보탰다. 혁이 괜찮다며 대답 대신 잔잔한 미소를 보였다. 하지만 혁의 말대로 곧 있으면 브랜드 론칭으로 이벤트 행사가 열린다. 사이트 오픈 날짜에 맞춰 몇 군데의 아울렛에도 미니 스토어를 열어 행사 기간 동안 납품이 들어갈 예정이다. 그래서 대대적인 홍보에 열을 올리고 있었다.

그 날짜가 열흘 앞으로 다가온 이 시점에서 야근이란 혁에게 가장 그럴싸한 변명거리이자 좋은 핑계였다. 물론 무조건 이 사업이 성공해야 하는 이유도 있기에 열심히 매진하는 것도 없지 않아 있었지만.

"그래도 홍보 반응들은 좋은 것 같아. 협찬도 알아보고 있으니까 다들 조금만 더 힘내자."

성천이 직원들을 다독이며 파이팅을 외쳤다. 혁은 성천에게 항상 고마움을 느꼈다. 어떻게 손을 대야 할지 막연했을 때 도움을 많이 주었던 성천이었다. 그와 같이 손을 잡은 이후부터는 날개 달린 듯 일들이 일사천리 진행되었다. 노하우와 경험이 많은 덕분이었다.

지이이잉.

그때 혁의 핸드폰이 울렸다. 소원에게서 온 문자였다. 언제 들어오냐는 내용이었다. 혁은 잠깐 확인만 하고 폰을 내려놓았다. 성천이 답장 안 하냐는 식으로 혁을 쳐다보자 그는 괜히 눈치가 보여 고민을 하다가 결국 답장을 보냈다. '오늘도 야근'이라는 짤막한 문장으로 말이다.

벌써 며칠째였다. 자의 반 타의 반으로 소원과 화해한 이후로 혁은 매일같이 새벽행이었다. 얼굴을 마주할 자신이 없던 것이었다. 소원을 아무렇지도 않게 대하기에는, 이미 너무 많은 강을 건너버렸다고 생각했다. 그래서 조금 더 추스를 시간이 필요했다. 안 보고 싶은 것이 아니었고, 생각 안 나는 것도 아니었다. 조금만이라도 틈이 생기면 어떻게든 비집고 들어왔다. 이미 그에게 있어서 소원의 존재가 그렇게 되어버린 것이었다.

그렇기 때문에 깎이고 무뎌질 시간이 필요했다. 그놈의 화해 때문에 더욱. 앞으로는 예전처럼 지내야만 한다는 강박 관념에 사로잡혀 더욱 정리할 시간이 필요했다. 답장을 하고 얼마 지나지 않아 또다시 진동이 울렸다. 소원인가 싶어 흘끔 봤지만 다행이 그녀는 아니었다.

'이걸 다행이라고 해야 하나.'

문득 든 생각에 혁이 실소를 터뜨렸다. 이런 복잡한 감정이라니, 정말 싫다. 생각을 지우는 지우개가 있으면 얼마나 좋을까. 혁은 진동이 끊기기 직전에 전화를 받았다.

"네, 그럼 이따 거기서 뵙겠습니다."

그는 바삐 나갈 채비를 했다. 거래처와의 저녁 약속이 있어서였다. 기획 상품으로 준비하고 있는 것들이 있는데 그걸 홈쇼핑에 내보내기 위한 회의 겸이었다. 오늘은 쇼핑 호스트도 함께 나오기 때문에 방송 상품에 대한 것들을 대략적으로 설명해야 했다. 혁은 자료들을 챙겨서 밖으로 나왔다.

"어? 어디 가."

그런 혁의 앞에 나타난 것은 소원이었다. 한 손엔 도시락이 들려 있었다. 오늘도 당연히 야근이겠거니 싶어 함께 식사를 하려고 사온 것이었다. 혹시 모르니 문자로 확인을 한 것이었고 말이다. 혁은 뜬금없이 나타난 그녀를 보며 흠칫 놀라 굳어버렸다. 소원의 발걸음이 정말 예상 밖이긴 했지. 표정 관리가 하나도 되질 않았으니까.

"어, 그. 어쩐 일이야."

"같이 밥 먹으려고."

소원이 도시락을 흔들며 말했다. 혁은 시계를 확인하며 잠시 생각했다. 약간의 정적이 생겼다. 이 어색함마저 어색했다.

"바쁘구나."

"미팅 있어서."

"아아. 그럼 같이 못 먹어? 오래 걸려? 안에서 기다릴까."

"아니."

"아……."

단호박이었다. 예상치도 못한 혁의 반응에 당황했지만 소원은 침착하게 웃어 보였다. 그래도 조금이나마 반겨줄 거라 생각했는데. 그것은 큰 오산이었다. 반겨주기는커녕 내쫓겨나게 생겼네. 화해했다고 생각했던 것도 결국 나만의 착각이었나.

"오래 걸릴 거 같은데. 연락하고 오지."

"이거 그럼 회사 사람들이랑 야식으로 먹어. 어차피 나도 근처에서 볼일 보고 넘어온 거라서. 괜찮아."

"그래. 조심히 들어가고."

혁은 뒤도 안 돌아보고 그대로 다시 사무실로 올라갔다. 밖에 덩그러니 남겨진 소원은 몰려오는 섭섭함을 감출 길이 없었다. 얼굴 보기도 힘들고 목소리 듣긴 더더욱 힘들고. 고의적으로 피하는 것 같진 않지만 그렇다고 안 피하는 건 아닌 것 같고. 여러 가지로 소원은 혁에게 서운함을 느꼈다.

바쁠 수야 있지만, 얼마 안 남은 오픈일에 당연히 바쁘겠지만, 그래도 그의 행동은 뭔가 석연치 않았다. 이해 못 하는 좀팽이로 보이긴 싫어서 괜찮은 척 이해해주는 척했지만 속은 하나도 괜찮지 않았다. 바쁜 시기도 하필 화해하고 나서부터고. 벌써 그날 이후로 5일이 지났지만 예전만큼 관계 회복이 되지 않았다고 생각했다.

어딘가 모르게 무뚝뚝해진 것도 같고. 뭔가 말투나 행동이 미세하게 달라졌다. 그렇다고 변했다고 단정 짓기도 애매모호한 그런 모습이었다. 소원은 애써 착잡한 마음을 접으며 자신을 다독였다. 그렇게 터벅터벅 걸음을 옮기던 그녀가 어딘가에 전화를 걸었다.

"오랜만에 술이나 한잔할까."

-새삼스럽게 무슨 오랜만이야.

까랑까랑한 목소리의 주인공은 혜윤이었다. 소원은 혜윤과 급만남을 성사시켰고 홍대로 장소를 정했다.

"왜 이렇게 죽상이야?"

"내가?"

"너 무슨 일 있지?"

"없어."

혜윤은 소원을 보자마자 그녀의 심경에 이상이 생겼음을 단번에 알아챘다. 아니라고 잡아떼는 소원을 혜윤은 가자미눈처럼 흘겨보았고 바로 감을 잡았다.

"너 혁이랑 싸웠지?"

"아니거든."

"벌써부터 부부 싸움이냐. 결혼한 지 얼마나 됐다고."

혜윤이 혀를 끌끌 차며 고개를 저었다. 소원이 발끈하자 더욱 확신을 얻는 그녀였다.

"무슨 일인데."

"별일 아냐."

"별일 아닌데 얼굴이 다 죽어가니."

"그냥, 좀."

"뭐야. 뭔데."

"내가 혁이를 많이 좋아하는구나 싶어서."

"우웩! 갑자기 웬 사랑 고백."

소원의 입가에 씁쓸함이 맴돌았다. 아무것도 모른 채 얘길 하는 혜윤이 부럽기도 했다. 네 속은 참 편하겠다.

"나도 모르는 사이에 혁이 내 맘속에 들어왔더라고."

"그러니까 결혼한 거 아니야."

"그래, 뭐."

대체 어느 순간, 어떻게, 이렇게 들어왔니, 너. 언제부터 자리 잡고 있던 거니, 혁아. 생각보다 내가 너를 많이 생각하고 있었구나. 예상보다 훨씬 더 너를 좋아하는구나. 내가.

"오랜만에 스트레스나 풀러 갈까?"

"홍대로 정한 이유가 다 있었네."

"아니거든."

"그러다 운혁한테 걸리면? 나 사망일 것 같은데."

"오늘 야근이래."

"신혼인데 괜찮겠어?"

"지금 이 시간만큼은 자유다!"

소원이 말한 곳은 클럽이었다. 홍대의 자유분방함과 생생한 기운, 젊음을 느끼기에 제격인 곳이었다. 혜윤이 씩 웃으며 고개를 끄덕였다. 그들은 자주 갔던 곳으로 자연스럽게 향했다. 사람들로 줄이 길게 늘어서 있었고 입구에서부터 일렉트로닉한 사운드와 조명이 새어 나오고 있었다. 소원과 혜윤이 들뜬 모습으로 클럽에 입장했다.

시선을 빼앗는 화려함, 그리고 그 속에서 음악에 맞춰 몸을 흔드는 사람들. 이런 분위기, 오랜만이었다. 소원이 자리를 잡기 위해 천천히 앞으로 나아갔다. 점차 이곳에 눈과 귀를 익숙하게 만들며 서서히 빠져 들어갔다. 리듬을 타고 몸을 음악에 맡겼다. 혜윤은 벌써 적응이 완료되었는지 물 만난 물고기처럼 무아지경이었다.

"혼자 왔어요?"

그때 소원의 귓가에 대고 누군가가 소리쳤다. 소원은 아니라고 고개를 젓고는 그를 무시했다. 하지만 남자는 소원이 마음에 들었는지 계속 치근덕거리며 대화를 시도하려 했다. 그러자 소원이 춤추는 걸 멈추고 혜윤을 찾아 돌아다녔다.

방금 전까지 눈앞에 있었는데 대체 어디 간 거야. 달라붙지 말라며 남자를 흘끗 쳐다봐주고는 앞으로 나아가던 그때, 소원의 눈에 비친 익숙한 옆모습. 여기에서 마주치면 안 될 그런 친숙한 사람.

"운혁?"

쿵쿵쿵쿵.

소원의 심장이 별안간 빠르게 뛰기 시작했다. 상대 여자와 웃으며 몸을 흔들고 있다니. 야근이라며? 미팅 있다며. 마성에 걸린 것처럼 소원이 그에게 빨려 들어갔다.

"이소원!"

그때 혜윤이 소원을 툭툭 치며 불렀다. 양손엔 맥주가 들려 있었다.

"왜 그래?"

"어?"

"표정 뭐야. 어디에 홀린 사람처럼."

"혜윤아, 저기 저 사람."

"누구?"

"저기 지금 저 사람."

소원이 손가락으로 그를 가리켰다. 혜윤이 고개를 갸웃거리며 쳐다보았다.

"왜? 아는 사람이야?"

"혁이."

"뭐래."

혜윤이 헛소리하지 말라며 들고 있던 맥주 한 병을 소원에게 건네곤 소원을 끌고 앞으로 향했다. 소원이 잠깐 시선을 돌린 새에 혁은 사라지고 없었다. 그를 다시 찾아보려고 열심히 눈을 굴렸지만 그 어디에도 없었다.

"내가 잘못 봤나."

"당연하지. 혁이 지금 이 시간에 여기에 왜 있어. 자, 건배나 하자!"

병을 부딪친 혜윤이 맥주를 벌컥벌컥 들이켰다. 찝찝함이 있었지만 잘못 봤겠지 생각하며 소원은 다시 춤을 추었다. 그래. 운혁이 여기 왜 있겠어. 소원은 혜윤과 함께 몸을 흔들며 스트레스를 날려버렸다. 그렇게 맥주로 목을 축이며 놀고 있던 그녀에게 또다시 발견된 한 사람. 이번엔 옆모습이 아닌 정면이 제대로 눈에 들어왔다. 순간 놀란 소원이 들고 있던 맥주를 놓쳤다.

다행인지 불행인지 음악 소리 때문에 바닥에 곤두박질친 병 소리가 묻혔다. 안에 든 내용물은 바닥에 쏟아졌고 그 파편들이 그녀의 신발에, 혜윤의 신발에도 튀었다. 이때까지도 혜윤은 소원의 상태를 모르고 있었다. 옆에서 신나게 춤을 추던 혜윤이 일시 정지된 소원의 모습을 발견한 건 꽤 오랜 시간이 지나서였다. 혜윤이 왜 또 그러냐며 소원에게 물었다.

"저기."

"응?"

"혁."

"뭐?"

"혁이라고. 저기에."

소원이 말한 곳에는 또 다른 여자와 시시덕거리며 부비부비를 하고 있는 또 다른 남자가 있었다.

"너 미쳤어? 이쯤 되면 병이다. 맥주는 또 언제 떨어뜨렸대?"

혜윤은 엄한 남자를 향해 혁이라고 일컫는 소원을 보며 혀를 끌 끌 찼다. 조금이라도 닮았으면 말이라도 말지. 혜윤이 한숨을 푹푹 쉬었다. 소원이 다시 시선을 혁에게로 옮길 때면 이미 혁은 사라지 고 없었다.

"나 진짜 미쳤나 봐."

소원은 혼잣말로 중얼거리며 스테이지를 빠져나왔다. 영혼 없 이 걸어가는 소원의 뒷모습에 혜윤이 춤을 추다 말고 그녀를 따라 갔다.

"미안. 나 그만 가봐야겠다."

"그래. 너 좀 가서 쉬어라. 제정신이 아니야."

클럽에 온 지 30분도 안 되어 결국 그들은 다시 밖으로 나왔고 혜윤은 택시를 불러 소원을 태웠다.

"도착해서 연락하고."

"응. 미안해, 혜윤아."

혜윤이 걱정하는 마음으로 소원이 탄 택시를 바라보았다.

제13화. 여기까지, 더는 무리야

"운혁 씨, 여기예요!"

미정이 혁을 향해 반갑게 손을 흔들자 그가 멋쩍게 인사하며 그쪽으로 향했다. 오늘은 웬일인지 그녀 혼자였다. 미정은 어제 홈쇼핑 미팅 건으로 함께 만나 회의를 진행한 쇼핑 호스트였다.

"피디님은 아직 안 오셨나요?"

"오늘은 저한테 맡기셨어요. 우선 밥부터 먹죠. 배 안 고파요?"

미정은 어제보다 더 파이고 딱 달라붙는 원피스를 입고 있었다. 몸매가 노골적으로 다 드러났기 때문에 혁은 시선 처리를 어떻게 해야 할지 몰라 난감했다. 미정이 메뉴판을 건넸다.

"괜찮습니다."

"내가 안 괜찮은데. 다 먹고살자고 하는 짓인데 먹을 땐 먹어야 하지 않겠어요?"

회의는 어제부로 다 끝난 줄 알아서 미정과는 다신 볼일이 없을 줄 알았건만. 혁이 속내를 꾹 집어삼켰다. 사실 어제 미팅 때도 계속 미정의 시선이 자신을 향해 있었고, 거기에서 사심이 느껴져서 부담스러웠던 혁이었다.

"뭐 좋아해요?"

"다 괜찮습니다."

"여긴 올리브 파스타가 참 괜찮더라고요."

미팅 장소가 소개팅을 하기 위해 많은 사람들이 찾는 레스토랑일 때부터 알아봤어야 했다. 혁이 때늦은 후회를 했지만 시간은 돌릴 수 없었다. 미정은 알아서 요리를 주문했다.

"회의할 거라는 게……."

"아우, 밥 먹기도 전에 체하겠다."

혁은 미정이 눈웃음을 칠 때마다 함정에 빠진 듯한 느낌이 들었다. 최대한 용건만 간단히 하고 빠르게 먹고 일어나야겠다고 생각했다.

"일이 많아서 빨리 들어가봐야 합니다."

"알았어요, 알았어. 재촉하기는. 그럼 본론부터 말할게요."

그녀는 한쪽 다리를 꼬며 혁에게 부드러운 미소를 지었다. 그러곤 가방에서 종이 서류를 꺼냈다.

"이게 이번 큐시트인데. 여기 보면 영상 있죠? 이 홍보 영상에 자기가 출연하면 어떨까 싶어서."

"제가요?"

혁이 잘못 들었다는 듯 되물었다. 미정은 작은 미소를 지으며 말을 이어나갔다.

"콘셉트는 남자가 여자한테 프러포즈 혹은 선물을 해주는 순간들로 구성해서 마음을 전하는 거예요. 약간 웹드라마 느낌 같은? 이렇게 얘기하면 이해가 더 빠를라나."

"근데 왜 배우를 왜 안 쓰고 저한테."

"내가 자기 맘에 들었거든. 우리가 새로 기획하고 있는 아이템인데 이번 것부터 들어가면 어떨까 싶어서. 꽤 반응 좋을걸?"

혁은 미정의 첫마디에 상당히 당황해했고 미정은 그런 그의 모습이 귀여운지 쿡쿡 웃었다.

그녀는 그런 성격이었다. 적극적이고 실천력이 강한 커리어우먼. 혁보다 두 살 위였지만 행동하는 건 꼭 열 살이나 위인 큰누나 같은 느낌이었다.

"게다가 이런 키 크고 잘생긴 남자가 대표라면 완판되는 건 시간문제일 텐데."

그때 주문한 음식이 나왔다. 미정은 먹는 동안 잘 생각해보라며 혁을 꼬드겼다.

"혁이 씨 여자 친구는 있고?"

"결혼했습니다."

얼마 전에 이혼할 뻔도 했지만. 뒤따라오는 생각이 그를 괴롭혔다. 혁은 목이 타는지 물을 벌컥벌컥 들이켰다.

"아아. 그렇구나. 뭐, 골키퍼 있다고 골 안 들어가는 건 아니니까."

미정의 거드름에 혁이 저도 모르게 썩소를 지었다.

"어우, 살벌해라."

또 습관적으로 지어버렸구나. 혁은 아차 싫었는지 굳어 있던 표정을 풀었다. 거래처 사람이다, 지금은 일하는 중이다, 나는 철없는 학창 시절의 미성년자가 아니다. 혁은 그렇게 되뇌며 미정을 대했다.

"저를 자꾸 당황시키시네요."

"어머, 내가 그랬어요? 그랬다면 미안."

"이렇게 불편한 자리였다면……."

"불편했구나. 그런 줄은 몰랐네!"

"죄송합니다. 먼저 일어나보겠습니다."

칼같이 자신을 대하는 혁의 모습에 더욱 매력을 느꼈는지 미정이 피식 웃으며 그를 붙잡았다.

"그럼 홍보 영상은? ㅏ 밥도 다 안 먹었는데. 에이, 너무하네, 레이디에 대한 배려도 없고. 아무리 바빠도 그렇지. 지금 일어나면 내 맘대로 일 진행해도 된다는 뜻으로 알게요."

혁은 걸려도 된통 잘못 걸렸구나 생각했다. 이런 자리였다면 절대 나오지 않았을 텐데. 말을 저렇게 잘하니 괜히 인기 쇼핑 호스트가 아니구나 싶었다. 그렇다고 해서 계속 앉아서 식사를 하자니 불편해 미칠 지경이었다. 일만 아니었으면 진작 무시했을 사람인데 사회생활이라는 게 참 호락호락하지가 않았다.

"알았어요, 알았어. 촬영 일정이랑 공지 내일 중으로 연락 줄게요. 복 받은 줄 알라고. 내가 기획하는 것마다 대박을 터뜨리는 여자야."

"아, 그렇습니까?"

"그래요. 바쁘다면서. 얼른 들어가봐요. 다시 연락할게요."

정중히 인사를 하고 나온 혁은 어딘지 모를 찝찝함과 당한 것 같은 느낌이 머릿속에 가득 채워져 있었다.

그래도 미래에 대박은 예정된 건가. 이걸 좋아해야 하나, 말아야 하나. 혁은 한숨을 후 내쉬며 택시를 잡아탔다.

* * *

"손님. 손님?"

"아, 네."

"다 왔습니다."

혁이 택시비를 지불하고 내렸다. 그가 도착한 곳은 회사가 아닌 집이었다. 예정대로라면 회사로 향했어야 하는데. 혁은 자신이 왜 이곳에 와 있는지 생각을 되짚어보았다. 그러나 도무지 생각이 나질 않았다. 아무리 머리가 복잡해도 그렇지, 어떻게 나도 모르게 목적지를 집으로 말할 수가 있지?

혁이 몰려오는 황당함에 당혹스러움을 감추지 못했다. 자신이 그토록 밀어내고 있는 진실과 마주해서 더욱 어이없었다. 마음 한 구석에 꼭꼭 덮어두고 있는 그 마음. 아니라고 부정하고 있는 그것들 말이다. 소원이 보고 싶고, 함께하고 싶고. 이 집에 돌아오고 싶은, 예전으로 돌아가고 싶은 귀소 본능.

"미치겠다."

아직 소원이 잠들 시간은 아니었다. 그렇다고 너무 이른 시간도 아니었지만, 괜히 애매할 때 들어갔다가 마주치는 걸 원치 않았다. 혁은 다시 회사로 돌아가야 하나, 아니면 근처에서 잠시 시간을 때우다 들어가야 하나 고민을 했다. 그때 터벅터벅 발걸음 소리가 들렸다. 그리고 그 소리는 혁의 앞에서 멈췄다.

"어? 혁이다!"

"……."

"아냐. 또 망상인 거야."

"얼마나 마신 거야, 대체."

"헛것에 이어 이젠 헛소리까지 들리네."

소원은 클럽에서 곧바로 집으로 돌아오지 않고 중간에 샛길로 빠져 혼술을 하고 돌아오는 길이었다. 그렇기 때문에 많이 취해 있었고 눈앞에 있는 혁을 또 허상이라고 생각하는 것이었다. 아까 클럽에서도 자꾸 다른 사람을 혁으로 착각했으니 말이다. 소원은 제 몸 하나 가누지 못할 정도로 취해 있었다. 이리 비틀, 저리 비틀.

"운혁도 아닌 주제에. 저리 가버려! 훠이."

소원이 손으로 내쫓는 시늉을 하고는 집 안으로 들어가자 혁이 중얼거리며 묵묵히 그녀의 뒤를 따랐다.

"자꾸 사람 속상하게 만드네."

계단을 거의 기어가다시피 올라간 소원은 신발과 외투를 아무렇게나 휙 던져놓고는 그대로 소파에 몸을 골인시켰다. 혁이 그걸 정리하고는 소원에게로 갔다.

"소원아. 이소원."

그 짧은 시간에 그대로 잠이라도 든 것인지 그녀는 불러도 대답이 없었다. 혁은 잠시 그런 소원을 내려다보며 어떻게 해야 할지 생각을 했다. 잠시 뒤 그는 몸을 틀어 소원의 방으로 향했다. 이불과 베개를 가지고 와 덮어주려는 것이었다. 직접 안아서 방에다 눕히는 건 위험할 것 같았기에. 그때 소원이 혁의 팔을 덥석 잡았다.

"혁아."

"……."

"혁아."

소원이 몸을 일으켜 세우고는 혁을 마주했다. 그녀는 혁을 머리 위에서부터 턱까지 천천히 쓸어내렸다. 이마, 눈, 코, 입. 마지막으로 온기가 그대로 전해지는 뺨까지.

"진짜 혁이다. 헤헤."

소원이 배시시 웃더니 갑자기 그를 기습적으로 껴안았다. 거의 달려들었다고 표현하는 게 맞을 정도였다. 거기서 그치지 않고 그녀는 이번엔 혁에게 기습 뽀뽀를 했다. 소원의 입술이 닿자 깜짝 놀란 혁은 그녀를 얼른 자신에게서 떼어놓으려 했다.

하지만 그럴수록 소원은 그에게 더욱 찰싹 달라붙었다. 소원이 이번엔 키스를 퍼부었다. 이건 거의 도발에 가까웠다. 혁이 끝까지 받아주지 않자 소원의 행동은 더욱 거칠고 거세져만 갔다.

'이래도 아무렇지 않아?' 하고 그의 인내심을 시험하는 수준이었다.

"소원아."

혁이 가까스로 그녀를 떼어내고는 이름을 불렀다. 소원이 잠자코 혁을 보았다.

"많이 취했다. 빨리 들어가서 쉬어."

"아니. 나 멀쩡해."

소원이 다시 혁에게 달려들었다. 그녀는 그의 입술을, 목덜미를, 그리고 어느새 하나둘 풀려 버린 그의 단추 옆의 쇄골을 애무하기 시작했다. 정말로 위험했다. 이성의 끈을 놓칠 만큼.

"이소원!"

혁이 소원의 양팔을 붙잡고 그녀를 흔들었다. 정신 차리라는 것이었다. 소원의 두 눈가엔 눈물이 그렁그렁 맺혀 있었다.

"내가 싫어?"

"너 대체 왜 이래!"

"혁아, 내가 싫어?"

소원이 입술을 파르르 떨며 물었다. 그 모습이 너무 애처로워서, 보기에 너무 힘겨워서 그는 눈을 질끈 감았다.

"나 좀 봐, 혁아."

"……."

"내가 싫어? 그런 거야?"

"아니. 안 싫어."

"근데 왜 피해? 왜 안 받아줘?"

"너 그걸 지금 말이라고……."

"왜, 왜. 왜!"

결국 소원은 울음을 터뜨렸다. 눈에서 폭포수처럼 뜨거운 물이 흘러나왔다. 혁은 미칠 노릇이었다. 이 상황을 도대체 어떻게 해야 하나 싶었다. 본능은 가라고 하고 있는데 이성이 그걸 거부했다.

"표현해줘."

"……."

"날 좋아한다면."

하지만 소원이 떨리는 음성으로 혁을 도발했고, 결국 그는 가까스로 잡고 있던 한 줄기 이성의 끈을 놓치고 말았다.

타악.

소파가 밀리며 벽에 부딪히는 소리가 들렸다. 혁이 소원에게 바짝 다가간 덕분이었다. 곧 두 사람의 입술이 포개어졌다. 소원은 자연스럽게 혁의 키스를 받으며 소파에 앉았다. 그 후 소원이 두 팔을 혁의 목에 둘렀고 깊고 긴 딥키스가 시작되었다.

혁은 빨려 들어갈 듯 거친 키스를 하며 소원을 소파에 눕혔다. 소원도 그를 받아들일 준비에 정신이 없었다. 어느 순간 다 풀어진 단추 사이로 혁의 다부진 몸이 드러났다. 혁은 소원의 속옷을 벗겼다.

브래지어 사이로 감춰진 그녀의 가슴이 봉긋 솟아올랐다. 그의 입술이 그녀의 목덜미를 지나 가슴으로 향했다. 혁은 입 안 가득 소원의 가슴을 머금었다.

"하앗, 하응."

점차 소원의 호흡이 가빠지며 야릇한 신음이 터져 나오기 시작했다. 달아오른 그녀의 신음만큼 두 뺨에도 홍조가 가득 피어 있었다. 혁은 한 손으론 그녀의 왼쪽 가슴을, 입으론 그녀의 오른쪽 가슴을 사정없이 건드렸다. 나머지 한 손은 그녀의 아래에 가 있었다. 소원이 달뜬 신음으로 정신을 못 차리고 있을 때엔 이미 그녀는 실오라기 하나도 걸치지 않은 모습을 하고 있었다.

"흐아앙, 하웃."

혁이 딱딱해진 그녀의 유두를 계속해서 애무했다. 예민해질 대로 예민해졌기 때문에 거의 유린에 가까웠다. 그의 입술이 점차 그녀의 가슴과 배꼽을 지나 밑으로 향했다. 그녀의 치골을 괴롭히자 소원은 허리를 활처럼 꺾으며 참을 수 없는 쾌락에 기쁨을 토해냈다. 본능만이 남아 있는 혁도 잔뜩 흥분하기는 마찬가지였다.

우뚝 솟은 그의 남성은 무척이나 성나 있었다. 소원은 딱딱하고 커다란 무언가가 자신의 허벅지에 닿자 흠칫 놀랐지만 이내 겸허히 받아들이는 듯했다. 소원은 직접 그의 속옷을 벗겼다. 그러고는 혁의 그것을 잡고 위아래로 피스톤 운동을 했다. 덕분에 혁의 동물적 감각이 더욱 배가 되었다. 혁은 소원의 클리토리스를 찾아 손으로 애무하며 입으로는 수풀 사이로 흘러넘쳐 허벅지에 떨어진 액을 핥았다. 소원은 온몸에 소름이 돋는 것을 느끼며 그의 어깨를 꽉 잡았다.

"더, 더. 너무 좋아, 하앙."

소원은 반쯤 풀린 눈으로 자신의 이성을 마비시킨 그를 향해 본능을 마구 뿜어냈다. 혁은 자신의 것을 소원의 안으로 밀어 넣었다. 조금씩 천천히. 소원이 아픈지 인상을 찡그렸다. 그것이 그녀의 안에 더욱더 자리를 잡자 그녀의 온몸이 사시나무 떨듯 떨리기 시작했다. 혁의 것을 받아들이기엔 뻑뻑하고 아팠다. 혁은 그녀의 아픔을 덜어내고자 다시 유두를 애무하며 긴장을 풀어주었다.

소원이 그를 있는 힘껏 끌어안았다. 완전히 그녀 안에 자신의 남성이 정착되자 혁은 위아래로 허리를 흔들기 시작했다. 그 박자에 맞춰 소원의 엉덩이가 들썩였다.

"하아, 하윽."

"흐앗, 흐앙."

서로의 신음 소리가 뒤엉켰다. 그들의 움직임은 시간이 갈수록 점차 빨라졌고 절정에 다다르자 혁이 소원의 앞으로 고꾸라지며 쓰러졌다. 둘의 거친 호흡만이 거실을 울렸다.

* * *

"으음."

다음 날 소원이 다시 눈을 떴을 땐 거실이 아닌 방이었다. 옷도 입혀져 있었고 이불도 덮여져 있었다. 소원은 달콤한 단잠에서 깨어나듯 개운하게 일어났다. 시간을 보니 아직 이른 아침이었다. 많이 잔 것도 아닌데 푹 잔 것 같네.

근데 내가 왜 여기에 있지? 왜 어제와 다른 옷이 입혀져 있지. 본인이 한 것은 아니었다. 그렇다면 답은 하나, 혁이었다. 혁의 생각을 하니 어젯밤 일이 떠오르며 소원의 얼굴이 붉어졌다. 서로의 숨결로 뒤섞였던 어젯밤. 소원이 부끄러운지 이불을 홱 뒤집어썼다.

"진짜구나. 와, 진짜였어."

소원에게 어제의 일은 믿을 수 없는 환상 같은 것이었다. 뭐, 요즘 들어 환상 같지 않은 게 없었지만. 쑥스러웠지만 애써 덤덤한 척 그녀는 자신을 수양했다. 하지만 자꾸만 따라오는 어제의 기억이 눈앞에 수를 놓으며 그녀를 괴롭혔다. 소원은 이성을 붙잡으며 이불을 치우고 몸을 일으켜 세웠다.

"어?"

"어."

소원이 문을 열자 뜻밖에도 그 앞에는 혁이 있었다. 둘 다 당황스러운 모습으로 서로를 마주했다. 그는 출근을 하려는지 말끔히 차려입고 있었다. 어젯밤과는 또 다른 모습으로.

"잘 잤어?"

"응."

둘 사이에 작은 적막이 흘렀다. 잠시 뒤 이번엔 소원이 되물었다.

"너는?"

"어, 나도."

그리고 또다시 정적. 소원은 혁을 똑바로 마주할 수가 없었다. 혁을 보자마자 심장이 터져버릴 것만 같았기 때문이다. 두근두근, 이 떨림이 행여 그에게 전달될까 싶어 조마조마했다. 표정 관리가 안 되어 결국 소원이 혁을 피해 부엌으로 향했다. 으, 미치겠네. 이 걸 어떡하지? 소원이 애타는 마음으로 발을 동동 굴렸다.

얼굴을 아무렇지 않게 마주할 수 있을 거라 생각했다. 그러나 그건 크나큰 오산이었다. 한시도 그를 쳐다볼 수 없어 이렇게 피하 는 꼴이라니. 하지만 자꾸만 신음에 헐떡이는 자신의 모습이 떠오 르니 어떻게 한단 말인가. 부끄러움은 둘째 치고 민망함이 앞섰다. 술에 취해서 덤벼드는 여자라니. 혁이 자신을 어떻게 생각할까. 괜 히 앞서갔나 싶기도 하고.

"다녀올게."

"어, 그래."

소원이 뒤를 돌아보지 않은 채 혁에게 외쳤다. 끝까지 쳐다볼 용기는 나지 않았다. 혁은 그런 소원의 뒷모습을 보며 오만 가지 생각이 들었다. 혁은 소원의 표정과 말투가 무뚝뚝하게 느껴졌다. 어제의 일이 썩 유쾌하진 않은 모양이구나, 그렇게 생각했다. 그래 서 그는 집을 나서면서 어제 자신의 행동을 후회했다. 그렇게 이성 을 잃고 달려들다니. 결국은 이렇게 될 거였는데.

"미친놈."

혁이 혼잣말로 중얼거렸다. 밤새 한숨도 못 자 퀭한 얼굴을 한 채. 눈에는 근심과 걱정이 가득 담겨 있었다. 복잡한 심경을 정리 하려고 하니 잠이 올 리가 있었겠는가. 혁은 어젯밤 자신에게 달려드는 소원을 뿌리칠 수가 없었다. 마음을 다잡고 또 다잡으려고 했건만. 좋아하는 사람이 그렇게 대놓고 유혹하는데 이성을 잃지 않는 남자가 대한민국에 몇이나 될까. 아마 거의 없을 것이다.

그렇게 혁은 저도 모르게 일어난 본능을 마주했고 거기에 충실했다. 다시 정신을 차려보니 벌거벗은 소원만 눈앞에 있었다. 아직 식지 않은 열기로 그녀의 볼엔 홍조가 가득했고 힘들었는지 새근새근 잠들어 있었다. 이게 과연 옳은 판단이었을까. 잘한 일일까, 새벽 내내 고민했다.

저번에 술 취해 소원에게 큰 실수를 저지른 이후로 다신 미친놈이 되지 않겠다고 결심했건만. 그래서 근래 소원을 그렇게 피해 다녔건만. 이번엔 진짜로 소원을 범하는 우를 저질러버렸다. 소원이 어떤 심정으로 자신에게 달려들었는지는 모른다. 그렇기 때문에, 이유를 모르기 때문에 더 복잡한 것이었다.

'표현해줘. 날 좋아한다면.'

하지만 인정해야만 했다. 그녀의 그 한마디가 자신을 설레게 만들었다는 것을. 아무리 감정을 눌러 담고 접고 숨기려 해도, 그녀의 말 하나에 무용지물이 되어버린다는 것을 말이다.

그동안 열심히 참았던 것이 한순간에 물거품이 되었다. 그동안 일부러 무뚝뚝하게 대하고 피해 다녔던 것이 순식간에 부질없는 행동이 되고 말았다. 부정할 수 없는 현실. 이것이 진실이었다. 소원이 무슨 목적을 가지고, 어떠한 감정을 가지고 자신에게 그랬는지는 모른다. 하지만 정말로 일을 저질러버렸고, 거기에서 혹시나 소원이 또 상처를 받았으면 어쩌지 싶은 마음에 잠이 오지 않았다.

"대체 뭘 바란 거냐?"

그랬는데 방금 전 싸늘한 소원의 태도라니. 자신을 피하는 것 같은 그녀의 냉담함에 혁은 멋대로 판단할 수밖에 없었다. 한 번 더 서로를 돌아볼 만큼 둘에게는 감정적인 여유가 없었다. 그만큼 심경이 불안했다. 출근하는 내내, 출근해서도, 일이 끝날 때까지 혁은 고민하고 또 고민했다. 어제의 일을 없었던 일로 하자고 해야 하는지, 아니면 이걸 어떻게 해결해야 하는지 말이다.

용기 내어 소원에게 전화를 걸고 문자를 보냈으나 하루 종일 답장이 없었다. 대화가 필요했다. 서로에게 시간이 필요했다.

"으, 미치겠네."

한편 소원은 혁에게서 연락이 올 때마다 두근거리는 떨림을 주체할 수 없었다. 손발에 땀이 날 정도로 온몸에 텐션이 들어갔다. 얘길 해야 하는데, 맞닥뜨려야 하는데. 어떻게 하지? 그놈의 술이 진짜 원수긴 원수다. 물론 일을 저지른 것도 자신이고 엎질러진 걸 주워 담을 수 없는 것도 사실이다. 그걸 후회하지는 않는다. 그렇지만······.

마음의 준비가 필요했다. 혁이 더 이상 친구가 아니라는 사실을. 또한 자신이 혁을 많이 좋아하게 되었다는 진실을. 그래서 어제 술의 힘을 빌려 이런 엄청난 사건을 벌였다는 현실을 받아들이고 앞으로 내디딜 준비가 말이다.

"선생님, 무슨 일 있어요?"

"네? 아, 아뇨."

"안색이 너무 안 좋아 보이셔서."

수업을 마친 회원 한 명이 걱정스러운 얼굴로 소원에게 말을 걸었다. 그녀의 수업을 꼬박꼬박 잘 챙겨 듣는 주부 무리 중 한 명이

기도 했다. 소원이 고개를 저으며 웃어 보였지만 옆에 지나가던 다른 회원도 말을 거들며 그녀에게 얘기했다.

"근심 걱정이 얼굴에 가득한데, 뭐."

"그래 보여요? 하하."

"당연하죠. 다 티 나. 대한민국 아줌마들이 눈칫밥 빼면 시체거든. 무슨 일인데요? 우리가 도울 수 있는 거면 돕고!"

소원이 잠시 뜸을 들이는가 싶더니 조심스럽게 말문을 열었다.

"머릿속이 너무 복잡할 때는 어떻게 해야 할까요?"

"왜 복잡한데?"

"자꾸만 무언가가 생각이 나서요. 생각을 비워야 하는데 졸졸졸 따라다니면서 아무것도 못 하게 막아요."

"보통 그럴 땐 둘 중 하난데. 너무 좋아하거나 너무 싫어하거나."

"남자 문제구나? 후자는 아닌 거 같은데. 근데 왜 복잡하지?"

"선생님 그럴 때는 정면 돌파가 최고예요. 인생이 원래 그래. 단순하게 만들고 싶은 거잖아요. 그러면 다 잘라버리고 가지치기해야지. 그게 왜 자꾸 생각이 나는지, 왜 복잡하게 만드는지 그 원인은 본인이 더 잘 알 테니까."

"그래요. 하나의 팩트가 있으면 그걸 밀고 나가버려요. 자꾸만 지름길을 찾아가려고 하니까 생각이 꼬리에 꼬리를 물고 복잡해지는 거예요. 때로는 가장 단순한 게 정답일 때도 있는 법이니까. 그게 사람의 마음이라면 더더욱."

"그게 잘 안 되면 머릿속에 있는 걸 모두 글로 옮겨봐요. 나도 가끔 쓰는 방법인데, 큰 종이에다가 생각나는 것들을 다 적어내면

정리가 좀 되더라고요. 앞으로 어떻게 해야 할지 길도 보이는 것
같고.”

소원이 고개를 끄덕이며 미소를 지었다. 감사함에 회원들과 인
사를 나눈 뒤 소원은 곧장 집으로 향했다. 그러고는 노트를 펼쳐
그들이 알려준 대로 머릿속에 떠다니는 생각들을 적어내기 시작
했다.

“운혁, 친구, 결혼, 동창, 소울메이트, 계약, 학창 시절, 추억, 내
감정, 사랑? 좋아함? 편안하다, 포근하다, 어젯밤, 섹스······.”

별안간에 얼굴이 화끈거리며 뜨거워졌다. 히지만 다시 감정을
추스르고는 소원은 꼬리에 꼬리를 무는 단어들을 쭉 나열하기 시
작했다. 그렇게 두 시간을 적어 내려간 끝에 그녀는 비로소 결론을
도출해낼 수 있었다.

“정면 돌파.”

정면 돌파. 그래. 그게 가장 나다운 거기도 하고 가장 확실한 것
이니까. 그렇게 소원은 펜을 들고 혁에게 편지를 쓰기 시작했다.

* * *

“왔어?”

“안 자고 있었네.”

“어? 어.”

퇴근하고 집으로 돌아온 혁이 늦은 시각까지 깨어 있는 소원을
보며 놀라 물었다. 잠시 뒤 서로에게 어색한 침묵이 흘렀다. 그 이
후로 소원이 혁을 마주하는 데까지 걸리는 시간은 무려 3일이 지

나서였다. 생각보다 오랜 시간이 걸렸다. 혁이 방으로 들어가자 소원이 그를 따라갔다.

"사실 너 기다렸어."

"그래?"

"할 말이 있어서."

혁이 자못 긴장한 모습을 보였다. 소원이 뒤로 숨긴 손으로 준비한 편지를 만지작거렸다. 결국 올 것이 온 건가. 소원이 할 말이라는 게 며칠 전 그 일임을 그가 모를 리 없었다.

"그, 그."

"그날 밤 말이야."

소원이 말하기 전에 혁이 선수를 쳤다. 그날이라는 단어에 소원의 어깨에 힘이 잔뜩 들어갔다. 상당히 당황한 모습이었다. 혁은 뜸을 들였다. 말하기가 힘겨운 듯 보였다. 소원이 침을 꿀꺽 삼켰다.

"미안."

"……."

"없던 일로 하자."

혁의 입에서 어렵게 말이 나오고 나니 소원의 동공이 미친 듯이 흔들렸다. 뭐? 지금 뭐라고 했니. 지금, 너, 무슨 말을 한 거니. 네 입에서 나온 말이 어떤 뜻인지 알고는 말하는 거야? 소원의 가슴에 쿠쿵 비수가 꽂혔다. 둘 사이의 분위기가 순식간에 뒤집어졌다. 소원의 입술이 파르르 떨렸다. 피가 거꾸로 솟는 듯한 느낌을 받아 그녀는 감정을 추스르려고 노력했다.

"뭐?"

그의 입술이 굳게 닫혀졌다.

"없던 일?"

그때의 느낌이 이렇게 생생하건만. 아직도 그 장면이 내 머릿속에 살아 움직이건만. 혁의 말은 그녀에게 청천벽력이었다.

"뭐가? 우리가 무슨 일이 있었나?"

"……"

소원은 결국 연기를 했다. 태연하게 아무렇지도 않은 척. 이것밖엔 방법이 없었다. 그나마 이게 자신을 덜 초라하게 만드는 방편이었다.

"그날 내가 술을 너무 많이 마셨잖아. 너랑 나 사이에 무슨 일이 있던 것 같은데 기억이 잘 안 나서. 내가 너한테 큰 실수를 한 것 같기도 하고. 그래서 물어보려고 기다린 거였는데. 네가 이렇게 나오는 걸 보면 나만의 문제는 아니었나 봐."

그녀는 등 뒤에 꾹 쥐고 있던 편지를 심하게 구겼다. 형체를 알아볼 수 없을 정도로. 생각하고 또 생각하며 몇 시간에 걸쳐 쓴 편지였지만 이제는 소용없었다. 그런 건 그녀에게 중요하지 않았다.

"나도 미안. 혹시 내가 술김에 어떤 실수를 했다면."

다 잊자. 없던 일로 만들자. 그래. 그게 네가 원하는 거면 그렇게 하자.

"잊어줘."

너처럼 나도 그게 잘될지는 모르겠지만. 지금의 자신은 한없이 초라하고 비참했다. 지금 혁의 말은 자신에 대한 감정을 정리했다는 걸로밖에 받아들여지지 않았다. 생각해보니 그날 밤 너에게 매달린 것도 나고, 도발한 것도 나네. 나는 바보처럼 멍청하게 착각을 한 거네. 너도 나와 같다고. 이제야 서로, 드디어 비로소 먼 길을 돌아와서 만났다고 생각했는데 그게 아니었네. 끝없는 답답함에 끝없는 생각이 소원을 괴롭혔다.

"늦었네. 그만 자."

"아, 어."

소원은 얼른 방에서 나왔다. 행여 눈물이 날까, 혹여 위태로운 이 감정이 들킬까 싶었기에.

닫힌 방문을 보던 혁은 착잡함을 감출 길이 없었다. 혁은 다섯 살 때 처음 본 소원의 모습을 잊을 수가 없었다. 눈을 감으면 그때의 일이 아주 생생하게 떠올랐다. 그 당시 혁은 작고 왜소했다. 다섯 살이 크면 얼마나 크겠느냐마는, 또래 집단에 비해 유독 약했다. 잔병치레도 많았고 소심하기까지 했다. 그래서 그는 항상 동네 형들이나 친구들의 표적이 되곤 했다.

그날도 어김없이 그랬다. 혁은 놀이터에서 고운 흙을 만들려고 돌멩이로 거친 흙을 긁어내고 있었다. 고사리 같은 작은 손으로 꼬물꼬물 열심히 집중하고 있을 그때, 미끄럼틀 근처에서 놀고 있던 아이들이 혁의 주위를 뱅 둘러쌌다.

"야, 너 저리 비켜!"

"너 때문에 우리가 못 놀잖아."

아이들의 땡깡이었다. 왜 그런 심리 있지 않은가. 자신들의 공간에 누군가 있으면 그냥 싫은 그런 심리. 아무도 들어오지 않길 바라는 꼬마들의 욕심. 혁이 피해를 주지 않았지만 걸리적거린다는 것이었다. 그중 가장 덩치가 있는 아이가 혁의 돌멩이를 빼어 휙 내동댕이쳤고, 혁이 만든 모래도 발로 짓이겨버렸다. 혁이 왜 이러냐며 자리에서 벌떡 일어섰다.

"어쭈, 이게!"

아이가 혁을 확 밀어버렸다. 그는 그대로 밀려나 모래밭에 내동댕이쳐졌다. 그들은 그대로 혁을 옭아맸다. 혁은 두려움에 떨다 결국 눈물을 보이고 말았다.

"엄마한테 이를 거야!"

"일러라, 이 일름보야. 맨날 고자질하면 똥꼬에 털 난다고 했어."

"야, 얘 똥꼬에 털 났는지 한번 보자!"

아이들은 깔깔거리며 저마다 웃기 바빴다. 하루 이틀 일어난 일이 아닌 것처럼 그들의 행동과 혁의 반응은 매우 익숙했다. 아이들은 혁의 바지를 벗기려는 시늉을 하며 그를 괴롭혔다.

"저리 가!"

"싫어, 일름보야."

"네 똥꼬 보여주면 비켜줄게."

혁은 아이들을 피해 도망 다니려고 했으나 수적으로도 너무 많았다. 발버둥을 치며 무수히 많은 손들을 피하려고 했으나 역부족이었다. 그렇게 정말로 아이들이 그의 바지를 벗기려고 했다. 닭똥 같은 눈물이 혁의 옷에 뚝뚝 떨어졌다. 그때 어디선가 돌멩이 하나가 날아와 혁을 넘어뜨린 아이의 머리에 명중되었다.

"아 씨, 누구야!"

"Ooopsss. Sorry."

유창한 영어 발음으로 그들을 맞이한 건 다름 아닌 소원이었다. 소원의 등에는 영어 유치원 가방이 메여 있었다.

"야, 너 맞을래?"

"No, No. I'm not die. You die?"

소원은 앵두 같은 입술로 짧은 영어를 구사했다. 그러고는 뿌듯하다는 듯 어깨를 으쓱거렸다. 아이들은 영어를 쓰는 소원의 말을 잘 알아듣지 못하겠는지 콧방귀를 뀌며 그녀를 비웃었다. 그들의 시선이 점차 혁에게서 소원에게로 이동했다. 타깃이 옮겨진 것이었다. 여자애 한 명 따위라고 생각했는지 아이들은 소원의 담대함을 비웃었다.

"Wow, Pig다, Pig!"

"피 뭐? 뭐래!"

"쟤가 너 돼지래."

"돼지? 저게 진짜!"

옆에 꼬마가 설명을 해주자 덩치 큰 아이가 더욱 욱하며 소원에게 달려들었다. 그러자 소원은 바닥에 떨어진 또 다른 돌멩이를 주워서 그 아이에게 던졌다. 결과는 명중이었다. 정확히 그의 이마를 가격했다.

"너 돼지가 영어로 어떻게 우는지 알아?"

"죽을래!"

"Oink, Oink."

"저게 진짜!"

"오잉크, 오잉크 하고 운대, 이 멍청아."

계속 영어로 돼지 우는 소리를 내며 소원이 도망갔다. 그 아이는 소원을 잡으려고 안달이 났지만 그녀가 어찌나 요리조리 빨리 달리는지 결국 체력이 바닥이 나 따라잡지 못했다. 그러자 소원이 깔깔거리며 아이를 비웃었다.

"너 내가 다 기억해! 엄마한테 다 이를 거야!"

결국 아이는 분에 넘쳐 눈물을 보이기 시작했다. 뭐가 그리 서러운지

껙껙 울면서 소리를 꽥 질렀다. 다른 아이들이 그에게 다가가 울지 말라며 다독이기 시작했다. 그때, 소원이 불난 집에 부채질하듯 한마디를 더 던지고 도망갔다.

"일러라, 일름보야! 그럼 네 똥꼬에도 곧 털 나겠네? 그럼 구경 갈게. 보여줘!"

소원은 그렇게 돼지 우는 소리를 계속 내면서 사라졌다. 혁은 바람처럼 나타났다 구름처럼 사라진 소원을 잊을 수가 없었다. 그에겐 너무 센 세이션이었다. 영어를 쓰며 아이들을 무찌르는 원더우먼. 멋있고 아름다웠다.

혁의 머릿속에 자리 잡은 소원의 이미지는 그랬다. 그 후로도 소원은 종종 불쑥불쑥 나타나 혁을 도와주고 사라졌다. 소원이 나타날 때마다 자신이 괴롭힘당하고 있었다는 사실은 좀 안타깝긴 했지만. 혁은 소원이 어디에 사는지, 이름은 뭔지, 어떤 앤지에 대한 정보도 하나도 모른 채 그렇게 소원에게 도움만 받았다.

그러면서 아이들도 점점 혁을 괴롭히는 횟수가 줄어들기 시작했다. 정확히는 그 아이들이 이 놀이터에 출몰하는 횟수가 적어진 게 맞는 말이지만. 어쨌든 혁은 이제 마음 놓고 놀 수가 있었고 점점 더 소원에 대한 호기심은 강해져만 갔다. 그러던 어느 날, 혁은 집에 놀러온 엄마 친구분을 통해 소원의 존재를 알게 되었다. 엄마 친구의 딸이었으며, 자신과 동갑이었다. 이름은 이소원.

"Hi."

"어?"

영어를 못 알아들은 것이 아니었다. 그저 부끄러웠을 뿐.

"안녕, 인사."

"아, 응."

소원이 싱그러운 미소로 혁에게 악수를 건넸다. 그토록 만나고 싶었
는데, 그토록 궁금해했었는데 이렇게 가까이에 있을 줄이야. 하지만 혁
은 제대로 인사도 못 하고 엄마의 치맛자락 뒤에 숨어 속삭이는 게 다였
다.

"혁이 부끄러워?"

"소원아, 혁이랑 방에 가서 놀까? 혁이 잘 챙겨줘야 해. 알겠지?"

"Ok, Mom!"

소원은 혁의 팔을 붙잡고 그대로 방으로 들어왔다. 한 번도 와본 적이
없을 텐데 소원은 귀신같이 혁의 방을 찾았다.

"나는 이소원."

"……."

"너는?"

"……."

"윤혁!"

소원은 혼자서 북 치고 장구 치고 다 했다. 말없이 자신을 쳐다보고
있는 혁에게 묻고, 스스로 대답하고. 혁이 두 눈만 끔뻑이자 소원이 손가
락을 걸며 말했다.

"우린 친구야. Friend."

"……."

"그러니까 앞으로 내가 지켜줄게. 너 괴롭히는 애들 다 내가 혼내줄
게. 나는 네 친구니까."

"……."

"자, 약속! 도장!"

"꽝."

혁에겐 그 말이 얼마나 멋지게 들렸는지 소원은 모를 것이다. 그때의 소원이 얼마나 멋있는 존재였는지, 얼마나 힘이 되었던 친구였는지 그녀는 결코 모를 것이다. 그 뒤로 소원과 혁은 둘도 없는 단짝이 되었다. 소원은 동네방네 뛰어다니며 남자아이들과 노는 사내대장부 같은 아이였고 혁은 여자아이들과 모래로 소꿉장난을 치며 섬세한 감성을 지닌 아이였다. 서로 정반대의 성향이라 부모님이 아니었다면 친해질 일이 없었겠지.

의외로 둘은 잘 맞았다. 항상 소원은 혁을 챙겼다. 어딜 가나 챙겨주었다. 혁은 늘 소원을 의지했고 말이다. 시간이 흐를수록 소원의 밝은 에너지 덕분인지 내성적인 혁의 성격도 점차 바뀌게 되었고 웃는 모습이 많아졌다. 동네 아이들의 괴롭힘도 거의 사라졌다. 혁을 괴롭혔다가 소원에게 발각되기라도 하면 그 당사자는 그녀에게 호되게 당하고 울면서 집으로 돌아갔기 때문이었다.

혁은 그런 소원이 좋았다. 소원과 함께여서 행복했다. 언젠가 자신도 소원처럼 멋진 사람이 되겠다고 다짐도 했다. 그리고 훗날, 소원을 지켜주겠다고. 자신이 보호받은 것처럼 소원을 꼭 보호해주겠다고 마음먹었다. 그렇게 3년이 흘렀다.

"안 가면 안 돼?"

혁이 훌쩍이며 소원의 옷소매를 잡았다. 사정이 생겨 소원은 지방으로 이사를 가게 되었다. 원래는 그해 가을에 가려고 했지만 전학 절차를 밟는 것보다 첫 학기에 적응하는 게 소원에게 좋을 것 같다는 부모님의 판단하에 이사가 서둘러진 것이었다. 혁은 소원을 보내기 싫었다. 자신의 우상이 사라지는 느낌이란 세상이 무너지는 것 같은, 정말 끔찍한 것이었다. 소원이 없는 하루는 상상할 수조차 없었다.

"또 놀러올게."

"편지 자주 해야 해!"

"당연하지."

"약속! 도장!"

"꽝!"

그렇게 소원과 혁은 아쉬운 이별을 고했다. 초등학교에 갓 입학하기 직전에 그들에게 일어난 사건이었다. 그 후로 혁은 꽤 오랫동안이나 힘들어했고 쓸쓸해했다. 그때 혁은 남들보다 너무 일찍 공허한 마음을 경험했다.

'혁아, 원더우먼의 짝은 슈퍼맨이야.'

'슈퍼맨? 그럼 내가 슈퍼맨이야?'

'그렇지! 근데 슈퍼맨은 엄청 강하지? 그럼 우리 혁이 앞으로 강해져야겠네?'

어느 날 소원에게서 온 편지를 보며 하염없이 우는 혁을 향해 혁의 엄마가 한 말이었다. 그 말이 혁에겐 너무나 큰 작용점이 되었다.

'무엇보다 여자는 남자가 지켜줘야 해.'

'맞아. 나중엔 내가 꼭 지켜줄 거야!'

'그럼. 우리 혁인 잘할 거야.'

엄마의 말에 혁은 큰 결심을 했다. 소원을 지켜주는 그 시점은 그녀를 다시 만난 그때부터라고. 자신은 남자니까. 슈퍼맨이니까 반드시 그렇게 하겠노라고 다짐했다. 소원의 부재에서 오는 공허함 또한 시간이 지날수록 혁을 더욱 단단하게 만들었다.

둘이 다시 만난 것은 시간이 많이 흐른 뒤였다. 7년 뒤인 중학교 2학년. 7년이나 흘렀지만 그들은 서로를 단박에 알아보았다. 그건 당연한 이끌림이었다.

"혁아, 왜 넌 이소원을 그렇게 감싸고돌아?"

소원은 전학 온 지 하루 만에 트러블을 일으켰다. 노는 애들에게 그녀는 눈엣가시처럼 여겨졌다. 하지만 소원이 아무리 그렇게 휘젓고 다녀도 그 누구도 그녀를 건드릴 수 없었다.

"혹시 이소원 좋아하나?"

"그런 거 아니야."

"근데 왜! 너 믿고 엄청 깝친다니까."

혁이 그 뒤를 봐주고 있었기 때문이었다. 혁은 아이들에게 아무도 소원을 건드리지 말라고 으름장을 놓았다. 행여 건드렸다 눈에 띄면 가만 두지 않겠다고 선전포고를 했다. 불의를 참지 못하는 소원은 부당한 일을 당한 애들을 도와주었고 언제나 약자의 편에 서 있었다. 그래서 대부분의 학생들은 소원을 좋아했다. 단, 노는 애들만 빼고.

"놔둬."

"야, 학교 질서가 엉망이라니까? 돌겠어, 진짜."

"그래. 딱 한 번만, 아니, 그냥 얘기만 할게. 진짜 안 건드리고 얘기만! 이 상태로는……."

"야."

"어?"

"나 잘 거니까 깨우지 마."

혁은 귀찮다는 듯 손을 휘휘 젓고는 그대로 꿈나라로 향했다. 혁의 저음에 움찔하던 남학생 둘은 그의 눈치를 보다가 결국 자기 교실로 돌아갔다. 그의 주변 친구들은 울상을 지었지만 혁은 미소가 만연했다. 7년

동안 혁은 많이 변했다. 하지만 그는 지금이 좋았다. 반대로 소원을 지켜 줄 수 있으니까. 다섯 살 때 결심했던 다짐을 지킬 수 있으니까. 원더우먼의 짝인 슈퍼맨이 되어 있으니까 말이다.

그렇게 혁과 소원은 같은 고등학교를 가게 되고 같은 반도 되었다. 시간이 지날수록 혁에게 소원의 존재는 익숙함을 넘어선, 없어서는 안 될 소울메이트가 되었다. 혁에게 소원은 특별했다. 재밌는 것은 당사자인 둘만 그걸 모르고 있단 것이었다. 소원에게만 특별하게 대하는 혁의 태도는 본인에겐 당연하였기에 스스로 인지하지 못했고, 그건 소원도 마찬가지였다.

시간이 흘러 서른 살이 되고, 소원과 결혼까지 하게 되자 혁은 비로소 인지했다.

"이걸 깨닫는 데 25년이 걸릴 줄이야."

그와 동시에 소원도 드디어 깨달았다.

"이걸 인지하는 데 25년이나 걸렸다니."

서로가, 서로에게 깊숙이 스며들어 있었다는 것을. 서로가 서로를 많이 그리워하고 생각하고 있다는 것을. 둘이 많이 좋아하고 있다는 사실을 말이다.

제14화. 진하게, 진지하게

"여기서는 좀 더 이렇게 해보는 게 어때요?"

미정이 혁에게 직접 포즈 시범을 보이며 얘기했다. 갑자기 불쑥 자신의 품으로 들어온 그녀의 행동에 혁이 상당히 당황해했다. 미정은 쿡쿡 웃으며 뭘 그리 긴장하느냐 놀렸다.

"둘은 연인 사이라고요."

혁이 헛기침을 하며 고개를 끄덕였다. 혁은 어째서 자신이 이 자리에 와 있을까 현실을 원망했다. 분명히 촬영을 하지 않겠다고 의사 표현을 한 것 같은데 정신을 차려보니 어느새 회사에도, 스케줄 표에도 오케이 사인이 들어가 있었다. 심지어 성천은 잘해보라며 혁에게 거는 기대감을 몸소 표현해주었다.

"괜찮아요. 이런 건 처음이시니까."

혁의 옆에 앉은 여자가 싱긋 웃으며 그를 다독였다. 그녀는 그와 함께 촬영하게 될 파트너로 요즘 한창 SNS에서 핫한 모델 주은영이었다. 문제는 그녀를 촬영 당일인 오늘 처음 만났다는 것이었지만. 지금은 촬영 세트가 준비될 동안 근처 공원에서 리허설을 해보는 중이었다.

"저도 처음엔 완전 꽁꽁 얼어서 카메라가 돌아가는 줄도 모르고 있었다니까요."

"아, 네."

"음. 여기서는 이렇게 하는 게 좋을 것 같아요. 아무래도 연인처럼 보여야 하니까."

은영은 콘티를 보며 혁에게 말했다. 그녀는 때로는 수다스럽게, 때로는 조근조근 말을 건네며 조금이라도 긴장된 분위기를 풀고자 노력했다. 하지만 어색한 분위기는 좀처럼 나아질 기미가 안 보였다. 문제는 혁의 딱딱하고 사무적인 태도에 있었다.

"혹시 사랑하는 사람 있어요?"

"예?"

보다 못한 은영이 좀 더 구체적으로 혁에게 도움을 주고자 질문을 던졌다.

"사랑하는 사람이 있다면, 그 사람을 떠올려봐요. 애인한테 프러포즈하는데 그렇게 아무 감정 없이 굴 거예요? 결과물이 잘 나와야 홍보도 잘되고 잘 팔리죠. 좀 더 마음을 열어봐요. 나는 그냥 이번 일만 하고 끝나지만 본인은 아닐 거잖아요. 좋은 게 좋은 거 아니겠어요?"

"그래요, 혁 씨. 이거 대박 날 수 있다니까?"

미정이 옆에서 거들자 혁이 고민을 하다가 알았다고 고개를 끄덕였다. 그는 잠시 화장실을 다녀온다며 나갔다 들어왔다. 그에게 무슨 일이 일어났는지는 모르겠지만 다시 돌아왔을 땐 아까와는 사뭇 달라진 분위기를 보였다.

"훨씬 좋네!"

자연스럽게 은영의 목에 목걸이를 걸어주는 혁의 모습. 그리고 기쁜 얼굴로 웃는 모델의 이미지. 미정이 만족한다며 박수를 짝 쳤다. 모델이 혁의 흐트러진 머리카락을 정리해주며 그윽한 눈빛으로 그를 쳐다보았다. 묘한 분위기가 흐르자 모델이 서서히 눈을 감았다. 천천히 모델에게 다가간 혁의 입술이 닿을락 말락 한 그 순간.

"컷! 감성 좋고 분위기 최고고! 이대로만 가면 좋을 것 같다. 은영 씨가 잘 좀 케어해줘요."

은영이 대답 대신 웃어 보였다. 두 사람의 훈훈한 비주얼은 보는 사람으로 하여금 미소를 짓게 만들었다.

"그럼 여기서 조금 쉬고 있어요. 촬영장 상황 어떻게 됐나 보고 올 테니까."

미정이 사라지자 또다시 어색한 분위기가 감돌았다. 은영이 혁을 빤히 쳐다보다가 먼저 입을 열었다.

"잘하던데요?"

"감사합니다."

"정말로 사랑하는 사람, 있구나. 대입했죠? 엄청 상상하면서."

혁이 대답 대신 멋쩍게 미소 지었다.

"괜히 부러워지네요."

"……."

"그나저나 우리 동갑이던데. 말 놓을까?"

"아, 네."

"싫으면 말구요."

"괜찮습니다."

"싫다는 거야, 좋다는 거야."

은영이 쿡쿡 웃으며 혁을 놀리자 그가 당황했는지 입만 벌린 채 말을 잇지 못했다. 은영이 귀엽다며 혁에게 악수를 건넸다. 망설이던 혁이 그녀가 내민 손을 잡으려 하는 그때,

"야, 이 나쁜 새끼야!"

저 멀리서 성난 코뿔소가 되어 달려오는 한 사람이 있었다. 바로 혜윤이었다.

"정혜윤?"

혁은 혜윤을 바로 알아봤다. 은영은 대체 누군데 대뜸 소리를 지르며 혁에게 욕을 하는지 어안이 벙벙했다.

"너 지금 뭐야? 너 지금 뭐 하는 거야! 미쳤어? 미쳤냐고!"

혜윤은 흥분을 가라앉히지 못한 상태에서 꽥꽥 소리를 질렀다. 혁이 다짜고짜 왜 이러냐며 그녀를 이해하지 못한 눈빛으로 쳐다보자 혜윤은 더욱 기가 막혀 하며 그를 노려보았다.

"아아, 이제야 이해가 가네. 그동안 소원이 왜 그런 말들과 행동을 했는지 이제야 정확히 이해가 가네!"

혜윤은 지금 뭔가 단단히 오해를 하고 있었다. 혁이 아니라며 고개를 저었다. 하지만 극도로 흥분한 혜윤에겐 아무것도 들리지도 보이지도 않았다.

"나쁜 새끼네, 이거 완전! 끝까지 변명을 해? 내가 다 봤다고!"

혜윤은 혁이 은영에게 목걸이를 걸어준 것과 키스하기 직전까

지 갔던 분위기, 그리고 하하 호호 웃고 떠들던 그의 모습들을 증거로 내세우며 말했다. 하필이면 오늘 촬영지가 혜윤이 일하고 있는 곳 근처였고, 점심 식사를 하러 나온 그녀에게 딱 걸린 것이었다.

"너 딱 기다려. 내가 소원이한테 다 말할 거니까!"

혜윤은 그렇게 소원에게 전화를 걸었다.

* * *

'혁이 어떤 여자랑 있던데. 누구야?'

소원은 혜윤의 첫마디가 머릿속에서 떠나지 않았다. 너무 강렬하게 박혀 자꾸만 자신을 괴롭혔다. 그것은 또 한 번의 청천벽력이었다.

여자? 여자라니, 여자라니! 수업을 끝내고 핸드폰을 확인하니 혜윤에게서 몇 개의 부재중 통화와 문자 한 통이 와 있었다. 뭔가 심상치 않음을 느낀 소원은 혜윤과 재빨리 통화를 했다. 혜윤이 들려주는 이야기는 파격적이었다. 혁이 어떤 여자에게 목걸이를 선물해주고 스킨십까지 서슴없이 했다는 제보였다.

"거기가 어디야?"

심장이 쿵쾅거렸고 피가 거꾸로 솟았다. 가슴이 꽉 막힌 게 고구마 100개는 먹은 느낌이었다. 소원은 호흡을 제대로 할 수조차 없을 정도로 숨이 쉬어지지 않았다. 그길로 당장 택시를 잡아 혜윤이 알려준 곳으로 향했다.

그 여자가 어떤 여자고, 혁이 왜 그랬는지는 모른다. 그래서 알

아야 했다. 도저히 이렇게는, 참지 못하겠다. 확인하고 바로잡아야
할 건 바로잡아야 했다. 아닌 건 아닌 거니까. 요 며칠을, 아니 몇
주를 대체 이게 뭐 하는 짓이야. 서로 뱅뱅 돌기만 하고. 서로 오해
하기나 하고. 너 나한테 마음 있었잖아. 나 좋아한다며. 그건 반박
할 수 없는 분명한 사실이었다. 근데 그게 며칠이나 지났다고! 딴
여자라니? 이제야 나도 깨닫고 인정하게 되었는데. 상처만 주고!
이건 아니잖아. 근데 대체 이게 무슨 말도 안 되는 전개란 말인가.

"기사님, 빨리 좀 가주세요."

하지만 혜윤의 말이 다 사실이라면? 진짜로 혁이 나에 대한 마
음을 접고 나를 정리한 거라면? 그래서 다른 여자를 만나고, 그 여
자가 좋아지고, 그 여자에게 선물과 스킨십을……

"안 돼!"

별안간 소원이 머리를 저으며 경기를 일으켰다. 불안한 마음과
두려운 마음, 그러면서도 아닐 거라고, 오해일 것이라는 희망을 가
지며 마음을 다잡았다. 하지만 여기저기서 훅훅 들어오는 별의별
상념들을 막기엔 역부족이었다. 소원은 왼쪽 손에 위치한 반지를
꼭 쥐며 부들부들 떨었다.

그렇게 목적지에 도착한 소원은 후다닥 택시에서 내려 혜윤을
만났다. 떨리는 마음으로 혜윤이 안내한 곳으로 향하자 정말로 혁
이 다른 여자와 있는 것이 보였다. 그것도 키 크고 날씬한 예쁜 여
자와 말이다. 얼굴도 얼굴이지만 참으로 미소가 예쁜 여성이었다.
혁은 그녀에게 목걸이를 직접 걸어주고 있었다. 그 장면을 본 소원
은 마음이 미어지는 것 같았다. 뒤에서 누가 도끼로 머리를 내리찍
는 기분이었다. 소원의 낯빛이 싸늘하게 변했다. 그녀는 말리는 혜

윤을 뒤로한 채 혁에게 성큼성큼 다가갔다.

"야! 운혁!"

소원이 버럭 고함을 쳤다. 옆에 있던 은영이 깜짝 놀라 얼음이 되었다. 그녀는 그런 은영을 날렵하게 째려봐준 뒤 혁의 앞에 섰다.

"너 나 좋아한다며. 벌써 변한 거야? 그게 그렇게 며칠 내로 변할 만큼 가벼운 감정이었니? 일주일도 안 지났다, 이 자식아!"

소원은 씩씩거리며 분노했다. 마지막에 빽 소리를 질러도 성이 차지 않았다. 그녀는 쉬지 않고 계속 말을 이어나갔다.

"없던 일? 넌 그게 없던 일로 되나 보다? 아, 그게 가능하니까 이렇게 바로 여자를 끼고 만나는 건가? 나 사실 다 기억나. 네가 없던 일로 하자고 해서 기억 안 나는 척했었다고! 결국 나 혼자 아파하고 힘들어한 거네. 그래도, 아무리 그래도 이건 아니지 않아? 이게 뭐 하는 짓이냐? 개자식, 나쁜 놈, 이 머저리 새끼야!"

소원은 이렇게 다다다 쏘아붙여도 끓어오르는 흥분을 도저히 가라앉힐 수 없었다.

"그럼 그 일 이후에 왜 나 피했어?"

"내가 언제 피해!"

"일방적으로 피했잖아. 연락도 안 받고."

그 일이라는 건 며칠 전 둘의 잠자리를 일컫는 말이었다. 혁의 물음에 소원은 기가 찼다. 피한 적 없었다. 연락 안 받은 적도 없었다. 단지 그건…….

"그, 그건."

"그건 뭔데?"

"아으 씨! 부끄러워서 그랬다, 이 나쁜 놈아! 내가 그때 내 진심 전하려고 밤새 편지도 썼는데. 진짜 성질에도 안 맞는 편지 쓰느라 얼마나 애를 먹었는데!"

"편지?"

"근데 다 태워버렸어! 지금은 없거든!"

"왜?"

"왜냐고? 왜냐고? 그걸 지금 질문이라고 하니? 네가 없던 일로 하자고 해서 괘씸해서 태웠다!"

"쿡쿡."

"비웃어? 지금 비웃은 거야?"

혁이 웃음을 터뜨리자 소원은 더욱 길길이 날뛰며 기가 막혔다. 그동안 쌓였던 울분이 모두 터지는 것 같았다.

"아니, 귀여워서 웃은 거야."

"뭐?"

"이제야 이소원다워졌네."

"뭐라고?"

"그래서 지금 네 마음은 어떤데. 나 좋아해?"

"그래, 이 자식아. 좋아하다 못해 미쳐버릴 것 같다. 됐냐?"

"아무리 그래도 그 예쁜 입에서 걸걸한 말은 좀 아니지 않냐."

"죽을래? 너 진짜! 끝까지!"

소원이 기차 화통을 삶아 먹은 듯 소리를 빽 질렀다. 그러자 혁이 소원을 꽉 끌어안았다. 순식간에 일어난 일이었다. 소원이 그에게서 벗어나려고 안간힘을 썼지만 남자의 힘을 이길 수는 없었다. 혁의 강인한 힘에 소원이 조금 진정된 듯 보이자 혁이 소원에게 속삭였다.

"근데 나도 그래."

"뭐?"

"나도 미칠 것 같아. 네가 너무 좋아서."

으르렁거리는 소원의 고백을 받고, 혁이 더 진하게 고백했다. 매우 진지한 모습으로. 그 순간 그동안 고생했던 소원의 모든 응어리들이 한순간에 녹아버렸다. 혁은 소원을 떼어놓고 한 글자 한 글자, 또박또박 정성을 다해 얘기했다.

"처음 보았을 때 느꼈던 건 동경심. 다시 만났을 때 느낀 것은 지켜주고 싶은 마음. 너에게 의지했듯이 네가 나에게 의지했으면 싶은 그 마음이, 알고 보니 너를 좋아해서였어. 여러 가지 감정에 가려 진짜 내 감정을 보지 못했던 거였더라고."

혁은 손에 들려 있던 목걸이를 소원에게 걸어주었다. 혁이 직접 소원을 위해 디자인한 목걸이였다. 로즈골드의 색상이 새하얀 피부의 소원과 잘 어울렸고, 그녀의 목에서 예쁘게 반짝이고 있었다. 소원은 복받쳐 오르는 감정에 눈시울이 붉어졌다.

"너무 늦게 알아서 미안."

"……."

"너무 오래 돌아와서 정말 미안."

혁은 소원을 다시 꼭 끌어안았다. 그의 품에 안긴 소원은 기쁨의 눈물을 뚝뚝 흘렸다. 소원이 혁을 꼭 끌어안았다.

"사랑한다, 이소원."

혁이 소원의 귓가에 대고 작게 속삭였다. 소원이 더욱 그를 꽉 껴안자 잠시 시야에 보이지 않았던 혜윤과 은영이 부럽다는 듯 박수를 치며 그들을 축복하기 시작했다. 그뿐만이 아니었다. 전혀 모르는 사람들이 그들을 둘러싸고 흐뭇한 미소로 둘을 바라보았다.

"혁 씨, 감정 너무 좋다. 이따가도 이렇게만 해줘!"

"역시 진짜는 다르긴 다르다."

문제는 그 사람들이 모두 혁을 안다는 듯 행동했다는 것이다. 어리둥절한 마음에 소원이 혁을 떼어놓았다. 그러고는 혜윤을 째려보며 설명을 해보라고 눈치를 주었다.

"그게 말이지, 하하하."

혜윤이 멋쩍은 듯 머리를 긁적이며 웃어 보이자 혁이 입을 열었다.

"인사해, 소원아. 여기는 하루 동안 촬영할 파트너."

"촬영? 파트너?"

"주은영이라고 해요."

은영이 반갑다며 손을 내밀었다. 소원이 얼떨결에 그녀와 악수를 했다.

"이번에 홈쇼핑 촬영이 있는데 그때 드라마타이즈처럼 컨셉을 잡아서 홍보하기로 했거든. 어떻게 하다 보니 홍보 촬영 제의를 받았고."

"그럼 이 사람들이 다……."

소원의 얼굴이 새빨개지며 홍당무가 되었다. 그 말인즉, 지금 이 사람들이 자신이 했던 말과 행동들을 지켜보았다는 것이었다. 소원은 일분일초도 여기에 있고 싶지 않았다. 쪽팔림은 온전히 그녀의 몫이었다. 쥐구멍에라도 숨고 싶은 심정이었다.

"야, 이 나쁜 놈아! 그럼!"

소원이 욱 하는 성질에 못 이겨 소리를 지르다가도 주위 눈치를 보며 이를 앙 물고 혁에게 자근자근 얘기했다.

"미리 언질을 줬어야지. 이게 뭐야. 아 씨, 쪽팔려."

"괜찮아."

"괜찮긴 뭐가!"

소원의 언성이 또 커지자 사람들의 이목이 집중되었다. 그녀는 그런 그들의 눈치를 살피며 혁의 옷매무새를 정리해주는 척 어색한 행동을 했다.

"아하하하, 그럼 수고들 하세요."

소원은 속에서 열불이 났지만 애써 웃으며 사람들에게 인사했다. 얼른 이곳을 벗어나야만 했다.

"구경해."

"싫거든."

"그럼 요 앞에 카페에 가서 기다려."

"그것도 싫거든."

"왜."

"집에 가서 보자. 넌 죽었어."

소원이 혁에게 단단히 으름장을 놓고는 혜윤을 데리고 쏜살같이 사라졌다. 물론 소원이 워낙 진한 모습을 보여준 터라 아직까지 여운이 남아 있었지만 말이다. 조금 뒤 그들은 다시 진행하던 일을 이어나갔다.

"아파. 야, 아프다니까!"

"너 진짜! 미쳤어?"

촬영장과 멀찌감치 떨어진 곳으로 온 소원은 혜윤에게 소리를 꽥 질렀다. 혜윤이 소원에게 다짜고짜 끌려와 팔목이 아픈지 손으로 벌게진 곳을 문질렀다.

"나도 진짜, 전혀 몰랐어! 아우, 지지배. 아파라."

"모르는 애가 이런 일을 벌여?"

"야, 나도 처음엔 진짜 혁이 바람피우는 줄 알고 놀랐다니까?"

혜윤은 아까의 일을 떠올리며 말했다. 조금 전, 혜윤이 소원에게 전화하기 전.

"너 딱 기다려. 내가 소원이한테 다 말할 거니까!"

혁은 혜윤의 핸드폰을 빼앗았다. 그는 득달같이 달려드는 혜윤을 진정시키려고 애썼다.

"촬영이라고, 촬영!"

"촬영?"

혜윤은 처음에 믿지 않았지만 미정이 데리고 온 주변의 스태프들과 카메라 장비들을 보고는 자신이 실수했다는 걸 깨달았다. 그녀는 모두에게 행패를 부려 죄송하다고 사과를 했다.

"촬영하는 거 소원이도 알아?"

"아니. 아직 몰라."

"그래. 모르니까 내가 아무것도 못 듣고 이렇게 오해한 거겠지."

"그러니까 부탁 하나만 하자."

"부탁?"

"넌 지금처럼 아무것도 모른 척 행동해줘. 방금 전처럼 이소원한테 전화 걸어서 여기로 좀 불러다주고."

"오해하게 만들라고? 그러다가 큰일 나면 어쩌려고! 소원이 성격 몰라?"

"그럴 만한 사정이 있어서 그래."

혜윤이 죽어도 싫다며 고개를 절레절레 흔들었다. 혁이 모든 수습은 자신이 하겠다며 혜윤을 가까스로 설득했다. 그렇게 혜윤이 소원에게 전화를 걸 동안 혁은 미정과 은영에게 양해를 구했다. 아내에게 잘못한 것이 있어 이혼 위기에 처해 있는데 이 자리를 빌려 만회할 기회를 얻고 싶다는 것이었다. 누가 그랬던가, 제일 재미있는 게 남의 사랑싸움이라고. 그들은 흥미가 당겼는지 흔쾌히 오케이 했다. 어찌 보면 일종의 몰래카메라인 셈이었다.

"그렇다고 그걸 하겠다고 하냐!"

"그럼 어떡해. 그렇게 부탁하는데."

"너도 참."

소원이 혀를 끌끌 차며 혜윤을 나무랐다. 다시 한번 생각해도 아까의 모든 순간은 정말 아찔했었다.

"그나저나 이혼이라니, 그건 무슨 말이야? 혁이 얼마나 큰 잘못을 했기에 결혼한 지 몇 달도 안 된 신혼이 무슨 이혼이야, 이혼은!"

"그럴 만한 게 있어."

"진짜 바람은 아니지?"

"아니야. 그런 거."

"근데 왜 운혁이 이런 일까지 벌이는 건데? 참 세상 오래 살고 볼 일이야. 대쪽 같은 혁이 이런 어마어마한 이벤트를 계획하다니."

"이벤트 두 번 했다가 사람 화병 걸려 죽겠다."

"그러니까, 왜. 뭔데!"

소원은 혜윤에게 신경 끄라며 대충 넘어가려고 했다. 물론 포기하지 않고 알려달라며 징징거리는 혜윤이었지만. 소원은 그 이상은 절대 얘기해주지 않았다. 입을 꾹 다무니 혜윤이 치사하다며 훅 토라졌다.

"그래도 기분은 좋네. 홀가분하고."

소원의 입가에 옅은 미소가 흘렀다. 두근두근 콩닥콩닥, 심장이 빠르게 뛰는 건 덤이었다.

한편 혁도 소원과 같은 마음으로 촬영장에서 열심히 일하는 중이었다.

"컷! 오케이."

감독의 오케이 사인과 함께 촬영이 모두 끝이 났다. 두 시간의 짧은 촬영이었지만 익숙지 않은 혁에겐 여간 어려운 것이 아니었다. 은영이 수고했다며 혁과 스태프들에게 인사를 건넸다.

"그래도 많이 자연스러워졌네. 사랑의 힘인가?"

미정이 혁을 놀리며 장난스럽게 말했다.

"아무리 생각해도 아쉽단 말이지. 우리가 좀만 더 빨리 만났으면 좋았을 텐데."

"예?"

"그 정도로 탐난다고요, 혁이 씨."

미정이 씩 웃으며 악수를 청했다. 혁이 기분 좋게 받았다. 그때 조감독이 그들에게 배꼼 고개를 내밀며 혁을 불렀다.

"사실 아까 내가 이걸 찍었거든."

감독이 와서 보라며 틀어준 영상은 다름 아닌 소원과 혁이 찍힌 모습이었다. 1분 남짓의 영상에는 혁이 소원에게 목걸이를 걸어주는 장면과 귀에 대고 무어라 속삭였더니 소원이 눈물을 터뜨리는 장면이 들어 있었다.

"명장면을 그냥 보내기에는 아쉬워서 말이지."

"어머, 잘 나왔네."

"그치? 제대로 찍었으면 더 잘 나왔을 텐데."

미정이 보더니 손뼉을 짝 쳤다. 보정을 거치고 필름을 입히면 정말 예쁜 장면이었다. 거기에 배경음악까지 잔잔하게 깔리면 금상첨화일 것 같았다.

"몰래 찍은 건 미안해요. 물론 은영 씨도 워낙 베테랑이라 잘 나왔지만 이게 더 자연스럽고 감정이 잘 드러난 거 같은데. 혁 씨 생각은 어때?"

"뭐가 어떠냐는 말씀이신지."

"엔딩을 이걸 쓰면 어떨까 해서."

혁이 살짝 당황하는 눈치였다. 감독이 슬쩍 한발 빼며 강요하진 않는다고 덧붙였지만 내심 허락을 해달라는 듯 보였다. 미정이 감독의 본심을 알아채고는 옆에서 거들었다.

"난 괜찮을 것 같은데. 로맨스가 확실히 살아 있잖아."

"그치? 미정 씨가 보는 눈이 있네."

"게다가 사이드에서 찍어서 소원 씨가 눈물 흘리는 장면도 살아 있고. 감독님 역시 재능이 탁월하세요."

"이건 저 혼자 결정할 문제는 아닌 것 같습니다. 소원이, 아니 제 와이프 의사도 물어봐야 하고."

"아우, 그럼, 그럼. 당연히 물어봐야지! 물어보고 천천히 내일까지 알려줘요. 우리도 편집하고 결과물 방송국에 넘겨야 하니까."

혁이 고개를 끄덕였다. 그래도 절대 안 된다고 반대한 건 아니었으니 어느 정도 가능성이 있었다. 게다가 모델과 작업한 영상도 나쁘지 않았기 때문에 거절해도 상관은 없었으나 살짝 아쉬움이 남기에 제의한 것이었다. 감독은 잘 생각해보라는 말을 한 번 더 강조한 뒤 촬영을 최종 마무리 지었다.

* * *

"왜 이렇게 안 오지?"

소원은 괜히 초조해졌다. 한시도 가만히 있질 못하고 집 안을 왔다 갔다 하기 바빴다. 발을 동동 구르며 시계만 붙잡고 있기를 몇 시간째. 이럴까 봐서 명상도 하고 수련도 했건만. 집중이 하나도 안 됐다. 결국 다 때려치우고 현관문만 바라보고 있었지만 시간이 안 가도 너무 안 갔다.

"긴장돼 죽겠네."

소원이 떨리는 마음을 가라앉히고자 심호흡을 여러 번 하며 중얼거렸다. 그때 현관문 비밀번호 소리가 들렸다. 곧 띠리릭 하고 문이 열렸고 혁이 들어왔다. 오매불망 그녀가 기다리던 혁이 말이다.

"다녀왔어."

혁이 소원을 보더니 씩 웃으며 얘기했다. 오랜만에 보는 그의 미소였다. 소원은 심장이 덜컹거렸다. 막상 마주치니 어떤 말을 어떻게 해야 할지 몰랐다. 무엇보다 그녀는 잔뜩 얼어 있었다. 만나면 잔뜩 때려주겠다고 이를 갈던 게 불과 몇 시간 전이었건만.

"아, 응."

아, 응이라니, 할 말이 얼마나 많았는데. 따질 말이 산더미처럼 쌓여 있는데 고작 내뱉은 한마디가 이거였다니. 하지만 소원의 생각과는 다르게 아무런 말도 입 밖에 나오지 않았다. 혁은 성큼성큼 소원에게 다가갔다. 그러고는 그녀를 꽉 끌어안았다. 혁의 품에 안긴 소원은 코끝을 살랑대는 혁의 향기에 아찔했다. 그녀는 자신 못지않게 빨리 뛰는 혁의 심장 소리를 듣고는 얼어 있던 몸이 풀렸다.

"나한테 들을 말, 많지?"

"그걸 말이라고 해!"

"미안해."

혁은 소원의 이마에 쪽 소리를 내며 뽀뽀를 했다. 소원이 혁의 가슴팍을 치며 말했다.

"나쁜 놈아."

"소원아."

혁이 소원을 지그시 부르고는 이번엔 입술에 뽀뽀를 했다.

"넌 진짜."

소원이 그의 입술을 떼어놓으며 무언가 말을 하려 했다. 하지만 또다시 다가오는 혁의 입술에 끝까지 말을 잇지 못했다. 입술이 떨어지기가 무섭게 소원은 다시 말을 이어나갔다.

"진짜로 나쁜."

하지만 아랑곳하지 않고 연이어 닿는 혁의 입술이었다. 소원이 이에 질세라 입을 떼어보지만 혁은 한 치의 물러남도 없었다. 소원이 이 말은 꼭 해야겠다며 입술과 입술이 붙어 있는 상태에서 아주 또박또박, 한 글자 한 글자 힘을 주어 말했다.

"나, 쁜, 놈, 아!"

혁이 피식 웃으며 대답했다.

"알아."

그러고는 소원의 입술을 부드럽게 빨았다. 아랫입술, 윗입술 그리고 또다시 아랫입술. 소원도 눈을 지그시 감고 그를 받아들였다. 혁의 혀가 소원의 입천장을 건드렸다. 간지러움에 소원이 움찔거렸고 혁은 그런 그녀의 반응이 재미있다는 듯 더욱 간질였다. 소원이 너도 당해보라며 그와 똑같이 했다. 웃음을 참던 혁이 결국 빵 터졌는지 키스를 멈추고 한바탕 크게 하하거렸다.

"거봐, 간지럽지?"

"못 말려, 아무튼."

혁은 앞으로 넘어온 소원의 머리카락을 귀에 꽂아준 뒤 귓불을 만지작거렸다. 서로의 눈이 마주치자 그들은 그렇게 아무 말 없이 빤히 쳐다보았다. 생각보다 아주 오랜 시간을 말이다. 혁은 소원의 귓가에 대고 속삭였다.

"사랑해."

소원이 고개를 끄덕이며 대답했다.

"나도."

그 후 또다시 입맞춤이 시작되었다. 방금 전보다 좀 더 진하고 저돌적인 키스였다. 서로의 혀가 뒤엉키고 타액이 섞이며 하나처럼 호흡했다. 혁은 소원을 그녀의 방으로 인도했다. 혁이 몸을 움직이니 소원은 그의 의도대로 따라갈 수밖에 없었다. 그는 자연스럽게 그녀의 방문을 열고 그녀를 침대로 안내했다. 혁의 움직임에 계속 뒷걸음질만 치던 소원은 침대 단에 걸려 그대로 털썩 주저앉게 되었다.

혁이 점차 몸을 기울여 소원을 그대로 침대에 눕혔다. 그러고는 소원의 쇄골을 물고 빨며 흔적을 남기기 시작했다. 그녀의 목덜미를 지나 귓가에 도착한 그의 입술은 소원의 귀를 탐했다. 느낌이 이상했던 소원이 어깨를 움츠리자 혁의 손이 소원의 속옷 안으로 들어왔다. 그는 소원의 가슴을 건드렸다. 손안에 가득 잡힌 그녀의 가슴을 주물렀고 어느새 딱딱해진 유두를 장난치듯 돌돌 굴렸다.

소원의 몸이 점차 달아오르며 뜨거워지기 시작했다. 혁은 소원의 브래지어를 자연스럽게 풀어서 바닥에 툭 던졌다. 그리고 자신도 상의를 탈의했다. 단단하게 잡힌 근육이 드러났다. 혁은 소원의 가슴을 입 안에 머금었다. 혀로 민감해진 그녀의 유두를 괴롭히며 물고 빨았다.

제15화. 더욱 안고 싶어

"하앗, 하으."

소원이 허리가 비틀리며 짜릿함에 몸이 요동쳤다. 혁은 손과 입술로 더욱 그녀의 가슴을 간질이며 괴롭혔다. 잠시 뒤 혁의 입술은 소원의 배를 지나 치골을 지나 늪으로 향했다. 어느새 소원의 밑은 잔뜩 젖어 있었다. 혁의 남성도 딱딱해지며 한껏 성이 나 있었다.

혁은 입술로 그녀의 허벅지 안쪽을 건드렸다. 온몸이 민감해진 소원은 여린 안쪽 살을 간질이자 속수무책으로 느끼고 있었다. 혁은 물 만난 물고기처럼 이리저리 휘젓고 다니며 소원을 까무러치게 했다. 이때도 그의 손은 쉬지 않고 그녀의 가슴을 공략 중이었다.

"하웅, 으앙."

간드러진 소원의 신음 소리가 뜨거운 숨과 함께 나오며 혁의 흥분을 도왔다. 소원은 혁의 어깨를 꾹 잡았다. 혁이 더욱 박차를 가하며 소원의 흥분을 최고조로 올려놓았다. 자신의 혀로 소원의 수

풀을 파헤치며 미로를 탐험하듯 탐색했다. 소원의 얼굴이 더욱 홍조를 띠며 무르익어갔다. 그는 손가락으로 흥건해진 그녀의 밑을 확인했고, 이젠 자신을 받아들일 모든 준비가 다 되어 있다고 판단했다.

"읏, 하아."

혁이 자신의 것을 서서히 소원에게로 가져갔다. 소원은 눈을 질끈 감았다. 커다랗고 딱딱한 물건이 자신의 허벅지에 닿았을 때의 느낌이 참으로 얄궂었다. 이렇게 정신이 온전할 때 혁과 하나가 되는 건 처음이지 않은가. 자신도 모르게 온몸이 긴장으로 뻣뻣해졌다.

"아앗!"

"괜찮아."

소원의 어깨가 미세하게 떨려왔다. 혁이 긴장을 풀어주려는지 소원의 귓가를 간질이며 부드럽게 애무했다. 최대한 아프지 않게 소원을 배려했고 천천히 서로의 호흡을 맞추며 하나가 되기를 노력했다. 그리고 결국 그들은 하나가 될 수 있었다.

"하악, 흐읏."

혁이 허리를 흔들며 엉덩이를 들썩였다. 소원의 허리 역시 반달처럼 휘며 움직이기 시작했다. 탁탁 하고 서로의 살 부딪히는 소리가 그들의 귓가에 울려 퍼졌다. 연이어 붙는 신음은 장단에 맞춰 그들의 분위기를 더욱 달아오르게 했다.

"사랑해, 많이."

소원의 귓가에 대고 혁이 속삭였다. 그녀가 수줍게 웃으며 혁에게 입을 맞췄다. 소원은 이번에 혁을 눕혔다. 방금 전과는 정반대의 자세가 되었다. 소원이 혁의 위에 앉았고 천천히 그의 가슴을 애무하며 허리를 움직였다. 어둠 속이었지만 두 사람은 서로가 너무나도 잘 보였다. 창밖의 달빛만이 온전히 그들을 비추고 있었다.

"하웃, 흐앙."

"흐앗, 으읏."

체위가 한 번 더 바뀌고, 그 후 점차 움직임의 속도가 빨라지더니 결국 그들은 마지막의 쾌락을 맛보았다. 방 안에는 뜨거운 열기와 함께 그들이 뿜어내는 거친 호흡만이 자리해 있었다. 혁이 소원의 위에 쓰러지듯 누웠다. 소원은 그런 혁을 꼭 안아주었다.

"행복하다."

"나도."

"나 지금 너무 행복해."

혁이 소원의 볼에 작게 뽀뽀한 뒤 그녀의 옆에 누웠다. 소원이 팔베개를 하며 그의 옆에 찰싹 붙었다. 그동안 쌓였던 둘 사이의 오해는 사라진 지 오래였다.

"근데 참 신기하지 않아? 우리가 이렇게 된 거. 25년 동안 나는 널 거쳐 간 여자들을, 너는 날 거쳐 간 남자들을 모두 알잖아. 그들이 우리를 보면 무슨 생각을 할까."

"될 인연은 언젠가 된다."

"음, 맞는 말이네."

혁의 말에 소원이 고개를 끄덕이며 수긍했다. 될 인연은 언젠가 된다. 25년간, 어쩌면 처음 만난 그 순간부터 돌고 돌아왔지만 그들은 정말로 서로의 인연이었다. 너무 늦게 알았다고 생각했던 그때가, 가장 빠른 순간일 수도 있다. 사람의 연이라는 것은 그런 것이었다. 지금의 소원과 혁처럼.

"넌 언제부터였어?"

"뭐가."

"내가 여자로 보이기 시작한 순간이."

소원은 자신이 말해놓고도 부끄러운지 말끝을 흐렸다. 혁이 웃음을 터뜨리며 언제부터였을까 생각했다.

"잘은 모르겠지만 요 근래 우리의 과거들이 많이 떠오르더라고. 네가 드레스 입고 처음 내 앞에 섰던 날에는 축제 때의 네 모습이 떠올랐어."

"축제?"

"반장이 짧은 원피스 입었었는데 비 와서 다 젖었던 날. 기억해?"

"나 버리고 도망간 날!"

소원이 생각났다며 소리를 빽 질렀다. 그녀는 턱을 괴며 가자미 눈으로 혁을 흘긋 쳐다보았다.

"그날을 내가 잊을쏘냐!"

"버린 게 아니야. 그날 너 위험했다고, 이소원."

"뭐가 위험했는데?"

"비에 다 젖어서는."

"오호, 그럼 그때 나를 처음으로 여자로 느꼈구나?"

"처음인지는 모르겠지만, 그렇게 작은 요소들이 짧게, 많이 있었던 거 같아. 25년인데 적진 않았겠지. 그래서 그게 익숙해져서 못 느끼고 지나갔던 것 같고. 한마디로 익숙함에 간과했던 거지."

"맞아, 익숙함. 그게 참 좋으면서도 무서운 단어인 거 같아. 근데 생각해보면 너에게 내가 참 특별하긴 했더라. 다른 여자들은 죽었다 깨어나도 받지 못하는 너의 세심한 배려들과 챙김을, 나는 다 받았잖아."

계속되는 서로의 고백에 그들은 다시 한번 확신했다. 역시 이 감정이 순간으로 만들어진 얕은 건 아니구나 하고.

"예전에 나도 너를 남자로 느낀 적이 있었을 때, 그 당시에는 너를 잃기 싫었고 우리의 이런 관계가 망가지는 게 싫었거든. 그 두려움 때문에 내 감정을 부정하고 다잡았어. 그게 무의식중에 남아 있었나 봐. 그래서 자꾸만 우리의 관계에 선을 긋게 되고 안 넘어가려고 애썼던 거 같기도 해."

"그래서 오래 걸렸던 거 같기도 하고."

"그래도 오래 걸린 만큼 더욱 단단해지지 않았을까?"

소원의 말에 혁이 고개를 끄덕였다. 이만큼 단단해졌으니 쉽게 무너질 일은 없겠지. 소원은 혁의 가슴에 귀를 대고 그의 심장 소리를 들었다. 쿵쿵쿵. 매우 빠르게 뛰고 있었다. 듣고만 있어도 기분이 좋았다. 마음이 편해졌다. 그의 따뜻한 온기와 채취는 덤이었다.

"혁아."

소원이 나지막이 혁을 불렀다.

"남녀 관계에 정말 친구가 있을까?"

"음, 그건……."

혁은 잠시 뜸을 들였다. 무어라 대답해야 할까. 글쎄, 너와 나는 처음부터 친구의 감정이었을까? 아님 여자 대 남자의 감정이었을까.

"사람마다 다르지 않을까."

"우리도 결국 이렇게 되었잖아. 친구로 알고 지낸 25년이란 세월이 무색하게. 물론 중간에 서로 떨어져 있는 시간도 있었지만."

소원의 물음에 혁이 잠시 생각하는지 조용해졌다. 한참 뒤 그가 다시 입을 열었다.

"중요한 건."

"……."

"너와 나."

"……."

"지금 이 순간이라는 거고."

혁이 소원에게 바싹 다가와 얼굴을 들이밀었다. 그는 소원의 눈에다 대고 속삭였다.

"우리가 함께라는 거야."

혁은 그래도 소원의 눈에 입을 맞췄고 그 뒤로 다시 그녀의 입술을 살며시 물며 키스를 하기 시작했다. 소원이 피식 웃더니 그의 온기를 그대로 받아들였다. 그렇게 둘의 입맞춤이 또다시 시작되며 열꽃을 피우는 행위를 이어갔다. 그들은 그동안의 마음고생을 모두 보상받기라도 하려는 듯 밤새 몇 차례나 사랑을 나누었다.

* * *

"흐음."

카페에 미리 도착한 소원은 자리를 잡고 앉아 혁을 기다렸다. 2시까지 만나기로 했으니 아직 시간이 조금 있었다. 소원은 혁을 기다리며 읽을 겸 가져온 무언가를 가방에서 주섬주섬 꺼냈다. 그것은 '커플 백문백답'이라고 쓰인 노트였다. 신혼여행 때 소원과 혁이 적은 바로 그것이었다. 혁을 만나러 나오기 전에 집을 청소하다가 우연히 발견하곤 가져온 것이었다.

이걸 적을 당시만 하더라도 절대 보지 말라며 길길이 날뛰었는데. 이제는 봐도 되겠지? 소원은 부푼 기대감을 안고 표지를 넘겼다. 첫 번째 페이지는 신상이 적혀져 있었다.

"이건 그때 봤던 거고."

키와 몸무게, 좋아하는 색상 등 기본적인 질문이 적혀 있었다. 하지만 여긴 이걸 적었던 당시에 서로 봐도 된다고 오픈했던 페이지였다.

"처음 야동을 봤던 시기, 이건 알고 있고."

25년이란 세월은 괜히 쌓인 게 아니었다. 소원은 이런 것쯤이야 하는 표정으로 기세등등하게 다음 페이지를 넘겼다. 세 번째 페이지부터 본격적인 재미가 붙기 시작했다.

"수련하다가 바지가 들렸을 때?"

소원이 골똘히 생각을 했다. 질문의 내용은 최근에 가장 섹시하다고 느꼈던 때를 적으라는 것이었다. 소원이 작게 미소 지었다. 기억났다, 언젠지. 푸껫에서 요가매트를 깔고 동작을 하다가 넘어질 뻔했을 때였다.

"요망한 것. 아닌 척하면서 즐기고 있었단 말이지?"

소원이 혀를 끌끌 찼지만 은근히 기분은 좋았다. 맨날 관심 없는 척, 자기는 남들과 다른 척 온갖 고고한 척을 해대더니. 결국은 너도 남자였어! 역시 그럼 그렇지. 그래도 그 순간 나를 여자로 봤었다는 거니까. 소원의 입술이 씰룩거렸다.

"너와 해보고 싶은 역할극이 있다면?"

소원이 눈을 번뜩거리며 읽어 내려갔다. 괜히 주변이 의식되어 고개를 두리번거리며 경계를 살피는 것도 잊지 않으며 말이다.

"푸하하하."

소원이 크게 웃음을 터뜨렸다. 호오, 이런 걸 해보고 싶단 말이지? 해보고 싶은 자세와 장소도 접수 완료. 다음번에 이벤트로 해줘야겠어. 깜짝 놀래켜야지!

"꿈에서 너와 해본 적이 있다? 있다고?"

소원의 얼굴이 금세 붉게 달아올랐다. 거기엔 구체적인 내용까지 쓰라고 적혀 있었고 혁은 정말 한 톨의 거짓도 없이 다 적어놨다. 소원의 얼굴이 빨개진 것은 혁이 자신과 꿈에서 했다는 것보다는, 꿈 내용에 있었다.

"도대체 어떻게 이런 꿈을 꾼 거야?"

내가 너에게 놀자고 도발하고, 기분이 좋아 미치겠다고 했다고? 아니, 어떻게 하면 꿈에서 내가 그럴 수 있는 거지? 왜 부끄러워지는 것은 내 몫인가. 그러다가 문득 자신이 꿨던 꿈 내용도 생각이 나면서 얼굴이 불탄 고구마가 되어버렸다.

"해줄 때 가장 기분 좋은 곳은……."

"뭐 해?"

"악, 깜짝이야!"

소원이 별안간에 소리를 꽥 질렀다. 카페 안에 있던 모든 사람의 이목이 둘에게 집중되었다. 혁이 왜 그러냐며 고개를 갸웃거렸다. 소원이 황급히 읽던 걸 덮고 손으로 가렸다.

"뭐야? 뭔데 이렇게 놀라?"

"어? 아니."

"얼굴은 왜 또 이렇게 빨갛고."

혁이 수상하다며 소원을 얄궂게 쳐다봤다. 그러고는 소원이 숨기고 싶어 하는 그것을 뺏기 위해 기회를 엿봤다. 무방비 상태에서 빠르게 휙 낚아챌 계획이었다. 소원은 그런 혁의 생각이 읽히는지 더욱 경계를 강화시키며 뺏기지 않으려고 안간힘을 썼다.

"시키자, 얼른."

"더 수상해?"

소원은 아무것도 아니라며 혁을 빠르게 카운터로 내보내려고 했다. 그때 혁이 순식간에 소원의 손을 제압하고는 노트를 뺏어들었다.

"안 돼!"

"도대체 뭔데 이래? 커플 백문백답?"

소원의 두 눈에 망연자실함이 가득했다. 혁에게 빼앗기고 들키지 않으려던 이유는, 이걸 알면 분명히 폐기처분하려고 할 것이 훤했기 때문이었다. 아마 이 존재는 잊고 있었겠지.

"이거 설마."

혁은 이 물건이 어떤 건지 기억이 난 모양이었다. 그의 얼굴도 아까 소원 못지않게 홍당무처럼 빨개졌다.

"다, 읽었어?"

"아니!"

"아니 그보다, 이걸 왜 읽고 있어?"

"그냥 재밌잖아. 우리의 추억이니까."

혁이 이걸 적었던 당시가 상상되었는지 저도 모르게 온몸이 굳어졌다. 소원은 이때다 싶어 빠르게 그에게서 노트를 빼앗았다. 그러고는 얼른 혁의 팔을 끌고 카운터로 향했다.

"주문하시겠습니까?"

"혁아?"

"손님?"

혁은 아직도 넋이 나가 있었다. 소원이 그를 두어 번 친 후에야 자동 반사적으로 메뉴를 시켰다.

"아메리카노 한 잔이랑 재스민차 하나요."

"둘 다 아이스인가요?"

"네."

"뭐야. 내가 뭐 마실 줄 알고 물어보지도 않고 시켜?"

"다른 거 마실 거야?"

살짝 정신이 돌아온 혁이 의외라는 듯 물었다. 소원은 당연하다는 듯 고개를 끄덕이고는 메뉴판을 들여다보았다. 한참을 고민하던 끝에 소원이 결론을 내렸는지 야심차게 직원에게 주문을 했다.

"저는 따뜻한 걸로요."

"재스민차는 맞으시죠?"

"네."

혁이 '그럼 그렇지.' 하는 눈빛으로 소원을 쳐다보았다. 소원이 입술을 빼쭉 내밀고는 맡아놓은 자리로 향했다.

"아 좋다."

간만의 데이트였다. 그동안 혁은 사업으로 눈코 뜰 새 없이 바쁜 나날을 보냈다. 브랜드 론칭이 성공적으로 마무리 되었고 얼마

전에 방영된 홈쇼핑에서도 제품이 모두 완판이 되었다. 완판뿐만이 아니라 문의 글도 폭주했고 여기저기서 제휴를 맺자며 사업체들이 손을 내밀었다. 소위 말해서 대박이 난 것이었다. 그래서 그간 이렇게 서로 커피 마실 여유도 없었다가 이제야 한 숨 돌리게 된 것이었다. 물론 그 대박의 열쇠는 바로 당사자들, 두 사람이었고 말이다.

"근데."

소원이 조심스럽게 혁을 불렀다. 약간 안절부절못한 모습이었다. 혁의 눈치를 조심스럽게 살피기도 했다. 그 노트 때문이었다. 혁은 귀엽다는 듯 소원을 사랑스럽게 쳐다보았다.

"알았어."

"응?"

"조금 부끄럽긴 하지만, 어쨌든 그것도 우리의 추억이니까."

"정말?"

소원의 동공이 활짝 커지며 목소리의 주파수가 올라갔다. 혁이 그렇게 좋냐며 쿡쿡거렸다.

"저기."

그때 한 여자가 조심스럽게 혁에게 다가왔다. 그녀의 손에는 수첩과 팬이 들려 있었다. 혁과 소원이 무슨 일 때문에 그러냐고 묻자 여자는 살며시 질문했다.

"혹시, 그 아이위시……."

"아, 네."

"꺅! 두 분 완전 잘 어울려요. 팬이에요."

여성은 비명을 지르며 좋아했다. '아이위시(I wish)'는 혁의 브랜드 이름이었다. 나는 소원한다. 원래는 다른 이름이었지만 홈쇼핑 방영 사흘 전 브랜드명을 급히 바꿨다. 간혹 브랜드 가명을 쓰다가 오픈 시점에 맞춰 바꾸는 경우가 있긴 했지만 며칠 전은 이례적인 일이었다.

그동안 납품할 물건과 명함, 간판 등이 모두 나왔기 때문에 그걸 다 고치려면 손해가 이만저만이 아니었다. 하지만 그 손해를 무릅쓰고서라도 바꾼 것은 그만한 이유가 있었다. 성천은 혁이 찍은 홍보 영상을 보고서 촉이 강하게 왔다. 머릿속에 선명히 떠오른 소원의 이름과 영어 단어. 그 후의 그림들이 연결이 되면서 그려졌다. 아예 브랜드명까지 영상과 연계해서 나가면 사람들에게 더 각인이 잘 되겠다는 것을 말이다.

의견을 낸 것도, 고집을 피운 것도 성천이었다. 결국 모두가 받아들이고 사흘 밤낮 일하며 모든 걸 뒤집어엎었다. 시간이 촉박했기에 론칭 이후에도 그들은 며칠을 더 밤새서 일했고, 성천의 느낌대로 대박을 터뜨리며 모두가 행복한 비명을 질렀다.

"사인 좀 해주시면 안 될까요?"

혁이 안 된다며 죄송하단 말을 건네기가 무섭게 소원이 뭘 그리 빡빡하게 구냐며 그를 나무랐다. 홍보 영상은 혁이 소원에게 고백하는 장면이 그대로 전파를 탔다. 소원의 허락까지 구했으니 감독이 마다할 이유가 없었다. 영상은 드라마 같은 높은 퀄리티를 자랑했고 단숨에 SNS에 퍼지며 사람들에게 알려졌다. 훈훈한 혁의 기럭지와 외모도, 소원의 날씬하고 예쁜 비주얼도 한몫했다.

사람들은 가끔 이렇게 그들을 알아보고 다가왔다. 혁은 이런 관심이 얼떨떨하면서도 귀찮았다. 연예인도 아닌데 자꾸만 사진과 사인을 요구하니 말이다. 무엇보다 광고 영상이 SNS에서 인기를 끌었고, 그 이유가 광고 속에 등장한 남녀가 사실 진짜 부부고, 오래된 친구라는 사실까지 알려져서 더 화제를 모았다.

"주세요. 해드릴게요."

소원이 웃으며 손을 뻗자 여성이 잠시 주춤했다. 그녀는 소원의 눈치를 보더니 혁에게 수첩을 건넸다. 여성은 소원의 사인이 아닌 혁의 사인을 원했던 것이었다. 소원이 민망한지 헛기침을 했다. 그때 마침 진동 벨이 울렸고 소원은 다행이라는 듯 커피를 가지러 갔다.

"하나, 둘, 셋!"

소원이 다시 돌아왔을 때에도 여성은 있었다. 그녀는 혁과 다정하게 셀카까지 찍으며 기쁨의 탄성을 내질렀다. 소원의 표정이 급격하게 어두워졌다. 여자가 사라지고 난 뒤 소원은 혁을 째려보며 말했다.

"왜, 아주 팬 서비스로 뽀뽀까지 해주지 그랬어."

"진짜 그래도 돼?"

"죽을래?"

"근데 왜 하래."

"맞아야 정신 차리지."

소원이 주먹을 꽉 쥐는 시늉을 했다. 그러자 혁이 웃음을 터뜨리며 소원의 옆으로 자리를 이동했다.

"입이 아주 귓가에 걸렸던데. 입 찢어지겠네."

소원은 마음에 안 든다는 듯 질투 아닌 질투를 하기 시작했다. 혁이 쿡쿡거리며 소원의 머리를 쓰다듬었다.

"언제부터 이렇게 귀여웠냐, 너."

"뭐래!"

혁의 눈에는 이런 소원이 마냥 사랑스러웠다. 유명세를 탄 덕에 귀찮은 것도 많았지만 그로 인해 딸려오는 소원의 질투들은 환영이었다. 소원은 얼굴이 금세 빨개졌다. 그녀는 부끄러운지 얼굴을 창가 쪽으로 홱 돌렸다. 길거리의 여성들은 아이위시에서 만든 액세서리를 많이 하고 다녔다. 특히 가장 인기가 많았던 건 소원이 지금 하고 있는 목걸이였다. 방송에도 나갔던 바로 그 목걸이. 여기저기서 이걸 본 따 만든 가짜 목걸이도 판매할 정도로 엄청난 인기였다.

"피곤하다."

혁이 피로가 안 풀린다며 소원의 어깨에 기댔다. 소원은 어깨 위에 놓인 혁의 얼굴을 보더니 이마에 베이비키스를 했다.

"좀 자."

"좋네."

소원이 혁의 머리를 매만지며 말했다. 눈을 감고 잠시 소원의 따뜻한 손길을 느끼던 혁이 입을 열었다. 여전히 눈은 감겨 있었다.

"하고 싶다."

"뭐를."

"너랑."

"미쳤지, 아주."

"맞아. 미쳤지, 아주. 너한테."

소원은 언제부턴가 이런 능글맞은 말을 아무렇지도 않게 하는 혁에게 적응이 되지 않았다. 그래도 싫지만은 않은 모양이었다. 그러고 보니 요 근래 혁이 너무 바빠 관계를 가진 지 오래였다. 집에도 제대로 못 들어오니 시간이나 있었겠는가.

"회사 다시 안 들어가봐도 돼?"

"안 갈래."

"내일모레까지 수급 맞춰야 한다며."

"일 얘기는 그만."

"서방아, 돈을 많이 벌어야 우리 2세가 행복하지."

2세라는 말에 혁이 눈을 번쩍 떴다. 혁은 소원을 쳐다보았다. 이런 얘기는 처음이었다. 그것도 소원의 입에서 말이다. 예상치 못한 순간에 훅 들어오니 혁은 정신이 혼미했다.

"야, 나는 몸매 관리가 필수인 직업인데, 임신하면 강사 일 못할 거 아냐. 그럼 네가 다 벌어야 하잖아."

"그럼 나 일 열심히 하고 집에 빨리 들어갈게."

"빨리 올 수 있어?"

"2세 만들어야지."

"아니, 내 얘기는 그게 아니라……."

"준비하고 있어."

"뭐?"

"밤새 할 거니까."

소원은 못 말린다며 웃어 넘겼다. 하지만 혁은 그 어느 때보다도 진지했다. 혁은 눈을 번뜩이며 소원에게 속삭였다.

"장난인 거 같지? 진짜니까 각오해."

소원이 민망한지 혁의 등짝을 퍽퍽 치며 빨리 사라지라고 재촉

했다. 혁은 소원이 입에 뽀뽀를 쪽 한 뒤 자리에서 일어섰다.

"곧 봐."

"다녀와."

소원이 손을 흔들며 혁을 배웅했다. 소원은 시간을 보더니 자리에서 일어섰다. 그녀도 곧 가봐야 했다. 조금 있으면 수업이 있었기 때문이었다. 소원도 방송 이후로 정신없는 하루하루를 보냈다. 개인 PT가 더욱 늘었고 수업도 추가되었다. 원래도 인기 강사였지만 방송 이후, 그쪽에서 러브콜을 많이 보내왔다. 요가 동영상을 찍어 판매를 하자는 사람도 있었고 케이블이나 지상파에서 출연을 요청한 사람들도 많았다.

하지만 그녀는 모두 거절했다. 지금이 행복했다. 그렇게 한 번 두 번 출연하다 보면 소소한 개인의 시간도 없어지고 사생활도 사라질 것만 같았기 때문이었다. 지금도 바쁜데 여기서 더 바빠지는 건 끔찍했다. 물론 그녀의 엄마인 미라는 소원에게 미쳤다며 딸을 여러 번 설득했지만 씨알도 먹히지 않았다. 그녀는 늘 그랬듯 자신의 소신대로 움직였다.

"저녁에 장어나 한 마리 사다가 구워야겠다."

소원은 자신이 말을 뱉어놓고도 생각하니 웃긴지 피식피식거리며 밖으로 나갔다. 그들의 은밀한 위장 결혼은 결국 해피엔딩이었다. 하지만 소원과 혁의 은밀한 시간은 쭉 계속되겠지. 눈부신 햇살이 그녀의 얼굴에 비췄다. 소원은 자신의 앞날에도, 혁의 앞날에도. 먼 길을 어렵게 돌아온 만큼 서로에게 지금처럼 따뜻한 햇살이 가득하기를, 서로 두 손을 맞잡고 꽃길만 걸어가기를 바라고 또 바랐다.

짤막한 이야기

"나 해보고 싶었던 게 있어."

소원이 얄궂은 표정으로 혁에게 말했다. 그는 도대체 어떤 말을
또 꺼내려는 것이냐며 몸을 부르르 떨었다.

"할 거야?"

"뭔데?"

"한다고 말하면 알려줄게."

"그니까 대체 뭔데 그래."

"할 거야, 말 거야?"

소원의 확고한 모습에 혁은 쉽게 정보를 얻는 것은 포기해야겠
다 생각했다. 도대체 뭘까. 평상시였으면 하지 않겠다고 했을 것들
일 텐데. 혁은 쉽게 대답하지 못했다. 한다고 했다가 왠지 후회만
남을까 싶어서였다. 그의 마음을 읽었는지 소원이 조건을 덧붙였
다. 무척이나 인심 쓴다는 듯 말이다.

"대신 네가 해보고 싶었던 것도 하나 해줄게."

"내가 해보고 싶었던 것?"

"응!"

힘 있는 소원의 목소리에서 혁은 더욱 불안감을 떨칠 수가 없었다.

"그게, 뭔데?"

혁은 조심스럽게 물었다. 소원의 두 눈은 묘하게 반짝거리고 있었다.

"뭐든!"

혁은 한참을 고민하다가 마지못해 알겠다며 고개를 끄덕였다. 찝찝한 기분은 지울 수가 없었지만. 소원의 입가에 사악한 미소가 걸렸다. 혁은 저도 모르게 침을 꿀꺽 삼켰다.

"그럼 우리……."

소원이 괜히 뜸을 들였다. 혁은 대체 어떤 어마어마한 소리가 나오려고 저렇게 밑밥을 까는지 불안하기만 했다. 안 한다고 거절했으면 정말 하지 않았으려나. 답은 애석하게도 NO였다. 소원의 성격상 어떻게든 하게끔 유도할 것이 훤했다. 괜히 입씨름 몸씨름 하느니 처음부터 원하는 말을 해주는 것이 상책이었다.

"교복 데이트 하자."

"교복? 갑자기?"

"놀이공원 가고 싶어. 교복 입고."

졸업과 동시에 묻어둔 교복. 그게 벌써 10년도 더 되었다. 물론 소원은 대학 때 종종 친구들과 교복 코스프레를 하며 호프집도 가고 사진도 찍으며 놀러 다니곤 했었다. 그 당시에 혁은 대체 왜 그

러고 다니냐며 핀잔을 주었고 말이다. 역시 찝찝한 건 기분 탓이
아니었다. 현실로 다가오니 말을 주워 담고 싶었으나 이미 엎질러
진 물이었다. 상당히 내켜하지 않는 혁의 눈빛이었다.

"나 근데 교복 없는데?"

"괜찮아. 요즘은 대여해주는 곳도 많아."

"돈을 주고 빌리자고?"

"그럼 공짜로 빌려주리?"

소원이 무슨 말 같지도 않은 소리냐며 되물었다. 혁은 굳이 돈
을 주면서까지 입고 싶지 않았던 것이었다.

"왜 하필 교복이야?"

"그야……"

생각해보면 소원은 혁과 데이트다운 데이트를 하지 못했다. 부부
로서 연을 맺은 뒤 제대로 된 데이트를 즐긴 적이 단 한 번도 없었
다. 그래서 만날 똑같은 반복되는 일상에서 벗어나, 남들처럼 데이
트를 즐겨보고 싶었다. 그것도 색다른 이색 데이트를. 교복을 선택
한 것은 학창 시절의 느낌을 느껴보고 싶어서였다. 그리고 그때와는
어떻게 달라졌는지 묘한 감정들을 비교, 경험해보고 싶기도 했고.

"재밌잖아."

소원이 입꼬리를 싹 말아 올렸다. 그렇게 혁은 소원과 놀이동산
을 찾았다. 비록 자신들이 나온 학교 교복은 아니지만 가장 비슷한
디자인으로 골라서 말이다. 어느새 나이는 서른이 되었지만 교복
입은 모습은 이질감은 없었다. 동안인 얼굴 덕에 고등학생이라고
해도 믿을 법했다.

"혁아, 이거 해봐."

"으, 제발."

"빨리!"

소원이 혁을 끌고 간 곳은 놀이기구 앞에서 파는 머리띠였다. 데이트 때 기분을 내기 위해 커플들이나 친구들이 사서 하는 기념품 같은 것이었다. 소원이 건넨 것은 기린의 뿔이 달린 머리띠였다. 혁은 그것을 쉽사리 받아들이지 못하는 듯 보였다. 우물쭈물하는 혁을 보고는 결국 소원이 나섰다. 그녀가 손수 혁에게 씌워주었다.

"잘 어울리네."

소원이 만족해하며 자신도 똑같은 것을 썼다. 반면 거울로 자신의 모습을 확인한 혁의 얼굴은 점차 굳어져만 갔다. 입기 싫은 교복도 모자라 하기 싫은 머리띠까지 써야 하다니.

"자."

그때 소원이 혁에게 손을 내밀었다. 잡아달라는 뜻이었다. 이거 하나는 마음에 드네. 혁이 소원의 부름에 응답했다. 영락없는 커플의 모습이었다. 혁은 소원의 손을 꼬옥 잡았다. 기분 탓일까, 심장이 더 빠르게 뛰는 것 같았다. 너무도 멋있는 한 쌍의 남녀였다. 평일 낮이라 사람은 많이 없었지만 지나가는 사람들마다 혁과 소원을 한 번씩은 다 쳐다보았을 정도로.

"이거 타자!"

소원은 혁을 끌고 롤러코스터가 있는 곳으로 향했다. 360도 회전하며 빠르게 하강하는 놀이기구였다. 그걸 보자마자 혁의 얼굴이 새파랗게 질렸다. 놀이기구를 언제 탔는지 기억도 안 나거니와 굳이 이런 것들을 돈 주고 타고 싶지 않았다. 스릴을 즐기는 소원과는 달리 혁의 담력은 매우 나약했다.

"꼭 타야 해?"

"당연하지!"

그녀의 두 눈이 얄궂게 반짝였다. 보기만 해도 현기증이 날 것만 같았다. 혁은 깊은 한숨을 몰아쉬었다. 어느새 정신을 차리고 보니 마지못해 그녀의 손에 이끌려 줄을 서는 자신의 모습을 발견할 수 있었다. 줄이 줄어들고 자신의 차례가 다가올수록 혁의 표정은 가관으로 변해갔다. 그 모습이 뭐가 그리 웃긴지 쿡쿡거리며 웃음을 훔치는 소원이었다.

"너 얼굴이 동동 떠다녀."

"으으."

"혁아."

소원은 그를 새초롬하게 불렀다. 그러고는 그의 귀에다 대고 무어라 속삭였다. 잠시 뒤 혁의 얼굴이 새빨개지며 동공 지진이 일어났다. 혁이 무어라 얘기를 하려고 했지만 차례가 되어 입장한 탓에 불발되었다.

"자, 그럼 모험을 떠나러 출발!"

알바생의 안내 멘트와 함께 열차가 출발했다. 열차가 높이 올라가면 올라갈수록 혁의 표정은 더욱 싸늘히 변해갔다. 반면 소원은 물 만난 물고기마냥 신나고 해맑은 모습이었다. 고도가 높아진 기구는 내려갈 준비를 하자 혁의 단말마 같은 비명 소리와 함께 아래로 추락했다.

"꺄아아아악!"

"으아아아아악!"

혁의 비명 소리는 사람들의 함성과 뒤섞여 메아리쳤다. 그렇게 그에게 지옥 같은 2분의 시간이 지나고 드디어 놀이기구에서 탈출할 수 있었다. 초점 없는 두 눈이 타는 시간 동안 얼마나 공포였는지를 여실히 보여주었다. 부서질 듯 꽉 잡은 안전 바 때문에 양 손바닥은 빨개져 있었다. 무엇보다 금방이라도 토할 것 같은, 세상을 다 잃은 표정이라니.

"여기 봐봐!"

반면 너무나도 쌩쌩한 소원은 내리자마자 난데없이 혁의 사진을 찍기 시작했다. 꺄르륵 웃는 모습이 '나 재미있어요.'라고 대변해주었다.

"이런 건 두고두고 간직해야 하는 장면이라고."

몇 장 더 사진을 찍고 난 후에야 비로소 만족했는지 핸드폰을 집어넣는 소원이었다. 소원은 혁을 포토존으로 데려갔다. 롤러코스터가 360도 회전하기 직전에 찍힌 사진들이 보였다. 눈을 질끈 감고 절대 뜨지 않는 혁의 모습과 주위를 둘러보며 풍경을 음미하는 소원의 모습이 대조적으로 찍혀져 있었다.

"완전 웃겨. 표정 뭐야?"

소원은 매우 즐거워했다. 이렇게 좋아할 줄 알았으면 진작 와볼 걸 그랬나. 아이 같은 그녀의 모습에 혁의 심장이 빠르게 뛰었다. 몇 년을 봐왔던 교복인데 이렇게 설렐 수도 있구나. 풋풋함도 느껴지는 것 같고, 아주 잠깐이었지만 정말 고등학생의 그때로 돌아간 듯한 착각마저 들었다.

"이거 뽑아서 나중에 우리 아이한테 보여주면 재미……."

소원이 말을 하다 말고 멈췄다. 자신의 입에서 저도 모르게 나온 아이라는 단어 때문이었다.

"왜 말을 하다 말아?"

"어? 아, 아니."

그녀의 양 볼이 금세 붉게 물들었다. 이게 뭐라고 나 왜 당황하지? 왜 갑자기 부끄러워지지?

"우리 아이 뭐?"

"어? 어, 우리 한 번 더 탈까?"

"또 찍혀서 또 보여주게?"

그냥 넘길 수도 있는 말인데 괜히 혁에게 말려드는 것 같았다. 소원의 반응이 재미있는지 혁이 웃음을 터뜨렸다. 소원은 빨리 오라며 혁을 휙 버리고 부스를 나가버렸다.

"안 뽑아?"

"뭐가!"

"뭐긴, 사진이지."

"안 뽑아!"

"난 뽑고 싶은데."

혁이 소원을 놀리듯 말했다. 혁은 자신을 등지고 있었지만 알 수 있었다. 그녀의 얼굴이 불타는 홍당무가 되어버렸다는 것을.

"그래야 우리 아이한테 보여주지."

결국 소원이 혁에게로 돌아왔다. 어마무시한 등짝 스매싱과 함께 말이다. 빨개질 정도로 강력한 파워 덕분에 혁이 아프다며 비명을 질렀다. 요가를 통해 단련되고 발달된 근육들의 힘이었다.

"못됐어!"

"왜, 사실을 말한 건데."

"시끄러!"

"아파 죽겠네."

혁은 소원의 양손을 잡고 때리는 것을 저지시켰다. 그러고는 작게 속삭였다.

"근데 소원아, 너 지금 엄청 귀여워."

방금 전까지와는 입장이 달라진 둘의 모습이었다.

* * *

"먼저 씻을래?"

잘 놀고 집으로 들어온 둘은 힘든지 침대에 몸을 맡겼다. 하지만 쉬는 것도 잠시뿐, 소원이 자신의 몸을 화장실로 집어넣으며 말했다. 말이 권유였지 거의 반강제로 먼저 씻을 테니 쉬고 있으라는 것이었다.

"알았어. 먼저 씻고 와."

"그럼 씻을 동안 정리 좀 해줘."

놀이동산에서 사온 기념품들과 소원이 휙휙 던져버린 옷들이었다. 혁이 못 말린다며 고개를 끄덕였다. 혁은 소원이 씻는 동안 옷을 개키고 결국 롤러코스터에서 뽑아가지고 온 사진과 캐리커처 그림을 액자에다가 꽂았다. 캐리커처는 혁이 먼저 권유한 것이었다.

두 사람은 귀여운 캐릭터로 변해 벤치에 앉아 있었다. 혁의 어깨에 기대어 행복해 보이는 소원과 그런 소원을 위해 어깨 높이를 맞춰주며 딱딱하게 앉아 있는 그의 모습이 익살스럽게 그려져 있었다. 생각해보면 오늘 처음 해보는 것들이 많았다. 소원과 많은 시간을 함께했지만 못 해본 것들이 훨씬 많았다는 걸 깨달았다. 그 사실이 신기하기도 하고 웃기기도 했다.

"으아, 개운하다."

혁이 그림 감상을 끝날 때쯤 소원이 욕실 문을 열며 나왔다. 뽀송뽀송 상쾌한 모습이었다. 혁은 자신도 씻고 나오겠다며 욕실로 들어갔다. 소원은 알겠다고 고개를 끄덕이며 화장대에 앉아 수분 크림을 발랐다. 혁의 눈치를 슬슬 보던 소원은 물줄기가 틀어지는 소리를 확인하고서야 자리에 일어서더니 무언가를 후다닥 준비하기 시작했다.

"더 모아야 하나?"

며칠 전 야심차게 주문한 속옷이었다. 문제는 너무 야하다는 것이겠지만. 레이스로 이루어진 속옷은 가슴이 다 보이게 설계가 되어 있었다. 푸른빛이 감도는 색깔은 보는 사람의 시선을 빼앗기에 충분히 탐스러워보였다. 특히나 유륜과 유두가 드러나도록 디자인 되었고 재질도 무척 얇았다. 누군가가 그녀를 껴안는다면 마치 속옷을 입지 않았나 싶은 착각마저 들 정도의 촉감이었다.

"좋아, 완벽해."

살짝 젖은 머리에 유혹하듯 야한 속옷, 그리고 발그레한 얼굴까지. 모든 것이 조화로웠다. 소원은 만족스러운 미소를 지으며 조심스럽게 욕실 문을 열었다. 문을 등지고 샤워 중인 혁은 아직 소원의 존재를 느끼지 못한 듯했다.

소원은 혁의 등을 와락 껴안았다. 갑자기 느껴지는 소원의 감촉에 놀란 혁이 고개를 돌려 소원을 확인하려 했다. 소원은 손으로 혁의 두 눈을 가렸다. 그리고는 귀에다가 야릇하게 속삭였다.

"혁아, 나 하고 싶어."

혁이 모든 행동을 멈췄다. 잠시의 정적. 욕실에는 쏴아아아 물줄기 소리만 가득 울릴 뿐이었다. 소원은 혁의 오른손을 자신의 엉덩이에 가져다 대었다.

"여기서, 당장."

소원의 뜨거운 입김이 귓가에 닿으니 혁의 것이 먼저 반응을 일으켰다. 소원은 혁을 자신의 쪽으로 돌려세우고는 눈을 가린 손을 떼었다. 남자는 시각에 약한 동물이라고 했던가. 자신을 유혹하는 여자의 모습에 이성을 잃지 않으면 그건 정상이 아니었다. 게다가 물이 튀어서 속옷과 함께 몸이 젖은 상태였다. 머리카락에선 뚝뚝 물방울들이 떨어지며 혁의 허벅지 위에 떨어졌다.

"……이렇게 야하면."

혁은 소원의 입술을 물고 빨았다. 소원도 그의 목에 매달리며 혁을 받아들였다. 서로의 입술이 포개지고 혀가 뒤엉키며 강렬한 키스타임이 시작되었다.

"못 참잖아."

혁은 소원의 윗니와 아랫니를 고루 핥다가도 그녀의 입천장을 간질이며 소원을 달아오르게 만들었다. 소원은 몸을 벽에 붙인 뒤 왼쪽 허벅지를 혁의 엉덩이에 단단히 고정시켰다. 그의 오른손이 소원의 가슴을 주물렀다. 속옷의 감촉과 그의 손길이 부딪히며 자극을 배로 만들었다.

"하웃."

소원의 입에서 본격적인 시작을 알리는 신음 소리가 터져 나왔다. 혁은 브래지어 후크를 거칠게 풀었고 소원은 그것을 저 멀리 던져버렸다. 그녀의 아랫도리가 뜨거워지며 숨을 쉬었고 열꽃을 피웠다. 혁은 상체를 숙여 한 손으로는 소원의 유두를 다른 한 손으로는 소원의 밑을 탐색했다. 물론 이미 그의 입술은 그녀의 반대쪽 가슴을 머금고 있었고 말이다.

"하아앙, 좋아!"

달아오른 소원의 몸에 떨어지는 물줄기는 그녀를 더욱 야릇하게 만들었다. 소원의 머리가 뒤로 젖혀지며 달뜬 숨을 내뱉게 만들었다. 미끈거리는 애액은 밑에서 쉼 없이 터져 나왔다. 혁은 이번에 한 손가락으로 그녀의 클리토리스를 자극시키고 다른 한 손으론 그녀의 그곳을 찔러 넣으며 사정없이 공략했다. 소원의 허리가 활처럼 휘었다. 그녀는 혁의 가슴을 주무르듯 매만지며 자극시켰다. 혁에게서도 거칠고 뜨거운 숨소리가 튀어나왔다.

"하아, 하아."

혁은 단단해진 자신의 그것을 소원의 것에 넣으려고 시도했다. 그의 분신은 수풀을 헤치고 그곳에 당도했다. 그러곤 완벽한 하나가 이루어졌다. 혁은 소원의 엉덩이를 바짝 부여잡고는 위아래로 움직이기 시작했다.

"하응, 하앙."

"하읏!"

"너무, 흐읏! 좋아, 혁아."

소원은 흥분된 목소리로 혁에게 소리쳤다. 잔뜩 풀려버린 두 눈에는 황홀감만 가득했다. 혁도 이성을 잃고 동물적인 본능에 이성을 맡겼다. 살 닿는 소리와 물 떨어지는 소리는 그들을 더욱 야하게 만들었다. 소원이 갑자기 혁의 것을 빼더니 그를 벽으로 밀착시켰다. 그러고는 구부리고 앉더니 그의 것을 입에 넣고 조심스럽게 핥았다. 혁의 동공이 커지며 살짝 긴장한 모습이었다.

"잠깐!"

"괜찮아. 긴장 풀어."

소원은 놀란 혁을 다독이고는 커져버린 그의 것을 입에 한가득 물었다. 그러고는 머리를 앞뒤로 움직였다. 혁의 양 볼이 더욱 붉게 격양되었다. 그녀는 한 손으로는 벽을 짚고 다른 손으로는 혁의 고환을 살살살 어루만졌다. 그러던 그녀가 뒤로 돌아 엎드린 자세를 취했디. 그러고는 고개를 뒤로 젖히며 혁에게 말했다.

"해줘."

혁의 흥분은 최고조가 되었다. 그는 그의 것을 소원의 안에 넣었다. 곧이어 자지러진 소원의 목소리가 욕실을 가득 울렸다.

"하아앙!"

"하악, 하악!"

절정에 다다랐는지 혁도 거친 숨을 몰아쉬었다. 몇 번의 움직임 끝에 혁은 자신의 것을 빼고는 온몸을 부르르 떨었다. 색다른 곳에서 사랑하는 사람과의 관계란 정말이지 짜릿하고 황홀했다. 혁은 그녀의 엉덩이에 예쁘게 뽀뽀를 쪽 해주었고 소원을 사랑스러운 눈빛으로 쳐다보았다.

똑. 똑.

샤워기를 끄자 거짓말처럼 욕실이 조용해졌다. 소원은 혁의 품에 파고들고는 그를 꼭 안았다.

"뭐야, 이 이벤트는?"

혁이 그녀의 머리카락을 쓸어 넘기며 말했다. 소원은 헤죽 웃으며 혁에게 얘기했다.

"네가 원하는 거 들어주겠다고 했잖아."

"어?"

"화장실에서, 뒤로 하기."

처음에 소원이 무슨 말을 하는지 모르겠다는 영문으로 고개를 갸웃거리던 혁은 끅끅거리며 웃는 소원을 보고서야 뒤늦게 생각이 났다. 백문백답! 혁은 몰려오는 부끄러움에 쥐구멍에 숨고 싶은 심정이었다.

"설마!"

"맞아."

"대체 언제 본 거야?"

"비밀!"

소원이 혓바닥을 쭉 내밀며 메롱 했다. 100가지 질문 중 하나인, 하고 싶은 장소와 하고 싶은 체위. 혁이 하고 싶은 장소는 화장실이었고 하고 싶은 체위는 바로 뒤로 하는 것이었다. 혁은 이대로는 억울하겠다며 수건으로 소원의 몸을 빠르게 닦아 나갔다.

"안 되겠어."

"응?"

"한 번 더 해야지."

"뭐?"

"이번엔 네가 원하는 걸로."

혁은 그대로 소원을 안고는 욕실 문을 열었다. 소원이 내려달라고 아등바등이었지만 가볍게 그녀의 의중을 무시하고는 말이다. 그러고는 그녀를 침대에 내려놓고는 소원의 목덜미와 가슴을 유린하기 시작했다. 그것은 예고 없는 2차전의 시작이었다.

외전

"우으음."

새가 지저귀는 소리가 귓가를 간질였다. 창문 틈으로 새어 나오는 아침 햇살은 매우 따스했다. 소원은 침대에서 뒤척이며 일어나기 싫은지 몸을 배배 꼬았다. 시선을 옆으로 돌리니 아직 깨지 않은 혁이 한창 꿈나라 중이었다. 그래. 어젯밤에도 열정적인 사랑을 나누었지. 그들은 이제 한 공간, 한 침대에서 서로를 애틋하게 바라볼 수 있었다. 서로 진정한 부부가 되었으니까. 그 사실이 잠을 깰 때마다 소원을 두근거리게 만들었다.

"혁아."

소원이 혁의 코끝을 살랑살랑 어루만지며 나지막이 불렀다. 대답 대신 혁의 눈썹이 꿈틀댔다.

"혁아."

다시 한번 애교 섞인 목소리로 그를 불렀다. 혁이 한쪽 눈을 찡

그리며 소원을 쳐다보았다.

"응?"

잔뜩 잠겨 아래로 가라앉은 목소리가 참으로 섹시했다. 이불에 감싸져 있는 상체는 살을 보일락 말락 하며 더욱 섹시함을 부각시켰다.

"꿈을 꿨는데."

"응."

"우리가 넓은 잔디를 막 뛰어다녔어."

"그랬어?"

"응. 근데 그게 너무 좋은 거야. 꿈이었는데 보기만 해도 힐링이 됐어."

혁이 피식 웃더니 소원의 이마에 베이비키스를 했다. 그러곤 소원의 머리카락을 넘겨주며 그녀에게 팔베개를 했다.

"놀러가고 싶구나."

"응. 사실 우리가 너무 달리긴 했어."

"그렇긴 하지."

"신혼여행이라고는 하지만 무늬만이었고, 제대로 즐기지도 못했잖아. 나는 우리가 힘겹게 감정 소모를 했던 시간들을 보상받을 필요가 있다고 생각해."

소원은 멀리 어딘가로 떠나서 아무런 방해 없이 둘만의 시간들을 갖고 싶었던 것이다. 요즘 서로 너무 바빠서 제대로 쉬지 못하기도 했고. 소원의 말이 틀린 게 없었기에 혁도 거기엔 암묵적으로 동의를 했다.

문제는 시간이었다. 과연 그들에게 그만한 시간이 주어질 수 있느냐는 것이었다.

"어디 가고 싶은데?"

"어디든."

"한번 스케줄 맞춰보자."

혁이 소원의 머리를 헝클어뜨리며 애기하자 그녀가 씩 웃으며 고개를 끄덕였다.

"아침 먹어야지. 좀만 기다려봐. 차려줄게."

"맛있는 거."

"뭐 먹고 싶은 거 있어?"

"응."

"뭔데?"

"너."

"어?"

혁이 일어서려던 소원의 팔목을 확 자신에게로 잡아당겼다. 중심을 잃은 소원의 몸이 혁의 가슴팍에 떨어졌다. 소원이 뭐냐며 피식 웃었다. 혁은 그대로 소원에게 입을 맞췄고 부드럽게 입술을 물고 빨았다.

"나 오느 에이 아바."

혁이 입술을 도통 놓아주질 않는 덕에 소원의 발음이 뭉개졌다. 의역하자면 오늘 제일 바쁘다는 말 같았다. 하지만 혁은 찰떡같이 알아들었다.

"나도."

그러면서 혁의 못된 손이 소원의 가슴골로 향하고 있었다. 소원은 잽싸게 그의 팔을 잡고 움직이지 못하게 포박했다. 소원은 입술을 떼어내며 혁에게 다시 한번 더 강조했다.

"오늘 진짜 바쁘다니까."

"나도라니까."

"거의 다 개인 레슨이란 말이야."

그 말인즉, 오늘 하루는 체력 소모가 심하니 지금만큼은 봐달라는 의미였다. 하지만 혁은 그런 소원의 말을 가뿐히 넘겨버렸다.

"운혜⋯⋯!"

혁은 소원의 입을 자신의 입으로 틀어막았다. 그 바람에 하던 말은 끊겼고 소원의 움찔거림으로 인해 포박당했던 두 손은 자유로워졌다. 혁은 그대로 소원의 가슴을 주물렀다. 그의 거침없는 입술은 어느새 그녀의 목덜미 아래로 와 있었다. 소원의 숨소리가 점점 야릇하게 변해갔다.

"이렇게 몸은 반응하는데."

"하으, 너 진짜!"

"어딜 내빼려고."

그 후로 혁은 소원의 가슴을 계속해서 공략했다. 혀로 그녀의 유두를 간질이며 돌돌 원을 그렸다. 딱딱하게 오른 그녀의 젖꼭지만큼 혁의 분신도 우뚝 솟아올랐다. 소원은 더 이상 반항하지 않았다. 있는 그대로의 현실을 받아들이며 결국 흐름에 몸을 맡겼다. 어느 순간부터 침대에는 두 마리의 짐승이 본능에 충실한 채 사랑을 나누고 있었다. 진득한 액체들로 소원의 밑과 위에 범벅이 되어갔고 혁과 하나가 될 준비를 하고 있었다.

"하앗, 하앙."

"하아, 으읏."

혁과 소원의 거친 숨소리가 방 안을 가득 채웠다. 뜨거워진 열기와 덥혀진 공기는 식을 줄을 몰랐다. 그렇게 그들은 잠이 덜 깬 모든 세포들을 숨 가쁘게 깨우고 있었다.

* * *

"좋아 보인다?"

"힘들어 죽겠다. 턱밑까지 내려온 다크서클 안 보이니."

"폈네, 폈어."

"뭐가?"

"네 얼굴. 행복이 덕지덕지 붙어 있구만, 뭘."

혜윤이 얼음을 와그작와그작 씹어 먹으며 말했다. 그녀의 얼굴에는 불만이 가득했다. 소원이 복에 겨워 배부른 소리만 하고 앉아 있으니 살짝 얄밉기까지 했다. 밤새, 아니 아침 내내 사랑을 나누고 일까지 하고 와서 체력이 방전되었다는 얘기를 하며 힘들다고 칭얼거리니 어느 누가 얄미워하지 않을쏘냐. 하지만 혜윤의 마음을 아는지 모르는지 소원은 몸을 축 늘어뜨리며 의자에 찰싹 달라붙었다.

"너 내가 어머님한테 입 한번 잘못 놀리면 끝장인 거 알지?"

"협박이냐."

"그래. 협박이다. 그러니까 알아서 잘해라."

혜윤은 혁과 소원의 결혼의 모든 것을 알게 되었으니 입이 근질거릴 수밖에 없었다. 게다가 학창 시절부터 서로의 집에 잘 놀러갔기에 부모님도 혜윤을 알고 있었다. 고로 자신이 입을 잘못 뻥끗하면 모든 것이 탄로 나는, 비밀의 열쇠를 쥐고 있는 셈이었다. 소원은 장난스럽게 '예예'거리며 혜윤의 비위를 맞췄다. 그러다 문득 이런 생각이 들었다. 여자로서 단 한 번뿐인 결혼인데, 그날이 인생의 꽃인 날인데. 그렇다면 나의 꽃은 거기서 피었다 진 건가? 뭔가 억울했다.

"근데 말이야."

"응?"

"네가 보기에 내 결혼식은 어땠던 거 같아?"

"그건 갑자기 왜?"

"말해봐. 팩트만 정확하게."

"급하지만 성대하게 치렀지. 어마어마하게."

혜윤이 그날의 일을 떠올리며 혀를 내둘렀다. 어마어마한 하객들 하며, 수십 대의 외제차 하며. 화려한 예식장의 모습은 흡사 TV에서만 보던 연예인들이 결혼식을 올리던 것과도 같은 모습이었다. 코스로 나오는 요리들 또한 일품이었으며 소원이 입은 드레스도 일반 사람들이 입기엔 부담스러운 고가의 것들이었다. 이 모든 것은 혁의 부모님의 재력 덕분이었다.

"너처럼 결혼식 올리는 사람도 드물 거다."

"그래?"

하지만 소원의 표정은 뭔가 똥마려운 사람처럼 어딘가 불편했다. 겉만 번지르르한 위장 결혼식. 그땐 진실한 마음이 없었다. 결혼식 서약도 서로의 목적으로 감싸진 거짓 맹세였다. 혁은 어땠을지 몰라도 자신에겐 그랬다. 그래서 더욱 억울했다. 진짜인 것처럼 연기했지만 속은 거짓투성이였으니까. 신혼여행도 혁의 일에 치여서 제대로 즐기지 못하지 않았던가. 생각하면 생각할수록 억울함의 몰려왔다.

"열 받네, 갑자기?"

"뭐가."

"난 그 흔하디흔한 프러포즈도 제대로 못 받았잖아."

그녀의 생각을 단번에 눈치챈 혜윤이 입꼬리를 쓱 말아 올리며 소원을 쳐다보았다.

"너 억울하구나?"

"……."

"근데 사람이 이렇게 변할 수도 있구나. 참 신기하다."

"뭐가."

"너 독신주의자였잖아. 결혼 생각은 추호도 없다는 애가 이런 걸로 서운해할 줄은 몰랐네."

혜윤의 말에 소원은 냉수를 맞은 기분이었다. 갑자기 화가 났던 모든 것이 싹 식혀졌다.

그러고 보니, 맞네. 나 독신주의였지. 일이 즐겁고 한창 꿈을 피우기 위해 전진할 때라 결혼 같은 건 생각하지도 않았었는데. 엄마의 선 자리가 마냥 싫고 도망 다니고 싶었는데. 잔소리를 피해 달아나고 싶었던 때가 불과 몇 개월 전이었는데 이렇게 변하다니.

"그러네."

소원이 멍한 표정으로 작게 읊조렸다. 머리를 크게 한 대 얻어맞은 느낌이었다. 나쁘다는 게 아니었다. 자신도 변한 것이 그저 신기해서 정신을 못 차리는 것이었다. 게다가 소원은 결혼식도 호사스러운 것보다는 가족과 지인들만 초대해서 조촐하게 지내고 싶었던 생각이 크지 않았던가.

물론 그것은 위장 결혼이라는 타이틀로 인해 일을 빠르게 진행시키고 넘어가려는 속셈이 있었기 때문도 있지만 어쨌든 결과적으로 봤을 때 자신은 많이 변해 있었다. 그로 인해, 혁 덕분에.

"인생에 있어 정말 사랑하는 사람이 생긴다는 건 대단한 거구나 싶다."

혜윤은 이런 소원이 부럽다는 듯 얘기했다.

"보고 싶다, 갑자기."

"으웩, 미쳤어?"

"혁이 보고 싶어."

혜윤이 닭살이라며 몸을 부르르 떨었다. 그녀의 표정은 잔뜩 일그러져 있었다. 하지만 소원은 아랑곳하지 않았다. 아니, 그녀의 그러한 모습들이 머리에 들어오지 않았다. 온통 혁이 보고 싶다는 생각들로 가득 차 있었으니 말이다.

소원이 갑자기 자리에서 벌떡 일어섰다.

"나 간다."

소원은 그대로 카페를 나섰다. 혁의 사무실로 향하려는 것이었다. 혜윤이 소원의 뒷모습을 보며 혀를 끌끌 찼다.

"넌 평생 나한테 고마워해야 해. 나를 아주 업고 다녀야 할 거다!"

혜윤은 알 수 없는 눈빛과 의미심장한 미소를 띠며 핸드폰을 꺼내 누군가에게 열심히 문자를 보냈다. 한편 밖으로 나온 소원은 곧

바로 택시를 잡았다. 가는 도중에 혁에게 전화를 걸었다. 몇 번의 신호음이 가고 상대방이 전화를 받았다.

-응, 소원아.

"사무실이야?"

-응. 왜?

"보고 싶어서."

-나도, 무척.

"언제 끝나?"

-근데 오늘은 일이 좀 많아. 주문량 체크도 다시 해야 하고.

"그럼 늦어? 많이 늦어?

-그게…….

"지금도 늦었는데, 더 늦어?"

소원이 그의 말을 뚝 끊고는 애처럼 칭얼거리며 혁에게 물었다. 혁은 새어 나오는 웃음을 참기 위해 이를 앙다물었다. 참 많은 것이 변했다. 이러한 소원의 모습도, 그녀에게 사랑꾼이 다 되어버린 자신의 모습도. 몇 달 전까지만 해도 상상조차 할 수 없는 것들이었다. 어느덧 목적지에 도착한 택시는 소원을 내려주고 떠났다.

"나 지금 사무실 앞인데."

-그래?

"지금 잠깐 나오면 안 돼?"

-안 될 것 같은데.

"그렇구나."

소원은 몰려드는 실망감을 감추지 못했다. 안 된다는 그 말이 그렇게 서운할 수가 없었다. 그때 누군가가 뒤에서 있는 힘껏 소원을 끌어안았다. 갑작스러운 덮침에 소원이 폰을 바닥에 떨궜다.

"네 뒤니까, 지금."

혁이었다. 그는 소원의 귓가에 대고 나지막이 속삭였다. 소원의 심장이 쿵쾅쿵쾅 미친 듯이 뛰어댔다. 두 볼엔 홍조가 가득했다. 혁은 소원을 앞으로 돌려 다시 꼬옥 안았다. 잠시 동안 그렇게 멈춰서 그들은 서로의 온기를 최대한으로 느꼈다.

"뭐야! 놀랐잖아."

혁은 떨어진 소원의 폰을 주워 그녀의 주머니에 쏙 넣으며 말했다.

"피곤할 텐데 집에서 쉬지 왜 왔어."

"왜 왔겠어."

"글쎄, 왜 왔는데?"

혁이 쿡쿡 웃으며 소원을 놀리듯 얘기했다. 소원은 정말 몰라서 묻는 거냐며 눈을 옆으로 흘기며 혁을 쳐다보았다.

"진짜 몰라서 묻는 거야?"

"아니까 묻지."

"아는데 왜 물어!"

"듣고 싶으니까."

소원이 못 말린다며 혁을 장난스럽게 바라보았다. 혁은 소원을 향해 씩 웃고는 그녀를 다시 폭 끌어안았다. 그리고는 자신이 먼저 듣고 싶었던 그 대답을 소원에게 말해주었다.

"보고 싶었어."

"나도."

"하루가 너무 길더라."

"아직 일 다 안 끝났다며."

오늘 이렇게 일이 많아 아침에 더욱 그렇게 나를 안 놔줬던 것이구나. 야근인 줄은 알고 있었지만 이렇게 많이 늦을 줄은 몰랐던 소원이었다. 밤 10시가 넘어가는데 외근까지 하고 또 일이 있다니. 소원은 혁의 건강이 염려되기도 했다.

"많이 남았어?"

"아냐, 조금만 더 하면 돼."

"그럼 지금 사무실에 혼자 있어? 뭐 도와줄 건 없고?"

"이런 게 도와주는 거야."

혁은 소원의 이마에 베이비키스를 하고는 말했다. 그런 그의 모습에 소원의 눈빛에 안쓰러운 기색이 역력해졌다. 자신의 욕심으로 인한 것도 있지만, 정말이지 휴식이 필요했다. 그에겐 쉼과 여유가 필수였다. 달려도 너무 달렸다, 일도 감정도, 모든 것들을.

"집에 가 있어. 얼른 일 끝내고 들어갈게."

"그래 놓고 또 새벽에 들어오려고 그러지."

"물량 체크만 하면 끝나."

"그럼 기다릴게. 같이 들어가자."

혁은 소원의 고집을 꺾을 수 없었다. 결국 그렇게 10분간 더 입씨름을 하다가 두 손 두 발 다 들었고, 둘은 함께 사무실로 들어가게 되었다.

* * *

"소원아."

"응?"

"무슨 생각을 그렇게 해."

혁이 소원을 빤히 쳐다보며 물었다. 소원은 어디 불편한 곳이 있는 사람처럼 보였다.

"무슨 걱정거리라도 있어?"

소원은 아무것도 아니라는 듯 고개를 저었다. 하지만 그녀의 머릿속엔 온통 결혼식에 대한 생각들뿐이었다. 그녀는 이제 진짜 부부가 되었으니 그걸 기념할 만한 것들을 다시 하고 싶었다. 생각해 보니 좀 억울하기도 했다. 형식적으로 했던 결혼식과 신혼여행, 그리고 보여주기 식이었던 그들의 부부 생활들이 말이다.

하지만 다시 결혼식을 할 수는 없었다. 그러나 그걸 대체할 만한 무언가가 필요했다. 하다못해 프러포즈만이라도. 이걸 어떻게 혁에게 티 안 내고 눈치채게 하느냐가 관건이었다. 근데 또 생각해 보니 이런 고민을 하는 자신이 우습기도 하고, 알아서 해주지 않는 눈치 제로 혁의 모습이 짜증 나기도 했다.

그녀는 지금 무척이나 복잡 미묘했다. 그녀의 심경의 변화를 눈치 못 챌 그가 아니었다. 전해들은 말도 있고, 아까 사무실에서도 소원이 언뜻언뜻 이런 모습들을 보였으니까 말이다. 하지만 아무리 캐도 직접 말을 해주지 않을 것이 훤했다. 혁은 우선 알겠다며 이것에 대해서 더는 묻지 않았다.

"짠!"

소원은 잔을 들고 혁에게 한잔할 것을 요구했다. 사무실에서 나온 뒤 그들은 가볍게 목을 축일 맥주를 사서 집으로 왔다. 새벽 2시가 다 되어 서로가 피곤할 만했지만, 그래도 이런 시간들은 언제든 환영이었다. 가벼운 취기는 잠을 더 달콤하게 만들기도 했고.

"혁아, 우리 놀러가는 거."

"응."

"최대한 빨리 가면 안 돼?"

혁은 쉽게 그렇게 하자는 말을 꺼내지 못했다. 바빠도 너무 바쁜 하루하루였다. 그리고 그는 소원의 요구에 약간은 놀란 눈치였다. 소원이 여행 얘기를 아침에 잠깐 꺼내긴 했지만 이렇게 저녁에 또다시 꺼낼 줄을 몰랐기 때문이었다. 그만큼 많이 지쳐 있는 건가 싶기도 했고. 놀러가는 것이 먼 미래는 아니었지만, 그래도 이렇게 가까운 미래일 줄도 몰랐다.

"시간 조정을……."

"난 당장 가고 싶은데."

"당장?"

"역시 안 되겠지?"

말까지 자르며 얘기하는 소원의 모습에 혁은 결심을 한 듯 핸드폰을 꺼냈다. 그러고는 어딘가로 전화를 걸기 시작했다.

"혹시 예약 가능한 가장 빠른 제주도 출국 시간이 몇 시죠?"

소원의 눈이 번뜩였다. 혁은 그 이후 목적을 다 이루었는지 짧게 대답하고는 전화를 끊었다. 그가 다부진 목소리로 소원에게 말했다.

"가자."

혁의 말이 떨어지기가 무섭게 소원의 눈이 토끼 눈처럼 커졌다. 혁이 이렇게 실천력이 강한 사람이었던가. 하지만 그가 이렇게 행동을 실천으로 옮긴 것은 소원의 큰 바람이 보였기 때문도 있지만 아까 낮에 혜윤에게서 온 장문의 문자 한 통의 여파가 컸다.

[이소원이 또 티 못 내고 끙끙 앓고만 있을 것 같아서. 얘가 꼭 다른 건 티 다 내도 정작 중요한 건 하나도 못 내더라. 소원이 이제 너한테 몇 십 년 지기 친구 아니고 아내야. 이미 결혼해서 프러포즈는 물 건너갔겠지만, 그래도 여자에게 있어서 결혼이란 게. 그리고 그 과정이라는 게 얼마나 중요한지 알지? 평생 간다. 한으로 안 남게 네가 알아서 잘해라!]

낮의 일을 회상하던 혁은 소원의 목소리에 인해 다시 현실로 돌아왔다.

"진짜?"

"그래. 진짜."

"괜찮겠어?"

"길게는 안 되지만 하루 이틀 정도는 괜찮겠지."

"그래도."

"얼른 가자. 4시 50분 비행기래."

소원이 믿지 못하겠다는 듯 재차 확인하자 혁은 그런 그녀의 손을 잡고 바로 집 밖으로 나왔다. 1박 2일의 여행이라 딱히 따로 챙길 것도 없었다. 돈과 제주도에 갈 체력만 있으면 충분했다. 혁은 빠르게 콜택시를 불렀고 얼마 뒤에 택시가 도착하자 목적지를 외쳤다. 그때까지도 소원은 어안이 벙벙한 상태였다.

"이대로 간다고? 아무것도 안 챙기고?"

"필요하면 가서 사지, 뭐."

"정말? 진짜? 진짜 가?"

"원래 여행은 즉흥이 제맛이잖아."

"그래도……."

"제대로 가는 건."

"응."

"좀만 더 있다가 하자. 괜찮지?"

혁의 말에 소원이 옅은 미소를 지으며 고개를 끄덕였다.

* * *

"와, 경치 좋다."

공항으로 가는 택시에서 재빨리 호텔을 예약한 둘은 체크인을 하고 숙소에 들어왔다. 요즘은 정말 핸드폰 하나로 안 될 게 없는 시대라는 걸 소원은 몸소 실감했다. 동이 막 트기 시작한 제주도의 아침은 상쾌하고 고요했다. 바로 눈앞에 바다가 보이는 풍경은 소원의 마음을 두근거리게 만들었다. 새벽이라 그런지 밖에 사람들도 없었다. 파도치는 소리만 은은하게 그들의 귓가에 들릴 뿐이었다.

혁은 그런 소원을 애틋하게 바라보았다. 아이처럼 기뻐하는 모습에 저도 모르게 광대가 승천하고 있었다. 엄마 미소를 지으며 그녀를 보던 혁이 별안간에 소원을 뒤에서 확 끌어안았다. 깜짝 놀란 소원은 이내 안정을 취하고는 몸을 돌려 혁을 마주했다.

"뭐야!"

"너무 예뻐서."

"뭐가?"

"그냥 다."

"치, 그걸 이제 아셨어요?"

"원래 알고 있었지. 근데 지금은 그것보다 더 예쁘네."

소원이 피식 웃으며 양팔을 혁의 목에 둘렀다. 그러고는 가볍게 입맞춤을 했다.

"진작 올걸. 이렇게 좋아하는데."

"바빴잖아, 서로."

소원이 어쩔 수 없었으니 다 이해한다는 듯 말했다. 혁은 소원의 머리를 헝클어뜨리고는 이마에 베이비키스를 했다.

"그래도 이렇게 온 게 어디야. 난 진짜 올 줄 몰랐다니까?"

소원은 지금이 너무 만족스럽다며 혁을 꼭 끌어안았다. 잠시 시간이 멈춘 듯, 그들은 그렇게 정지된 채로 가만히 있었다. 그러다 피곤한지 소원이 하품을 거하게 했다. 잠이 올 만했다. 비행기에서는 들떠서 못 자고, 택시에서는 숙소를 알아보느라 못 자고. 거의 24시간 깨어 있었으니 말이다.

"졸려?"

"응. 하아암."

소원이 한 번 더 늘어지게 하품을 하자 혁은 그녀를 번쩍 안고는 침대에 눕혔다.

"한숨 자자."

"자기 싫은데."

"체력이 있어야 놀지."

"시간 아깝잖아."

이런 시간이 또 언제 올 줄 알고. 잠자는 시간도 쪼개서 놀아야만 했다. 야무지게 놀고 가야 후회가 안 남을 것만 같았으니까. 절대 허비하는 시간 없이 돌아갈 것이라 다짐했는데. 그랬는데 자꾸만 눈이 감기는 이유는 무엇일까. 막상 침대에 누우니 졸음이 마구 쏟아졌다. 게다가 혁이 얼른 자라며 이불까지 덮어주고 토닥여주니 눈꺼풀이 안 무거워지려야 안 무거워질 수가 없었다.

"그러면 딱 한 시간만."

"그래그래."

"한 시간 뒤에 깨워야 해."

"알겠어."

"꼭!"

소원은 신신당부를 하고 나서야 마음이 놓이는지 거의 기절하다시피 꿈나라로 향했다. 혁은 그런 그녀의 모습마저 사랑스럽게 느껴졌다. 그는 미안함을 한가득 안고서 소원의 볼에 입을 맞췄다.

"우음."

소원이 다시 눈을 떴을 때는 해가 중천에 떠 있는 시간이었다. 화들짝 놀라 시계를 보니 벌써 11시가 넘어가고 있었다. 그렇게 쐐기를 박아 얘기를 했건만 깨우지 않았다니!

소원은 잠시 몰려오는 배신감에 몸을 부르르 떨며 재빨리 혁을 찾았다. 왜 안 깨웠냐며 소리를 버럭 지르려고 했지만 혁의 모습을 본 소원은 그러지 못했다. 그럴 수가 없었다. 테이블에 팔베개를 하고 잠이 들어 있었는데, 팔 밑에 일을 한 것처럼 보이는 종이들이 쌓여 있었기 때문이었다.

어디서 구했는지 A4용지엔 펜으로 끄적거린 글씨들로 가득했다. 소원이 자는 내내 일을 했던 모양이었다. 그때 혁의 핸드폰이 울렸고, 소원은 그가 깰까 재빨리 폰을 치웠다. 문자가 꽤 와 있었다.

"아주 그냥, 사람 속상하게."

소원은 잠자는 혁의 모습을 잠시 물끄러미 보다가 침대에 있던 이불을 가져와서 덮어주었다. 좀 더 자게 놔두려는 모양이었다. 하지만 소원의 바람과는 다르게 일이 진행됐다. 일에 치인 탓이었을까, 신경이 민감해져 있었던 혁이 이불의 무게를 느끼고 눈을 뜬 것이다.

"일어났어?"

"어? 어, 미안. 지금 몇 시지?"

"더 자, 혁아."

"아냐. 괜찮아."

혁이 충혈된 눈을 비비며 자리에서 일어서자 소원이 그런 그를 안쓰럽게 바라보았다. 하루 정도는 모든 일을 잊고 좋은 시간만을 보내고 싶었는데. 역시 이상과 현실은 다르구나 싶었다. 괜히 오자고 보챈 것 같아 미안하기도 하고. 소원은 혁을 억지로 끌고 와 침대에 눕혔다. 그러고는 아까 혁이 자신에게 했던 것처럼 그의 어깨를 토닥여주었다. 한숨 더 자라는 것이었다.

그러나 혁은 괜찮다며 그런 소원의 손을 꼭 잡았다. 둘은 시선을 마주한 채로 서로만 바라보며 호흡했다. 순식간에 공기가 묘해졌다. 이대로 좀 더 가면 야릇한 장면이 연출됨이 뻔했다.

하지만 그 분위기를 처참히 깨버렸다, 소원의 배꼽시계가.

꼬르르륵.

민망한지 소원의 얼굴이 금세 빨개졌다. 혁이 웃음을 터뜨리며 귀엽다는 듯 소원을 쳐다보았다.

"배고플 만하지. 밥 먹으러 나갈까?"

"아니. 나 괜찮은데."

변명하기가 무섭게 소원의 배꼽시계가 또다시 울렸다. 아주 큰 소리로 말이다. 혁이 침대에서 몸을 일으켜 세웠다.

"진짜 괜찮은데. 아오, 배가 미쳤나!"

소원이 겸연쩍게 웃으며 배를 움켜쥐었다. 혁은 소원의 팔을 잡고 자신에게로 끌어당겼다. 그의 힘에 의해 소원이 침대에서 튕기듯 일어났다. 소원은 그런 혁을 있는 힘껏 끌어안고는 나지막이 그에게 말했다.

"혁아."

"응."

"고마워."

"뭐가?"

"그냥 다."

"새삼스럽게 뭘."

그렇게 몇 분간의 진한 포옹이 끝난 뒤에야 그들은 비로소 밖으로 나올 수 있었다.

"뭐 먹을까."

"제주도 하면?"

"흑돼지!"

소원의 물음에 둘은 동시에 대답했다. 잘했다며 소원이 혁에게 하이파이브를 했다. 그래도 둘 다 잠을 자서 그런지 생각보다 컨디션이 양호했다. 고기로 원기 회복을 하면 저녁엔 더 알차게 놀 수 있을 것만 같았다. 소원은 바로 핸드폰을 켜서 괜찮은 곳이 어디 있을까 찾기 시작했다. 얼마 후 적당한 곳을 발견했는지 소원은 혁을 그곳으로 안내했다.

"여기 흑돼지 삼겹살 2인분이랑 목살 2인분이요!"

"4인분? 괜찮겠어?"

혁이 놀란 눈으로 소원을 쳐다보며 물었다.

"1인분씩 시키면 아쉬울 것 같아서. 못 먹으면 남기면 되지, 뭐!"

소원은 뭐가 걱정이냐며 반짝이는 눈망울로 세팅된 음식들을 바라보았다. 세상 행복한 듯 보이는 그녀의 모습에 혁은 누굴 말리 겠냐며 어깨를 으쓱이고는 고기를 굽기 시작했다. 하지만 이 분위 기는 그리 오래가지 못했다. 혁의 핸드폰이 자꾸만 울리는 바람에 밖으로 왔다 갔다 하며 통화를 할 수밖에 없었고, 자연스레 산통이 깨졌기 때문이었다.

당연히 고기는 소원이 굽기 시작했다. 이건 그리 큰 문제는 아 니었다. 진정한 문제는 혁의 신경이 온통 핸드폰에 쏠려 있다는 것 이었다. 혁은 제대로 먹지도 못하고 핸드폰만 붙잡는 상황이 연출 되었고 소원은 점점 이런 분위기가 짜증이 나기 시작했다.

"회사 많이 바쁘대?"

"아냐. 괜찮아."

"아닌 게 아닌데, 뭘. 밥도 제대로 못 먹고 있잖아, 지금."

"별거 아니야."

"나 때문에 괜히 고생이네. 미안. 고집 부려서 오자 하지 말 걸 그랬어."

소원이 애써 미소를 띠며 혁에게 말했다. 하지만 말에 뼈가 있 었다. 혁이 아차 싶었는지 미안하다며 분위기를 수습해보려고 했 다. 하지만 끊이질 않는 전화는 혁의 핸드폰을 뜨겁게 달구고 있었다. 소원의 눈치가 보여 그는 더는 전화를 받지 않았다. 그러자 이번엔 문자가 끊임없이 오기 시작했다. 점차 굳어가는 소원의 모습을 보던 혁은 급기야 폰을 꺼버리기에 이르렀다.

"미안. 맛있게 먹자."

소원은 혁을 이해 못 하는 게 아니었다. 당연히 이해했다. 일이 산더미처럼 쌓여 있었고, 따라서 바쁜 걸 알지만 그걸 놔두고 갑자기 여행을 왔기 때문에 이럴 수 있다는 건 충분히 이해했다. 제주도에 있는 하루 내내 이럴 것 같은 기분에 짜증이 나는 것이었다.

게다가 아무리 일이 바빠도 하루 정도는 힐링하려고 온 것인데. 평소보다 더 바쁘니 이럴 거면 여행을 무리해서 왜 왔나 싶기도 했다. 밥도 마주하면서 못 먹을 정도니까. 소원의 머릿속이 복잡해졌다. 역시 괜히 오자고 했나. 생각이 많아지니 밥맛이 뚝 떨어져 급기야 소원은 젓가락을 내려놓았다.

"왜, 더 안 먹고."

"많이 먹었어. 배불러."

소원이 아무렇지도 않은 척 표정 관리를 하며 말했지만 이미 얼굴은 약간 굳어 있었다. 혁은 오늘 하루가 순탄치만은 않을 것 같아 남모를 한숨을 속으로 삼켰다.

* * *

"소원아, 괜찮아?"

"뭐가?"

"그냥."

혁의 물음에 소원이 시큰둥하게 대답했다.

"안 괜찮을 건 또 뭐야."

하지만 표현하는 말투부터가 달랐다. 여행을 망치기 싫어서 노력하는 건 충분히 보이지만 한계가 있었다. 그 후로 그들은 잠시 적막을 유지했다. 두 사람은 그저 모래를 자박자박 밟으며 바닷가를 거닐기만 했다. 밥을 다 먹고 나와서 잠시 산책을 하자는 소원의 제의는 탁월했다. 서로 엇나간 감정을 달랠 시간이 필요했기 때문이다.

혁은 계속해서 소원의 눈치를 보았다. 이러려고 온 게 아닌데. 그는 답답함에 저도 모르게 한숨을 내쉬었다. 그 한숨 소리를 들은 소원이 걸음을 우뚝 멈춰 섰다.

"답답해?"

"아니. 왜?"

"한숨 쉬기에."

영양가 하나 없는 무의미한 대화가 오갔다. 그 와중에 타이밍도 참 예술이게 때마침 혁의 폰이 울렸다. 소원이 또 언제 켰냐며 혁을 어이없다는 듯 쳐다보았다. 밥을 먹고 나오면서 핸드폰을 다시 켰던 혁이었다. 그건 어쩔 수가 없었다. 얘기가 다 마무리가 되지 않던 도중에 꺼버렸기 때문에 모두에게 좋지 않은 일이었다. 혁은 오가던 얘기만 빨리 정리하고 끝내려고 했다. 하지만.

"네가 없으면 일이 돌아가지 않는데?"

"……."

"성천 씨는 무늬만 대표야? 공동 아니었어? 하루도 아니야, 불과 몇 시간이야. 그걸!"

"미안해."

결국 돌아오는 건 혁의 사과였다. 그걸 바란 게 아니었지만 분위기는 그렇게 흘러갔다.

"우리 이러려고 여행 온 거 아니잖아."

"……."

"서로한테 집중하려고 무리해서 온 거잖아."

"정말 미안……."

"내가 미안하단 말 듣고 싶어서 이러는 거 같아?"

결국 소원이 혁의 말을 잘라먹고는 얼굴을 붉혔다. 혁의 표정도 점차 어두워져만 갔다.

"이해 못 하는 거 아니야. 그래서 나도 노력했어. 티 안 내려고. 내가 잠깐 자는 동안에도 회사에 치여서 일하다 잠든 네 모습 보고 안쓰러워서 너무 속상했고. 괜히 내가 칭얼거려서 온 건 아닌가 후회하기도 했고!"

"알아. 다 알아."

"알긴 뭘 알아! 나만 나쁜 년 된 거 같아서 기분 상당히 별로거든?"

그 후로 소원은 그동안 저도 모르게 쌓여 있던 것들이 꽤 됐는지 울분을 토해내기 시작했다. 혁은 그저 묵묵히 들어줄 뿐이었다.

"나는 어떻게든 너랑 같이 보내려고 잠도 안 자고 버티려고 노력했는데. 어떻게 하면 조금이라도 시간을 알차게 보낼 수 있을까 생각하는데! 나도 오늘 있을 수업들 다 무리하게 캔슬시키고 양해

구했어. 욕먹을 거 각오하고 행동한 거라고. 솔직히 요즘 우리가 제대로 된 데이트라도 한 적 있어? 아니, 하다못해 같이 얼굴 마주하고 잔 적이 몇 번이나 있냐고! 그래. 바쁘면 좋은 거지. 나도 바빠서 죽겠어. 근데, 그래도! 그래도 이건, 하아."

"……."

"섭섭한 건, 어쩔 수가 없어. 서운해 죽겠다고."

소원의 눈시울이 붉어졌다. 그녀는 눈물을 훔치고는 혁에게 애잔한 미소를 보내며 말을 이어나갔다.

"그냥 가자. 이 상태로 무슨 여행이 되겠어. 쉽은커녕 스트레스만 받다 가는데. 편히 일 보고 서로 여유 많을 때 다시 오자."

소원이 등을 돌려 걸음을 옮겼다. 그때 혁이 소원을 돌려세우고는 강하게 끌어안았다.

"이 와중에 네가 너무 예쁘다고 생각이 드는 건 내가 미친 건가."

"뭐?"

"고마워. 이렇게 솔직하게 표현해줘서."

"그게 지금 무슨……!"

"나 때문에 하루 종일 기분이 안 좋을까 봐, 근데 그걸 말도 못하고 혼자 앓기만 할까 봐. 그래서 서로 분위기가 이상해진 상태로 하루를 보내게 될까 봐 걱정했거든."

말이나 못 하면. 입만 살아가지고는! 소원은 그런 혁이 얄미워 씩씩거리며 그의 가슴을 주먹으로 내리쳤다. 소원의 분이 어느 정도 풀린 게 느껴지자 혁은 다시금 말을 이어나갔다.

"너 신경 쓰이게 한 건 진짜 미안. 갑자기 디자인에 문제가 생겨서 그것 좀 해결하느라. 빨리 해결하려고 노력했는데 일이 좀 커져서. 이제 다 끝나가. 형한테 남은 일처리를 부탁하기도 했고."

형이라 함은 성천을 일컫는 것이었다. 혁의 말에 소원의 서운함이 조금은 누그러진 것 같았다.

"그럼 화해의 기념으로 한 번?"

"뭐를?"

"뭐긴."

혁이 씩 웃으며 몰라서 묻냐고 눈짓했다. 그러나 사실 소원은 혁이 한 번이라는 얘길 꺼낼 때부터 대충 눈치는 채고 있었다. 그가 어떤 생각을 하는지, 어떠한 뜻을 담아 얘길 한 건지 말이다.

"서로에게 집중하러."

혁이 음흉한 표정으로 능글맞게 말하자 소원은 당황한 기색을 감출 수가 없었다. 정말이지, 이런 건 몇 번이고 적응이 안 된다니까. 소원이 혁의 가슴팍을 밀치며 총총걸음으로 빠르게 등을 지고 걸어가자 혁이 쿡쿡 웃으며 그대로 따라갔다.

* * *

"하아, 하으응."

듣기 좋은 신음 소리가 소원의 입에서 흘러나왔다. 그 소리는 곧 혁의 달팽이관을 자극했다. 자극을 받은 혁은 좀 더 소원을 원했다. 좀 더 소원을 취하고 싶었다. 그는 보기 좋게 봉긋 솟아오른 소원의 풍만한 가슴을 오른손으로 쥐었다 폈다 반복했다. 그의 손이 이내 아래로 내려왔다. 그러고는 그 손으로 소원의 그곳을 사정 없이 두드렸다.

소원의 몸에서 열꽃이 피어나고 가는 신음 소리는 더욱더 거세져만 갔다. 혁은 격렬하게 소원의 입술을 빨아들였고 그의 혀는 그녀의 입 안을, 그녀의 고른 치아를 훑으며 소원을 자극했다.

"하웃, 흐으."

혁의 입술이 조금씩 내려왔다. 이 와중에도 혁의 손은 소원의 가슴을 어루만지며 딱딱하게 솟은 유두를 유린했다. 혁이 소원의 쇄골을 살짝 깨물자 그녀의 허리가 한 번 크게 들썩였다. 뒤이어 그는 부풀어 오른 소원의 가슴을 입술로 깊게 빨아들였다. 그러고는 예민해질 대로 예민해져 있는 유두를 깨물고 혀로 장난질을 했다.

소원의 허리가 더욱더 크게 움직였다. 이번에 혁의 입술은 소원의 은밀한 그곳을 탐했다. 소원도 혁의 가슴을 손으로 자극하며 그의 흥분을 도왔다. 오늘의 혁은 전보다 더 거칠었고 저돌적이었다. 한 마리의 야생마와도 같았다. 혁의 손은 쉬지 않고 움직였으며, 그의 입술은 빠르게 여기저기를 누비며 소원을 농익게 만들었다.

"아앙, 하앗."

곧 혁은 자신의 그것을 잔뜩 젖어 있는 소원의 은밀한 곳에 밀착시켰다. 살짝 아픈지 소원이 침대 시트를 꽉 잡으며 자신의 입술을 깨물었다. 혁은 소원이 아프지 않도록 계속해서 애무하며 안정적인 자세로 고정했다. 한결 편해졌는지 소원이 기분 좋은 신음을 흘려보냈다. 혁이 소원에게 깊고 진한, 그러나 방금 전과는 매우 다른 부드럽고 달콤한 키스를 선사했다. 그녀의 입술을 살며시 깨물고 혀로 톡톡 건드리며 천천히 그녀와 호흡을 맞췄다.

혁은 헝클어져 있던 소원의 머리카락을 쓸어 넘기며 정리해주는 여유까지 부렸다. 하나가 된 그들은 서로의 체온을 느끼며 여과 없이 이 상황을 즐겼다. 그들의 달뜬 신음 소리가 호텔 안을 가득 메웠다. 그렇게 체위를 바꿔가며 몇 차례 호흡하던 혁은 절정에 달했는지 몸을 부르르 떨었고 소원의 옆에 쓰러지듯 털썩 누웠다.

"하아, 하아."

소원이 그런 혁의 가슴에 찰싹 붙었다. 그가 예쁜 미소로 화답하며 소원을 자신의 가슴팍으로 더 가까이 끌어당겼다.

"사랑해."

"나도."

"뭐를?"

"어?"

"그러니까 뭐를."

혁이 짓궂게 물었다. 갑자기 말하려니까 부끄러웠는지 소원이 얼굴을 붉히며 눈을 요리조리 굴렸다.

"나도!"

"응."

"……사랑한다고."

"내가 더, 많이 사랑해."

혁이 씨익 웃으며 소원의 발그레한 볼에 입을 맞췄다.

"근데 혁아."

"응."

"우리는 결혼을 했잖아. 부부잖아. 진짜 부부."

"그렇지."

"하지만 여태까지는 가짜가 많았잖아. 우리의 마음도, 말도, 결혼식도, 그리고……."

소원이 말을 하다 말고 멈췄다. 그리고 더는 얘기를 꺼내지 않았다. 괜히 자존심이 상했다. 보채기도 싫었다. 그냥 여기까지 말했으니 이 뒤는 알아서 알아듣길 원했다. 프러포즈 다시 해 달라는 말을 어떻게 꺼낼 수가 있겠는가. 그때 혁이 알 수 없는 미소를 지으며 핸드폰을 꺼내 시간을 확인했다.

"음, 6시. 슬슬 가야겠네."

"어딜?"

"……밥 먹으러."

잠시라도 기대를 했던 내가 바보지. 그럼 그렇지. 윤혁! 소원은 속으로 혁을 열심히 씹어주다가 체념한 듯 욕실로 들어갔다.

"나 샤워 좀 하고."

"나도 씻어야 하는데."

"얼른 씻고 나올게."

"같이 할까?"

"미쳤어!"

"뭐 어때. 진짜 부부끼리."

혁이 빠르게 욕실로 뒤따라 들어갔다. 소원이 얼른 나가라며 혁을 밀쳤지만 그는 꿈쩍도 하지 않았다. 진심이었던 것이다. 혁이 개구지게 씩 웃자 소원도 품 하고 웃음을 터뜨렸다. 그러다 그들은 욕실에서도 한바탕 짐승처럼 울부짖었다. 또 한 번의 열꽃이 피어올랐고 뜨거운 그들의 분위기를 보여주기라도 하려는 듯 거울에는 김이 서려 있었다.

* * *

"잘 잤어?"

샤워하고 나온 뒤 언제 잠이 들었는지도 모르겠다. 그대로 기절했던 소원은 눈을 떠보니 옆에 자신의 머리를 한 가닥 한 가닥 넘겨주며 어깨를 토닥여주는 혁이 보였다. 혁은 기분 좋은 미소로 소원을 맞이했다. 바깥은 해가 뉘엿뉘엿 지고 있었다. 우리가 뭐 하기로 했었지? 아, 맞다. 밥 먹으러 가려고 했었지. 생각을 더듬어보니 혁이 머리를 말리고 준비하는 동안 깜빡 잠든 것 같았다.

"7시가 넘었네. 왜 안 깨웠어!"

"자는 모습이 너무 예뻐서."

"뭐야, 그게."

"그냥 간직하고 싶었어."

"아주 그냥 예뻐 죽겠지?"

"그래. 예뻐 죽겠네. 죽일까?"

"뭐?"

혁이 갑자기 소원 위로 올라탔다. 그러고는 한 손으로 소원의 양팔을 움직이지 못하게 고정시켰다. 뭐 하는 거냐며 소원이 그를 밀치려고 했지만 짓궂은 얼굴로 봐서는 순순히 비켜줄 의사가 없는 듯 보였다.

"으이고! 어떻게 죽이시려고?"

"이렇게."

혁이 다른 한 손으로 소원을 마구 간지럽혔다. 그러자 소원이 깍깍거리며 몸을 들썩였다. 많이 간지러운지 고개를 좌우로 젖히며 반항했고 혁은 그런 그녀가 귀엽다는 듯 간지럼을 멈추고 꼭 끌어안았다. 볼에 뽀뽀는 덤이었다.

"배고프지? 밥 먹으러 가자."

혁이 소원을 일으켜 세우며 말했다.

"우리 제주도, 무슨 먹고 자러 온 거 같아."

소원의 말대로 생각해보니 한 건 밥 먹고 침대에 누워서 잔 게 다였다. 하지만 혁은 의미심장한 미소를 지으며 소원을 밖으로 데리고 나갔다. 바깥바람은 생각보다 꽤 선선했다. 제주도에는 바람, 돌, 여자가 가장 많다더니 그 말이 딱 맞았다.

"근데 우리 뭐 먹으러 가?"

"뭐 먹고 싶은 거 있어?"

"아니, 딱히."

"그럼 나 믿고 따라와."

뭔가 알아둔 곳이 있는 눈치에 소원은 또 언제 찾아봤냐며 혁의 어깨를 토닥였다. 공항 근처에서 렌트한 차를 끌고 혁이 소원을 안내한 곳은 분위기가 좋은 제주도 한정식집이었다. 제주도의 향토음식들 위주로 코스 요리가 나오는데 가격대가 조금 있는 집이었다. 바닷가 근처는 아니었지만 워낙에 입구에서부터 신경 써서 잘 꾸며놓았기 때문에 구경하는 맛이 있었다.

"두 분이신가요? 예약 따로 하셨나요?"

"네, 운혁입니다."

"6시 반 예약에서 8시로 바꾸셨네요. 안내해 드리겠습니다."

직원의 안내를 받고 들어간 곳은 어두운 방 안이었다. 향초로 불을 밝히고 분위기를 만들어서 그런지 약간 이자카야 같은 느낌도 났고 고급 일식집 느낌도 풍겼다. 뭔가 묘했지만 좋았다. 룸에는 이미 세팅해둔 라일락이 테이블 위에 놓여 있었다.

"뭐야. 웬 꽃?"

꽃 안에는 작은 카드도 들어 있었다. 소원은 카드를 열어 안에 든 내용을 읽었다.

〈First love. 첫사랑의 감동.〉

소원이 이게 뭐냐며 혁을 쳐다보았다.

"라일락의 꽃말이래. 그 밖에도 우정, 추억, 사랑이 싹틈. 이런 꽃말들이 있다고 하는데 너와 나를 설명해주는 것 같아서."

소원의 눈가가 붉어지면서 금세 눈물이 맺혔다. 혁은 소원의 어깨를 꽉 움켜쥐며 자리까지 에스코트했다. 도중에 그는 부끄러운지 마음을 다잡으며 호흡을 한 번 가다듬고는 소원의 두 눈을 마주한 채로 얘기했다.

"정식으로 프러포즈하기엔 이미 늦은 것 같고. 네 말대로 우리는 이제 진짜 부부인데 그걸 축하해줄 시간이 없었던 것 같아서."

"……."

"내가 워낙 이런 거 잘 못해서, 준비한다고 급하게 해봤는데 맘에 들지 모르겠다. 많이 기다렸지?"

안에서 뜨거운 무언가가 복받쳤는지 소원은 두 뺨으로 굵은 눈물 줄기가 떨어졌다. 그동안 느껴왔던 서운함과 섭섭했던 감정이 사르륵 녹아내렸다. 혁은 왜 우냐며 소원의 눈물을 닦아주었다.

"내 첫사랑 이소원. 넌 내게 감동이야. 과거에도, 현재에도. 그리고 앞으로의 미래까지도."

소원이 혁을 아주 세게 끌어안았다. 여린 소원의 몸이 혁의 품에 꽉 찼다. 소원은 지금 매우 행복했다. 여자는 큰 걸 바라는 게 아니다. 상대방이 무얼 원하는지 알고 이렇게 행동하는 것. 작지만 센스 있게 챙겨주는 것에 큰 감동을 받는 것이었다. 지금의 혁처럼.

"사랑해, 혁아."

"사랑해, 소원아."

은은한 촛불 한가운데에서 혁과 소원은 사랑을 속삭였다. 이젠 당당히 진실 앞에 두 사람이 마주했으니 사랑만 해도 모자란 24시간이 되길. 마냥 행복하고 예쁜 꽃 같은 부부가 되길. 그렇게 소원과 혁은 서로를 마주하며 영원한 사랑을 다짐했다. 타오르는 초 앞에서. 그것도 아주 은밀하게.

-마침-